中国新文学学会、刘醒龙当代文学研究中心主办，卓尔公益基金会协办。

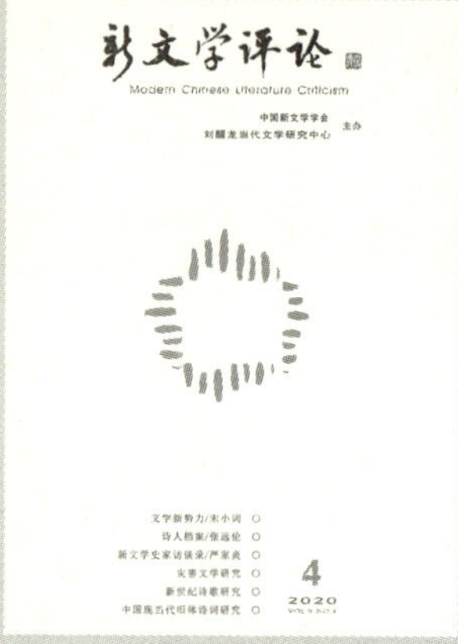

2020/4

编　　辑：《新文学评论》编辑部
电子信箱：xwxpl@sina.com
地　　址：湖北省华中师范大学文学院
邮　　编：430079

主办单位：中国新文学学会
　　　　　刘醒龙当代文学研究中心
协办单位：卓尔公益基金会
出版发行：华中师范大学出版社

目录 Contents

批评前沿

中国现当代旧体诗词研究

学术交流

图书在版编目(CIP)数据
新文学评论(三十六)/黄永林,阎志,张永健主编.
—武汉:华中师范大学出版社,2020.12

ISBN 978-7-5622-9260-9
Ⅰ.①新… Ⅱ.①黄… ②阎… ③张…
Ⅲ.①中国文学—文学评论—文集
Ⅳ.①I206-53
中国版本图书馆 CIP 数据核字(2020)第 263517 号

责任编辑:庞 丹
封面设计:川 上
责任校对:童 雯

华中师范大学出版社
社址:湖北省武汉市珞喻路 152 号
电话:027-67863426(发行部)
网址:http://press.ccnu.edu.cn
印刷:武汉兴和彩色印务有限公司
字数:323 千字
开本:889mm×1194mm 1/16
印张:10.75
版次:2020 年 12 月第 1 版
印次:2020 年 12 月第 1 次印刷
定价:29.00 元

越真诚越有力量

□ 宋小词

写作十多年，一直觉得创作谈最难写。盖因写作一事如造玲珑机关，其巧思与寸劲，如蜘蛛结网、鸟雀筑巢，里头的事不是一句两句能说得清楚，累积的心得也是一筐细碎，盘桓在胸中，如一团乱麻，要说却又无从说起。这皆因我文学理论薄弱，所思虽多，却不成体系。

我不是有天赋的写作者，从前不肯承认自己的蠢笨，如今是真正看清了自己的面目。刚开始的写作是一种只见自己的写作，只见自己的经历、自己的影子的写作，抒发的是一己幽怨和情感；但写着写着，就渐渐改变了，一年一年，边打搅就在边思索，读者喜欢什么样的小说，什么样的小说是好小说，不断阅读，不断探索，不断学习，在否定之否定中彷徨前行，时而觉得有所得，时而觉得混沌迷茫。

从前写小说我只想到自己，但现在我的“自我”少了一些，会有一些顾忌和考量，类似责任与担当的想法。这应是一个必经的过程，毕竟自己也经历了许多事情，也看多了别人的艰辛苦楚，阅历增加，心态、观点、脾性什么的也都有所改变，创作者改变了，那么他创作的作品也会有所改变，不可能是沿着当初的那一条小径死死地走下去的。

创作一个小说，是想表达什么，过去下笔心里可能是一团迷雾，甚至觉得不需要表达什么，但现在清楚了，创作一个文本一定是有其表达目的的，想要给读者传递什么东西，这个是小说的核，没有核难成其珠，所有的一切都是在这个核上孕育的。定了“核”之后，接下来所有的心思便用在孕珠上了，这个过程如养珍珠一般，母蚌含了一颗沙，然后开始不断分泌珍珠质。这个分泌的过程极其痛苦，一层一层包裹，一层一层磨砺，但历经千辛万苦，却不见得每一颗珠子都是光华灿烂，也有瘪珠、烂珠甚至死珠。

孤身枯坐在桌前日日冥思苦想，为的就是把“珠”孕育得圆润宝气。我现在觉得把小说写得好看是王道。写小说不是做学问，不能苛刻深奥，晦涩难懂，佶屈聱牙，长句套短句，裹不清白。如果一个开头就要让读者花费许多精力去理清人物关系，就是再好的作品也会让人敬而远之。小说究竟不是四书五经，没必要弄得正襟危坐，处处说教，或者自尊其位高，让人难以亲近。小说就是小说，可乐可思可悲可笑可叹可惜可悟，这一切都是在“小”上做文章，小说的声量不是黄钟，不需震耳，而应是裂帛，需惊心。小说更像是一种用小声音说大道理的文体，它需要用心用情用家长里短枕边私语的交流方式，窃窃私语，越真诚越质朴便越能走进人心，便越有力量去摧毁去构建。

主持人语

□王　迅

宋小词是新近文坛涌现出的青年新锐。她出生于古老的荆州大地，源远流长的荆楚文脉中，那狂放、野性的现实主义传统滋养了她。这种滋养化作叙事，让其作品在略带任性的叙述话语中尽显锋芒，直击人性痛点。这种审美个性使宋小词在80后作家群体中具有很高的审美辨识度。她的写作自然不同于韩寒、郭敬明的青春校园书写，也殊异于稍后崛起的一代80后作家的经典化写作，如郑小驴、甫跃辉等。宋小词的写作是忠于自我经验的。她生活在城乡之间"尴尬的夹缝中"，惯于以乡下人身份与时代展开对话，在直面现实的叙述中破解人性密码，解剖时代情绪，突显出创作主体的责任担当和清醒的现实主义精神。

随着国家城镇化战略的推进，"向城求生"成为新世纪中国文学书写的重要主题。然而，宋小词没有沿袭既有的城乡二元对立的叙事格局，像大多数作家那样去呈现农民工的苦难人生，而是把城乡观念内化到人物的意识中，着力于讲述乡下人在城市安身立命的个体追求。这个过程中，那种深入骨髓的身份自卑，让他们活在成为城里人所具有的优越感的幻象中，甚至不惜以让渡个体尊严的方式来满足身份转换的虚荣。为了获得城市身份，杨双福(《直立行走》)蝼蚁般地生活在重重屈辱之下，最后把自己逼上了绝路。为了扎根城市，秦玉朵(《开屏》)充分利用自身"资本"，每次有求于丈夫时便以性事来做铺垫。面对异质化的空间，他们好不容易挤进城市，却不得不勾着腰生存，而无法"直立行走"。因此，宋小词写作的意义，在于她抛弃了对小说人物浅表化的价值褒贬与道德评价，而把"底层叙事"的主体形象作了延伸处理，精微地描绘了乡下人企图扎根城市所持有的那份扭曲的执念，以及他们试图将这份执念现实化过程中的卑微心态。

为了呈现无比屈辱却还要自投罗网的悖论心态，宋小词为小说主人公预设了为之奋斗的"青云之志"：扎根繁华都市，告别农民身份。我们看到，一方面，面对城市青年周午马及其家庭那赤裸裸的利益化诉求，杨双福卑躬屈膝到了毫无底线的程度。另一方面，为了实现人生目标，她虽然意识到自己是极其敏感而容易受伤的弱者，但还是"每天都带着盔甲，全副武装地把自己弄得质地坚硬"。是否可以说，这是一种最低限度的写作？"青云之志"对周午马们来说或许微不足道，但在杨双福们心中，却值得为之背水一战。在隐没于繁华都市幽暗处、带着乡村印痕的弱势群体身上，宋小词发现了由于先天的自我预设所形成的不可避免的自我遮蔽。这恐怕是人物悲剧性的根源。他们抱着殊死一搏的意愿，肩负着扎根都市的重任，如履薄冰。那种惶恐，那种困顿，那种幻灭，在城乡意识互动中被宋小词写到极致。同时，《柑橘》《血盆经》等乡土书写中，苟大宝、六儿、翠儿等弱者形象构成作者重审乡村社会的重要窗口，那种卑微与圣洁，那种贫弱与坚韧，那种荒芜与生机，在极致化的张力结构中隐含着强烈的反讽意味。

无论从格局和视野还是从小说主题、叙事艺术来看，宋小词的写作都是值得关注的。她的小说聚焦中国社会转型期的城乡人际伦理，直接而尖锐，丰富了"80后写作"的概念体系。关于宋小词的作品，当前学术界主要从城乡文化夹缝中左右为难的心理意识和生存状态的角度来解读文本所提供的艺术经验，揭示了青年写作的时代特征。而对宋小词的小说美学、叙事肌理、主题空间以及“时代”与“个体”的关系等深层次问题缺少必要的考察、分析和梳理。事实上，作为城乡视阈中的80后文本，宋小词的小说依然具有很大的阐释空间。基于此，本期“文学新势力”栏目推出四篇小说评论，分别从乡土小说的叙事视角、“个体”与“时代”的关系、乡村女性的多维审视以及个体挫败与社会批判等多重角度深度解析宋小词的小说文本，以期从文本个案的意义空间与美学价值的阐释中发掘出新时代乡土小说的叙事伦理，进一步探索80后写作的可能性。

[作者单位：广西文联文学艺术研究室]

大时代下的个体生命追寻

□ 江腊生　江辰炀

阅读宋小词的小说，似乎总能找到当代文坛曾经的80后写作、底层写作、女性写作等思潮的影子。但感觉无论将她的小说放进哪一个范畴，又都有些不妥。当我们说80后写作时，自然想到韩寒、郭敬明等人笔下的青春、反叛、欲望；当我们说底层写作时，同样会想到王十月、郑小琼等打工作家带给我们的是苦难、压抑、游走；当我们讨论女性文学时，更多的是男权中心、解构、女性主体等命题。而同为80后的宋小词，并没有在类似于后现代主义式的文化焦虑中，书写一代青年遭遇市场经济带来的困惑，也没有在阶层固化的思维下讨论底层农民进城的艰难。宋小词的小说写得很真，她不断扒开社会生活的罅隙，于时代的皱褶中寻找个体生存的真实理由。宋小词的小说又写得很有野性，在不断调整我们的认知水平的同时，却没有富含挑战性的王者姿态。她的小说写得很扎实，总是真真切切地理解生命的残酷，刺破每一个绚烂的泡泡，显露出生活的尴尬、苦难和困惑。她的小说切入点独特，无论是乡土还是城市，总是聚焦一个个普通的人物，通过别出心裁的小叙述，追问大时代背后的个体存在的意义和人性的困惑。在她的小说中，生存是王道，却留下一片现实个体自我挣扎后的无奈。她在写幽暗的人性，却带着生命的热能去刺破时代的常态。她在叙述的反抗中抵达真实，也在追求真实中缺失了一些形而上层面的追问与反思。因此，理解宋小词的诸多作品，感受世俗个体的生活追求及其痛感，对于把握当下青年作家的创作走向具有一定的代表性意义。同时，这对于沿着文学现实主义的轨道，理解当下文学如何表现时代经验也具有一定的参考价值。

一、生活常态中的痛点触击

生活在大时代下的个体，总是容易感受到时代高速列车的轰隆前行，却很难能够驻足片刻，体会脚下的两条铁轨在前行中的互相撕扯和推让，以及路边小草在风中的抖动。宋小词的小说写生活，写个体在城市的生存状态，但没有在城乡冲突的固化模式中将自己带入二元对立的伦理范畴，相反，她带着自身的生命体验探入时代的残酷之处，真切地触击生活常态中的痛点，聆听个体在大时代下的喘息。

一般来说，城市女性的命运书写，总是将城市隐喻为男权本身，在强大的男权中心话语之下，呈现女性个体的生存艰难。相反，在宋小词这里，城市和乡村一样的生动与丰富，既充满欲望，又不无窘迫。作家并不遵循女性主义的思路，在文本中书写女性在男权中心话语之下的压抑和痛苦；也不似底层写作那样，重在书写进城个体的受挫与苦难，而是以点带面，敏锐地选取一些日常生活常态中的生动细节，书写生命个体来自世俗生活却又触及灵魂的痛点。新写实小说重在表现生活的原生态，将人性中本能的一面呈现在读者面前。如刘恒的《狗日的粮食》《伏羲伏羲》，文本聚焦的正是人性中最本质的东西：生命与性。在方方的《风景》中，则以纯客观叙述来实录凡俗人生中的种种本相，以揭示出生存本身的意义。在池莉的《不谈爱情》《烦恼人生》中，则是以认同和拥抱世俗生活的姿态，来面对个体的生存境遇。而在宋小词的笔下，则更多是立足日常生活的世俗常态，其中既有社会的复杂与矛盾，又有个体世界的挣扎与追求，还有其中不时流露的温暖与情怀。如《直立行走》的杨双福，作为一个来自贫穷乡村的女大学生，嫁入城市成为她的现实追求。她贪恋周午马的帅气，也渴望有一个安稳的城市家庭。这里的杨双福，既有人性中本能性一面，又有贫穷乡村的社会性一面，还有女性个体寻求安全慰藉的一面，但这一切都与传统的伦理道德保持一定的距离。

在城市空间的书写方面，小说并没有像一般的打工作品那般，总是在展现城市高楼、购物中心等奢华的一面，而是将目光投向城市的褶皱之处。周午马的城市家庭同样贫穷、窘迫。即将拆迁的旧楼、散发出一股沤烂的臭味的垃圾桶、污迹斑斑的木门，还有周午马无法直立的"狗窝"卧室，这些构成了《直立行走》的城市空间。它没有成为城乡对立中高高在上的隐喻体，而是与乡村世界一样的生动与污浊。作家带领读者走进城市空间的内部褶皱，直面城市个体的生存状态。周午马一家为了在即将到来的房屋拆迁中多获取三十平米的面积，用最快速度与杨双福缔结婚姻。杨双福为了能在城市中生存下来，同样希望嫁给城里人周午马。二人各取所需，靠吃饭和睡觉维持二人的关系。房屋拆迁这一个重大事件，快速促成了二者的婚姻。癌症晚期的周父为了能够保证多获取三十平米，拼尽自己的精力延续生命，希望能够熬到补偿的那一天。不料人算不如天算，周父在分房之前去世，周母竟然秘不发丧，千方百计只为保住这个三十平米。当记者和警察得知真相后，周家拼尽了力气抵抗，杨双福用秤砣砸伤了民警而导致入狱。这一砸，既有她念及周午马对她的好，也有她在周家利益受损时必须挺身而出，从而保住自己城市身份的考虑。然而，最终她没能保住自己的婚姻，出狱后的她倒在了周午马的一记闷棍之下。这一闷棍是城市给她的，也是生活给她的。无论是周家每一个人，还是杨双福，都不是生活的被动接受者。他们的生存没有悬浮在城市的上空，没有欲望世界的绚烂缤纷，也没有底层空间的愁云惨雾。他们的人生在城市的褶皱中行走，有隐忍，也有不甘，有欲望，也有惶恐，有残酷，还有些许短暂的温情与暖意。

如果说《直立行走》中的杨双福嫁入城市，是为了一个城市人的身份，那么在《开屏》中农村女孩秦玉朵嫁给了"官二代"南翔，则有她作为个体在城市的身份焦虑与现实需求。为了嫁入"豪门"，她讨婆婆的欢心；为了骨折的母亲来自己家顺利养病，她取媚于丈夫；为了一个独立稳定的工作编制，她陪领导上床。这一切都源于她无法脱去的乡村底色。在小说中，无论秦玉朵的家庭，还是工作单位，都拥有城市光鲜亮丽的一面，然其生存的处境，却依然幽暗如夜。面对孤身一人、省吃俭用供其读书的母亲，毕业后工作的不知着落，秦玉朵必须理直气壮地利用自己的容貌资本，"成为南翔的女朋友继而成为他的妻子，把根扎在这个繁华的都市里，彻底告别农民身份，这就是她的'青云之志'"。于是她隐忍，把南翔变成自己手中的"利器"。"为了能拴住他，她到医院还做了上环手术，免去了他戴套之苦。"随着母亲的到来，她与丈夫的关系恶化。她为了在城市中寻求一个正式的编制，将自己的身体交付出去。然这一切并不在城乡对立的压抑状态下，秦玉朵的生存状态，属于她个体的选择，根本上来自她的现实需求和主体欲望。

宋小词就这样翻开了个体生活世界的外相，裸呈内在的痛点，让读者感同身受其中生存的刺痛、隐忍和挣扎。我们可以用城乡差别理论、性别权力理论等来阐释女性的生存困境，分析女性是如何被逼进一个狭窄阴暗的角落。然仔细看宋小词的小说，似乎没有这么狭隘，而是为我们提供了一个更加广阔的社会视域。在她的笔下，虽然打开的是城市生活的褶皱，连通的却是城市生活的内在肌理。《直立行走》中，杨双福一心想要嫁给周午马是源自她的乡村身份和处境，但周午马为什么一定要娶？婚姻在杨双福那里意味着一个城市里的立足之地，它对周午马来说也是落实在家庭人口之上的三十平米拆迁补偿。周家在父亲死后秘不发丧，全家为了隐瞒父亲之死而与警察奋力相搏，都源于贫穷。在杨双福用秤砣袭警而入狱后，周午马住进了新房却踢开了杨双福。这一切似乎都在说明，生存比婚姻、爱情重要。而在《路遥遥的心事》中，宋小词直接让杨双福或秦玉朵变成了柳玉章，至少在刚结婚时，这个山村青年对岳父拿出10万元作房子首付款表现出一脸的感恩戴德。所以，在宋小词的小说里，婚姻无法与浪漫爱情对接，也与有情人终成眷属无关，它是实打实的首付款，是一个有编制的工作岗位，是三十平米的拆迁补偿。这些城市生活世界的爱情、婚姻、利益，构成了当下个体生存空间的复杂与生动，残酷而不无温情。

正如宋小词在《在城市的寒冬里蛰伏——〈直立行

走〉创作谈》中所说:“我要书写他们,写他们的艰辛,写他们的疼痛,写他们的泪水,写他们的汗水,写他们的渴望,写他们的屈辱,写他们的精明,写他们的骨头,写他们的压抑,写他们的愤怒,写他们的沧桑,也写他们的精神,写他们的被伤害,也写他们的伤害人。”①作家在揭示这些个体的生存本相时,既有生命个体的内在逻辑,又有时代现实的残酷与复杂。相对于城乡之间的落差、男女权力的关系而言,宋小词笔下已然构建出这些框架之外不可回避的现实。这些个体由于各自的出身以及经济状况,表现出圆滑、隐忍、诡诈和屈辱,但他们并没有什么机会去考虑人格或尊严,因为现实逼迫他们必须寻求实实在在的生存之道。小说只是在呈现大时代下个体生命世界的基本事实,文本之下是同情还是批判,需要读者自己去做出判断。作家无意在城市和乡村之间制造某种不可调和的冲突,而是要写下秦玉朵、杨双福们的左右为难。就像她在一则访谈中所说:“我不过是居住在城里的乡下人而已……而对于我个人来说,乡村的生活并无诗意,城市的生活也没有多少荣光,我处于尴尬的夹缝中。”②文本中有他们的隐忍,也有他们不惜一切代价在城市中寻一处立足之地的生命热能。这些个体从乡村走出来,带着乡村生活的野性,在体味城乡失衡带来的蜕变之苦中触击生命的痛点。不难看出,宋小词的小说带着早年新写实小说中直击生命本性的文化基因,却能在生活的常态中感受个体与社会的碰撞;有底层写作中面对生活艰难的勇气与担当,但走出城乡二元对立的思维模式而完整地面对时代生活的生动性和复杂性;也有来自80后写作的直率与热情,却由于其多年的乡村生活体验,其笔下的城市个体必然带着非农化过程中农村的亲情、礼法等在城市的阴影。于是,文本在社会生活常态中触击生命的痛点,既真切又有温度。

二、人性幽暗处的撕扯

面对社会生活常态下的生命痛点,作家没有写得愁云惨雾,而是沉入世俗生活,在幽暗之处肆意地去展露现实生活的复杂人性。她聚焦人们世俗的日常生活情状,却把镜头推向个体生活的细部,书写现实对情感、人性的残酷销蚀;她直面当下社会的问题,却又遵循内心的召唤,表现出不循套路的野性,在亲情、爱情和友情各种惨烈的较量和考验面前,对人性作多元的审视和丰盈的阐释。无论是亲情、爱情还是友情,宋小词总是在阳光灿烂的时候,将读者引向一个意想不到的境地,任凭情感、利益、伦理等在生活的真实中互相撕扯。宋小词在自己扒开的人生褶皱中,大胆亮出那些幽暗处的污垢,有一种近乎病态的执着,却又令读者感受到人性的暖意。

亲情在宋小词这里,不仅仅意味着血缘关系下的温情,更体现为个体社会性的矛盾关系。个体的生老病死,不是形而上的问题,而意味着在金钱与利益的熔解下,一点点失去情感的厚度。作家将个体生命的轨迹与血缘、利益融合渗透,既有血缘纽带的神秘牵引,又有社会伦理的隐形制约,还有利益链条在其中的牵扯,呈现一个既残酷又不无暖意的世界。《太阳照在镜子上》中父亲出轨,同父异母的陶平、陶安姐妹之间既相斥又相吸。陶安是父亲中年出轨的产物,陶安洗脚妹的职业和鸡飞狗跳的家庭生活让本就对她充满恨意的姐姐无比厌烦。当带着三岁儿子再次追求爱情的陶安来到陶平住处,固执地等待着小她两岁的情人林大庆一起开启新生活,姐姐陶平既鄙视,又心疼。她理解陶安的追求,却又多次催促妹妹跟随妹夫回乡。最后,陶安纵身跃入江中结束了年轻的生命。文中透过姐姐陶平的视角,将情感、伦理上的拒斥和血缘上的隐秘吸引真切自然地融合呈现出来。在《天使的颜色》中,记者南音突然接到父亲在进城检查身体前打来的电话,开启了亲情和钱之间的撕扯。“能活多久”成了小说里不断跳出的提示音,它在反复敲打、摧残着南音等人的同时,也推动故事走向了一个早成定局却难以真正面对的尾声。小说把父女间的脉脉温情与一个颇为世俗的“钱”字捏合在一起,情感在不可更改的生死宿命中必须经历考验。舐犊情深无法改变每月动辄成千上万元的医疗开销,再加上母亲意外骨折,南音真实体会到了一分钱难倒英雄汉的无奈。一则“抗癌宁”的电视购物广告让父亲动了心,南音不愿上当,却分明感受到父母对自己的冷淡。在母亲历数从二胎罚款到父亲如何深夜抱着南音打针的种种往事后,“南音把两千七百元人民币一张一张数给收银员时,她感觉自己就像屠刀下的羔羊,伸着脑袋任人宰割”。当最终耗尽财富后父亲离世,“南音伤心欲绝,同时也如释重负,她有种轻松感，接着越来越轻……”父亲的遗物却是一张三万块钱的存折，留给南音出嫁用。一边是因为亲情而明知上当也应顺意的体谅，一边是所有的情感与关怀最终必须落实在钱上的残酷现实。“对生命的尊重”、父女之间的亲情、现实的经济状况，三者通篇都在撕扯，没有胜负，只有宿命下的无奈，温情中的酸楚。

其他如周午马一家为了多分三十平米的房屋拆迁，不让病重的父亲出去晒晒太阳，死后秘不发丧，在房间挂起腊肉、香肠，以掩盖尸体腐烂的气味。这种现实的惨烈恰恰与亲情的维系相互叠合，二者之间的冲突与撕扯，刺破了文艺腔带来的动人情怀与道德优越感，这大概才是真正的80后写作撕下体面之后的真与狠。

爱情的撕扯在宋小词的小说中，并非单纯的情感交流或分配，或者传统的情爱伦理冲突，而是将城乡关系、个体利益和情感关系放在一起，搅成一团乱麻。《开屏》中，各种力量的绞杀搏斗，将秦玉朵这个有着不甘、有着不满、有着隐忍、有着欲望、有着虚荣的女性刻画得入木三分。在秦玉朵这里，她与丈夫的爱情关系构成了她与婆家，甚至扩展到城乡之间两军对垒的关键。母亲的到来使她不得不有求于丈夫，她“用性事来铺垫”。当她与丈夫的关系恶化，她不得不因为“市编办”与局长发生了关系。当她与局长关系进一步发展时，却发现局长曝光了二人的隐私。爱情的浪漫成分完全被挤对，各方力量的厮杀让爱情只剩下利益和性的交易。《路遥遥的心事》中，家境优越的路遥遥一直在出身农村的丈夫面前趾高气扬，可是婚后长期不孕让路遥遥心事重重。她从爱情的云端跌落到生活的尘埃里，备受歧视和轻贱，还牵连到自己的父母，路遥遥只能在人情如纸的婚姻里隐忍。当现实的利益、爱情的怀疑和人性的暗影搅和在一起，促使她决定离婚的时候，路遥遥却意外怀孕。这一爱情的荒谬结局，虽然满足了路遥遥在婚姻上快意复仇，却将生活的残酷暴露在读者面前。我们不难想象，路遥遥与丈夫的爱情未来指向何方、娘家与婆家之间的矛盾、腹中胎儿能否健康成长，这些婚姻问题都将陷入一个尴尬的境地。华丽的婚姻外纱、家族权力的变化、女性生命的隐忍，一一在她的笔下无处遁形。这些残酷的现实中透出生活的尴尬与疼痛，又冒出生命的热气，让读者叹服。

除了城市的爱情和亲情，作家还把目光聚焦于乡村的世态人情上。在《柑橘》中，小说以两个身份特异的人物的凄惨命运来表现乡村社会的生存事实。一个是“五保户”，一个是精神失常的哑女。他们处于整个乡村社会结构的底层，生活处境艰难，小说却穿透人性的幽暗之处，去感知日常难以抵达却渴望到来的光。“五保户”苟大宝收养精神失常的哑女，村人强奸哑女致其怀孕，他决定留下孩子。村支书等人恶意报复，他几乎走投无路。当“糖水”难产死去，已经身患绝症的苟大宝，托付好孩子后抱着“糖水”的尸体走向柴火堆，点燃了打火机。在小说中，有村人对孤寡老人和哑女的残忍和报复，有苟大宝在关键时刻遏制了对哑女的情欲冲动，有其最终放弃对村支书的仇恨，还有雷屠户、曾医生、胖赤脚医生、妇女主任等在善恶交织的关口，自然地流露出良善与慈悲。作家绕开了大时代下的灿烂光影，在幽暗的人性撕扯中呈现乡村弱势群体的生存事实。在小说《呐喊的尘埃》中，疾病、暴力、卖淫缠绕着一个家庭，也肢解了一个家庭。父亲的尿毒症是个无底洞，不仅花光了家里的积蓄，而且将家人之间的温情引向人性的幽暗处。二叔为了找钱杀人抢劫，被判死刑，母亲、小姑和“我”出外卖淫。为了家里少一张吃饭的嘴，爷爷在床底下放了毒死太太的农药。“不要弄得人财两空”，既是乡村生活的真实状态，也是家人在病者和其他个体的生存之间的艰难选择。

不管是城市生活的爱情与亲情，还是乡村日常的世态人情，文本中总是将读者带入幽暗的人性空间，任凭各方力量追逐和撕扯。作者扯去包裹在大时代外面的糖衣，露出了赤裸裸的生活苦涩，揭开了轻易不为人知的底色和肌理。在各种扭曲和矛盾、各种妥协隐忍与抵抗中，生存、人性、伦理、道德纷纷按照自己的逻辑在生长和厮杀，人的内心被撕裂，生命乃至人性，都被逼至一个尴尬甚至可怕的境地。小说的关键之处，仿佛裂帛之声从幽暗无边的空间传出，读者感喟真实的同时，不觉颔首与叹惋。于是，我们不难感受到作家在撕裂中的决绝与冷静，以及直面隐秘幽暗的勇气。正如宋小词自言：“作家立于一个时代，眼睛所看见的，身体所遭遇的，心理所感受的，必须要如实表达出来，不能歪曲，不能蒙蔽，真实客观冷静的书写，写一个时代的血与泪、沧桑与残酷，是需要莫大的勇气的。”[③]这种冲破文本弥漫开来的撕扯的力量,与读者的隐秘内心形成共振,探入人性的幽暗处,体现人性与社会的交锋。

三、在反抗中抵达真实

宋小词小说的辨识度在于其对现实揭示的真和狠。一般而言,现实主义总是与真实性相通,尤其是近年来的非虚构倾向,体现了作家关注社会、关注时代的用力所在。农民工书写、乡村题材创作、底层写作等,都在经典的现实主义轨道上继续滑行,也逐渐走向同质化、模式化趋势。正如有学者指出:"城乡之间的流动迁徙、文化冲突、身份尴尬、农村的土地荒芜、传统价值解体、家庭伦理失范等具有普遍性的生活现象和社会问题,耗尽了文本的文学性和审美性,作品成为类型化的现实镜像或社会学记录。"④在宋小词的小说中,也有乡下人进城、城市底层和乡村题材创作,却没有堕入城市与乡村、底层和上层、男性与女性等二元对立的思维模式。相反,小说在这些题材范畴的书写中不断反抗,反抗固有的思维模式、历史理性、伦理观照模式,从个体生命"自我实现"的角度深入开掘生活,抵达人性的真实。

其一,在她的小说中,个体的生命形态书写与当下的流行模式构成一种反抗。底层叙事、城乡冲突等书写,往往在一种二元对立的思维模式下,凸显生存的苦难氛围。宋小词虽然也书写底层的苦难,书写疯癫、残疾、犯罪、性、死亡,其文本中却没有当下农民工书写那般的愁云惨雾,而是在世俗认同的基础上反抗固有的模式。因为苦难的因子已经被她打碎、熔化、重铸、吸收,其中既有张爱玲式的世俗性露骨,又有鲁迅式批判的狠和准,还有湖北楚人的野性气息。在《直立行走》中,作家没有沿着乡下人进城的书写模式,将城里人周午马和乡下女子杨双福对立起来,而是以类似于张爱玲式的世情笔法,将二者通过"吃饭睡觉"联系起来,最终落实在二人的婚姻事实上,目标直指的是房屋拆迁还房中多分三十平米。二人的结合各取所需,却感觉与爱情相隔甚远。小说一开篇就是杨双福和周午马在钟点房性爱之后的淋浴,"她忽然感到羞耻,觉得自己像周午马的一只夜壶"。这个比喻完全刺破爱情或性的浪漫神话,将一个乡下女子与城市贫民之间的利益婚姻的真相裸呈在读者面前。文中的城市贫民周午马"摇摇晃晃径直去了自己的'狗窝'","月亮升起来了,照出了他们的影子,她觉得她跟他就像两只狗"。小说结尾处,杨双福看到周午马的新家,感慨"更重要的是他狗一样蜷缩在狗房子里近三十年,受了几十年的苦楚,总算要由狗变成人了"。作家将周午马比作狗,将他简陋狭小的房间比作狗窝,体现了周午马表面上放荡不羁、寻欢作乐,其实生活同样窘迫和压抑。宋小词打破了将城市与乡村厚此薄彼的底层叙事模式,而将二者联结成一个整体,书写大时代下的新体验。《开屏》讲述的是一个贫家女和富家公子的故事,却加入摔伤后母亲到来的情节,将个体在男女、城乡、母女之间的纠结与撕扯作集中表现。秦玉朵为了落户城里找了副区长儿子南翔结婚,但秦玉朵的农村出身一直备受丈夫一家歧视。她的城市生活看上去令人艳羡,却由于母亲的存在而拖着一个沉重的乡村负担。秦玉朵为了生存而出轨,为了尊严而离婚、辞职,她的尴尬与痛苦正是乡村不断被城市塑造的结果。

因此,宋小词凭借其丰富而又可靠的乡村经验,把城市看作生动的城市,看作城市化进程中的城市,书写个体身上的疼痛与挣扎,书写他们在城市化进程中身后那个长长的乡村影子。这使她的创作在80后作家群中摆脱了所谓"同质化"写作的困境。相反,当下一些作品中,城市与乡村的形象是固定的,城市中各个阶层也是固化的,而忽略了其中的变动性。对于秦玉朵这样的个体而言,随着乡村与城市生活空间的变化,人的情感、命运也相应地在发生着重大的变化,这正是当下城市化进程的生动现实。宋小词在写城市底层的个体命运,关注当下农村青年进城的生命形态,与大时代的潮流并无二致,但作家聚焦大时代光影下的一些幽暗处,书写他们的窘迫艰难,以及生命的韧劲。于是宋小词的写作犹如锋利的手术刀,切入个体日常生活的皮肤,向外翻出一道道鲜红的血肉,露出生命的肌理。于是,习见的题材在反抗中打磨出了新的光亮。

其二,小说还在历史叙述的反抗中,寻找人性中富有生命力的地方。长篇小说《声声慢》没有像当代文坛众多的历史叙事那样,去家族史或革命史中寻找历史的玄机,或是讴歌民族之魂。作家通过孙女对奶奶雷明翠一生的回忆,书写了一位历史风雨中摸爬滚打求生存的农村妇女。她出身富家而知书达理，性格却大大咧咧，生出不少是非；自己身为女人却重男轻女，苛责媳妇与孙女；一生争强好胜，却在丈夫死后不得不乞讨、偷窃谋生；处心积虑安排儿女的婚姻与前途，又因为命运不济而自责不已。小说没有沿着历史叙述的轨道，反思大时代下的历史走向。相反，她时刻在反抗，写家族，却反抗常规的家族叙事。其中有亲兄弟在战乱中分道扬镳，堂兄弟为了争一个公办教师的名额反目成仇，母女之间的撒泼斗狠。这些乡人和乡间的世事叙述，并非本能式的原生态呈现，而是依凭着乡间的岁月流动反抗着当下主流的历史叙事。乡村世界生命原质的东西自然流露出来，并不遵循宏大的时代逻辑，而是带有乡间的朴素和野性，诠释生活前行的秘密。

作家带着真切的乡村生活体验，穿透时代的表象，关注"滚滚向前"的时代巨轮之下一些最底层的生活状态，并表达其对历史主流的"进步"话语之敏锐思考。在《柑橘》中，苟大宝并非仅仅是一个乡村世界的"五保户"，也是这个时代的一个"失败者"。作家将笔触深入历史的逻辑之中，揭示这个"失败者"形象生成的环境与过程，进而窥破了时代的隐疾。在集体经济时代，苟大宝是一个乡村的能人。集体经济解散后，因为村主任和村人的强夺，他不仅没有承包橘园的机会，而且失去了耕牛和良田等生产资料。因此在改革开放后，尽管苟大宝勤扒苦做，仍然难以发家致富，最终沦为"五保户"。在主流话语的历史建构中，勤劳致富是历史前行的主要动力。然而，透过苟大宝的经历来看，如果一开始就分配不公，个体的价值不能通过奋斗得以实现，更多的人反而会因此丧失自由选择的权利。小说没有沿着乡村历史的常态叙述，走出了要么因懒而穷、要么因缺失文化而穷的历史逻辑，通过对苟大宝性格生成过程的细致回溯，透视社会发展的玄机，在反抗中抵达乡村历史的幽暗处。

宋小词除了关注现实，关注大时代下个体的生存本相外，也在一些乡土小说中制造一种历史的幻影，有意识地模糊时代话语，反抗现实世界对文学的压迫。如小说《呐喊的尘埃》中一开篇写道："我们这里四周都是山，那山其实离我们很远，只能看到连绵起伏的形状，这形状给我们带来一种被包围的感觉，无论目光放得有多长远，终究要被这形状给挡回来，日子因此变得逼仄冗长。又是丘陵地貌，田地被地势弄得不成规矩，只能进行原始的刀耕火种。犁田的牛望天叫声'哞'，便是一股子穷味。一切都毫无指望的样子。"小说的时空在这里仿佛凝固，乡村的生死于是带上了历史的宿命色彩。在《血盆经》中，"入惊蛰了，天色将晚时发的春雨。春雨如铜豆，砸在瓦上、地上、树叶上，砸出一大片叮铃哐当的声响。天火擦着地火，轰隆隆的雷一个接一个响在屋脊上。何旺子跟大伯歪在火塘边，一株柳树蔸烧得好似三魂丢了两魂，时不时地冒着青烟。从房梁上牵下来的一根铁钩上挂着一把炊壶，炊壶一身黑垢，在火上保持沉默"。这些小说的开篇，仿佛带领读者走进历史的幻影，将时代现实的问题，置于隐隐约约的乡村文化历史的绵延之中。这些历史幻影的叙述中，既对当下一些文学非虚构倾向构成了反抗，又体现了作家因来自乡村而无法抹去的乡愁气息，给小说带来了直面现实之余的诗意韵味。

其三，宋小词小说最显著的特点是对伦理常态的反抗。在宋小词的小说世界中，每一个生命个体都以生存为第一要义，伦理、亲情与之不断冲突。小说叙述不停地反抗着常态的伦理、亲情，在人物命运的推进中阻断逻辑的支持。《天使的颜色》中，"我"在不停地挣扎、不停地计算着，尽管想方设法筹钱给父亲治病，依然换来父亲写在纸上的几个大字："久病床前无孝子。"当"我"倾尽所有，甚至到处筹钱借债，父亲还是没有活下来。其生前留下的三万元存款，给小说增添一抹亲情、人伦的亮色，却无法照亮人性最深处的幽暗。亲情、人伦与利益之间，无时无刻不在较量，宋小词不无残忍地撕开了温情的面纱，在父女亲情的反抗中逼视生存的残酷。在《呐喊的尘埃》中，得知父亲得了尿毒症，"我"竟然生出巨大的恨意。为了给父亲治病，钱成了一家人最大的问题。爷爷故意在老太太床下置放剧毒的农药，让卧病在床的她自己结束生命。二叔为了搞到钱，杀死老板大河，被判死刑。他在死刑执行之前，劝父亲在治不好的前提下自杀。这些个体身上，亲情、生命、金钱厮杀，治与不治构成伦理与现实之间一个无解的难题。这些文本的叙述始终与伦理、亲情在反抗、搏斗，最后杀得人仰马翻，在富有张力的美学效果中穿透日常生活的表象。

同时也应该看到，作家在追求生活本质和反抗常态的叙述中过于激情与紧张，导致文本难以有一个真正勘探内心世界的从容心态。无论是中篇，还是长篇，作家捕捉生活细节的能力很强，但众多的细节表现往往点到为止，少有荡漾开来的生命追问和时空渲染。小说结尾大多努力制造欧·亨利式的出人意料，真实曲折，却影响了小说超越现实的高度。所以，杨双福或秦玉朵等个体的命运，往往令读者叹惋的同时，并没有将读者引向一个形而上层面的思考。作家要有面对现实的勇气，更要有表现现实的智慧与能力。如果光有勇气，小说至多也是面对问题时“用事实说话”的“焦点访谈”。因此，很多小说若能在现实生活的真实中进行一定程度的虚化，将某些人性的幽暗处作极致性的书写，这样小说就能穿透现实世界的局限和避开时代话语的束缚，容易引发读者在艺术层面作个体存在的反思。如《直立行走》中，杨双福用秤砣砸伤警察，恐惧的她见到血后倒地晕了过去。这后面的结局可以通过幻觉或梦境的方式，打通虚构与真实的暗道，从而在多维的话语空间走向人类意义的生命哲思。关于《血盆经》中的何旺子、《柑橘》中的苟大宝等形象，也同样可以将他们的性格再往前推进，挣脱大时代下现实问题的局限，从而抵达艺术想象的多种可能。因为过于客观真切的世俗空间，表现的仅仅是此在的世界。小说不能仅仅依靠“原味的生活”，而需要将读者引向一个审美的世界。文学要解决的不是现实生存中一系列具体的问题，而是表现通往形而上的精神之途中驻足留恋本身的诗意。

［本文系江西省社会科学规划重点项目“新时期文学的‘现代文学传统’研究与反思”（19WX02）的成果之一。］

注释：

①宋小词：《在城市的寒冬里蛰伏——〈直立行走〉创作谈》，《中篇小说选刊》2017年第1期。

②宋小词、吴越：《宋小词、吴越对谈：写作是我在打开心扉说最私房的密语》，《收获》微信公众号2018年3月20日。

③宋小词：《小说是一场幻术》，《文艺报》2018年9月17日。

④王鹏程：《从“城乡中国”到“城镇中国”——新世纪城乡书写的叙事伦理与美学经验》，《文学评论》2018年第5期。

［作者单位：江西师范大学文学院；贵阳学院文化传媒学院］

怎么"看"？

——以宋小词《血盆经》为中心对新世纪乡村小说叙事视角的思考

□张 翼

乡村一直是中国文学最重要的观察对象，积累了大量怎么"看"的技巧，也由此生长出有关"看"的庞大意义体系。进入新世纪，中国乡村的物质形态与文化品格变动剧烈，人的生存方式及情感结构也随之发生改变。怎么"看"再次成为困扰乡村写作的难题。与此同时，作家创作代际更迭，越来越多的青年作家汇入文坛。青年作家向乡村的凝望，在证实乡村之于中国经验、中国文学依然不可或缺的同时，也使新世纪以来乡村叙事的形式与意义日趋复杂。

宋小词就是这样一位密切关注变化中的中国乡村的青年作家，她的多部作品如《血盆经》《锅底沟流血事件》《呐喊的尘埃》等都关涉乡村，也有意识地尝试从不同角度、以差异化立场反复观察乡村。其中，中篇小说《血盆经》尤其出色。《血盆经》中的茶铺村与中国众多乡村一样面临经济模式转型、人口结构变化、情感结构重塑等问题，然而小说并非一味呈现苦难，而是将乡村艰苦的生存、狭窄的精神世界与弱者们执着的生、温腻的善交织融汇在一起，作品因此充满张力、蕴藉动人。此种叙事效果的取得与小说叙事视角的运用密切相关。这部小说采取以隔离为主，不时启用锲入的叙事视角，既从外部整体审视乡村的困境、症候，也从内部体验乡村的疼痛、希冀。叙事视角的融合使《血盆经》饱满丰盈、余韵不绝，体现作家的价值立场，展示了宋小词观察、理解乡村的差异化路径。

一、作为主体的隔离视角

> 入惊蛰了，天色将晚时发的春雨。春雨如铜豆，砸在瓦上、地上、树叶上，砸出一大片叮铃哐当的声响。天火擦着地火，轰隆隆的雷一个接一个响在屋脊上。何旺子跟大伯歪在火塘边，一株柳树蔸烧得好似三魂丢了两魂，时不时地冒着青烟。从房梁上牵下来的一根铁钩上挂着一把炊壶，炊壶一身黑垢，在火上保持沉默。

这是《血盆经》的起始段。小说从一开始就为全文定下了隔离视角的基调。所谓隔离视角，着眼于观察者与虚构世界的距离，指的是观察者在虚构世界、所讲故事之外，"与'虚构的世界'保持一定的距离"①。隔离是中国作家望向乡土时最偏爱也最自然的角度，《阿Q正传》《水葬》《小二黑结婚》《暴风骤雨》等经典文本都以此看人观物。隔离也是宋小词本人常用的观察乡村的角度，在《锅底沟流血事件》《瞳孔》等作品中都曾娴熟地加以运用。

作家们注目乡村时之所以青睐隔离视角，缘于这一视角所提供的诸多叙述便利。置身于茶铺村之外，《血盆经》里的隔离观察者可以透过广角镜头，将茶铺村里的万事万物、芸芸众生聚于细微笔端，从地理、人文、伦理等多个维度充实虚构的茶铺村。《血盆经》里春雨、闪电、月亮倒映在水面、银河延伸至旷野等田园风光，火塘、茶园、油菜田、红花苕子等地域景观，画符、招魂、报丧、丧礼、唱经、祭祀等民间风俗，田野间的水泥路、村口路边的超市等现代标识，青壮年去往城市谋生、田地撂荒、乡村空心化等时代症候皆因这一观察角度得以呈现在读者面前。《血盆经》的隔离观察者通过视觉使读者"看"到茶铺村，还启动嗅觉、听觉丰富读者的感知，那些混合着枯草、果浆、阳光的气息，深夜里的风声、雨落、鸟鸣，因丧礼而吟唱的经文，使茶铺村拔地而起、摇曳生姿。

《血盆经》里的隔离观察者不仅仅置身于茶铺村之外，很多时候他还居于茶铺村之上，他天然地了解茶铺村里所有人的举动思虑、过往未来，能够整体、宏观地呈现茶铺村的面貌。茶铺村已经“老”了。聚集在场院聊天的全都是牙齿所剩无几的老人。青壮年大多像大伯的儿女、起亮道士的儿女一样远离乡村，到城市谋生。对这些离开的年轻人来说，乡村已经缺乏吸引力，也因此并不能提供归属感，他们一去不回，从未在虚构的茶铺村真正登场，只存在于人们的言语与想象之中。缺少青年的乡村，也就逐渐失去了活力。茶铺村平日里总是寂寂无声，只有老人死去、举办法事时方才有些热闹。可是那些给亡者做法事的道士，也都是花甲老人了。《血盆经》共有 14 节，死亡在每一节中都会出现，或是有人死去，或是谈及某人的死因，或是众人交流关于死亡的看法。死亡成为茶铺村故事的线索、动力。《血盆经》密集地展示死亡，既是对乡村老龄化、空巢化的写实，也完成了对乡村衰败没落的隐喻。茶铺村是“残”的。村子里的个体多有残疾，连基本的社会结构——家庭也大多残缺。大伯的妻子、起亮道士的妻子追随儿女去往城市。离散的家庭，已经失去了它的价值。邻居菊香每次现身也都是独自一个。菊香初见何旺子就要戏弄他，她的泼辣之下或许就是孤独。残障的个体、残缺的家庭，使原本自然天成、浑然一体的乡村露出了裂缝。茶铺村还是“病”的，它的“病”不独指生理上的症候，更多的还是落实为精神上的暗疾。简陋闭塞的生活，使人们总是匍匐于利益计较。何旺子的大伯将村中的老人都看成“生意”，算计着老人们会因死亡而必须花钱举办葬礼，全然忘记了自己也已经行至暮年，垂垂老矣。葬礼上的唱经道士千方百计让失去亲人的家属们失态，私心希望能得到更高的报酬，完全不是原本的寄托哀思、抚慰伤痛。精神上的“病”还会滋生出惊人的“恶”。呆傻失智的六儿身强力健，被大伯当作牲畜一样百般驱使。翠儿的智力永远停留在孩童时期，身体却逐渐成熟，于是她成了生育的工具，不断地被姑妈“嫁”给不同的男人。六儿、翠儿都因身体残障而被他人践踏，他们是令人同情的，那些视他们为物的人更是早已经自我物化。精神的委顿将乡村的空洞彻底暴露在读者面前。

居于茶铺村之外、之上的隔离观察者，不仅掌控茶铺村的运行，也承担着引导读者的功能。他通过选择观察对象、能动地安置观察对象，从容引导读者的视线，保证读者始终凝望着他想让读者看到的一切。特别是隔离观察者可以通过种种细节，以渗透、启发的方式使读者向自己的情绪情感、价值判断靠拢。《血盆经》里被转卖多次的翠儿，终于还是因生育丧了命。面对翠儿的死，观察者迅速将目光聚焦到她的死状之上：“被子遮住了头，但脚露出来了。那脚一只穿了鞋子，一只没穿鞋子，两只脚吊在躺椅下晃荡晃荡。”[②] 虽未明言，但蒙住的头、垂在躺椅外的脚、散失的鞋子等细节仍有效地引导读者猜测出翠儿死时的猝然凄惶以及所谓“亲人”对待她的草率轻慢。绵密细节之下隐藏着种种情绪感触，以留白的方式为读者的自行理解、主动阐释提供空间，引而不发反而积蓄一发惊人的能量，也更具说服力、感染力。隔离观察者没有止步于翠儿之死，而是继续扫描众人对翠儿之死的反应。翠儿的姑妈“闹了一场，得了三千块钱也就罢了”[③]，“六儿大伯把自己的棺材给了翠儿，却不肯让出自己的田地来安葬她”[④]，而“师傅跟师娘倒是痛哭了一场”[⑤]，在深夜里为翠儿做了一场完整的法事。读者能够通过观察者所选择的特定对象以及观察者如何组合对象，揣测出观察者对翠儿姑妈、六儿大伯的不屑以及与起亮夫妇、何旺子的共鸣。

二、锲入视角的浮现与意义

出了门，上了坡，就闻到一股青气，是茶树叶子味。何旺子脑子发蒙，步子发飘，踩棉花般高一脚低一脚，上坡如腾云驾雾般。何旺子觉得过瘾，兀自笑了起来。

这是《血盆经》的另一种视角。这一视角相对复杂，初看起来似乎仍属隔离，仍然是那个无处不至、无时不在、无所不知的观察者在“看”何旺子如何行动，但如果读者仔细推敲就会发现，闻到那一股子茶树青气的实际上是何旺子。此种观察类型属于锲入观察，即观察者在虚构世界之内，是所讲故事中的人物之一，与虚构世界粘连难分。

《血盆经》偶尔会借助某个虚构人物的眼睛，换了一个角度观察这个虚拟世界。它启用的另一个“眼睛”

是何旺子。需要特别指出的是，透过何旺子看到的所有，完全可以由隔离观察者独立完成。那么连何旺子的梦境都能了如指掌的隔离观察者，为什么会允许何旺子的视线脱离自己的掌控？

仅从艺术技巧来看，何旺子视线的加入，形成叙事视角的变化，使一直被隔离观察者牵引的读者感到新鲜，能在一定程度上纾解他们的阅读疲劳。从隔离到锲入的视角切换，还能牵引读者在不知不觉之中完成由“外”到“内”的微妙位移，使读者仿佛身临其境，靠近那些虚构世界里的连绵青山、鳞次茶园、扑鼻清香，甚至恍惚间闯入何旺子的精神世界，隐约体会到何旺子此时此刻的轻松愉悦与心有所待。

从价值立场、思想观念而言，锲入视角的使用意义非凡。隔离观察者将视线让渡给何旺子而不是茶铺村里的其他人，体现了他对何旺子的重视。这一点至关紧要。无论是天赋条件，还是后天因素，何旺子都属于边缘者。他因患有先天性心脏病发育不全，瘦小羸弱，又因父母双亡只能依傍伯父生活，中学未完成就辍学了。众人眼中，何旺子智力不足，体力欠佳，连裁缝这样稍显复杂的工作都无法胜任，只能去给算命瞎子当向导或者去当葬礼上被人捉弄的唱经道士。可是，何旺子一旦成为另一位观察者，读者就必须借助他的目光观照事物，感知人心。由此，何旺子这个在真实世界里被人忽视、歧视的人，在虚拟世界里反而获得了机会去看、去表达。从读者开始接受由何旺子看到并传递的信息的那一刻起，他们就有可能逐渐察觉，何旺子原来是和自己一样有知觉的“人”。可以观望的何旺子，终于拥有了话语权，并有可能因此萌发出主体性，不再仅仅是一个被观看的对象。何旺子是茶铺村的一员，或者说是茶铺村的象征。在隔离观察者看来“老”“残”“病”的茶铺村经由何旺子，也试图说出自己的体验。

不可否认，《血盆经》里何旺子的“看”仍窄于、浅于、弱于隔离观察者的“看”。从所占文本比重来看，隔离观察者的“看”构成《血盆经》的主体，何旺子的“看”只作为穿插、点缀存在文本之中，所占篇幅较少。读者如果稍不留意，就有可能与之擦肩而过。隔离观察者的“看”是主干，一旦消失，虚拟的茶铺村必将崩塌。何旺子的“看”是枝叶，设若消隐，茶铺村或许会黯然失色，却还能保持形体坚实。从思想认知的深浅而言，较之隔离观察者的“看”融感官、情感、思想于一体，何旺子的“看”显然欠缺深度，他大多只能感官地“看”，其中也掺杂情绪、情感，却几乎不能抵达思想、观念的深层。从话语等级的强弱来看，何旺子的“看”是受限制的，他只能看到自己，即便看到他人，也不能像隔离观察者一样任意深入他人的思想。何旺子仍然是被挑选出来的，而挑选他的人恰恰就是隔离观察者。何旺子的世界并不能完全独立，他自己的很大一部分也仍被嵌在隔离观察者的世界之中，只是视线偶尔逸出边界。隔离观察者所“看”到的茶铺村居于第一层，何旺子所“看”到的茶铺村则处于第二层。

但无论如何，两个观察者还是将一体的茶铺村划分为既相互独立又相互影响的两个层次。茶铺村里的何旺子毕竟张开了眼睛，哪怕他的主体性、能动性极其虚弱有限，但只要是能够“出了门，上了坡，就闻到一股青气，是茶树叶子味”，他就将不断干扰那个掌控全局的隔离观察者，使原本气定神闲的隔离观察者或多或少有了犹疑。何旺子的视线一旦浮出，必然提醒隔离观察者注意来自茶铺村内部的经验、言说与逻辑。因此，隔离观察者在审视茶铺村时，也不由自主地受茶铺村的影响，接受茶铺村经验的冲击。既有主次轻重的层级框架，也因此不时在“外”与“内”、“审视”与“体验”之间徘徊，《血盆经》的观察角度、价值立场就不总是那么清晰和稳定了，于是文本中出现了如下陈述：

> 屋子收拾得很干净，堂屋的正墙上挂着一幅画，一个须发倒竖的男子，瞪着铜铃般大小的眼睛，举着剑，骑着一只老虎，那老虎四脚踏云，张着血盆大口，一副要吃人的样子。看得何旺子心惊肉跳。
>
> 画像前是一张八仙桌，桌上三个盘子装着橘子、梨子和香蕉，一个铜香炉，炉里的三炷香已经燃尽，中间那炷香还有半指长的灰烬未落下，弯弯地吊在香桩上。屋子里有股浓重的檀木香味。

看到这一切的究竟是谁？是占据主导的隔离观察者，还是偶尔发言的何旺子？叙事视角的融合，使《血盆经》的观察受到侵扰，也因此获得张力。受到何旺子视线影响的隔离观察者，不再急于讲故事，而将注意力分散在了风俗之上。他像学唱经的何旺子一样不厌其烦地观看一场场法事、祭祀，目光黏着在经幡、桌帔、画像、法器、香蜡、纸烛、条案、灵位、科仪、经文之上，紧盯着师傅“拿起桌上的一杯清水，抬起莲花指将杯中水往天上弹，中间弹，地上弹，边弹边向灵位鞠躬”⑥的动作，连那些帮厨、道士、和尚、八大金刚、纸匠师傅、裁缝师傅等等闲杂人等也不舍得错过。他也极为留心日常生活中的习惯与禁忌，如节日放财神的习俗、拜师学艺的规矩、春季采茶的避讳、汽车上贴着的平安符等等。所谓风俗，混合了人们朴素的生存欲求与粗粝的精神需要，风俗既是仪式，更是茶铺村自己的活法。隔离观察者对风俗的迷恋，或许出于好奇、不乏审视，也隐约使读者感受到了茶铺村内部视线向他的渗透。频繁的风俗呈现有效地抑制了隔离观察者讲故事的冲动。何旺子发现翠儿被欺侮，与六儿携手解救翠儿本是《血盆经》中的高潮，牵涉人物众多，线索复杂，可是《血盆经》并没有把精力完全放在一系列紧张动作之上，先是用起亮道士制作符箓，何旺子揣摩笔画走向，延宕戏剧场面的开始。在故事发展过程中，小说明明有机会讲述六儿大伯殴打翠儿，却又一次转向起亮道士和何旺子，借他们的行踪呈现念咒、哭声以及“帘棚里糊寿仙筒的、扎纸人纸马的、折元宝的、写账的都热闹起来了”⑦。风俗作为闲笔不断穿插在激烈的故事中，使故事张弛有致，也体现了隔离观察者调整自己视线的努力。而故事越是延宕、分叉越多，读者的注意力越是会从故事本身转向故事之外，特别是那些容易被忽略的边缘人群、暧昧情绪。

何旺子视线的浮现，影响了隔离观察者对茶铺村里所有人的理解。他们不再是“老”“残”“病”的符号，而是血肉淋漓、复杂难解的人。《血盆经》里的人物往往成组出现，既以量的方式显示茶铺村的存在，也借人物的同中有异、异中有同提示茶铺村的复杂。何旺子、六儿、翠儿三个残障少年，境遇相似，命运共通，但三人之间仍存在性别、残疾程度的差异。为茶铺村代言的何旺子在三人之中，智力略高，心思也较为细腻。六儿、翠儿智力显然弱于何旺子，他们的吁求更多停留在生存层面，六儿要娶老婆，翠儿要吃鱼，何旺子则表现出更多的情感需要，他能明白大伯的苦衷，也体会到了起亮的善意，会因为翠儿的死痛哭，也由翠儿的死联想到自己的身世结局，为一路上没亮的坟包都点上蜡烛，以自己的残弱之躯、薄弱之力呵护乡村的生灵。小说通过叠加三个残障者让读者发现乡村的重重困境，而三人之间细微的差异，又使读者在施予同情的同时体察到弱者也具有不应被忽视的力量。

三、入乎其“内”的重要性与可能性

以外部的、审视的隔离观察为主体，间或使用来自内部的、体验的锲入观察，构成了《血盆经》“看”的基本框架，也是这部写于 2013 年的小说，至今读来仍动人的重要原因。较之宋小词的其他乡村小说，《血盆经》的故事并不刺激，故事元素也不新鲜，但两种观察视线的相互竞争、彼此校正，构成了《血盆经》的张力。

正如研究者指出的，视角“并不只含有纯粹视觉的意义。……它也意味着感知、思考、体味看或可能看到的东西，而这当中自然包含着思想、意识、价值判断、观念形态等更深层次的含义”⑧，怎么“看”既蕴蓄写作者自身的情致才思、精神立场，也作为联结写作与时代、文本与社会、虚拟与真实的关键点，裹挟艺术与历史、时代的复杂辩证。站在外部的隔离与来自内部的锲入，是形式技巧，也标注了“审视”与“体验”的立场差异，并进一步地区分了“观念”与“经验”的意义体系。如果仅在理论范畴内加以讨论，叙述乡村、理解乡村变化的理想状态莫过于，既入乎其内，也出乎其外，内外结合，审视与体验兼备，以观念提升经验，防止观察与叙事过分沉浸于经验，也以经验填充观念，避免过分抽象。然而具体到中国的乡村叙事，特别是新世纪以来乡村叙事，问题并不如此直白和理想。

对于新世纪以来的乡村叙事而言，出乎其“外”的作品数量远远多于入乎其“内”的作品。但这恰恰证明，面对变动不居的乡村，入乎其“内”的难度远远超过出乎其“外”。这由乡村经验本身决定。中国的乡村本就沉积着不同时代、各类型人群的诸多问题，新世纪以来的各种冲击更是使乡村问题进一步复杂化，这在《血盆经》《锅底沟流血事件》里都有所展现。乡土经验的繁复新鲜成为创作者进入其中的首要障碍。当写作者面对陌生的经验时，讲故事的冲动往往压倒了剖析问题的耐心。这也是隔离视角被普遍使用的原因。宋小词的《锅底沟流血事件》虽也涉及偏僻乡村被忽视的群体及他们的困境，但由于只单一地使用隔离视角，虽陈列、组合了种种戏剧化情节，但作品仍存在故事有余而蕴藉不足的遗憾，特别是锅底沟里的人除了困境之外，还有什么更丰富也更复杂的情感体验，作品也几乎没有涉及。

创作主体乡村经验的匮乏进一步增加了进入乡村的难度。随着城市化进程的不断加速，创作者尤其是青年作家，其生存发展空间主要是城市，因此普遍缺少关于乡村的实际生活经验，也很少像前代作家将乡土视作精神原乡。他们更多的是把乡村视为对象，从观念、文学传统等维度对其进行想象。宋小词之所以能关注乡村，能够在《血盆经》里让乡村自己发言，源于她已然成为基因的乡村经验。作者在小说集的后记里一再表白"我出生乡野"，"在大自然中成长的人身上会有野性的基因，……这种基因会被唤醒"[⑨]。她重视并享受作为经验来源与精神资源的乡村，"人从哪儿来还是要回到哪儿去的，内心强大了，才有勇气洗净铅华，露出本来面目"[⑩]。当然，乡村经验并不是作家叙述乡村的先决条件，但缺乏乡村经验必然会使作家与乡村隔膜，如何在城市化进程不断加速的时代里有意识地弥补短板，是青年作家涉足乡村题材之前就需考虑的问题。

中国乡村叙事传统也会在一定程度上影响写作者进入乡村经验的内部。中国的乡村叙事历来重视出乎其"外"，借助启蒙、革命等诸多观念建构经典，为后续创作者提供了众多可供学习、模仿的范本。后续创作者通过继承经典的叙事视角及与此相关的叙事立场、意义体系就可以获得深度与质感。然而，观看乡村的经典叙事视角、叙事立场、意义体系有它依赖、对应的历史语境和对象，当语境与对象都已经发生变动之时，沿袭并无益于发现新的问题，更不能解决新的问题。

总体而言，新世纪乡土仍在变化之中，面对变动不居的乡土出乎其"外"固然重要，如何入乎其"内"却应该是第一位的。尽管《血盆经》仍存在如何调节"外"与"内"，特别是如何避免过分沉浸难以超拔的风险，但它启用锲入视角，重视乡土内部经验的立场，让乡土自己发声的努力，仍为新世纪乡村叙事提供了一种方案，一种可能性。

注释：

①傅修延：《讲故事的奥秘：文学叙述论》，二十一世纪出版社集团2020年版，第194页。

②宋小词：《血盆经》，《呐喊的尘埃》，长江文艺出版社2016年版，第38页。

③宋小词：《血盆经》，《呐喊的尘埃》，长江文艺出版社2016年版，第38页。

④宋小词：《血盆经》，《呐喊的尘埃》，长江文艺出版社2016年版，第38页。

⑤宋小词：《血盆经》，《呐喊的尘埃》，长江文艺出版社2016年版，第38页。

⑥宋小词：《血盆经》，《呐喊的尘埃》，长江文艺出版社2016年版，第15页。

⑦宋小词：《血盆经》，《呐喊的尘埃》，长江文艺出版社2016年版，第31~32页。

⑧谭尹强：《叙事学研究：多重视角》，中国社会科学出版社2018年版，第122页。

⑨宋小词：《呐喊的尘埃·后记》，长江文艺出版社2016年版，第280页。

⑩宋小词：《呐喊的尘埃·后记》，长江文艺出版社2016年版，第281页。

［作者单位：河南师范大学文学院］

从个体挫败到社会批判

——宋小词的“进城叙事”分析

□ 俞佩淋

《开屏》和《直立行走》是宋小词的两篇代表作品。这两部小说在故事内容上不尽相同，但是基本的情节都与一个乡下女孩进城后的爱情婚姻有关。两个女主人公，秦玉朵和杨双福都来自贫穷的农村，都上了大学，并希望在城市扎根，过上光鲜体面的生活。秦玉朵依靠美貌，在大学期间和区长儿子相恋后结婚；杨双福单纯虚荣，无意中成为拆迁户的闪婚对象。但是，她们都不幸福，秦玉朵被丈夫暴打一顿后决定离婚，杨双福则倒在了前夫的秤砣之下。和前一代进城的乡下人相比，国家放开户籍管控，通过教育改革创造了更多的高等教育机会，她们进城后不用从事比较繁重的体力劳动（路遥《平凡的世界》），或者嫁给身体残疾的城郊市民以便蛰居城市（王安忆《富萍》），为什么她们显得更加不满意，更加不幸福？究竟是什么造就了这两个乡下姑娘的人生悲剧？本文分成四个部分，分析这两个女性进城的理由，进城受阻产生的心态，以及进城后的命运，发现宋小词小说的乡下女性往往背负着家庭改变命运的使命，充满期待地进城，进城之后受到城市的“嫌弃”，激发她们更加坚定地扎根城市。当她们争取平等物质权利的时候，往往因触动权力体制而遭遇困局。

一、主体虚空与价值幻象

改革开放至今，农村成为城市提取人口红利的窗口。素质良好的青壮年劳动力大量地流入城市，随着城市的崛起，农村逐渐衰败，乃至“空心化”。在以城市为中心的意义表述系统中，农村是“传统”“落后”的代名词。农村的生产生活方式在经济利益这个标准下，已经毫无意义。就像宋小词的作品里说的一样，“犁田的牛望天叫声‘哞’，便是一股子穷味。一切都毫无指望的样子”。进城打工，送孩子进城读书成为农村家庭离开乡土、改变命运的重要途径。

对照文本，宋小词所认识的乡村是这样的，“我们这里都是山，那山其实离我们很远，只能看到连绵起伏的形状，这形状给我们带来一种被包围的感觉，无论目光放得有多长远，终究要被这形状给挡回来，日子因此变得逼仄冗长。又是丘陵地貌，田地被地势弄得不成规矩，只能进行原始的刀耕火种”。这是一个典型的乡村景观，贫穷，封闭，人在这个空间当中周而复始地生活。除此之外，在乡土世界中个体的命运往往早早地被血缘和礼俗所决定。《呐喊的尘埃》中，小节从小就被认为将来会像奶奶和姑姑一样，拿来“垫日子”。秦玉朵家里因为只生了一个女儿，在重男轻女的农村，“爸妈为这还是受过一些气”。周围的目光和言论令小节气恼，令秦玉朵“耳朵里长出麦芒”。

乡村在固有的权力和文化秩序崩塌之后，因焦虑而产生的比较心理处处可见。弱者希望变强，强者希望能更强。《路遥遥的心事》中父亲这样的乡镇知识分子也不例外。他热衷于与学校的老师攀比，“一只眼盯着别人的收入，一只眼盯别人的家事”，“比完能力比权力，比完老婆比儿女”。舍勒认为，比较是怨恨的根源，而怨恨是由对某些情感冲动加报复、憎恨、敌意、嫉妒、诋毁冲动以及恶意等进行系统压抑而产生的一种持久心态。这些情感冲动本是人性的正常要素，但由于人们不敢也不能把它们宣泄出来，只能对其进行压抑；压抑的结果就是，人生活在了“价值幻象”中①。送孩子进城读书就是“主体虚空”的情况下生产出来的重要的“价值幻象”。

然而，“供养子女进城读书”这一行为包含着深刻的悖论，从父母的角度来说期待子女遵从“知恩图报”的道德逻辑，但就“子女一代”来说读书就意味着在城市扎根，争取个体自由独立。从情感的层面来说，培养子女本来是非功利的“爱”的付出，在“渴望改变家庭”的目的下，培养却染上了功利的色彩。这两层悖论为进城读书的农裔子弟未来的城市生活埋下了悲剧的伏笔。宋小词对乡村家庭供养大学生进城这一行动内在的伦理隐痛做了细致而全面的探索。比如《开屏》中的秦玉朵努力维持表面上的体面，以免让母亲失望、担心。《天使的颜色》中南音面对母亲的数落，尽量将内心的烦恼控制在“引而不发”的状态。但在《祝你好运》中走投无路的舅舅向同样贫穷的伍彩虹索回房子宣布了舅舅对乡下亲戚决绝的态度。伍彩虹的母亲供舅舅上大学后，“跟得了天下似的，一切都有了靠”。她一次又一次地请求舅舅帮助家庭渡过难关，舅舅屡次伸出援手，但却导致舅舅一次又一次地离婚。舅舅的人生悲剧是乡村传统伦理与城市的生存法则冲突的结果。乡村的家庭目标是代代相传，牺牲个体利益获得家族的承传，但是城市更注重个体和当下的生存质量。总而言之，承载了家庭使命的乡下人进城读书要比个体进城打工要显得复杂。

二、进城仪式与心态变化

乡下人进城是一个抹杀自我历史的过程，乡村的包袱越多，在城里遭遇的问题越多。从本质上来说，城市与乡村是对立的。“从乡下到城里不仅是身体的空间挪移，同时也是乡村文化记忆不断被城市文化吞噬的过程，这个过程对乡村文化来说，应该是最为艰难和不适的。”②农裔女大学生恰恰是城市和乡村矛盾的结合体，她们最渴望融入城市，但她们也背负着最沉重的精神包袱。宋小词的小说很少写到这些女孩子在大学期间的城市洗礼，而把这个过程后移到恋爱和婚姻中。婚姻是进城女性栖身的关键。在进入婚姻之前，她们面临着从身份到身体的苛刻的审视。

《开屏》中秦玉朵第一次进南府见婆婆，是她最重要的进城仪式。婆婆听到秦玉朵是农村的，惊呼了一声。叙事者没有很快地跟进秦玉朵的情绪，而是客观冷静地说明了一下，“那声惊叫充满了对农村人的嫌弃与厌恶，很是伤了秦玉朵的自尊”。紧接着说明漂亮的秦玉朵看上的是南府的门第，为了解决工作的事情，决定和身高不到一米七、体重一百五十斤的南翔谈恋爱。同时她还想起来母亲的教诲和期待。“妈最怕的就是她会红颜薄命。妈见多了没好下场的漂亮女人，她自己就是，落在农村里，受一辈子穷。”“妈还说漂亮女人没好下场，是因为她们缺心孔，头脑容易发热，特别是感情上把握不住自己，仗着漂亮，经常贱卖给了花言巧语和甜言蜜语。甜言蜜语值几个钱？真金白银才不落虚空。”可见，母亲最希望她能在城市里享受富贵。在感情和物质利益的天平上，母亲告诉她物质利益第一位。可以说，秦玉朵是在母亲的精神指引下，忍下了未来婆婆的嫌弃和冷落，选择了物质利益。

《直立行走》中杨双福虽然也在城市里上了大学，并在一个小公司里上班，但是她真正受到城市检验是第一次去酒吧并认识周午马。小说中这样写道，“她长这么大还没见过这样的世面，她确实不会喝酒，这样的场合使她感到恐惧。她的衣着也明显跟这里不搭调。她为自己的圆脸、雀斑、杂乱的眉毛和光秃秃的手指感到难为情，一看就是从乡里出来还没有被城市格式化的姑娘，话里也夹杂着浓重的方言”。在典型的城市交际空间中，杨双福感觉到自己不合时宜，会喝酒，拥有尖脸、光洁的皮肤、精心修饰的眉毛和纤长的手指才是都市美女的样子。不仅如此，她的衣着和身材也受到了考问。“里面穿着一件黑毛衣，还是她母亲亲手织的那种，紧紧地箍在身上，赘肉如丸子般这里鼓出一团那里闪出一坨。在空调的烘烤下，热得额头冒汗，可是哪里敢脱去外套，一脱，她的穷酸与窘迫将一览无余。”杨双福在局促的同时，产生一些懊恼的情绪。“她对自己越发的不自信了。她搞不清楚这满世界的男人到底喜欢什么样的女人。她只觉得贞节、忠诚、本分、善良这样的传统美德似乎过时了。这个时代都要求女人学妖精，丰乳肥臀，伶牙俐齿，风流妩媚，自私自利，以美色去俘获男人的下半身,而不是以操守去打动男人的心灵。”她的道德观念不自觉地动摇了,稍做犹豫就答应了周午马目的清晰的邀约。

舍勒说:“现代现象不仅是一种事物的转变,不仅是环境、制度、艺术的基本概念及形式的转变,不仅是所有知识事务的转变,它是人自身的一场转变,是人的身体、欲动、心灵和精神的内在构造本身的转变;不仅是人的实际生存的转变,而且是人的生存的标尺的转变”,“心态(体验结构)的现代转型比历史的社会政治经济制度的转型更为根本”③。从农村进入城市,秦玉朵和杨双福这两个女性的心态转变为其中的时代内涵切换做了经典的注释。在身份和身材容貌被质疑的前提下,二人不约而同地选择了最为原始的手段——身体/性来打通城乡的隔阂。秦玉朵不惜“到医院还做了上环手术,免去了他戴套之苦”,杨双福则随时应约。但是性关系的建立,仅仅使人物表面的关系成立了,城乡隔阂依然存在。

三、基于物质表达的尊重与爱恋

城市创造了丰富的现代物质景观,物质是城市的外部躯壳,也是城市的精神内核。区别于乡村生产的农业器物体系,城市的工业产品/商品俨然自带诱人的光辉,宋家银为了自行车和手表驱逐丈夫进城打工④,明惠因为一身洋气的衣服决定到城里当按摩女⑤。与这些打工者相比,宋小词笔下的农裔大学生既追求精神尊严,也追求物质利益,但二者往往会因为乡村身份不能兼得。卑微的地位与身上“二两骨头”反噬一般令人痛苦,进退之中有乡村礼俗与城市文明的摩擦,更有文化想象和社会现实的撞击。

《开屏》中,秦玉朵进城后,“每次给妈钱都用汇款单寄,每月六百元”。不仅如此,秦玉朵当着村人的面花三千元包车接母亲回省城。村里人正是看到了秦玉朵的阔绰和孝敬,才承认秦玉朵是“能干的女儿”,“比儿子还靠得住”。这也是秦玉朵和母亲想要的效果,“他们对妈的羡慕就算是替妈出了当初憋下的气”。这本来已经实现了秦玉朵进城的目的。但是,母亲进城打破了这一平衡,近距离地进入了秦玉朵的生活,她怕“妈多心,会觉得是自己打扰的缘故”,另外怕“妈发觉她的日子过得不好”。如果说嫁入了南府,获得的经济实惠,让秦玉朵母女解决了社会尊重的困扰,那么母亲进城,秦玉朵要解决的是内里尊重的问题。真正的冲突在于秦玉朵要同时实现物质利益和情感尊重。在《开屏》不长的篇幅中,秦玉朵和南翔的冲突频频发生。“两碗方便面”“婆婆反锁的门”“弯腰捡钥匙”等等细节都会引发秦玉朵的怒气,觉得自己和母亲被轻视、怠慢,进而产生屈辱、愤怒的情绪,还时常流泪,大哭。我们如果仔细分辨会发现,秦玉朵渴望全面支配南家的财产,内心期待南家按照乡村礼俗接待贵客一样接待母亲。但从城市文明习惯来说,私人空间不可侵犯,因此“婆婆锁门”有点过分,但捍卫自己的空间却无可厚非。年轻的女性进入城市婚姻中,想要掌管家庭财务大权是普遍想法,但是“财务独立”也是常见的情况。每次与南翔商量点事情,都要以性事铺垫,这是她自愿选择的,而不是南翔强迫的。因此秦玉朵因为摆不出阔气而生出怨气,因为得不到编制保障而生出仇恨,从本质上来说是由于乡村时代的物质匮乏和情感匮乏。她迫切地希望以丰富的物质和亲密的感情来肯定她的价值和尊严。秦玉朵虽然接受了大学教育,但还不是一个成熟独立的现代个体,她的怨恨从某种意义上来说是乡村期许和城市现实冲突的结果。

同样,失落也出现在杨双福身上。《直立行走》中,二人刚刚恋爱时杨双福还略略觉得有些盼头。周午马第一次开着香槟色的小轿车来接杨双福,“她从生锈的铁电梯一步步下来,闻着各种被沤烂的气味,第一次有了一种在尘埃里绽放的神色”。但是很快,她感觉到屈辱了,觉得自己就像“周午马的夜壶”。而屈辱的主要原因是约会直奔主题,没有一点“精神文明”的内容,情人节没有鲜花和巧克力,平时也不嘘寒问暖,约会的时候快捷宾馆里只有“纸一样薄的拖鞋”“带着霉味的床铺”,二人性事之后没有任何过渡又如陌路人一样分开。男女关系从性爱到情感的升华这一主题在现代文学里探讨得很充分,为什么杨双福不能把周午马旺盛的性需求当作一种爱情的表达呢?从本质上来说,是因为物质形式单薄使情感失去了依托,或者说是恋爱的文化想象和现实严重不相符。《膏肓有疾》中有一段标准情欲生成场景。穆可可下了考场,住进了刚刚认识的男友订的房。“进了房她才发现这是间大床房，窗明几净，温度适宜，装修精致又奢华。她冲了澡，洗了头，换上浴袍，整个人一身轻松。她烧了壶水，用自带的山里的毛尖泡了杯茶，喝了几口，觉得空虚无聊，便上床睡觉。床垫松松软软，躺哪就立刻沦陷在哪。她在床上舒服地滚来滚去，有些后悔不该将他放走，这么好的床，只有两个人滚才端的是种享受。”“柔软的大床”“适宜的温度”“鲜花”“金钱”，是城市一整套行之有效的恋爱生活范式。只有在身体舒适的情况下，才能产生情欲的荷尔蒙。

在宋小词的叙事中，物质和情感难分彼此。如果说在同时代其他作家笔下，城市还有一些具备诗意和文化内涵的器物体系，那么宋小词更习惯用商品表达品位和情调。物质丰富等于情感肯定，物质贫乏就会质疑对方的诚意。恋爱前期杨双福在周午马面前忍不住自卑，并努力掩饰和隐忍。当杨双福第一次造访周午马家，“从这栋黑咕隆咚的楼里敏感地嗅到了穷和困的气味”，突然有种平等的感觉。但精神平等又不是她的第一追求，“成为武汉人”，获得大家嫉妒的眼神才是她的目标。因此她不断地夹杂在物质利益和精神尊严之中，不断地生出自卑、委屈、抱怨的情绪。

四、“怨羡”情绪与批判主体

在城乡二元结构下，城市和乡村天然的不平等造就了乡下人对城市的“怨羡”情结。乡下人一方面对城市文化充满了艳羡，努力效仿和融入，另外一方面又因为被压抑的屈辱而对城市充满了怨恨。这二者之间的共生和转化奠定了乡下人进城的心态。秦玉朵和杨双福虽然如愿进城工作生活，但遭遇了城市里金钱造就的物质景观和权力等级的精神震撼，秦玉朵念兹在兹的编制与身份认同和精神价值无关，而是关乎生活水平的问题。而杨双福在遭遇城市底层家庭后，个人愤懑经由同情上升到社会批判。

宋小词的《所有的梦想都会开花》就涉及农裔女大学生的物质匮乏与精神自卑的问题。其中有一段场景描述了来自乡下的穆小纱捡行李的场景，“过往的行人很多，众目睽睽之下，我狼狈拣拾那些上不了台面的食品。不远处，有个人在帮我拣，我用余光瞟了一眼，看到了一双运动鞋，是耐克的，至少四十码，像船一样。还看到了一只手，手也很大，腕上还戴着一串珠链，是茶色水晶，里面有云纹，是天然的，很贵。我曾经在一家水晶店里问过，要七百多块。不知为什么，我不敢抬头看他”。来自家乡的食品“上不了台面”，与其说是因为其材料之类的原因，不如说是它们没有被“估价”，或者价钱很低。而“耐克鞋”和“茶色水晶手链”之所以令人畏惧，最直接的原因是价格昂贵。想要越过障碍，实现体面也不是难事。穆小纱和章子涛恋爱后，章子涛送她一件“宝姿”连衣裙。“不穿不知道，一穿吓一跳，原来我是那么美，连莫佩佩都被我比下去了。镜子里有一刻空气是凝固的。怪不得我妈说我是衣架子呢。”自卑的穆小纱和美貌的莫佩佩只差一件“宝姿”连衣裙。占有价格昂贵和品味高雅的商品快速地填补了主体虚空。也是因为如此，秦玉朵才会忍不住向母亲炫耀孩子姑姑送的摇篮“要万把块钱呢”，“让妈猜她身上这件衣服多少钱，妈往死里猜说一千，秦玉朵鼻子一哼，说，五千。又让妈猜她的包包多少钱，妈洪亮地说，五千。秦玉朵鼻子又一哼，说，一万”。这些天文数字本身就具有震撼的效果。法国情景主义学者认为，在现代商品生产体制下，大多数人的创造力都被转移和抑制，社会成员已经被划为生产者与消费者、演员与观众[6]。从某种意义上来说，杨双福们在这个体系里是“消费者”和“观众”，她们遭受着双重的精神压迫：一方面是因贫穷遭受的财富压迫，另外一方面是因自卑无力抵抗城市商业文化逻辑。

双重的匮乏使她们产生自我价值怀疑，进而怨恨家庭和社会。周午马约杨双福到家里见父母，她在衣橱里找了半天的衣服也没有找到，突然生出懊恼。于是“她忽然讨厌起自己的生活，她仇恨贫穷和自己的出身，她痛恨起那些光鲜靓丽的、会穿衣打扮的女子，她们依靠着姣好的面容和身材俘获有钱男人过着有房有车的日子，然后她痛恨起这个不要脸的社会来，竟纵容这样的风气，竟允许这样的败坏，让她们年纪轻轻却能不劳而获，享受丰富而全面的物质生活，让她们这些勤劳诚实的女子汗水洒一地，却连一件像样的衣服也买不起”。这种“怨羡”心理在参观完周午马的房间以后，她找到有效的投射和共鸣点。杨双福在与周母的交谈中获得了城市另一端隐秘的历史。国企改革，职工下岗,铺垫了当下的市场经济大潮。她在历史向度上找到了城市罪恶的根据,也为自己批判社会找到了道德依据。上个世纪80年代路遥的《人生》中高加林进城挑粪受到张克南母亲的辱骂后,曾经发出这样的灵魂质问:“我有文化,有知识,我比这里生活的年轻人哪一点差?我为什么要受这样的屈辱?”[7]而杨双福在与女记者对峙中说:“你以为我们是要争这三十平米吗?我们争的是我们作为人的尊严!”“三十平米”和“人的尊严”等同起来。高家林和杨双福批判的具体对象不同,但是其中的屈辱和愤怒是一样的。

总而言之,“乡下人进城”这一文学主题在宋小词的小说里有着具体而实在的推进。她聚焦于农裔大学生这一群体,他们在无乡可返的背景下,表现出进城扎根的坚定决心。城乡之间因文化、身份、地位等方面差异带来强烈的精神摩擦。其间释放出的“怨羡”情结并不指向窥透“物化”的本质,而是指向物质平均分配的社会诉求。这种诉求如何实现,还是一个暂时没有答案的时代命题。

注释:

①张志平:《情感的本质与意义:舍勒的情感现象学概论》,上海人民出版社2006年版,第134页。

②孟繁华:《“到城里”和底层写作》,《文艺争鸣》2007年第6期。

③刘小枫:《中译本导言》,马克斯·舍勒著,罗悌伦等译:《资本主义的未来》,生活·读书·新知三联书店1997年版,第9、6~7页。

④刘庆邦:《到城里去》,《小说选刊》2003年第8期。

⑤邵丽:《明惠的圣诞》,《北京文学·中篇小说月报》2007年第12期。

⑥居伊·德波著,梁虹译:《景观社会评论》,广西师范大学出版社2007年,第4页。

⑦路遥:《人生》,北京十月文艺出版社2011年版,第126页。

[作者单位:江西省社会科学院文学研究所]

论宋小词创作中叙事的冷峻与温情

———以小说集《呐喊的尘埃》为例

□ 马小敏

在被贴上私人化写作标签的80后作家群中，宋小词的文学创作显得颇为独特：城市与乡村，尤其是女性的生存现状，在其现实主义笔触下尤显沉重与艰难。鲁迅先生在一百年前以文学的方式将“国民性与启蒙”拉入革命视野，他的第一部小说集更是以“呐喊”为名，写出了广袤大地上底层人民卑微、痛苦、麻木的生活，启蒙的亮光无法唤醒黑屋子里的沉睡者，哀其不幸，怒其不争，但作家还是会在坟前放上一束花（《坟》），让人感受来自未来的一丝亮光。一百年后的今天，乡村女性更多地走入城市，她们不再被困足于生存之地，是否便意味着更多的自由？女性发出怎样的声音，谁替她们发声，是振聋发聩，还是犹如一缕游丝，都成为文学必须要关注的对象，而宋小词的中短篇小说集《呐喊的尘埃》探索当下依然被贫穷包围的偏僻乡村女性的生存，无论是留守乡村，还是走向城市，身体是否要成为必然的资本，去撞击沉重的生活大门，谋求曙光的照耀。

“呐喊”是勇猛的，“尘埃”却是卑微的，宋小词在标题设置时便将这一矛盾直接推至读者面前，无论“我的喊声是勇猛或是悲哀，是可憎或是可笑，那倒是不暇顾及的”①，勾勒出现实的轮廓，洞晓在生活逼迫下的欲望涌动，展示真实的乡土女性的灵魂，进而探究时代幽微心理。

一、苦难：“尴尬人”的围困之境

上世纪90年代以来，现代化进程加快，城市享受着物质的极大富裕和精神空间的多元，而乡村，除了承载文人无限浪漫田园风光和拯救传统文化的动力外，逐渐衰敝破败，成为落后的空间，原有维系传统乡土的道德在固化为道德律令与被随意调侃之间游移，正是这种复杂，构成了宋小词展开文学诉说的场域。

在小说集《呐喊的尘埃》中，乡村不仅是地理位置，更是独特的文化空间，“文学关注的是这个文化空间如何决定人们的命运、性格以及体验生命的特征”②。连绵不断的山，围绕着丘陵，大堰储蓄水，应该是山清水秀的田野风光，但却没有成为承载文人乡土情怀的世外桃源。宋小词以近乎冷酷的写实主义手法将生活的卑微展示出来，身在都市的读者感到陌生而遥远，但生活描写的场景却又如此迫近。在《呐喊的尘埃》中作者交代了这里的日子“逼仄冗长”，“一股子穷味儿”，山民“无论目光放得有多长远，终究要被这形状给挡回来”③；《瞳孔》中原本辉煌的粮管所成为被遗弃的荒芜之地；《锅底沟流血事件》中乡村修路的困难……封闭乡村的真实存在，早已不再是牧歌式的存在，混乱的日常生活，琐碎而漫长地消磨着生命。

而苦难则成为人物成长的生命底色，或因物质匮乏，或因精神困顿，或因无力抗争，或因抗争失败后的无奈。如《呐喊的尘埃》中马家女人为了维持生存而出卖身体；《血盆经》中六儿被大伯压榨干活，翠儿被当作生育工具不断转卖，而这些在乡村都是被默许的；《瞳孔》中娟子未婚先孕，被双方父母逼迫去打胎；《开屏》中秦玉朵走进城市，却依然未能真正从心理上成为城里人；《太阳照在镜子上》中妹妹陶安生活的混乱与困顿；《路遥遥的心事》中路遥遥因暗疾不能怀孕的家庭悲哀；《滚滚向前》中杨依依生活拮据后摆地摊的艰难；《锅底沟流血事件》中马德山多方周旋修好路却在路上被碾死……而女性命运则更为尴尬，《呐喊的尘埃》中“马家都是拿女人来垫日子的，一代又一代”④，《血盆经》中为因生育而亡故的女人做的超度仪式，浑浑噩噩地循环在这块土地上的女人的命运中。这种极度封闭的空间，构成了一辈辈女人的生活，她们不甘沉沦其中却又抗争无门，宋小词笔下的生活如同“铁屋子”般存在，灰暗的生活，闭塞的眼界，循环的命运，寻求人生出路除了历经苦难，别无选择。人物孤独与逃离的欲望，无论是寻求生活的资本，还是保留内心的宁静，城市与乡村，似乎都是对宋小词的主人公封闭的，走不进去，也回不来，像极了她在访谈中提到的“乡村的生活并无诗意，城市的生活也没有多少荣光，我处于尴尬的夹缝中”⑤。正是这种“尴尬人”的视野，让作家能够站在多维的视角审视笔下底层人物的生活。

二、“她”的讲述：女性视角下的审视

故事的讲述方法有许多种，宋小词有时为展现生活的复杂与全方位，选择全知视角，有时会选择将自己隐藏在字里行间，让叙述者“我”来充分展现看到的生活，叙述人物的真实境遇与内心情感。

《呐喊的尘埃》中叙述马家凌杂不堪的日常生活，宋小词选择的视角是家族中的第四代、最小且正在读书的女孩儿小节“我”，主人公被放置在性别、家族、城乡的多维视域下关照与审视，这也是作家“为义所驱动”⑥，将女性角色生活境遇的触目惊心展露无遗，表达对现实生活的认知与思考。亲情原本应该是温暖的，《呐喊的尘埃》中的马家不是，在贫穷和疾病面前，亲情是对家族女性赤裸裸的绑架，乡村的道德也成为桎梏女性甚至是逼迫女性的枷锁，而怨恨是故事讲述者“我”观察到的常态。每个人的生存，都成为巨大的负担。太爷爷因饥饿而哭喊，太奶奶卧病在床，小姑堕胎后不能劳作，二叔被抓坐牢，爸爸患病后面临巨额的医药费，街坊邻居指指点点，等等。身在其中“我”的道德、责任在生存面前被毫不犹豫地摒弃了，甚至连一块遮羞布都不需要了。在被强行撕裂开来的生活面前，非常态的情感交织在第一人称“我”的讲述中呈现，沉重与隐忍在字里行间流露了出来，作家压制着自己的热烈而又厚重的情感，节制地旁观这一切的发生。

以女性“她”视角来关注世俗生活，是宋小词作品比较明显的特征。烟火气、脂粉味儿，女性成为她写作主要对象的同时也是织就起整个生活画面的中心人物。身份的差异使设置的女性生存境遇也更为多元。除了日常的吃喝拉撒，柴米油盐酱醋茶，还有人性面临的种种考验与遭遇，如《滚滚向前》中杨依依面临的人事经理的“揩油”，摆地摊及军嫂身份；《开屏》中秦玉朵面临的婆媳关系、与男上司的婚外恋；《瞳孔》中齐飞翔当兵后得了奇怪的病而吃土，其父母对娟子的态度从拒绝到哀求……外来世界的点滴交织成女性生活的网，日常的苦难与欲望、伤痛与期待，都具有了难以言说的复杂意味。宋小词在文章中能克制住情感，相对冷静地叙写人物的遭遇，“我有意让自己慢下来，把节奏放慢一点儿，像一些微雕师那样富有耐心，不急于求成，让文字像一把小刀或是铅笔一样，细细地刻，细细地描，一点儿一点儿地前进，一点儿一点儿渗透”⑦，而这种慢慢的渗透，也会慢慢流淌在读者的心中，形成情感共鸣。宋小词用特殊的视角和敏感的观察力，对简单人物构筑的社会圈层层剖析，甚至展示人性扭曲的复杂与恶，但这种恶，却又在泥淖般的生活中合乎“逻辑”地存在着，这才是作家的独到之处。

三、尘埃飘向何处：启蒙与救赎的可能

从“五四”新文化运动以来，“启蒙”这一话题被广泛讨论，启谁之蒙，谁来启蒙，启蒙何事何物，都未有标准答案。无论是外来或内在的力量在任何事物上教导人向美向善，都算是发挥了启蒙的作用，只是未必符合社会大众或某种阶层的需求而已。根据原有的文学叙事传统，乡土中国最有可能扮演启蒙角色的，按照常规，是教师或上级、书籍以及城市所代表的先进文明的洗礼，完成主人公“觉醒—反抗—新生”的历程。这些启蒙因子在《呐喊的尘埃》中全部存在，却未能按照常态叙事，彰显了作家对启蒙别样的反思。

极其封闭的环境，人物生活的缩影，愚昧、封闭、落后，与外界的交流甚少，所有向外释放的信号都被反射回来。文本中主人公面临的生存困境，也并非新时代新问题，而是如百年前一样，历史前行的车轮似乎忘记了弱小如尘埃的她们，而她们对启蒙的渴求也就极其强烈，最终的作用却极其微弱，而外来的救赎更为不可能，周遭人用“嫌弃和鄙视”的眼神来看待这家人，尽管主人公有自我反省与抗争的意识，“我不再让自己喊叫一声，我要将这种疼活活闷死在嘴巴里，我要为自己蓄积一些力气，我要生出一种更强大的能量，我要自己走出这阴冷的手术室。强忍让我的身体感到炽热，像有火在炙烤似的。这些疼像烧红的烙铁带着焦灼的气味烙进我心

里。我对我贫穷的村庄生出刻骨的仇恨"[8]，这种刻骨的仇恨，也暗示了返回乡村后的生活艰辛。家族中女性想走出去似乎是无路可走，正如一百多年前的娜拉，走出去的必然结果是堕落或再回来，那么再回来，便必然意味着幸福的开始么？未必。《呐喊的尘埃》中"我"伤痕累累之后重新返回乡村，家，会成为接纳"我"，让"我"重新开始的地方么？未必。家族中奶奶、姑姑已经为她演绎了将来的命运。揭示出了病苦，引起了疗救的注意，但如何疗救？反抗了某种堕落，并不意味着光明的未来，这才是宋小词在刻画主人公时冷静而又略显残忍的独到之处。启蒙与救赎无从谈起，尽管小姑和"我"的名字分别是"从贞"和"小节"，美好的愿景并未给家族第三代和第四代带来任何改变。治疗父亲的"药"从哪里来？在封闭、极度不发达的地区，生存只能建立在其他人的血肉之躯上。《锅底沟流血事件》中马福山因自己曾遭遇过摔伤，千方百计修好道路，却在要过路费时被车辆碾压而死。通向外界的路修通之时，外界与乡村似乎依然是毫不相关的两个世界，结局依然惨烈。

象征着现代文明的都市，更多地成了女性苦苦挣扎的生存之地。《呐喊的尘埃》中妈妈去了北京，小姑和"我"去了广州，然而作者甚至连这些城市的繁华都没有一丝笔墨，主人公来到这里，城市并没有向她们展开生活的多样层面，只有破落不堪的小巷来接纳她们，由此她们开始了堕落的血肉生活，接触到的城里人大多为身体的索取者。即便是能够在城里立足，她们也未必能找到心灵的归宿。《开屏》中的秦玉朵试图用婚姻中的隐忍作为代价，维持所谓的虚幻的体面，最终只能在绝望中走向极端。城市与乡村二元对立的思维模式依然没有消失，甚至没有减弱。生存的困境永远摆在不断凋敝的农村面前，无论是留守，还是走出，哪怕是留在城市中，都是城市的外乡人，身份之痛永远是难以摆脱的困局。但作者还是会留下一丝亮光，主人公大多都选择了隐忍，至多是"靠在厕所的铁门上我'哇'的一声大哭起来"[9]，压抑已久的声音终于发出，却并非呐喊，更多的是现实压迫下产生的无奈，发泄过后，生活会继续进行，哪怕是无处遁逃的宿命般的生活。但人性中依然有温情，内在于血液中的坚韧，支撑着主人公继续活着，相信未来的亮光会照耀生活。如《太阳照在镜子上》中陶平尝试理解妹妹并为之照顾孩子，《路遥遥的心事》中路遥遥还是想着要接回公公……"始终在历史痛点叙述里散发着对人的关怀、对人的悲悯、对美好人性复归的期盼，而这也正是作家的历史视野和人文精神的体现"[10]，作者在彻底暴露无底黑暗的同时，还是留有了一丝温暖。

乡村女性的希望在何处？进城后沦落为城市贫民，或是以身体为代价换来金钱，还有回不去的乡村，日常生活的卑微，尊严的丧失，对未来的幻灭，这些小人物的精神历程值得关注。"希望，希望，用这希望的盾，抗拒那空虚中的暗夜的袭来，虽然盾后面也依然是空虚中的暗夜，然而就是如此，陆续地耗尽了我的青春"[11]，或许鲁迅对希望与绝望、空虚的态度，正是宋小词在《呐喊的尘埃》中所暗含的态度，继续生活在庸常的俗世中，有欲望有躁动，有沉沦有欢喜。

注释：

①鲁迅：《呐喊·自序》，《鲁迅全集》第1卷，人民文学出版社1981年版，第441页。

②南帆：《启蒙与大地崇拜：文学的乡村》，《文学评论》2005年第1期。

③宋小词：《呐喊的尘埃》，长江文艺出版社2016年版，第129页。

④宋小词：《呐喊的尘埃》，长江文艺出版社2016年版，第130页。

⑤宋小词、吴越：《宋小词、吴越对谈：写作是我在打开心扉说最私房的密语》，《收获》微信公众号2018年3月20日。

⑥汤天勇、宋小词：《宋小词：创作有尊严的小说》，《芳草》2017年第1期。

⑦宋小词：《向人物的内心进行深耕》，《小说林》2014年第2期。

⑧宋小词：《呐喊的尘埃》，长江文艺出版社2016年版，第160页。

⑨宋小词：《呐喊的尘埃》，长江文艺出版社2016年版，第160页。

⑩王文静：《轻舟欲过万重山：论宋小词的小说创作》，《中国当代文学研究》2019年第6期。

⑪鲁迅：《野草·希望》，《鲁迅全集》第2卷，人民文学出版社1981年版，第181页。

[作者单位：浙江经济职业技术学院]

主持人语

□ 张清华　王士强

张远伦，苗族，重庆人，1976年生。他有较为丰富的生活和工作经历，从事过教师、记者、编辑等职业，由乡村（出生地、最初工作地）到小城市（县城）到大都市（重庆），其间的地域变化可以说典型地体现了新时期以来中国的现代化进程。他的身上包含和体现着诸多的变迁与位移，比如由农村到城市、由社会之“底层”到中产阶层、由乡村经验到城市经验、由农业文明到现代文明等等，这其中自然有着矛盾、龃龉和阵痛，同时也是有张力、有“故事”的。张远伦的写作也是如此，同样包含了多种因素的变迁、位移与张力。

张远伦的诗有生活的质感，有及物性，同时又有形而上追求，体现着“日常性的神性”或者“神性的日常性”。张远伦不是一个凌空高蹈、不食人间烟火的诗人，他有着对日常生活、俗世生活深切诚挚的爱，有着对之体贴入微的感触、理解与体恤，他的诗显出生活之细节、纹理、脉搏与呼吸，声色灿烂。但同时，他又不仅仅停留于物象的层面，而往往是“另具只眼”，探显出其背后的巫性、神性、本相与虚无，开辟出一个更具诗意和复杂性的广阔空间。这种神性与日常性、世俗性之间并非紧张、对立的关系，而更多是互为映照、相辅相成的，神性有如光辉照进生活的“生老病苦死”，提供一种抚慰、救赎、擢升，但它并不是生活本身，也不是生活的终极目的，正如完全的光明同样是完全的黑暗一样。张远伦的诗正是在日常性与神性之间的不断往返、双向观照，他是一个跋涉者，有着遥远的叩问和苍凉的一瞥；同时，他也是一个流连者，有着真情、挚爱和声色之欲、人世之欢。如此，他是一个在俗世修行的人，他于此地远行，又于远方回望此地，诗歌同时表达着他的“爱与哀”。此种境地，无论对于人生还是对于诗歌而言，自非轻易可达。

当然，张远伦诗歌的这种特点也有一个逐步生成和发展演变的过程。如他自己所说，他的写作到目前经历了唯美、异化、通灵的三个阶段，他从20世纪90年代中期开始写诗，已经历了漫长的黑暗期、学徒期，并逐步找到了属于自己的话语方式和美学风格。他最早期的写作大致属于青春期的自发式写作，唯美、纯粹，抒情言志、表达自我；此后则开始“左奔右突”，在思想与艺术等多向度学习借鉴，在“异化”中实现“现代主义”的洗礼，力图“脱胎换骨”；继而，又生出对过于“非我化”的不满，而更多地植根于自我、生活、本土，寻求一种开放的现实主义或现代主义的本土化，并在现实性与神性之间构架起了一道桥梁。这大致是目前为止张远伦诗歌写作的三个阶段，其中包含了正、反、合的逻辑过程。无疑，各个阶段的作品都有其价值也各有优秀之作，但他最为晚近、第三阶段的作品受到的关注最多，影响最大，整体的水准最高，这也是毋庸置疑的。

不过，危机或许也恰恰隐藏于其中。写到“神性”“通灵”的层面是比较“高级”“高端”，但是，也容易静止、僵化、套路化、自我封闭，从而失去活力、创造性与可能性。于张远伦而言，下一步向何处去，是否（以及如何）自我加压、自我变革，自己的写作有无必要（以及如何）寻求与目前面目迥异的第四阶段，或许都是值得认真思考的问题。

［作者单位：北京师范大学文学院；天津社会科学院文学研究所］

寻找诗歌的美学气质

□ 张远伦

一

如果说地域文化在诗人身上有烙印的话，那么我觉得湘西、渝东南、鄂西都有一个共同的名字：巫。这个巫超越通常意义上的巫蛊之术，浸润于诗人的美学骨子里，会呈现为：通灵、幽微。我想这也是南方诗人有别于北方诗人的原因之一。从总体上看，南方诗人精致、幽微、细腻，语言技术出众，诗歌里面的蛋白质更多；而北方诗人更粗粝、大气、苍凉，语言上更有力，诗歌里面的风沙更多。当然这只是现象，并不是所有人都如此。北方诗人黄钟大吕多，但南方诗人也不乏凌厉激越，南方诗人才子情怀，北方诗人也不乏洞幽烛微。

通灵绝非近玄，而是来自精神对某种呼应的渴求，所以我们共同制造了舞蹈、戏曲和诗歌。有时候，诗歌的通灵，就是诗人自断经脉。通就是不通。没有端头。因此，我们用面具示人。我的那些亲人，戴上面具模仿神灵，卸下法衣均是俗人。

我见过两种用数字命名的乐器。打击乐。我天生最喜欢打击乐，其次才是管乐。我不喜欢弦乐。钹乐被称为345，鼓乐被称为幺二三。有时用作庆典，更多用于祭奠。这些乐器，表示对亡灵的尊重。所以我更在意诗歌中凝重打击的东西，尖锐摩擦的东西，如钹，如鼓，如幺二三，如345。伴随着甩手揖的舞蹈，我愿意去冒充神的骨血。

我曾在诸佛江的一条支流上看见大量野鸭。循迹而进，小河幽深。围着一个村落，名叫麻风村。村庄只有一个近似豁口的出处。那里的每一个残疾病人都像是陶翁。模仿他们的人，如我，像是豪格、勃莱、赖特、特朗。我在诗中一人分饰多角，却对当前绝境无法描述。

每一个地方，每一个成熟诗人，往往会呈现出不一样的美学气质。诗人们要越走越亲近，但是诗歌美学气质要越来越迥异，这样才更丰富，更有吸引力。

二

我从上世纪九十年代开始学习诗歌，迄今已近25年，其间经历过三次以上的美学气质的变化，三次以上重装了我自己诗歌认识的系统软件。我不断反思和寻找，现在初步有了一些想法，但是也可能还会调整。我不断打败自己，然后弄一个新我出来。大致经历就是唯美—异化—通灵这样的过程。

我想保持足够清醒，并对诗歌充满敬畏，是我能够在工作生活之余，还能写诗的内生原因。这段时间我不断寻找适合自己的创作道路。我想：很多人走的道路，一定是好走的，他能快捷地抵达大众的审美。但是，我不会那样走，我要走的是一条狭窄的道路，是羊肠小道，是毛狗路，那种精深幽微之境地，那种深邃浑厚之思想。这就是我在美学上的追求，前面提到过，核心是通灵二字，这个不是玄学的通灵，而是语言和诗意的通透、精微、灵动和深远。当然，我还在路途中，远未抵达。

我一直提醒自己：不能只见独峰而不见群峰，这诗歌的领域里，别人攀爬的山巅，我就不去了，因为早已有人站在那里，你去挤占别人的地盘，别人不干。即使你去了，你也未必能找到攀登的路径，遑论登顶了。因此我就要在自己那极为狭窄的路上前行。

三

有一段时间，我特别喜欢葡萄牙诗人安德拉德，他的《白色的白》我反复读了好多次，后来通过刊物《红岩》还读到了他的另一首长诗《阳光质》，对他的语言技术深深着迷，那时候我读诗是先语言后内核，有时候根本就不看内核，就看他语言好不好。说来也怪，过了一段时间，又迷上了另一个葡萄牙诗人佩索阿，对他作为欧美现代主义原发性的写作深为佩服，那种异名者的写法，诡异而又孤寂的气息像一把刀子。我手里的佩索阿的诗集，现而今已成“油渣”。

前几年我大量阅读了欧美深度意象（新超现实主义）大师勃莱、赖特、西米克等人的作品，有恍然悟道之感。这一个发现对我的影响是决定性的。我重新审视了中国古典诗歌的美学精髓，比如情景交融的写法，与日本物哀文化下的诗歌，有神似。而这些写法又深刻地改变了美国“非学院诗歌”。那么我们有什么理由妄自菲薄呢？可以说，近几年来我的诗歌重返早期的干净、纯粹和深远，与观念的回归是紧密相连的。

有了自己的气质，技巧不是问题。气质里面，包含着地域影响、个人性格、人生阅历、信念信仰等诸多因素。我个人还用四度来进行了概括：诗歌是有温度的，它必然具有人情味和悲悯性；诗歌是有风度的，它必然具有语言美和风情美；诗歌是有深度的，它必然掘进到人性深处，而最高的人性将是神性；诗歌是有维度的，它是生存、生活、生命、情绪、信念、信仰的综合体。

四

很多人的诗歌读下来，常常感觉几乎是一个模具生产出来的，甚至就是一个人写的。这是新世纪以来诗歌创作丰裕的繁荣状态下，掩藏着的窘况。诗歌成功学在当下具有很强的诱惑力。诗坛上哪一种写法获得的成功大，利益多，拥趸便蜂拥而至，模仿者、借鉴者甚至抄袭者就来了，大家都想在短暂的时间里发表、获奖，爆得大名，进而恍惚而又享受地站在聚光灯下。形成的局面往往是很多写作都一副面孔，没有自己的呼吸，没有自己的温度，更遑论思想层面的启蒙，和诗歌美学层面的突破了。

前段时间，有一条很有意思的消息：人工智能机器人不仅在刊物上发表诗歌，而且出诗集了。其实在诗坛，类似于机器人的诗人，比比皆是，生产线上流水作业出来的作品，充斥于网络和报刊。最近，智博会在重庆举行，为经济赋能，为生活添彩，人工智能再次惊艳，诗人们开玩笑说：最好能有一款私人定制的机器人，代替诗人们出作品，根据每一个诗人的思维习惯、语言节奏和美学追求，生产出风格迥异的诗歌。不然，机器人的模式化作品和诗人的重复性作品一样，极有可能的结果是烂大街，坏了读者胃口。

因此我喜欢原生性的诗歌写作，喜欢具有诗人独特生命密码和生活印记的诗歌，与所谓潮流有所区别的诗歌。如是能发现“源头性”写作，或是某一种诗歌美学的初露端倪，即便会冒犯既有的美学观念，也会让人惊喜。写得太像诗歌的诗歌，即使偶有一瞬间的愉悦，也难以持久；而那种原生性的诗歌，却让人心灵有久久的震颤和回味，如能启蒙读者以新的方式观察世界，那将是诗歌的荣光，也是读者之幸。

［作者单位：红岩杂志社］

诗歌是诗人的寻人启事

——张远伦访谈

□ 张二棍　张远伦

张二棍：头顶的星空，心中的道德，脚下的大地，身后不可名状的万物，眼前的喧嚣与嘈杂，日益凋敝的乡土，渐渐虚胖的生活……远伦兄，这一切都是我们写作的源泉。而你，该如何平衡致敬与审视、摆脱与追逐、悼念和憧憬这些关系？

张远伦：二棍兄好。诚如你所说，我们都有着自己写作的源泉。就是说我们的诗句都有自己的源头。最好的河流永远在上游，甚至在汩汩冒出溪流的洞穴之口，在诗人生命的原初，在蕴藏混沌之美的地方。我的新诗集《逆风歌》，书名取自《逆风歌》这首诗，我在诗中为自己描摹了一生的形象，逆风而行，逆流而回，最后回到大风起之地，回到源头，这其实就是寓意了我的生命之源和写作之源的同一关系。

和二棍兄一样，我也有一片乡土。不过与你有所不同。你的北方乡土苍凉、粗犷，风沙大，所以你的诗歌更像是雕刻生命的刀锋；而我的南方幽邃、僻远，山水多，所以我的诗歌更趋向于呈现营养生命的蛋白。

当我和两个女儿一起，在偏远的诸佛村里，抬头看到北斗七星和深邃的夜空，我会莫名感动。确实，万物之道和心中之道有着奇妙的契合，特别是当城市化行进到当下，在空村之中，在远离喧嚣的状态里，我身上的诗歌因子又开始活跃了。这种情况下写出的诗歌，与我早期习诗时写出的唯美诗歌大不一样，这是在向我的源头致敬、向星空顶礼之后，得到的审视之诗。这时候，我对星空、大地、乡土，都是一种回望，是一种内心的平衡，是企图发现万物天然的哲理。我想在庸常之中找到神性的那部分——用以冥思、出神、为自己灌顶的那部分。

多年来，我确实是在不断挣脱，又在不断回溯，我在找自己内心矛盾的调和点，或者说是生命状态的平衡点，我的诗歌就在那里。

张二棍：远伦兄，在乡村教书那么多年，想必有太多点点滴滴，仍会如烟霞萦绕，仍会如孤鹰盘旋。对你而言，那段往事是什么？它对你如今、以后、一生的写作，会有怎样的触动、消弭、改变？

张远伦：1996年，20岁的我去到了彭水苗族土家族自治县东南部一个叫诸佛村的地方教书。有不少朋友以为我的诗歌中频繁出现的“诸佛村”是一个虚构的名字，因为这个名字看上去那么佛性，那么有文化，一点也不野，不像是一个苗族小村的名字。其实这里有一座坍塌废弃的“诸佛寺”，有一条干净的河流叫“诸佛江”，村子因此得名。

我在这里教书、劳动、读书、写诗、打猎、喝酒，过得很淡然。我知道自己需要什么。人的命运或者说生存密码，其实就是自己的性格。我这种被认为“孤傲”的人，选择人生道路的结果不言而喻。这里太安静了，安静得仿佛与世界没有关系，安静得我可以穷尽十年时光，去辨别和听清一声鸟语的含义。我想做一个生灵密语的翻译者，用诗歌来翻译。

这种生活让我练习了对事物的体察和感知。体现到我的诗歌中的时候，我会更侧重于细节的呈现。当我躲在坟包后面，看着黄昏的烟霞，听着野鸟呼唤上树的鸣叫，我觉得一生就是这样了——存在和消逝。这不仅影响了我对诗歌的看法，也影响了我的价值观。

青春写作中的狂妄和迷乱,会在这种练习中逐渐平和下来,进而逐渐进入澄明之境。我因此没有太多奇奇怪怪的关于诗歌的念头,不再执着于标新立异的语言破坏,天然就好,正常就好。

张二棍:我知道,我们写作诗歌,不可不去阅读一些翻译诗歌。假如你是一个译者,你翻译出了什么,你丢失了什么,又增添了什么?你会不会对你的读者,有一种告诫的冲动,或隐约的期待?又会如何告诫,怎样期待?

张远伦:我曾经和做翻译的诗人朋友交流过这方面的问题。100年前(1920年3月),中国的第一部白话诗集——胡适的《尝试集》出版。很有意思的是,几乎就在同一时代(甚至更早),美国人埃兹拉·庞德就关注到了中国古典诗歌,并进行了翻译。他在1915年翻译了中国诗集*Cathay*,这是英文读者第一次见到中国古诗。艾略特说:庞德为我们"发明了"中国诗歌。一些当下的中国诗人在读到这本英文诗集的时候,仍然要像猜谜一般去发现到底读到的是哪一首中国古诗(即便在中国耳熟能详)。也就是说,语言差异和文化传统的差异会导致诗歌翻译中某些方面的流失,这是没法避免的。

从百年前胡适彻底的白话文创作到如今中国诗人一定程度的"翻译体"创作,一些受到外国诗歌影响的语言方式是创新还是"诘屈聱牙",长期争论不休。诗人们就写法的"西化"还是"化西"均有自己不同的看法。而我自己,由于对翻译诗歌的失望,已经几年没有细读翻译作品了。我心中对大师级诗人的期待,会被翻译击退。但是有什么办法呢?只怪自己外语不好,读不懂原作。为此,我还专门梳理和学习了西方诗歌美学的发展流程,企图让自己更加了解和认同,但是效果并不好。我对自身的局限性是很清楚的,既然不能真切体验到西方诗歌的全面的"好",那么自己就潜心于在中国传统诗歌美学中找到适合自己的东西吧。

现代诗歌虽然是"舶来品",但并不意味着我们就必须以西方诗歌美学为宗,兼收并蓄才好。现在诗坛关于诗歌的"现代性"有很多争论,其中就有提倡全面学习西方诗歌语言方式和思维方式的。从读者的角度看,我更倾向于阅读中西结合的作品。

张二棍:快手、抖音、网络游戏……如此年代,诗歌乃至文学,成为每个写作者送给读者最缓慢的信物。我想,最好的信物,不只是送到读者眼前与心底,而是应该一直在读者脑海里漂泊着,永不会靠岸。远伦兄,你谈一谈自己满意的作品吧。你觉得你写出了什么,尚未写出什么?

张远伦:融媒体时代,各种新型社交软件和媒介,都在商业利益的驱动下,最大化地占领市场。很大部分可能成为诗歌爱好者的文艺青年,都流失到更为快捷、直接、娱乐化的平台了。还有部分喜欢"从前慢"的读者,还在阅读纸媒,坚持着一种孤绝的精神圆满方式。诗歌,是慢中之慢,虽然微信等媒介让它更利于传播,但是本质上诗歌是缓慢的,是透过层层外壳,抵达人的灵魂的,所以它是最后的火焰,在生命中燃烧。我同意二棍兄的看法,诗歌这种信物是最适合在脑海里漂泊着的。

你也知道,我常常开玩笑说:好诗在下一首。似乎一直都在下一首。似乎好诗一直没有写出来。其实这也是我自己的真实想法,也就是对自己已有作品的不满意。我是一个常常后悔少作的人,总是瞧着自己以前的作品不顺眼。如果说要谈谈自己相对满意一点的作品的话,我倾向于《死局》《寻人游戏》《数数的人》等,我希望哲学地表现自己的生命和生存状态。而被读者认可较多一些的《我有菜青虫般的一生》《瓦事》《顶点》等,我自己觉得表象化一些。

我觉得我在细部的镂刻、掘进是我的长项,简练地写出事物和人物的具象,但是不足在于内部蕴含的"大道"尚欠,气象有待自我拓展。

张二棍:我觉得,你是个有紧迫感与饥饿感的诗人,所以你的勤奋有目共睹。那么,你会刻意去训练自己的写作吗?又是如何强化自己的?

张远伦:其实我没觉得自己很勤奋,但是饥饿感是常常存在的,我想这可能是骨子里的喜欢吧。这种爱好会在内部驱动自己不断写下去。我从不认为自己有才华,更不相信真有"天才",那不过是某人对某方面偏爱,花的时间多,取得的成就大而已。

就我的写作经验来说,没有刻意的训练,似乎就是在爱好的鬼使神差之下,渐渐地写出了一些经验。这些经验是自然而然获取的,与我的个人秉性结合起来,就有了自己的辨识度，即所谓“风格”。比如以前我觉得唯美好，就写了一些看上去很优雅的诗，但是后来觉得现代性不强，就改写探索性的，再后来觉得还是早期那种干净的更好，便在回归的基础上有所提升。于是，我对自己的要求便渐渐清晰了：幽邃、深远、妥帖、温润。于是，“强化”便有了，自觉写作的意识就更强了。而后我觉得建立自己的诗歌语言体系和题材体系都很重要，便会在寻找到自己的“口吻”（即语言表达习惯和方式）之后，成系列地写作，每一个系列加在一起，形成一个“整建制”的方队。

张二棍：饥读之以当肉，寒读之以当衾，孤寂读之以当友朋。古人的这句话，是说上品文学应该带给我们的东西。而我们诗人，该不该去寻找自己的读者？这种寻找，假如被别人理解成迎合与讨好，你会怎样和自己谈心？

张远伦：诗歌是诗人的寻人启事，这个诗歌找到的人，就是读者，尤其是喜欢和认同的读者。希梅内斯说的诗歌“献给无限的少数人”，与诗歌需要读者，并不矛盾。任何一种文艺作品，都希望有知音，有比无好，多比少好。当然，要警惕娱乐化、鸡汤化的读者，那种大众的认可更不可信。我们需要的是在专业性强的读者群里“寻人”。这种“寻”是双向的。诗歌一旦写出来，就会有自身的命运，有没有人共情，完全由这首诗的本身质地决定，而不要怪读者不买账，更不要认为自己的作品高处不胜寒，只有自己懂。常常，我们看不到自己的平庸，而把得不到认可的原因归咎于读者，是自以为是而已。

正如古人所说，好作品会像粮食、棉被、友人一样，营养、慰藉和温暖读者。诗歌是生命的营养液，上乘作品往往会抚慰到一些人，甚者成为人生的信念和支撑。我常常在想：诗人最大的野心不是花样多，而是一首诗就能让人得到安慰。所以，在一定范围内有更多的读者，不是迎合，而是诗人存在的价值。诗人的意义不仅在于作品中有“我”，还在于有更多的“我”。

张二棍：我们认识也不算时间短了。多年来，我们谈论了无数，我也能感觉到你诗歌中的变化。你觉得是什么让你改变？如果有坚守的那部分，你希望守住什么？

张远伦：20世纪90年代和新世纪初，我写诗，写伪美，也称唯美。那十多年的纯净和安然，让我得以度过一文不名、朝不保夕的岁月。这种脱离现实的语言美感，虽然一定程度让我得以在虚幻中对抗贫困和感伤，但终究不是真切的。25年来，其间经历过三次以上的美学气质的变化，三次以上重装了我自己诗歌认识的系统软件。我不断反思和寻找，现在初步有了一些想法，但是也可能还会调整。我不断打败自己，然后弄一个新我出来。大致经历就是唯美—异化—通灵这样的过程。从乡村到城市，又从城市回望乡村，再从乡村回望回到当下城市现场。这种不断折返和不断突破，是观念和生活状态驱动下的变化。

我想：很多人走的道路，一定是好走的，他能快捷地抵达大众的审美。但是，我不会那样走，我要走的是一条狭窄的道路，是小肠小道，是毛狗路，那种精深幽微之境地，那种深邃浑厚之思想。这就是我在美学上的追求。无论是乡村题材还是城市题材，自己在语言体系上变化并不大，只是写什么变化了，怎么写大致近似。题材变了，美学气质没变，仅有一点微调，诗歌的体温升高了一点，从冷冽到温暖过渡。更注重发现日常的神性和人生哲理的表达。总体讲我是一个意义写作与意味写作并重的诗人。城市庞杂纷繁，其实有很多可以写。撕裂、疼痛、温暖、美好，都是其中一部分。我要说的是，城市文明和农耕文明并不存在完全的二元对立，就像古典诗歌和现代诗歌一样，其实是无法完全割裂的。就像一个诗人有前半生，也有后半生。我从2006年以来就一直在尝试城市题材的写作，一直就没断过，特别是2016年以来，写了一批，现在，我更是以城市题材写作为主了。自身环境变化，导致写作相应地变化。

张二棍：远伦兄，你现在从事编辑的工作。如果以一个编辑的身份，你期待别的作者写什么，怎么写？你希望带给一些年轻诗人怎样的意见？又希望看到怎样的作品？

张远伦：每一个从事文学编辑工作的人，都不会宽容到认同任何一种美学观念。诗人是一个有局限性的人，编辑也是。所以我也有自己的一些偏爱。我的选稿首先是看这个诗人有无自己的东西，就是个性，这很重要。

常常,编辑会遇到一个棘手的问题:很多人的诗歌读下来,感觉几乎是一个模具生产出来的,甚至感觉就是一个人写的。这是新世纪以来诗歌创作丰裕的繁荣状态下,掩藏着的窘况。前段时间,与几个诗歌编辑坐在一起,谈到这个问题,觉得原因是复杂的,但是有一点很肯定:诗歌成功学在当下具有很强的诱惑力。诗坛上哪一种写法获得的成功大,利益多,拥趸便蜂拥而至,模仿、借鉴甚者抄袭者就来了,大家都想在短暂的时间里发表、获奖,爆得大名,进而恍惚而又享受地站在聚光灯下。形成的局面往往是很多写作都一副面孔,没有自己的呼吸,没有自己的温度,更遑论思想层面的启蒙,和诗歌美学层面的突破了。

因此我们欢迎原生性的诗歌写作,具有诗人独特生命密码和生活印记的诗歌,与所谓潮流有所区别的诗歌。如是能发现"源头性"写作,或是某一种诗歌美学的初露端倪,即便会冒犯既有的美学观念,也会让人惊喜。写得太像诗歌的诗歌,即使偶有一瞬间的愉悦,也难以持久,而那种原生性的诗歌,却让人心灵有久久的震颤和回味,如能启蒙读者以新的方式观察世界,那将是诗歌的荣光,也是读者之幸。

当然,如能超越"个性"和"自我",进入共有价值的创造,那就更好。

在此基础之上,我会对出现有创作"野心",诗歌气象大的作者而感到欣喜。质量和数量都可观,说明这个诗人综合素质高,发展空间大,"生长性"强。任何一个刊物编辑,都希望经由自己的手,发表以后能在诗坛具有一席之地的诗人的作品,这是作为编辑的荣耀所在。

谢谢二棍!

[作者单位:山西文学杂志社;红岩杂志社]

从乡村到城市，而后无限长……

——张远伦诗歌风貌溯源

□ 刘清泉

动笔写关于张远伦诗歌的评论，是从最近读到他的组诗《而后无限长》开始的，第一首《局部》就深深地打动了我，短短四行："我一生活在局部里，蟋蟀解决不了所有大地的荒凉/在星空的完好无损下，低声部的吟唱那么忧伤/一声长，一声短，又一声长，又一声短/而后无限长……完整性的人间啊，从局部开始爱起。"诗人自比一只"蟋蟀"，把自己的身段放到极低处，通过长长短短而至无限的吟唱，"从局部开始"爱这个"完整性的人间"。这样的一种姿态，不是谁都可以做得到的。此前一直在关注远伦的创作，偶尔也有所交流，有两次面晤印象深刻。一次是去年六月参加奉节端午诗会，我俩去到一处河滨散步，走走停停说闲话，唯独没聊诗歌，后在一个叫玫瑰农庄的所在，同处一室，听着雨声，不期然远伦悠悠然念出一首情诗来，感觉甚合当时情境，彼此心有戚戚焉；另一次是在去年的十月之末，诗人大窗组织的张远伦诗集《逆风歌》分享会上，听远伦讲述自己的诗歌创作轨迹和关于诗歌写作的认识与主张，感觉他对诗歌个性化特质的追寻以及对诗歌语言系统的构建，体悟深刻，遂激发了我较为立体、全面地梳理他的诗歌创作的冲动。

在我的印象里，有三个张远伦。

首先是早年的张远伦，一个"乡村术士"——出生在彭水农村，初中毕业去酉阳读中师，中师毕业回彭水最偏远的乡村教书十年。那时的中师生绝对是学霸，吹拉弹唱写跳画再加手工等等，"十八般武艺"样样精通，回到故里自然意气风发，成为十里八乡的一道风景线。1997年，几个立志写诗的二十岁出头的小伙子，在诸佛江一个幽深的峡谷燃起柴火，举行诗会，命名为黑木炭诗会。诗会之后，其他人悉数散去，只有他一个人还在一边教书，一边做农活，一边孤独而又唯美地坚持写诗。他把自己比作一条菜青虫，"仰着头，一点一点地/咬出一个小洞，看天"，渐渐地，少年成人，几近而立，在诸佛村作"跪书者"和"写碑人"，享受"术士"荣光的同时也在这里深刻体味"闭塞和艰苦生活"。这期间的他无疑是一个倔强的抒情诗人。"桃李春风一杯酒，江湖夜雨十年灯"，十年间，诸佛村就是一个源点，既深含纯净、优美、淳朴，也刻下了他难以忘怀的亲人们隐忍、坚强、艰辛的烙印。

十年后，张远伦成了一名"外科医生"。在乡村历练十年后，远伦于2006年调入彭水县文联。彭水县城，应该可以被称作他文学意义上的"城乡结合部"，是其十分重要的精神原乡。在这里，他写了很多小县城题材的诗歌，也创作、发表了不少小说，其中中篇小说《麦草》发表在《小说月刊》并获得了巴蜀青年文学奖。远伦就像一名医术渐长的外科医生，以笔为刀，以诗歌和小说为处方，致力于用精密的手术缝合城乡之间的裂隙。

现在的张远伦，更像一位"灵魂按摩师"。2014年调入红岩杂志后，远伦写了一些探索性质的诗，如发表在《扬子江诗刊》《花城》的长诗《致影子》，体现了他的诗歌在城市题材方面的开掘与深入。在此期间，他精研过佩索阿的诗，后又对勃莱、帕斯、特朗斯特罗姆、西密克等深受中国古典诗歌影响的外国诗人产生了兴趣。透过一系列的阅读和思考，他进一步确认了自己追求诗歌个性化的信念,2015 至 2017 年,远伦创作了一系列重返乡村的诗歌,获得了《诗刊》2016 年度陈子昂青年诗歌奖、2018 年度人民文学奖等重要奖项,以“诸佛村”为代表符号的系列诗作引起全国范围关注。2019 年,他的最新诗集《逆风歌》入选中国青年出版社/小众书坊“中国好诗第五季”并出版[①]。正是这些引起全国性反响的书写,让我们在远伦重返乡村的道路上,看见了不一样的布道者的光芒,看见了城乡关系在文学意义上的修复,而这样的弥合之效来自他越来越清晰越来越坚定的诗歌语言系统。

一、乡村生活的厚积,使得远伦的诗歌创作葆有难能可贵的“温度”

接线头式地串联一个诗人的形象是相对容易的,但也面临巨大的危险——因为那样凸显出来的只有一个个高点,经不起细细的揣摩,最终形成的还是一个模糊的整体,尤其面目是虚化的;一旦诗人的写作暂停,线头就可能从接榫处滑落,使得此前的所有努力成为徒劳。所以我判断远伦的乡村生活不是线性的时间拖拽,而是网状的空间配置。如果非要从时间上寻找他的乡村生活印迹,那乡村一定在他整个生命旅程之中如影随形且深入骨髓。为什么诸佛寺、诸佛村、严家山,瓦片、麦草、枣木、神龛、箩筐、箩箕、天灯、杆秤、烟墨、铁斧,唢呐、啰尔调、娇阿依、盘歌、羊群、黄豆雀、叫灰二的纯黄狗和她新生出的女儿“两斤半”、小兽白鼻以及弹花匠、蓑笠翁、结绳者、写碑人、跪书者、父亲、母亲等等在远伦的诗中随处可见,信手拈来?那是因为他时时刻刻把它们和他们捧在掌心。是他给这些寻常、卑微以致被忽视的物和人赋予了新的生命,是他一直在用自己的全身心温暖着目之所及、手之所触。可以毫不夸张地说,张远伦就是乌江流域乡村生活的温暖代言人。

翻开远伦最新诗集《逆风歌》,第一首《瓦事》即让人感受到非比寻常的味道。瓦是乡村最常见的物件,揭瓦则是乡村最普通的事务,可是为堂屋留出光芒而被父亲特意揭开的瓦片却是不能随意触碰的,为什么?因为那留出的光芒“照到的,是神龛上的牌位”,因为“让出一片瓦,就会/亮出一个安详的先祖来/保持着树木的肃穆/和天堂的反光”。正如评论家霍俊明所说,“这是一个时代最为典型的整体化悖论——你所怀念的正是已经彻底失去的那一部分”。你现在回到乡村,还可得见多少瓦房?走进房内,你还能看到有几家供奉着祖宗的牌位?取而代之的是两层、三层甚至多层的水泥楼宇,楼宇里悬挂的多是印刷的领袖画像。源自族群的崇拜几近无迹可循。我们是否注意到了远伦诗中由此生发的温暖而深沉的爱?我没有用到“热烈、强烈”等等词语来修饰“爱”,实在是因为此前诗人们给予乡村的“热爱”早已泛滥,不值一提。仅自 20 世纪 80 年代以降,从海子对麦子的偏爱,到白连春对苦瓜的苦情,再到为土地不倦歌唱的姚振函、陈惠芳……从唯美到伪美再到异美(“异常的美”),乡村一直是一个载体,是所谓“乡土诗”“新乡土诗”的眠床;极致是纯粹农民出身的余秀华,用患疾的身体和裂变的灵魂,使乡村被幻化乃至被异化,广阔而有耐受力的乡村成了诗人们化身为演员进行各种表演的舞台。

我注意到张远伦在自述中谈及读中师时很喜欢台湾诗人痖弦,这为溯源他的青春期写作找到了极好的证据。不论是出于主动选择还是偶遇,客观地说,痖弦及其诗歌成为张远伦诗歌写作的一个高起点,应是不争的事实。众所周知,“现实色彩与口语化情调”是痖弦诗歌的鲜明特点,而这个特点又是靠语言的音乐性和幽默感凸显出来的。远伦深得个中三昧。在一组《郁水谣曲》里[②],“杜鹃花开了,红一阵白一阵,你心里的鬼鬼儿/野兔一般跑出来吃草,蜜蜂一般颤动触须/你临摹的阳雀,在白纸上紧一声慢一声/你遗失的草籽,在初恋里东一粒西一粒/情人的格格裙:葡萄架的西施/麻鞋的层层底:土豆苗的牵绊”(《比喻一》),满满的画面感,唯美而亲热。接下来在《比喻二》里,“桐花长出千张耳朵:收听天光云影/村庄调好音乐频道:播放狗吠鸡鸣”。而诗人自己,作为“一个粗粝的孩子,被花朵生下”,经历了种种磨砺,“最终成为水井湾一粒苦命而自大的结石”(《比喻三》)。读到这些句子,我就会想起 1997 年黑木炭诗会之后远伦孤独而决绝的身影,之间形成的巨大反差,恰恰映衬出他的诗歌底色:大气、隐忍。不论现实多么困苦,心中总有善良作为支撑,以至于他会借春燕之口,唱出“你这村庄的乳名已被音乐收藏/最高的音阶叫火苗,最痛的爱情叫故乡”(《音乐》)。我还注意到,这一组由八首小诗组成的《郁水谣曲》,基本上都是六行,且多有乌江流域苗寨流行的“娇阿依”“薅秧歌”曲调,大可当歌谣来听,颇具音韵之美。这些内里大气、隐忍的“谣曲”散发出来的味道,不仅传递出绵绵不绝的温暖,也可见“情趣与意象的融合”[③],自然就祛除了青春期写作“为赋新词强说愁”的自怨自艾,使得远伦坚实地站在广袤的乡村大地上,从“菜叶的背脊上”“咬出一个小洞”,所见确是别有洞天。对于弱冠之年的张远伦来说,这样的境界更是难能可贵。好诗虽可偶遇,但这偶遇实在是注定的久别重逢,从来不会亏待有充足准备的有心有信之人。

书评人李青在评价痖弦诗歌时说,“他以一支笔,建立了文字世界中自己所熟知、亲昵的那个家国”[④],同样,张远伦早期诗歌中厚积的温暖,既有对隔靴搔痒式抒情的反对,也有对个体生命价值的体认,而且因为整体有大气、隐忍的不俗风骨,所以自带常青的色彩和暖玉的微芒,特别经得起时代的汰洗和人文的诘问,也常让读者脱口而出“相见不恨晚”。

二、城乡接合部的站位,使得远伦的诗歌创作彰显特立独行的“风度”

在诸佛村足足呆了十年,自比菜青虫的张远伦凭借不倦而优秀的写作,逐渐“咬出”了更大的“洞”,于2006年调入彭水县文联,来到了县城,看见了更大的一片天,这里也便成了他写作意义上的精神原乡。我去过彭水,总体印象就是一个山清水秀的地方。全县总人口近50万,其中城镇居民不到20万,是以汉族、苗族为主的少数民族自治县。县城就在莽莽群山和汤汤大水之间的一片开阔地上,从更为广大的重庆地理视域来看,彭水县城具有比较明显的城乡接合部特征。按照地理经济学上的说法,“城乡接合部是城市与乡村两类性质不同的区域之间的‘急变带’,人地关系的空间差异变大,存在着频繁的能量与物质对流,分别来自城市与乡村的人口、物质、技术、信息等在这里相互作用与竞争互生;由于同时受到城市与乡村经济的双向辐射,这里的经济发展具有明显的多样化特点,经济的发展对城市的依附性不断加强,城市性产业及城市需求导向产业在增加”[⑤]。这是城市化进程的必然,工业文明与农业文明的交互、矛盾、冲突与调和必然伴随其间。因人而生、为人而在的文学也就必然裹挟其中,成为远伦必须面对的重要课题。在这里,不只是时空及其关系的“过渡”,还有切切实实的生命在“度过”。

远伦对此心知肚明。处于城乡接合部,可谓五味杂陈,但他既没有感情崩溃以致号啕大哭,也没有沉湎过往而陷入痴迷,更没有在现实面前无所适从而手足无措,总体上他是一个安静而理智的诗人,他清楚地知道,随着生活的变迁,唯美的抒情势必渐渐退出他的地盘,他选择用“追忆与冥想”来建构自己新的诗意空间,进而彰显特立独行的诗歌风度。在一首题为《刀痕》的诗中,“从最初的刀痕到最新的刀痕”,远伦发现“我的青春蜿蜒了很久”,“我已经习惯了弹花匠、蓑笠翁和结绳者/对我的凌迟”,所以他已然看到“他们的刀锋,闪耀着宣判的光芒”,当中既深含对乡村生活的追挽,也有对当下所处位置的自我审判。生活的性质、内容和方式都发生了改变,原本熟悉的人、事、物,渐渐离开了身边,就连那曾经的自己——教书先生、跪书者、写碑人——也好像越来越陌生,远伦心中是有无限叹惋的,他甚至是愧悔的,他感觉到了棱角被磨平后的麻木,加之新的工作也有些单调、无趣甚至让人憋屈,改变的一切并非与想象和预期完美契合,难免让他觉得压抑。所以,与其说他写下的许多是追忆,不如说他凭靠的主要是冥想。这样的站位一下子就拉开了他与许多分行文字制造者的距离,而真诚就是把他凸显出来的那一块“河心洲”。真诚既示于人,也付诸己。在《别错入这死寂》里,远伦对到访“我的村庄”的人送上了“用泉眼看”“用连枷抽”“用嗥声喊”“用山梁困”的“待遇”,因为他既害怕“我的村庄,空无一人”,也害怕到此一游的“你”出于“迷信”耽溺于“名词的我,而不是肉身”。有智在,眸清明。远伦看到了城市化、工业化进程中“三农”问题的窘迫,也对浅尝辄止的乡村体验提出了委婉的批评和劝告,“别错入这死寂”的前提在于乘兴而来的人须抛开停留在表面现象和单纯想象之中的“迷信”。

这也正是我把处于城乡接合部的张远伦称为“外

科医生”的原因。在彭水县城工作和生活期间,他一直在致力于用精密的手术缝合城乡之间的裂隙。我注意到,在诗集《逆风歌》中,“麦草”是出现频率很高的词汇之一,仅见于诗歌标题的就有近十处,更不用说其作为意象深植于众多诗篇。麦草是什么?麦草是“口哨”,是“草场里的贵族,也是隐逸”,是“保持身份的那一点,甜味”,是“刑场用剩的草缨,恰好可以插到我的后背”,是“向所有重于它的事物发出了口谕”并“就在自己的分毫之间/说话……”,是“在自己的流量和气度里发音,像落草英雄”……诗人尹朝晖认为,远伦诗歌中“麦草的意义,就是安放到唢呐的顶端,以草芥的质地,依次激活枣木、黄铜潜伏的灵魂,等待神龛神光的召唤,静静地回来”。他进而指出,只有把麦草“放在合理的位置、通过合理的组合,才能调整泄出的状态、找到合适的出口”。在我看来,“麦草”其实正是“外科医生”张远伦手里握着的那把用于缝合城乡裂隙的“手术刀”。割开内含蒙昧、落后、迂执、裹足守成等以罪愆为标签的“腐肉”,远伦在作为“口哨”的麦草里植入了音乐的响和想,也就为这个城乡接合部注入了新的“防腐剂”和“催化剂”,当然其中也有为消减疼痛而准备的不可或缺的“麻醉剂”。这些娓娓道来的诗歌,正如尹朝晖所评的那样,“情绪的表达按着音乐的强弱和节奏对比,律动在一个起伏的线上”,为读者的进入打开了更加宽阔更加开放的通道。很显然,从写作的方式与风格来看,这个时期的张远伦与早期的张远伦相比,有了较大的变化:从唯美转向相对客观,从抒情转向平和叙事,从精致转向沉稳自如。

在彭水县城,除了诗歌,远伦还写小说,也写电影剧本、歌词,以及评论、随笔。饶有意味的是,他发表在《小说月刊》并获第五届巴蜀青年文学奖的中篇小说,题目就叫《麦草》。小说的故事并不复杂,一个13岁少年惊见母亲与大伯之间的隐情,然后揭开大伯才是自己生身父亲的真相,结局是大伯在火灾中意外死亡,母亲七天后随大伯而去。小说的重心不在母亲和大伯凄苦悲凉的爱情故事,而是在于“少年对成人世界、对隐秘生活的惊人探索和发现”,以少年最终的“明白”,“过滤了一般悲剧文学所表现的沉重的一面,让所有的伤痛最终归于平静……还原了两个小人物平凡黯淡的人生经历,给我们带来对人生原生态的另一种理解”。更为重要的是,“麦草”在小说中具有“叙事指向和表意功能”,确定了全篇的“情感基调”。从一开始被作为乐器去感受自然的快乐,到后来被销毁以报复大伯,最后被吹着陪伴埋葬大伯,“麦草”成为小说主题的象征体,它“‘中空的、光滑的、难以言喻的秆子’沙沙作响,正是母亲感伤、坚韧、如歌如泣的人生写照”⑥。巴蜀青年文学奖给小说《麦草》的颁奖词写道,“《麦草》哀而不伤地叙述着生命的秘密,反衬出人们当下千疮百孔的情感和脆弱迷乱的心灵世界,提醒人们不至于坠入米兰·昆德拉反复强调的‘对存在的遗忘’”。可见,诗意满满的叙事格调为这篇小说的成功起到了重要的加分效果。但在远伦自己看来,相比较而言,多种文体的写作尤其是小说创作对他诗歌的提升才是决定性的,因为通过写小说,他的诗歌一下子“打通了”,诗歌语言的叙事性以及描写的准确性、到位感都有很大提高,远伦对更加丰富多样的诗歌题材的驾驭,也因为小说创作的加持而变得娴熟、轻松。

根据我对诗歌的理解,判断一首诗是现代诗而不是新诗,关键就在于它的叙述性。总体上,现代诗就是“说”的艺术,而新诗还只是“唱”的艺术。这也是新诗和朗诵艺术走得越来越近并需要灯光、音响背景一起营造一个舞台来宣示自己存在的原因。现代诗不需要这样的“舞台”,它的独立性和自主性更强。张远伦的诗歌无疑是我所欣赏的现代诗。凭借外科手术般精准的缝合之术,远伦诗歌的乡村情结得到了一定程度的纾解,城乡接合部的写作站位得以确认,他对于现代化进程中出现的各种现代性问题也有了逐渐深化的体悟。所以,真诚、沉稳的诗歌风度,使其从众多诗写者中脱颖而出也就成了必然。

三、重返乡村的推送,使得远伦的诗歌创作已然达成洞幽烛微的“深度”

2014年,张远伦的人生迎来了又一次新变——调入久负盛名的红岩文学杂志社做编辑。从彭水小县城,到重庆大都市,远伦既迎迓纷繁,也面临整饬,以更加纯粹地拥抱自己的缪斯女神。经过一段时间的向内自我检视和向外阅读触探,特别是在精研一系列深受中国古典诗歌影响的外国诗人的作品后，远伦的诗歌创作出现井喷，以“诸佛村”为代表符号的系列诗作引起全国性关注，“重返乡村”成为其诗歌走向的一枚显著标志。

为什么“重返乡村”？一方面是大环境使然，“美丽中国”“生态文明”“乡村振兴”等等热词反映新时代的宏阔背景，也昭示链接现实与未来的多维图景，有召唤就有回声，远伦的选择是大势所趋的合理呼应；另一方面则是远伦作为诗人精神自觉的需要，是一次写作意义上的再确认——再确认经过此前的“手术”缝合处留下的痕迹以及缝合后城乡各自长出的“新肉”是什么样子，再确认通过康复治疗、心理建设等多个路径以实现从缝合之“术”到弥合之“效”应如何进阶，再确认诗歌语言谱系生成与个性化诗歌理念追求之间有怎样的达成度。按照评论家霍俊明的说法，就是在成为“发现者”之后，诗人还应争取成为“命名者”甚至“立法者”，这才是当代诗歌的真正使命，而不是止步于平面化的“发声器”。

其实远伦在《逆风歌》这首诗里说得很明白：“他们都顺着风向走，而我不能/风向所指，是熄灭，是枯死，是默哀/我逆风而走，便是走向光源/走向草根，走向声带//便是，走向大风的子宫/仿佛听到神在说：孩子，起风了。”因为顺着风向走，得见的只有“孤灯”“残叶”“余音”，与之对应的就是“熄灭”“枯死”和“默哀”，这是一条不归路。只有“逆风而走”，才能到达“大风的子宫”，找到精神的母体，生命的源泉。我想，这也正是他把整部诗集命名为《逆风歌》的寓意所在。

明确了风之所向，便是找到了“重返乡村”的入口和出口。我在《现代性问题与我们的现代诗写作》一文中说过，我们的现代诗写作若要避免被“西方模式”遮蔽、被“中国古典”矮化，关键还在语言。优秀的现代诗写作者必有其标志性的语言方式：一是多能驭手，对诗歌的腾挪、拐弯、跳跃、换气、加速等驾轻就熟，游刃有余；二是气质行者，有属于自己的语言色彩、气息、句式甚至标点符号，辨识度高；三是调情高手，善于抓住读者心理，只提供可能，不妄下结论，让读者在参与中找到新的平衡。张远伦就是这样一位优秀的现代诗写作者，他的诗歌高明之处，还在于把上述三点归结于一个显豁之处：细节。在他的诗歌里，细节既是所指也是能指，甚至可以说细节就是全部。透过一个个精准的细节，我们可以看到一处又一处微缩景观跃然纸上。比如“夏夜，我会在箩箕里疲倦地睡去/有时候，脸上印满细篾条的小格子”（《在箩箕里进入梦境》），这是观察的细节；比如“这是一只名叫灰二的纯黄狗。她新生出的女儿/名叫两斤半，身上的毛黑里透出几点白”（《一声狗叫，遍醒诸佛》），这是还原的细节；比如“最后见底了/我在陶罐里刮了又刮，看见几粒米化成了浆汁”（《醪糟罐子》），这是动作的细节；又比如“离得远点的时候，它们是两只野鸟/靠得太近的时候，它们是一对野鸟/各自觅食的时候，它们是两只野鸟/顾盼生姿的时候，它们是一对野鸟”（《两只鸟的组合方式》），这既是场景的细节，也是对称的细节；而在《秤杆上银白的小星星》里，“我的手指，从一颗微星，滑向下一颗微星/不是逃逸，只是在努力将秤杆上的悬铁，抹到/将落未落//最后一颗微星，一直在最后一个幸福的刻度上，等我/在小木头的末梢，在我的穷途，等我”，则是物我相互打量相互唤醒的细节，中间有时间在流逝，也有精神在交通；还有这首《扬尘扫》，“母亲却低着头/从外圈扫到内圈/像在收集天外的风沙残骸”“我知道，明天/又会有一些星屑掉下来/被母亲慢慢聚拢，慢慢埋葬”，姑且不论“尘埃”和“母亲”的双层象征意义、多指向隐喻，我以为单单这些细节就构成了一首整体的诗，足以带动读者进入深幽的意境和恍惚的情境。远伦把这些细节巧妙地排列在诗行里，就是掌控了现代诗最为核心的“说”的艺术，细节被幽微化，诗歌所欲追求的“深度”也就可以被俭省地表述为“由表及里”了。

在张远伦大量“重返乡村”的诗歌中，还有一个非常突出的特点，那就是仪式感。在诗集《逆风歌》里，他把将近50首诗辑录在一起，并以“仪式与颂辞”命名，恐亦有意宣示其“重返乡村”的某些主张。如果说一首《逆风歌》是用于指明“重返乡村”的路径，那么，“仪式与颂辞”大抵可以被视为远伦“重返乡村”的方式与手段。甚至可以认为，在“重返乡村”的过程中，远伦用自己的诗歌重构了原本根植于乡村却已渐渐散佚在荒林野陌的神龛、神像、土地庙、碑铭、符、水纸、经文、悼词、悔过书，甩手揖、啰尔调、娇阿依、薅秧歌、盘歌，以及写碑、具符、化纸、绞蔑、击鼓、吹浆、采耳、开山、拉锯、绣花、弹棉等等，正是经由这些外化为“形”的乡村徽标和乡村形象，乌江流域的古老文明、经久不息的传统文化才得以内化于心，成为我们膜拜的图腾和心灵的慰藉。从《瓦事》开始，被亮出来的不仅是“神龛上的牌位”，还有“天堂的反光”；一声狗叫，唤醒的也不只是诸佛，还有“余音可关照更远的旷野”。《跪书》里说，“除了沐手，焚香，对一块石头足够的尊重/就在这个手势上”，“在我的诸佛村，如有一个花甲老者为你垫膝盖/说明你写墓志铭上百块了”，“而这个简单的动作，他们只对父母做过”；“生老病苦死”，“这五个字概括了诸佛村的人间/也超越了诸佛村的人间”，这五个字因此“像佛语，也像巫咒”（《五个字》）；写符的时候，兄弟“错把具符一封奉上，写成了具佛一封奉上”，而我“没有提醒他。他心里的佛是对的”，因为“这多么契合我们眼前的高山/和高山脚下安详的新墓”，也因为“岳父，就埋在诸佛俯瞰的眼光中”（《佛和符》）。这些安详、沉静的句子，如拂面的微风，亦如缓缓诵出的经文，正好可以让人从烦乱、焦灼、不安中解脱出来，归于静宁、平和。我还注意到，远伦在这一缉里有一些为增强仪式感而作的专门安排，如由《篾之变奏》《篾之水香》《篾之小火》《篾之火屑》《篾之凉薄》《篾之犁扣》构成的“篾”系列，由《采耳：舞者》《采耳：祷辞》《采耳：噬咬》《采耳：石头》构成的“采耳”系列，由《白鹤颂》《凸石颂》《断游书》《卑微经》《徒劳经》《赋桑柘》等构成的“经”系列，以及由《123》《345》《咏竹小调》等构成的“声音”系列。这些组诗组成的断面，连接起来就是一幅立体生动的画面，形成了一个缈缈云烟、了了分明、袅袅乐音的整体，人在其中，如沐洗礼，身体、发肤乃至心灵在不知不觉中得到了净化和升华。可以明显地感觉到，远伦的这些诗歌，与早期的书写不同，彼时的唯美抒情、浪漫歌咏，已被如今的安静、内敛、沉着、脱俗所取代。正如著名诗人李琦所评价的那样，“不嚣张，不做作，不慌不忙，视角幽微却自带洞天，有一种暗中的力量”。这就是张远伦作为“灵魂按摩师”所发挥的作用。细读这些诗歌，就像参加了一次次康复训练、心理疏导，渐渐地，我们身上的、心上的伤痕都已弥合。也就是说，仪式被内化，这种“由外而内”的建构与修复，显示出远伦诗歌的“深度”在事物纹理勘察和人生命运探访中的清晰脉络。

四、城市题材和非题材写作的淬炼，使得远伦的诗歌逐渐养成日常神性的“向度”

梳理张远伦的文学写作轨迹及其人生历程，可以发现：一系列“重返乡村”的诗歌，或许只是他力图构建属于自己的文学版图进程中的一个插曲或意外。说“插曲”是因为远伦从在彭水小县城开始，特别是2014年移居重庆大都市以来，写了一大批城市题材的诗歌，2019、2020年的不少诗歌尤其如此，他似乎正在有意淡化题材对写作的单一指向，力图突破题材的限制和拘囿，也就是说城市题材写作以及非题材写作才是他的重心；说“意外”是因为“重返乡村”系列在诗坛“爆红”，以至于遮蔽了远伦在城市题材、非题材写作中的探索与尝试。远伦自己也说过，总体上他是一个“意义写作与意味写作并重的诗人”，在他看来，“城市文明和农耕文明并不存在二元对立，就像古典诗歌和现代诗歌一样，就像一个诗人有前半生，也有后半生”。远伦的上述观点，为我溯源他的诗歌风貌提供了重要启示。

霍俊明在为张远伦诗集《逆风歌》所写序言《仿佛是时间的透光器》中说：“物同己身达成的是一道道擦痕，人性、物性和神性得以交互往返。”“心动而为诗，是常识法则，所谓心外无物、心外无诗。而心不动亦能为诗，则是哲人或者佛陀所为。”这和远伦的自述不谋而合：“更注重发现日常的神性，和人生哲理的表达。”这里所指的“神性”不是完全的宗教意义，而是更多与“精神性”相牵连，是与现实相对应而又融汇在一起的。他进一步阐释，“日常的庸碌，并不影响我们在其中出神，逸出一部分与信仰、信念、天道等相关联的诗意”。这“一部分诗意”就是远伦所说的“日常的神性”。事实上，远伦是最有资格触探神性的，他从小生活在乌江流域统摄的彭水，深受巫文化的浸润，那里的民间经验和生存状态被他用诗歌一次次激活，使得他的诗歌放射着布道者的光芒，呈现出通灵、幽微的鲜明特点。这个特点在他“重返乡村”的系列诗作特别是那些富有仪式感的诗里，我们已然感受得到。

神性之光同样投射在张远伦的城市题材诗歌系列

之中。与众多简单描摹城市生活片段或图像、止于个人情绪体验的书写不同，远伦致力于把神性日常化，看似走在一条狭窄的小路，其向度却是“通向精深幽微之境”，承载着“深邃浑厚之思想”。比如2017年的《致影子》[⑦]，由1首序诗、1个尾声和16首与重庆地名紧密相关的短诗组构而成，虽是长诗的布局，但每首诗又是相对独立并行的，所以我更愿意把《致影子》作为组诗来研读。“影子”（其实就是诗人自己或灵魂），在视网膜上生长，在文化宫、两路口、人民路、大礼堂、曾家岩、上清寺、牛角沱、中山四路以及门牌号对应的楼栋间飘荡，直至最后“脱水”——“如同散养的野猪，长出了金黄的毛”。其间，“影子”经历了“那些薄如影子的，轻贱的后背”，和温暖“撞个满怀”，却不能“用掌心养活云朵”，“影子动弹起来/淡淡的葭，正在形成飞絮”，而且有岔路“向我的影子，亮出剪刀”；“影子”发现“灵魂是颜料做的，质地有些斑驳”，“一个名字被四处移植的时候/就是国家终于有了影子的时候”，“微渺的影子从宏大的影子里穿过去/这个黄昏便如同被银针瞬间刺穿”，“影子有时候消灭了结构，消灭了我/存活下来的，是影子体内烧红的砖”；在上清寺，“影子长出飞白，具备了速度和动力”，在牛角沱轻轨站进口，“卖劣质袜子和拉二胡的盲人/共用了一个影子”，在中四路，“影子是有声音的”，“都能朝着树叶间泻下的阳光，惊叫”，在中四路××号，“直到一只手，捂住半边乳房/影子的捷径才被阻断，归于人的生长”，在中四路××号内室，“影子已经屈从了在高速路上飞奔/而非在荞麦地里躺着，要扭转顺序/如同扭转血液的流向，如同向影子下毒”；“所谓形影不离，说的是生命不可以一刻错过/罪孽不可以一时赦免”。这是关于诞生的“影子”。而“覆灭的影子”，其实是“幼儿园的影子”，是“一团不灭的大火”。人、物、事、情、境、惑、思，都经由“影子”来连接、感受、评判或质疑，触及的都是缘于城市的撕裂、疼痛、温暖、美好以及背对城市的“出离”，尽管“影子”有些迷离，有些晃荡，但我们能看到远伦在尝试这样的写作后所呈现出来的变化：“用少量的现实介入和大量的精神参与，打通我认识当下的隐秘通道。”（张远伦《致影子》创作谈）这样的变化，正是现代性的反映，是从现在指向未来的。而日常的神性，就在其中。

远伦还有不少诗歌既不属于乡村题材，也不属于城市题材，在这些非题材型的写作中，我甚至能看到远伦有意把城市与乡村置于同一个空间并进行拆解或整合的实验，比如《寻人游戏》《数数的人》《雪落老街》《古镇夏雨》等。这些非题材型诗歌更加舒缓、自由、散淡，因更趋近于“人生哲理的表达”，而成为远伦追寻“日常的神性”的重要“拼图”。这类诗歌大致有两个指向，一个指向是向人的内心更深处掘进，以捕捉幽微的元素。如“我的背面推送着我的正面。我的前胸/推送着空气。我的后半生/推送着前半生”（《推送者》）；又如“为了达成和虚无这个对手的妥协/我允许死亡，可以后撤一步”（《死局》），“所以当你看到一个在巨大的莲花阵中/被香气绕过的人/一个近乎荒谬的人//他定然是我”（《有一些香气我已经闻不到了》）以及“登高便是刷新，绝顶如同断交/……而当我一身轻松地站在危塔的露台上/便深深地理解了一个幸存者的隐秘悲伤”（《登鹅岭》）。另一个指向是向更高远辽阔的大自然扩张，以传递通灵的秘诀。在《给女儿讲讲北斗七星》里，远伦说“上天布满了预言，所以我们仰望/女儿，有时候，要相信轮回”；而在《爱就是光，用来浪费》里，他告诉孩子“像光芒那样，只管掩映你/而不说爱你”；《麻雀的内心生活》里事实上藏着“一个中年人的模糊部分”，诗人要“向一对麻雀学习最轻微的扑腾”，尽管“光线被控制，被带走/我被时间省略了一瞬”；在《抵达小金顶如同抵达针尖》一诗里，诗人终于登临武陵山主峰，却“像一个伤感的乞丐，不知讨要什么，竟至于瑟瑟发抖”。还有坠落的小飞虫“带来高处的讯息”，“车厢里均匀的鼾声/像是来自于呼伦贝尔沉郁的呼麦”（《夜行漠河》），“这些错愕再次折损了我的生命/像雪折损了眼前的空山”（《站在风雪的对立面》），“有一片衣襟，还羽毛一样/定格在天空之中”（《跳墩河》）……大自然和整个世界布满神奇，我们所知不多，得到的却已不少。对于人届中年的张远伦而言，他“不仅放弃了时间，还放弃了内心不需要的人际关系”，他对自己的要求是“市井而不市侩”（张远伦《登鹅岭》创作谈），正是这样的宽宏大量，为神性自日常中抵达人的精神世界，同时也为在日常生活中给神性留下更加宽大、深广的净土，准备了无数可能。

带着孤独、敏感、不舍、忧怨、慈悲等各种交织的情绪和思绪，张远伦从乡村走进城市，又从城市重返乡村，而后无限长……不停行走的他找到了城乡之间“颇有微词”的结合点，用自己精准、个性的诗歌语言和逐渐形成的符号系统，巧妙缝合着城乡之间的距离、伤痕和隐秘，逐渐达到了弥合的神奇效果。从“乡村术士”到“外科医生”再到“灵魂按摩师”，从结合到缝合再到弥合，从难能可贵的温度到特立独行的风度再到洞幽烛微的深度乃至通往日常神性的向度，张远伦一直守望着古典田园和现代化城市之间那不易为人察觉和在意的一方土地与天空，努力做着布道者的事体，形成了具有超高辨识度和超强持续性的整体诗歌风貌。这是诗人对诗歌使命的独特体认，也是诗歌之于过去、现在、未来的真正价值。

正如法国 17 世纪最卓越的数学家、物理学家和哲学家帕斯卡尔所说，思想形成人的伟大。因为人知道自己要死亡，也知道宇宙之于人的巨大优势，而宇宙对此一无所知。所以，人全部的尊严就在于思想[⑧]。让我们拥有、珍惜并维护张远伦诗歌给予我们的这份“伟大的尊严”吧！

注释：

①张远伦：《逆风歌》，中国青年出版社 2019 年版。

②张远伦：《郁水谣曲》，《民族文学》2009 年第 8 期。

③参见朱光潜《诗论》之第三章“诗的境界——情趣与意象”，该书由广西师范大学出版社 2004 年出版。

④李青：《痖弦：相见不恨晚》，https://cul.qq.com/a/20160405/022235.htm。

⑤搜狗百科：城乡接合部，https://baike.sogou.com/v70908.htm? fromTitle=%E5%9F%8E%E4%B9%A1%E7%BB%93%E5%90%88%E9%83%A8。

⑥杨军：《一根麦草吹响的人生咏叹调——试读张远伦的小说〈麦草〉》，http://blog.sina.com.cn/s/blog_a5e5a1360101756x.html。

⑦张远伦：《致影子》，《花城》2017 年第 4 期。

⑧帕斯卡尔著，何兆武译：《帕斯卡尔思想录》，天津人民出版社 2007 年版，第 156 页。

［作者单位：重庆师范大学美术学院］

“严”上加“严”求学问，赤子痴心待文学

——严家炎先生访谈录

□ 严家炎　汪静茹

访谈时间：2018 年 11 月 13 日、11 月 15 日

访谈地点：北京蓝旗营严家炎先生寓所

一、儿时求学经历

汪静茹（以下简称汪）：您的祖父颇有学问，他平时是怎么教您学习的？

严家炎（以下简称严）：我的祖父叫严伯勋，他是清末的秀才。他平常带着我，或者抱着我或者拉着我的手在地上边学走路边学说话，同时就学着认字。说话和认字统一起来，这样就兼有两者的好处了。

汪：祖父遇害后，您的父亲请了私塾先生，能谈谈此后的学习情况吗？

严：我祖父去世后，我父亲就为村里的孩子请了一个私塾老师，来给我们教课。村里边很多人家的孩子，都送过来读书。有的读《三字经》《百家姓》，有的认《千字文》，课本是多种多样的。我那时五岁，读的是《孟子》，识的字已相当多（上千）。老师将《孟子》全书分为十几个单元，逐个单元给我讲，等我懂得意思后，让我再逐段朗读背诵，学了将近一年，学到基本上全书都能背的程度。后来六岁了，又学了部分的《论语》。这个《论语》因为过于抽象的东西多一些，所以并没有学完。后来八岁左右，我就自读《史记》和《三国演义》了。《史记》因为有个历史的材料，可以帮助你理解，就可以更活泼一些，这两三年时间就是这么过的。再以后就正式地上小学，但是我没有上三年级以前的那个课程。一开始就是四年级，上的是附近的大庙小学。那个时候已经是中日战争时期。

六年级的时候是在复旦（现在复旦大学所在的地方），旁边有个小学叫竟成小学，那个“竟成”就是“事竟成”——做事情一直到做完——这么两个字。后来我们村里听说我在那边念书，也送了两个同村的孩子过来。同村的孩子比我大一两岁，他们后来还跟我说到过，那个时候体育教员是日本人。这个日本体育教员，当然有日本人的那种仗势欺人（的毛病），随便打孩子啊、打学生啊。有一次就发生了学生跟体育教员对打的情况，五六个中国学生就跟这个二十多岁的体育教员对打起来。凭仗他们人多的优势跟老师拉扯，把老师打倒在地。因为那么多人扯他的腿，拉他的手，这个日本体育教员也没有占到什么便宜。后来他也自己识相，并没有真的把学生打得怎么样，更没有开枪，他也不带枪。

1944—1947 年我就到顾村中学读书，顾村中学离我们家里大概有七八里路吧——就是宝山县的顾家宅。顾村初级中学是镇上姓顾的有钱人来赞助的，那个时候的教材还算是已经比较正规了。读的除了国语以外，还有数学、化学、物理、公民等。第一年我数学学得还比较吃力，但到第二年学过代数以后，学算术就方便了。代数在我的头脑里面，觉得很容易学，比算术难题解起来要容易得多，然后还有三角几何这些，这样我在顾村念了三年。

我高中上的是吴淞中学，吴淞中学就更靠近上海了。吴淞也就是宝山这个县的边城，它是已经到长江口了。在吴淞中学的时候，实际上已经到了上海。不过那个时候，整个松江专区九个县，都不是上海的，还是江苏省的，后来都归属上海市了。到吴淞中学，上高一开始，学习就更方便一点，轻松一点。

汪：您高中就开始发表作品了，当时有遇到什么困

难吗?

严:当时我在吴淞中学,因为喜欢文学,就自己也开始学着写一点小说。在《淞声报》上,就是在吴淞区的一个地方报纸上面,发表了两篇小说,一篇叫《不堪回首》,一篇叫《巳生嫂》。《巳生嫂》实际上就是以自己村里边一个守寡的妇女为写作对象,知道一点她家庭贫困的情况,也就写她那种吃苦的精神。

还有一篇是《青青草》。班主任老师不让我把这篇作品拿出去发,因为它牵扯到了拉壮丁问题,所以我就贴在班里那个墙报上面。这件事以后,反正自己知道有些事情要小心一点。那个时候虽然还只有十几岁,但是有些事情也会经常发生,比方自己村子里边也有人被拉壮丁走了。老师怕出什么事情,所以不让发表,就只能登壁报。

二、投身革命为文学

汪:毕业后您为什么选择了华东人民革命大学?

严:1950年我高中毕业,我母亲希望我进复旦大学这样的一类正规大学。可我自己呢,那个时候就光想着所谓革命,我进的是华东人民革命大学。在1950年那个时候,我反正不听母亲的话,主要是觉得自己因为喜欢文学,所以将来要写一点东西的话,一定要有自己的切身体验,没有自己的生活体验,那可能就很困难,写不好的。

先是1949年的那个寒假去上新民主主义青年团办的团校,当时去了两个星期。然后接着就是1950年的夏天,6月份的时候我就到了苏州。苏州当时有一个华东人民革命大学,有一部、二部、三部、四部,共四个部,总计有三四千人,我那个时候就整整学了半年。来上课的老师叫刘雪苇,他是华东局宣传部的一个处长,写过一本很好的书,叫作《论文学的工农兵方向》。他自己就是从延安出来的,为人非常真诚,自己非常喜欢文学。他也能讲,讲我们年轻人"要革命那就要思想改造"这样一些问题。他讲得很生动,我们就很认真地学,最后到了年底的时候,每人写一篇四五千字的思想总结,学习就基本结束了。

汪:结束后您参加了土改运动,那是怎样的经历?

严:学习结束后,学校就让我们到安徽去准备搞土改,允许我们从苏州回一次家,只给两天时间。我回到家里去看了一下,就觉得很是意外,我家里边被划成了地主。本来按照1950年的土改法规定,地主必须是家里边没有人参加劳动的才可以划。如果是家里有人参加劳动,那就不能被划为地主,或者是被划成小土地出租者,或者是被划成富农那样子的,所以我觉得挺奇怪。我就问当时在我家乡宝山的那个土改队员,他是从山东过来的。我就问他,我说按照土改法规定,只要家里有人参加劳动的,就不能被划为地主对吗?他回答说是的,但是他又说如果这样子的话,那在上海郊区这些地方就根本没法搞土改,没有几个能被划成地主的。按照他的说法,土改法的有些规定实际上就被变动了。那个时候的松江专区还不算上海郊区,仅仅大场、吴淞这些算是上海管的。我听他这么讲了之后,也不好再讲什么了。我觉得土改法既然已经被修改了,我也就无话可讲了,我就终于在第三天离开了宝山到安徽去。

我们革大去安徽的人,到滁县专区那里搞土改的就有上千人。我在这个专区的嘉山县连着搞了三期土改,到了第四期又搞到淮北去。前面是在滁县专区搞了三期,后面第四期是在宿县专区的怀远县,前后就搞了四期土改。

汪:之后您到了铜官山,当年的"三反"运动曾给您带来哪些触动?

严:土改结束以后,就让我进安徽省的合肥,当时叫皖北区的区党委首府。1952年过年的时候,皖北、皖南合并,整个安徽省统一起来。原来皖南区的区党委书记牛树才,那个时候调往别处去了;整个的安徽省就由曾希圣来当省委的书记。

1952年春天,曾希圣给我们讲话了。他要我们组成近二十人的工作队到皖南去,到铜官山去搞"三反"运动(反贪污、反浪费、反官僚主义)。他说现在有各种各样的贪污、腐败分子,有贪污到上百万元的,那就是"大老虎"了。而铜官山这个地方,就是深山密林,那里的"大老虎上百条"。你们就是专门去打"虎"的,是打"虎"队。

我们十几个人到铜官山去,就是给我们限定了三个月到半年里边,一定要搞出上百条"大老虎"来。可我们到了铜官山,也就是铜陵,才知道铜官山这个铜矿其实1949—1950年才开始接管,国家的投资能投到里面去的很少很少,那怎么可能就有"大老虎"上百条呢?

那个搞法就非常的粗糙，可以说非常的粗暴，就定了要搞出多少条“老虎”来。这种指标很危险，去了之后呢真的就是把职工好像都看作是“大老虎”。实际上搞了将近半年，没有搞出一条“大老虎”来，这个做法还不粗暴吗？

我们搞的结果，就感觉到这都是不切实际的。当时搞这个“三反”，搞的结果实际上“老虎”没有打出一条来。我们一查这个投资，包括国民党时代开始办铜官山这个铜矿，到后来我们解放以后，这两年开始投入了一点钱。这点钱加在一起总数都没有多少，所以我们觉得既然投入很少，那么哪来这种贪污？怎么打出上百条“老虎”啊？这个事情当然完全是主观主义，就没有意义了，自己才醒悟过来。后来，我们的工作队就留下来了，留在了铜官山。

汪：您在铜官山从事什么工作呢？您那时候还写了一本关于工业方面的书？

严：我是在铜官山矿务局里边，当了矿务局办公室也就是局长办公室的副主任（最初是个秘书）。我们去的那个工作队就在那几年，有的当了采矿区的矿长，也有的是在选矿厂——就是把铜矿石开采出来并击碎以后，然后把它磨细了，捞出铜矿粒子来，这叫“选矿”。最后第三步是冶炼，冶炼就是要正式在熔炉里大量地炼出铜来，哪怕是这个铜的质量，还不一定马上就符合标准，但是也要炼。在铜官山矿务局，包括这几个步骤生产出来的东西，都已经正规地建起来了。此外，还有机器修理厂，有管理部门等。这里就有一个经济活动过程要进行分析。矿务局局长要我帮他写出一个关于从采矿、选矿到冶炼成铜的过程中，有无不合理浪费的分析报告。

整个的生产过程作为一种经济活动，它必须能够在经济上面符合要求，而不是大手大脚地在那里乱用国家的钱。作为一个经济活动，作为一个矿区，这几个步骤都要能够尽量地降低成本，尽量收到自己的经济效益。矿务局局长要给当时安徽省的一些矿（铜官山是铜矿，马鞍山是刚开不太久的铁矿）去讲经济活动分析，凡有经济活动的都有这种问题（如何降低成本）。抓住这个关键，研究矿区的这些活动，包括它的成本是怎么花的，用到什么地方去了，用得合理不合理，怎样才能够节省投入，这些就是经济活动分析的讲义。我们的矿务局局长，不但在矿务局里边讲，同时还要到外边的厂矿去讲。分析这种经济活动的变化，主要目的是尽量降低自己的成本，能够收到经济效益，能够减少投入赚到钱。这个矿务局局长要去讲，我们就得进行一点研究了，所以就要写出那本经济活动分析的讲义。这是我们跟会计部门配合起来，也就是从里边琢磨分析，然后进行调查研究写出来的一个东西，由我来执笔。这是比较花时间、花精力的，当然也是一种学习，就是要很好地对会计、对经济活动这些行当，真用点脑子。

汪：您对文学的热情不减，当时还有时间看文学书吗？

严：当时没有时间看文学书了。但写出经济活动分析讲义之后，我同时也体会到生活本身的乐趣，增强了对生活信心的体验，这对我还是很有好处的。我最初因为还是一直喜欢文学，并不对这些有太多兴趣，想体验的是生活本身，是矿区生活本身吸引了我。那时我自己可以说还是很刻苦的，没有礼拜六、礼拜天，晚上也总要学习两三个小时才睡。当时礼拜六还不放假，一周就只有礼拜天休息，礼拜六休息那也是很晚才规定的。

自己搞这些东西之后，想体验的呢还是文学上面的一些东西，要拼命地读书，读好多文学的东西。我因为小的时候，在八九岁左右，就在家里边翻到一部《三国演义》。虽然那个线装书缺了一本，十本书只有九本，但是也还是觉得读起来很有意思。还有《杨家将》，也有那个《平闽十八洞》。“平闽”就是打福建，那里的山区有十八个洞，有人占据着，这些我觉得大概完全是瞎编的。但这种小说拿来以后，自己还是读了，觉得要真正能够写出东西，那自己要思考做笔记，把生活里边的感受化为有意义的东西，能够体验到这些收获。

三、文学道路中转

汪：您去体验生活是为了文学创作，后来为什么又选择了学术研究的道路？

严：是生活本身在引导我。有一件事情就是“反胡风”案。在我们的印象当中，胡风本身是个作家，也是个进步的文学家。我就读过他写的三种理论书，包括《论现实主义的路》、评路翎的作品等等。我还读过胡风周围其他作家写的东西，大概有五六个人。可是到了1955年那个时候，胡风、路翎等被称为“反革命集团”，我们就很吃惊了。因为在我们眼里，胡风是一个进步作家，他在日本时，还是一个日共党员，他跟鲁迅是跟得很紧的。

给我们在华东人民革命大学讲课的刘雪苇老师是从延安来的，他是华东局的一个宣传处的处长，他给华东革大的同学做报告，讲思想改造，都讲得非常成功。这个人是很生动的，他自己写了书《论文学的工农兵方向》，那不是很进步吗？可是在“反胡风”运动当中，刘雪苇也成了被抓起来的对象，说他也是“胡风分子”。胡风周围的这些人，都成了“反革命”。全国有上千人被抓起来了，这件事使自己大受震动，觉得无法理解：无论如何怎么会发生这种事情的？都是“反革命”在那里讲思想改造？

到了那个时候啊，我就提出问题来了——胡风怎么是反革命呢？我买的胡风的那些书包括《论现实主义的路》，我买了好几本他们的书，都被认为是“胡风集团”的书。我买的大概有六七本书都上交了，有胡风的，有路翎的，还有的就是刘雪苇的。刘雪苇的书叫作《论文学的工农兵方向》，我已经读过，感觉很好。

那现在怎么办呢？我就把我买的书上交给组织，就是铜官山的这些领导，我们的局长、党委书记，请他们看看，我自己觉得这个情况是无法理解的。我因为从工作以后，1950年以后就一直在做笔记，经常做生活的笔记，在土改里边也写笔记，晚上都是写得很晚的，写的笔记厚厚的一摞，我当时害怕了。我觉得这些东西大概是不能留了，有一个晚上我把这些东西，就是“反胡风”案当中不符合要求的东西给烧了。然后我觉得我搞文学，但是不能呆在现在的环境里边，我想改变我的路子来研究文学。

汪：“反胡风”运动直接改变了您的志向啊？

严：1956年的时候，正好是周恩来号召知识青年向科学进军，去读大学、读研究生。我觉得看来我只能走这条路，我要好好地去研究文学。原来是自己写文学作品，到这个时候呢，我就觉得既然周恩来号召知识青年去读大学、读研究生等，那我也就去考吧。我去搞文艺理论，就去研究文学作品，研究文学理论。

我听说北大9月份要招收副博士研究生，要举行研究生入学考试，在南方委托南京大学来组织监考，因为从铜官山到北京，那还是相当远的。我就报名参加了在南京大学的考试。恰好中国共产党第八次代表大会开会的时候，我的矿务局局长是去参加第八次代表大会的代表。他怕自己要发言，没有实战准备，就把我带到了北京，以备万一。

会议结束后，我就参加了1956年9月份的这次研究生考试。我报了名，报的是四年制文艺理论的副博士研究生，一读就是四年。我的这个计划是成功了，9月份考试，10月份的时候接到了录取通知。当时考了四门：英语、哲学、文艺理论、中国文学史。一共考了两天，在南京大学考的。考的时候当然是非常紧张，但是自己考完之后，就觉得比较满意。果然10月份收到了录取通知，我就跟铜官山的矿务局局长、党委书记报告了，就说我参加了北京大学的副博士研究生考试，被中文系的文艺理论专业录取了。我提出来之后，局长和党委书记都肯定了，说“好啊，祝贺你”。可是当年入学已经来不及了，就通知我1957年的2月份正式入学，所以实际上学四年的话，到1961年才能毕业。

汪：原来您是“问题学生”，一开始就是带着问题去考大学的。

严：从胡风被搞成“反革命”开始，我对于一些问题，是挂了一个问号在那里，我觉得这个做法有问题。像刘雪苇讲课讲得那么好，讲思想改造，讲知识分子的思想改造，他体验得那么深入，可是到了搞胡风的时候，连刘雪苇都被抓起来了。光是上海这一个市里边，一个地区大概就抓了十几个人，到了这个地步反正我是想不通的。

刘雪苇你可以读他的《论文学的工农兵方向》，这很符合毛泽东在延安文艺座谈会上的讲话精神，为什么要把刘雪苇也关起来？把胡风周围的关系密切的、跟鲁迅的关系很密切的一些作家都关起来？所以我对这个事情就有自己的很多看法了。

我到北京大学上学去，但到1957年5月份开始就又发生问题了，这个问题叫作“右派进攻”。1957年的5月19日这一天，北大里面出现了“大字报”。最早的第一份“大字报”，就是张元勋、沈泽宜，我们中文系的两个三年级学生，他们提出来的是一首诗——《是时候了》。这个《是时候了》就是，“现在是时候了”。原来我们吃的一些苦啊，现在要提出答案来，是不是应该吃的，是不是实际上搞错了？张元勋、沈泽宜他们提出来的一个问题：我们当年流了眼泪的，是不是应该？这个泪流得是不是冤枉？这样的“大字报”在一天之内就出了几十张，然后在一段时间里边，“大字报”是陆陆续续地出。我们当时觉得奇怪。我们不同意这种看法，这个“是时候了”究竟是什么样的时候？是你们要翻身，要转过来，要对共产党、对领导进行批判吗？我们当时觉得这有问题。

汪：能谈谈您在杨晦先生和钱学熙先生门下求学的经历吗？

严：钱学熙先生原来是英语系的老师，他调到中文系来了。中文系的照样要学英语嘛，他过来就成为我们直接的老师。杨晦先生呢，他是我们中文系的系主任。他是“五四”时候就相当进步的一个人，“五四”时候就是沉钟社一个社的成员，也是一个作家。他写过小说，也写过诗和戏剧。杨晦先生的朋友，同样是沉钟社的，就是冯至，那是学德文的一个人，是西语系的系主任。

这些人都很好，但是他们有些观念跟当时的一些时兴的东西不完全一样，比方《红楼梦》研究批判，李希凡、蓝翎他们写了一些批俞平伯的文章。我只是举了个例子。杨晦先生他们谈的，在有些问题上面跟我们三个文艺理论的研究生有点儿不一样。为什么不一样呢？杨晦先生认为李希凡、蓝翎对俞平伯的批判不见得都有道理，所以我们就在杨晦先生家里，我们讲我们的看法，认为李希凡、蓝翎是代表了新生力量，他们批俞平伯是有道理的，跟杨晦先生的看法不一样。为什么呢？这个里边的情况说起来就很复杂了，我们做学生的跟老师就有争论了。当然我们也是笑眯眯地跟老师争论的，但是杨晦先生的看法是不赞同当时李希凡、蓝翎的意见。他认为这种意见是简单化的，一定要批判俞平伯，不见得真有道理。我们就跟老师杨晦争论起来，当时我们不承认自己会有这个不正确的看法，过了好几年以后，实际上就有问题提出来了。李希凡、蓝翎的看法不见得对，俞平伯的那些学术见解不见得错，就是在这个过程当中产生的不同看法。

汪：那个时候能保持“当局者清”实在难能可贵。

严：1957年5月19号开始出的“大字报”，也有这样的一类问题。“大字报”里面有些人提出的问题是错误的，可有些人提出的问题不见得都是错误的。我们当时是对于出“大字报”的张元勋、沈泽宜提出过一些看法。我们是批评张元勋、沈泽宜的，但是我们的看法是受到当时大多数学生的赞成的。张元勋、沈泽宜的《是时候了》，实际上他们的看法受到多数人的不赞成，是受到批判的。

过了几个月以后，他们被认为是“右派”，在北大那个时候就被划出来了。在党委的领导之下，划出来了相当一部分“右派”，北大上万学生大概可能有七百多人后来被划成了“右派”，大概将近百分之七吧。所以有没有“右派”呢？有！但是北大在1957年的时候，已经有个变化。原来的校长是马寅初，一个民主人士；原来的党委书记是江隆基，这个人是1927年的一个老党员。在他们手上开始划“右派”，开头大概也就是几十个人，甚至最多也就上百人。可是后来中央上面认为，他的问题是“右倾”，就是江隆基这个副校长、党委书记是“右倾”，实际上是要调走他，到10月份他就被调走了，调到了甘肃的兰州大学，当党委书记兼校长。

新来的党委书记是陆平，是铁道部的一个副部长。这个人头脑是比较激进的，他胆子比较大。他看过“五一九”以后那几个月的“大字报”后，认为江隆基是“右倾”，实际上从中央书记处就有看法。有了看法之后，一直到1958年初，划出的“右派”数量就相当大。

汪：“文革”十年草木皆兵，您因为什么问题受到批判？

严：我当时看过林彪写的书——《林彪文选》的上、下册。这个纸是很粗的一种纸，这本书还在我这里。另外呢，特别是看了林彪“谈政变”的那篇文章。那篇文章不短，我看过后觉得他的有些提法有一些问题，有一些不是很清楚，所以我对他“谈政变”的那篇文章有一些看法。

这个我是在我们的组里，当时比方说讨论有些问题的时候，我是讲过的。我没有回避，但是到我讲了之后——我是跟当时一个排长叫郭祥喜讲的（军宣队在北大），我跟郭祥喜讲了我的看法，觉得里面讲的政变问题，我认为那么一种讲法有些问题。我只是谈了，但是我谈完以后，排长郭祥喜就跟我说，“你不能去对外讲这些意见哪，你就到此为止”，跟他说了就完了。他当时是这么说的，到第二天可就不一样了，就是变成严重的“反革命”言行了，所以就成了问题，马上性质就发生了变化。

我现在不记得比方说具体的，有些很具体的那些内容文字，现在我想不起来。但是我的一些看法呢，在那里我也做过一些回顾，当时我是受到了冲击。但是也就是两年之后，“九一三”之后，就被认为不是问题了，所以那种痛苦的、艰难的日子还不算长。我后来就去江西的鲤鱼洲五七干校，我们北大清华好多老师都下去劳动了，我也下去劳动了。劳动了一年多一些时间，后来又要我回来。一方面叫我，是因为招了工农兵学员了，要我回来教书；但是另外一方面还是要审查我批判我，还继续看作“五一六”分子来批判。作为“五一六”分子，大概不到一年，到了林彪真的出问题之后，我就算解放了。

四、“重写文学史”进行时

汪：您当时在研究现代文学史的时候，为什么特别关注晚清以来的文学资源？

严：“五四”新文学出来就是在当时的1919年前后这一段。这一段实际上就是西方的文艺思想开始比较大量地传入中国。陈独秀，然后胡适、鲁迅，这些人都大量地出来了，也冒头了。“五四”新文学大体上从1917、1918年就开始了，鲁迅、胡适的作品都开始比较多地集中出现，所以我们研究现代文学的人，就把这个作为开端的时代。

这一段的新文学，它是白话的，但是确实新的色彩比较浓重，胡适的诗、鲁迅的小说，都是这样子，跟十年以前比方康有为、梁启超他们提倡戊戌变法前后提的一些东西比有比较大的变化发展。所以从近代那个时候开始，变化比较明显，从后来我们看到的好多材料来看，实际上真正的开端应该说是从黄遵宪、陈季同他们开始的。他们更早一点，大概在1890年前后就开始了。他们当时自己也写了一些东西，但是最初还没有引起那么多人的注意。而且像陈季同写的那些作品，他是用法文写的，他的七部作品都是用法文写的。

为什么陈季同能够做到这一点呢？因为在福建这个地方啊，那个时候请的一些老师都是法国人。他们用法语训练当时的知识青年，就是陈季同他们这批人。也就是严复特殊一点，他是英语，但是英、法语在1890年前后的福建，一直都有相当多的人在学习和运用。这就是后来中国在文学方面开始出现学习西方的明显趋向。

从严复一直到陈季同，严复是英语，陈季同是法语，更多的人比方做其他方面的像萨镇冰这些，都是在那个时代出现的，这个思潮的变化非常的突出。陈季同写了长篇小说、中篇小说，写了研究法国文化、研究法国文学的东西，他有七本书，当时都是用法文写的。这些书在最近十几年来已经被翻译过来了，都翻译成了中文。

所以真正中国跟西方的交流，从1890年前后开始的变化就比较大了。到“五四”也就是二十多年之后那就是更明显了，那就是鲁迅他们出来了。胡适、鲁迅，中国的新文学到这个时候又蓬勃地发展，所以现代文学真正要讲起来的话，就是从那段时间开始的。

汪：您参与了唐弢先生主持编写的那套《中国现代文学史》，能说说具体的编写情况吗？

严：在唐弢先生的安排领导下，他们老一辈的学者，除了唐弢先生自己之外，唐弢先生大概是最年长的，还有王瑶先生、刘绶松先生等，他们之间的差距不大。编写文学史以他们几个为骨干，当然还有几个当时像我这样年纪的年轻人，都投入写文学史的工作当中去了。我们写了两年半，将近三年时间。

后来就在唐弢先生领导之下，有了樊骏和我，我们两个就帮唐弢先生去修改已经写出来的书稿。上册——相当于上册，实际上后来又分为了一、二分册，这个基本完成印出来了。到了第三册就是原来的下册，写出来过一个稿子，但是唐弢先生对这个稿子还不太满意。他身体有一段时间（不太好），当时就不能工作了。我们就按照他的安排，继续做一些准备。有一些部分能够写的话，再继续写一点，就希望能够把下册也写出来。

后来遇上“文革”了，当然什么（书）都写不成了，连这样的一些书，在周扬主持之下，计划要编写两百部文科方面的教材，都受到冲击了。那根本就不是写不写的问题，而是受到了冲击。首先比方说像周扬，像唐弢先生这样一些人，都受到冲击了。因此这个教材问题，只能挂起来、搁起来，而且把已经写成的一些稿子都弄丢失了。“文革”当中，造反派要这个稿子，认为这是“反动”的、“反革命”的，就把这些稿子拿去，最后就不知去向了。这个教材没有办法，实际上只出来了上册部分。上册部分编成一、二册，后来的第三册是重新写的。因为“文革”当中，造反派他们要材料，把这些稿子拿走了，最后是不知去向，那只好重写。

汪：在编写文学史过程中意见不同怎么办？

严：大家在有些问题上有不同的意见，也不一定那么激烈。主要是唐弢先生提出意见，他当时五十岁左右，比王瑶先生、刘绶松先生他们年长两三岁。他是很熟悉这一段的，因为他自己就是过来人，从 30 年代起他就参加写当时的许多文章，成为一个比较年轻的左翼作家。他在鲁迅的影响下写过好多作品，尤其是杂文方面写得很多。他是一个参与者，后来又在文研所继续做研究，所以他作为一个带头人是很合适的。另外文学研究所的像何其芳，就是唐弢他们同一辈的人，这样的人也比较多。在讨论当中，他们的发言、他们的意见，我们都很重视，没有很大的不同意见。

后来下册呢，就是因为丢失了稿子，我们只好重新写，就是用了一年左右的时间。经过我的手，我跟樊骏两个人重新写。上册用的是唐弢先生那个时候组织的队伍写出来的东西，唐弢先生最后改动，重写或者局部地改动。下册是 1978 年冬到 1979 年夏重写的，而且是比较紧张、比较匆忙的，因为教材等着要用，赶紧写出来就要用的一个稿子。那个稿子相对地来说，不像一、二册那么精细，就是粗犷一点，但是也可以赶上当时用。

汪：“重写文学史”是您在 80 年代初就想做的事，那您是怎么看待 80 年代陈思和、王晓明他们提出来的这一命题？

严：陈思和、王晓明他们提出来“重写文学史”是有道理的，我是很赞成的，并且已就有些问题作了思考和研究。后来我们写了《二十世纪中国文学史》。这个“二十世纪”就是，不管你是现代的、当代的文学，或者是 19 世纪末那个时候，也就是 1890 年前后，现在都已经写到了，所以实际上一直在写。我们的《二十世纪中国文学史》，就是从 19 世纪末开始写起的。参加的人呢，连我在内一共有十个。北大有两个，其他有复旦的，有北京师范学院的，有中国社科院文学所的，至少是有八个单位的都参加了。所以还是不停地在这里进行着，这个可以影响到文学史质量的提高。所以文学史是不断在发展着，不断在被研究着的。我们文学史一百多年，就是包括前后大概有一百二十年的文学史。各个高校它有当代文学，有现代文学，有 19 世纪末这种划段，可以有各种各样的切法，但是都已经在我们十个人写的文学史里面了。学校也已经是包容了七八个大学的，所以实际上这些工作都还在进行着。

汪：您后来又主持编写了中国现代文学史，您觉得这本文学史该怎么写？

严：我觉得，首先我们作者要下点功夫去研究这一百多年的文学发展情况。文学大体上总是在白话范围之内的，当然文言的有没有呢？也有。某种程度上文言写的作品也有，特别是诗歌范围里边的。那就不光是白话诗了，而且是古体的一些诗也都有。我看到广州一些高等院校中文系用的一些教材，大体上也是这样子。开头他们是用我们的《二十世纪中国文学史》，后来他们就变成各个学校都分别用自己的教材。实际上这种教材主要是便于他们招生，便于他们教学当中有所改进，有所发展。他们都希望每个学校，比方说中文系有自己的文学史教材，这样子就方便他们招生。有了自己的课本，学生也就容易招进来，学生也有更大的兴趣。

我觉得文学史的研究，首先要从原始材料出发，不应该仅仅靠我们搞教学或者做研究写作的人。写文学史的人都应该读大量的原始材料，千万不要看别人是怎么写的，就稍微把它变动一下，用这种办法来搞教材。这个实际上科学性就不大了，也没有太大的意思。

从原始材料摸起，也许我们就假定，我们各地教学用的材料，应该都有一些新的东西。确实是自己去摸到的原始材料，而不是用大家千人讲万人讲的，那个没有太大意义。我看到过一些书，有的确实是从摸原始材料入手去写成的。因为可以看到他的一些不同的见解、不同的材料，这个就很好，就容易推进科学的发展，推进文学史教学的发展。

但是也有的呢，虽然是用自己学校的名字拿出来的教材，但是这个教材基本上是抄的，这就没有多少进展。我想还是应该（要求）搞教学的人，尽可能地从原始材料摸起，这样对推进文学史研究才有好处。

五、问学求实找真相

汪：您当了北大中文系系主任后，想做哪些事情呢？

严：我很想在有一些问题上面，继续做一些研究。但是以后因为事儿多了，各种各样的事情多了，到80年代那个时候，又当系主任了。然后80年代不是事没有了，接着还出现了新形势，有各种各样的事情涌出来了，一些客观形势有了变化，很难像原来预计的那样去做。我1984年起当系主任，然后一直到1989年，这五年下来又有新的变化。1989年以后的形势又有变化，这个都是很难说的。中国在这一方面，把时间花在一些不一定值得花的方面去，真正值得研究的，值得推进的，都不是很简单，不是很容易的。可惜我们就是在不应该浪费时间的地方浪费了，这个谁也没办法。

汪：我注意到您在80年代初有一组关于现代文学史研究笔谈，涉及中国现当代文学的定义、文学的衡量标准及发展问题，应该说很有建设意义，您自己是怎么看的？

严：笔谈只能说是我的一些看法、一些意见，并不一定有什么很突出的进展。真正有进展的，可能是有些点上、有些问题、有些方面，有一些进展，这个在我后来自己写的文章里边有提到。真正要把一个学术问题弄得比较深入，要有一些新的发现，那样子才算有意义。

这三个方面是我当时的看法，可以说提出来一些问题。真正要进展还要花功夫，花不是一年两年的功夫。我写《中国现代文学流派史》，那个花了八年时间，书出来以后当时获得了教育部的一等奖。在这本书上我是投入了很长的时间，可见搞什么东西都不是那么简单、那么容易的。

汪：您的研究得到业内的首肯，能具体谈谈您是怎么做研究的吗？

严：我还是比较从实际出发，从原始材料出发，无论是1928年前后鲁迅跟创造社、太阳社的争论，或者是萧军——萧军是1948年那个时候在东北受批判的，被批得非常厉害。批判他的就是有好多东北作家，都是共产党员，应该说在很多方面他们是很进步的，但是他们批萧军那一次，应该说是失败的。为什么？他们连原始材料都弄错了。原始材料一旦弄错以后，那出来的结论就完全没有意义、没有价值了。倒是萧军的一些思想，他讲的东西并不错。当时在东北批萧军的有宋之的等，应该说他们的立场是很进步的，但给人家扣的帽子很大，而实际材料是错的，反过来萧军倒是更有道理。这是包括中国现代文学史碰到的一些有不同意见的现实问题，实际上通常有些说法、看法并不真实。这种事情多得很，所以我在文学史上提出来首先要把实际情况弄清楚，好多问题是不一样的。我想就是应该从实际出发。

萧军挨批是从1948年起，他在延安的时候，1942年前后还没有那些问题，结果到了东北他挨批，把他批成是“反动”“反革命”，批得非常尖锐，帽子扣得大极了，还出了一本《萧军批判》的专书，但是你一翻实际材料，就完全不一样。当时是批了半年多呀，好像批倒批臭了，可是我去把原始材料一翻，实际情况完全不一样。萧军是被冤枉的，真的要从实际出发，那样得出来的结论是不一样的。

胡风，1955年说他“错误反动”，再后来是“反革命”，再后来把他关起来关了二十多年。可是那些结论，所有的结论都对吗？不对，几乎都是没有道理的，没有对的，可以到这种程度。我看有些事情，总会还它的本来面目的。好多事情都是这样子，都要摸原始的材料，看事情的本来面目究竟怎样，把那些东西摆出来以后，才是推翻不了的。我们好多事情都应该做到这种地步，从最根本的地方把它弄清楚了，得出一些应有的结论来。

汪：要真正有一些新发现实在太不容易了。有学者在说到鲁迅研究的窘境时，就自嘲说要开始研究鲁迅的胡子、鲁迅的烟斗了。您认为做文学研究的人该如何拓展思路呢？

严：拓展思路最简单的，必须要求读新的材料，掌握新的材料。从原始材料出发，这样才能够得到新的东西，能够得出一些新的看法来。像鲁迅研究，看起来好像鲁迅现在是大家熟而又熟的对象，实际上还是有好多问题没有回答。

鲁迅在日本这个阶段，他是有自己的好多看法的。从鲁迅的某些信件、某些散文里边提到的来看，他实际上有他自己独到的一些看法。但是他也不一定就愿意大声地在那里说，愿意宣传自己的一些看法，但是你可隐隐约约地发现，他对日本当时的事情有看法。日本人对中国人的一些看法，可以侧面地反映出他的看法和想法，这都可以挖掘。

鲁迅这样的作家，他们的作品、他们的思想，其实到现在为止还不能说已经研究到头了，已经研究尽了，远远不是这样的情况。鲁迅对中国的历史，究竟是怎么看的，和我们一般人、普通人的一些看法一样吗？其实不一样的，他有他的一些看法。《故事新编》里边，从中国的"女娲"，从我刚才说的"眉间尺"，还有几个作品里边，你去研究一下的话，可以得出很多新的看法来。实际上到现在为止，我们的鲁迅研究，不能说到了头了，永远不会发展了。仅仅是说《故事新编》，就很不一样了，更不用说《呐喊》《彷徨》。我有一个老师，是我在华东人民革命大学给我们讲课的刘雪苇，他的有些看法还是比较有新意，有特别的地方。他说到鲁迅和创造社、太阳社 1928 年前后的那场争论，他的一些看法在当时 1950 年我们听他讲的时候，就觉得比较新鲜。一直到后来，也还是感觉到他是有道理的。关于鲁迅 1928 年前后跟创造社、太阳社的那场论争，他论述得相当深入，比我们一般想象的要深入得多。

汪：您是《中国现代文学研究丛刊》编辑部的元老，您当时对刊发的稿子有什么要求？

严：作者写出来的东西，下了功夫之后写出来的东西，能够有一些让人读了就能感觉很惊人——即使不惊人的话，也让人感觉到很有深度、很有质量。我们用的稿子，是这样的能真正推进对一些问题看法的稿子。这种稿子在有些学术方面，甚至能推翻过去错误结论的。真正要做到，我们拿到的、接受的稿子是这样的质量。如果没有这种稿子，就太平凡了，泛泛地，甚至于已经说了好多遍了，就没有意思了。

我不知道现在我们编辑部收到稿子的时候，产生的是什么感觉。如果真正能够有一些震动人的东西，说收到一篇稿子，"啊"会叫起来，这个就有希望了。提出的问题真是没人想到过的，或者是非常深入、非常尖锐的，我希望能够多一点这样的，让人发出惊叫的稿子。

六、老熟人们

汪：1978 年北大招收了中国现代文学专业的研究生，有钱理群、吴福辉等，他们现今都已成就不凡，他们都有怎样的治学特点？

严：在"文革"以后啊，因为大学停了那么久，所以再招进来的人，可以说那是渴望着学习的，非常地渴望。他们是全心全意地扑在学术上的，当时报考的七百多人里边，我们定下来录取的是八个。最初想录取五个，也是按他们的分数来排的。后来觉得呢，太可惜了——只招五个太可惜了，所以招了八个。八个既有现代文学的，也有三个后来是当代文学的，所以一共有八个人。我看到有材料说只有五个，其实不止五个，是有八个人。后来的情况证明，这些新人是很不错的。

他们的底子比较好，而且他们是一心地扑在学术研究上。有几个开头就留在北大了，也有几个搞的是当代文学，后来又转到作协那边了。像钱理群，其实 50 年代他就是北大中文系的，那时在新闻专业，后来新闻专业的同学从北大转到了人民大学，所以钱理群是在人民大学那边毕业的。然后他又到贵州去工作（教书）等，是这样培养起来的。

他们有他们的长处，但是他们也已经是到了很为难的地方——如果再不招进来，那他们也就不会再进学校了。这八位录取的，有的比他们年轻一些，但是都有一定的成就。钱理群因为连续地从 50 年代到后来，经过"文革"，有十几年都没放松，所以是相当突出的。他这个人也很能思考。吴福辉跟他的年岁接近，他们两个年岁是最大的，吴福辉也很不错。再年轻的有温儒敏，留的都是进来读书之后，过了大概三年样子吧，然后留下来工作。还有凌宇、赵园等，都是有相当成就的。

汪：最后我们来说说金庸，您跟他是老熟人了。您觉得他是怎样的人？

严：我觉得他是一个非常聪慧厚道、实实在在的人物。我跟他前前后后相处了可以说已经有二十五六年了吧。

我觉得他这个人有很高的价值，他看起来是写武侠小说，但是他的武侠小说跟过去的那些武侠小说，就太不一样了。过去的武侠小说就是，"口吐一道白光，取人首级于百里、千里之外"，都是这样一套，其实是一点意义都没有。看那种小说，是很乏味的。我最初拿起那种东西来看，但是看了几本后就只能丢掉了。它们也叫武侠小说，但是没有一点味道。金庸的武侠小说不一样在哪里呢？他写的武侠小说看起来是很神奇的，但是他有内在的一些根据和道理，就是读起来觉得有意味。他也是让人觉得很奇怪，可是呢，你仔细想一想它里边的趣味，特别是后来的那些像《笑傲江湖》，他提出来的那些问题，确实是值得思考的，是有益于人生的，可以让你连贯地想到好多奇特的东西，让你愿意去进一步深思的一些问题。连韦小宝那种所谓的趣味，那是一种很可以否定的东西，但是这种否定，也可以让人去思考。金庸写到的这种否定方面是很不一般的。

金庸这个人，确确实实是个实实在在的人。在抗战那个时候，恐怕还不到二十岁吧，他跑到重庆，在国民党的一个学校里边读书，但是被开除了，国民党的特务在那里很活跃的。后来他没地方去，就到他表兄那个图书馆里当一个图书管理员，呆下来读了一年的书。那一年的书读下来，丰富了他的思想，让他思考，让他觉得有好多有趣味、有意义的问题。那年他写了一篇作品，叫《白象之恋》，获得重庆市的二等奖。

金庸看起来把武侠小说写得奇奇怪怪，但他同时是一个非常实在的人。他提出来的那种逻辑有意义，让你去进一步思考，跟一般的武侠小说、过去我们读的武侠小说大不相同。《射雕英雄传》里边，郭靖这个人看起来好像是很愚笨的，就是有点儿木的，但人非常正直。从这个意义上说，这个人很可爱，而且他内在的价值应该说是很高的。而金庸呢，在某些方面跟郭靖内在的性格是有些相似的，有很可爱的地方。郭靖和金庸之间，在性格这些方面，确实有相似的地方，金庸自己也承认。他的可爱也在这个地方，金庸是一个非常实在的人物。

访谈后记

“严家炎访谈录”是中国现代文学馆主办的老作家口述历史拍摄项目计划之一，整个项目由征集编目部的计蕾主任牵头组织。该项工作通过采访提问的方式，引导老作家回顾自己的生平经历，为中国现当代文学研究留下丰富且生动的宝贵资料，也为研究者们进一步多侧面地研究作家提供了宝贵资源。2018年11月中上旬，我们先后两次去严先生家进行采访拍摄。

早闻严老师“严”上加“严”的威名，我在做采访准备中不敢有一丝怠慢，生怕说出的话贻笑大方。见到严老师之后发现，他原来是那么和蔼可爱，在访谈中不断用发亮的眼神鼓励我“但说无妨”。严老师是那么宽厚，言谈中透出一股“侠义之风”。他痛感于特殊时期的冤假错案，痛感于“浮夸风”的荼毒，痛感于生命的时不我待。为此，他从一个文学创作者转变为一位文学研究者，用一丝不苟的研究姿态去探究学术真理，让文学研究回归到实事求是的道路上去。

2014年3月，严家炎先生将自己近万册藏书无私捐赠给中国现代文学馆。文学馆专门设立了“严家炎藏书文库”，以供更多的学人利用，更好地为文学研究服务，并将严家炎先生的治学精神传之后世。

说明：本访谈稿经严家炎教授本人审阅、校订，也感谢卢晓蓉女士的耐心修改。访谈录的影像资料目前存于中国现代文学馆。

2019年9月26日改定

［作者单位：北京大学中文系；中国人民大学文学院］

主持人语

□ 李继凯

今年伊始，人类忽然发现一场巨大的灾难降临了：新冠病毒疫情在全球迅速蔓延，许多国家和人民都深受这一灾变的冲击和困扰。各种各样的相关言说铺天盖地，文学领域也有相应的体现。2020年，无疑是一个“大难临头”的标志性年头，人类记忆当中肯定会深深烙上这样一个非同寻常年份的印记，有人更提出历史有可能以“2020年前”或“2020年后”来划分。尽管人们的关注点和具体观点不尽一致，但只要上下求索、百家争鸣且又能够“胸怀天下”，有识之士就可以超越种种局限或偏见而不断为重构全球化和人类命运共同体贡献一些有益的见解，这在世界危机四伏的岁月里，也肯定是一件有意义的事情。

我个人确实对灾害书写很感兴趣。灾害书写包括了文学书写及非文学书写，后者更多也更拥有当下的广阔市场(或传播面)。但我本人却基于专业需要，对灾害/苦难文学书写还曾进行了一些具体研究，在研究生培养中也注意引导学生研究这方面的论题，其中有一位博士生还因研究灾害文学获得了全国优秀博士学位论文奖励。我还曾在汶川大地震之后为有的学术期刊主持过灾害文艺研究方面的专栏，旨在加强灾害文艺方面的学术研究。我想，只要是认真的学术研究，关于灾害书写或灾难描写可以有广阔的探索空间，而且也应该允许有不同的学术观点。不过，在自媒体空间少不了个人的情绪化表达，但在学术层面则要有更多的理性和宽容，要尊重学术规律，也要尊重我们改革开放数十年来积累的学术成果和基本经验。有人认定书写灾害灾难也只能唱赞歌说英雄，这样的判断也许就有些武断。反之亦然。

受主编之命约稿时间较早，且立意要着重考察历史上的灾害文学现象，故这里的三篇论文没有“直面新冠”，但相关的思考自然可以贯通古今中外，给当下的人们带来有益的启示。本栏所收的这三篇论文或从宏观理论层面进行论说，或从重点考察及个案分析方面进行探析，都体现了这样的学术取向。舒跃、张堂会对灾害书写的历史记忆与文学想象进行了深入探讨，对灾害文学母题/主题的彰显及表述形式进行了理论概括与思辨，不仅总结了历史上灾害文学的艺术规律，而且也为更广范围的文化研究提供了思路；周惠从灾荒图与地域志的视角，结合河南诸多重要作家作品，对河南现当代作家的灾害书写进行了专题研究，着力揭示河南作家的灾害书写与中原地区的灾难现实的内在关联以及相关灾害书写的艺术基因；王奎、冯超的论文则对我国历史上另一个重灾区曾发生的灾害与书写情况进行了考察，集中探讨了民国十八年陕西大旱所导致的严重灾难和相应的文学书写，认为这一灾害让几代陕西作家无法释怀，写出了一些苍凉而又厚重的作品。

三文各有侧重，却也有所呼应，意真见远，忧思入微，值得一读。

[本辑文章系国家社会科学基金社科学术社团主题学术活动资助“2020年中国抗疫文学与文学抗疫活动调研报告”(20STA031)的阶段性成果。]

[作者单位：陕西师范大学文学院]

自然灾害:历史记忆与文学想象

□舒 跃 张堂会

在中国的文化畛域里,文学和历史都有断代的习惯,二者倾向于在固定的时间维度中坐而论道。这样一来,它们自身的阐释姿态和话题的集中性表现,自然呈现一时特征。以灾害为主题坐标,拉扯出历史和文学的互动姿态,勾勒新的参照坐标系下的文化图景,则跳脱了时间这一线性束缚。类似命题作文的有限性给了相应文化研究收之桑榆的启发,使其能在单一主题对象上集中发力,在叙述对象的纯粹性中获得更加自由的发挥空间。

从对上古神话的文学考据到近代历史的触手可及,中国文化视域下的灾害书写为上述研究思路提供了良好佐证。最早反映自然灾害的那些远古的神话和传说,例如女娲补天、大禹治水、精卫填海、后羿射日、夸父逐日等,不仅反映了远古先民认识自然和征服自然的愿望,而且体现了中华民族祖先不畏艰难困苦、顽强不屈地与自然灾害作斗争的伟大精神;再至近代以来,范长江在《川灾勘察记》里面记述了四川仪陇南部一带灾民没有粮食可吃,只能以杂草填饱肚皮的情形,以及流萤的《豫灾剪影》对于1942—1943年的河南灾荒的还原,等等。可以讲,灾害和饥饿的因果逻辑使得这类题材创作有着极高的类型化特征和文化辨识度。

因此,这种取景方式给了灾害研究另一格局:以文学和历史的相关表现作为触及真相彼岸的浮桥,在浩瀚材料的离心下最终获得相关的文化沉淀。如此一来,灾害的底色给了文学与历史互动自由,使得它们互为镜像,二者以不同的疏证方式达至对于客观事件——灾害的索引。“历史通过从时间顺序表里编出故事的成功,正是历史阐释效应的一部分;从时间顺序表中得出故事,是由于我在别的地方称之为‘编织情节’的运作。”[①]所以,灾害在历史中留下的余痕成为文学故事发挥的绝佳题材。

一、历史之“实”

“历史”一词的建构实际包含着四个层次:一是“真实的历史”,二是“记录的历史”,三是“传播的历史”,四是“接受的历史”。“真实的历史”是指曾经发生过的事件和已经逝去的历史人物。“真实的历史”具有两大特点:一是唯一性,二是不可重复性。“记录的历史”是历史学家根据当事人与旁观者的口述、回忆、文字记录下来的历史,比如《史记》。“传播的历史”更为复杂。它存在两个极端,一是神话,二是丑化。“接受的历史”具有很强的排他性。一种思维成为定式,一个故事成为模式,人们就会拒绝接受这个故事的其他阐释形式[②]。

在“真实的历史”的框架下,这种书写体式得以涉及真实事件:1928年,绥远全省有十七个县和乌兰察布、伊克昭两盟的十三旗都遭受了严重的旱灾。“统计全绥人口约二百五十万,现在灾民一百九十万,占百分之八十”,灾民生计“山穷水尽”,“甚至大人食小孩,活人食死尸。至食树皮草根,在绥省不以为奇。前中央派员及各国传教士曾先后调查,认该省灾情之重,实居华北第一”[③]。切实的数据化特征,铺垫了人们对灾难的心理预期,并以直观的方式,把灾难还原。这种方法倾向于停留在灾难所造成的恶果上,如此取得独属于历史的分量。它撩拨起人们对于灾难的本能反应——恐惧、焦虑等消极情绪,并在其巨大的破坏性下把历史和灾难史的讲述方式进行贯通。史实成为凭吊过往的支点,因为仅凭一厢情愿的乐观内容为文化骨架,并不足以去支撑历史的厚重。

灾难之于历史是一种灵活变数,这成为一向为人们习焉不察的历史惯性转捩所在，这种习惯主要聚焦本纪、世家式的逆天英雄，却往往忽略最为普遍的创作底色——普罗大众。因此，承袭灾难的巨大痛感，并把这种感知聚焦在底层普通百姓上，灾害书写下的“真实的历史”便自然需要过渡进“记录历史”的讲述中。

灾难质地上，“记录历史”的主角以平民为主。这种方式有着报告文学和地方志的印迹：“成都街上的公共厕所，常常门上贴着‘内有产妇’。这是各地灾民孕妇，因为生活无着，虽身怀六甲已到临盆，而仍不能不乞食城中，无家可归，往往在街中突感腹痛，只好避入厕中，以厕所为产房。街坊邻里，有发现之者，乃贴条瞩他人勿再入内，或略送饭食，以供其生活。记者在某一条街上，同一日中，曾发现三处之多。”[④]这把历史的宏观抽象具体而微为可以感知的细民稗史，从最为熟悉的生息行止层面，探得灾难在民间的诸多回响。这顾及为大历史书写传统所不屑的民间阶层，以细微的叙事弥补了这一不周。小历史的书写内容，把灾难来袭时受害一方的表现“精炼提纯”，并故意引导至个体生命的撕裂与意义的倾圮上。这一细微的处理方式通过个体的剧烈所感和灾后反应，实现了和灾难的平等对话，于并不对等的角力中获得诠释灾难的权力。

“传播的历史”和“接受的历史”可以理解为均是基于创作者和接受者的主观过滤，而得以成文的文字形式。这种记录途径需要借助修辞和艺术加工，来获得讲述和接受主体的价值认同。这导致了其叙述面目的并不唯一，主观因素的参与发挥成为其先天的命门所在，使得对于事件的解读有着失真的局限。中国古代和灾害有关的较为著名的神话“女娲补天”“鲧禹治水”“精卫填海”“后羿射日”“夸父逐日”等均出此类。当然，这种形式并不为东方文明独美，《圣经》里《创世记》第六章至第八章中就有许多有关大洪水的历史：“洪水把地球淹没了四十天；然后水位上涨，方舟暴露了出来，而且被抬到了地球上面。洪水泛滥，水位升得更高了；于是方舟也升到了地表以上。洪水继续在地球上泛滥；整个天堂之下的所有山峦都被淹没了。水位一直升到了十五腕尺高；山脉被淹没了。所有在地球上活动的生物都灭亡了，家禽、家畜、走兽和每种在地球上爬行的爬行动物，一切干燥土地上的生物都灭亡了。地表上的所有有生命的物质都被毁灭了，人类、家畜，爬行动物和天上的家禽；它们被在地球上毁灭了：只有诺亚和方舟中与他在一起的生物活了下来。洪水一共在地球上泛滥了一百五十天。”

相似的阐释形式从外部来看，反映了人类文明积极应对的姿态选择和往往无果的焦急心态。在面对未知对象时，人类努力寻求一种合理解释，来建立和自然的沟通渠道，这种文化修饰后的催眠推动人类文明在历史过程中的自我迭代：“文明是对人最高的文化归类，是人们文化认同的最广范围，人类以此和其他物种区别。文明既根据一些共同的客观因素来确定，如语言、历史、宗教、习俗、体制，也根据人们的自我主观认同来确定。”[⑤]所以，类似《圣经》中的大洪水，《山海经》中对于灾难的想象性修辞，可以理解为文明于自身发展中所表现出来的一种解释机制，这虽没有直接推动对于天灾的了解，却完善了与自然的和解姿态，在每次天启的暗喻后，努力寻求自我反省的动机，去对应历史中灾难为何发生的质问。

类似《山海经》中的这些解释是当时文化形态对灾难的一种注解，它表现了人类对于灾难的了解程度与态度的渐进过程——由无知、恐惧到寻求和解。因此，在“灾害”主题的收摄下，相应的主题对象扮演了一种历史中间物的角色，它沟通了过往与现在，在一向被稀释的历史内容中，通过有限主题“自然灾害”的交集，涵盖了时间壁垒下有着泾渭之分的诸多历史阐释，把不同时段的灾害表现串联，觅得历史衍变下其文化表现的线索。

二、文学之“虚”

所谓文学的“虚”，是相对历史对已经发生的阐释而言，而并不仅仅局限在字面意义的虚构上，更遑论自然灾害的文学书写多采用历史基线上的主观发挥，包括文学创作中所采纳的艺术修辞，例如抒情因素和想象的参与等。某种程度上来看，这是文学区别于其他文明形式的表征之一：“‘抒情’既有兴发自然的向往，也有形式劳作的诉求。一收一放之间，文学动人的力量于焉兴起。”[⑥]当然，这也是当今文史纠结的论点所在。相对于历史对于主观能动因素欲拒还迎的暧昧，文学对待主观能动发挥的态度则要洒脱得多，有感而发是其成立与否的重要圭臬，这些文学表达揭橥了历史阐释中不易察觉的一面——例如主体的应激反应，灾难后的社会心理变迁等。

因为创作主体的介入，其更多凭借感性逻辑去探寻生命与历史的博弈形态，进而随物赋形出一个宏观面貌。因此，“灾害”下的文学书写打捞出一个个动人的故事，其中所载的平常人事多了传统史官书写所没有的生动、鲜活，庙堂之上对于历史的寥寥几笔压缩了想象空间，使得过往看上去总是一种枯寂的存在，文学表现中生动的血肉之躯弥补了这一缺憾。例如，自然灾难和因果逻辑所致的饥饿频繁成为叙事线索，生理层面的不适往往牵扯出民间层面鲜活的生活写实，这种取材上的“短视”行为恰恰为历史书写所不屑：白居易的《采地黄者》描绘了在霜灾、旱灾的双重打击下，农民无粮可食，只得到野地里采挖地黄，再拿到官宦人家去换马吃剩下的粮料；张养浩的《哀流民操》描写了元文宗天历二年（1329 年）陕西关中大旱，流民饥寒交迫，只得食树皮草根，被迫卖儿鬻女，过着朝不保夕的苦难生活等，不一而足。

在情感伦理的探知上，长歌当哭的文学功能是首要的，通过直抒胸臆的诗歌书写，表达出大灾之后内心的愤懑与社会整体心态的变迁。比如灾荒使得人们的伦理道德一步步地沦丧，食人现象一开始还只发生在陌生人之间，基本上恪守着传统的“孝”的原则，亲人之间还存在着一种“血浓于水”的骨肉亲情。随着饥饿的一步步升级，骨肉亲情也弃之不顾了，父母、子女的肉也照样能够下咽。刘心皇的诗歌《西门外——“前夜篇”之八》正属此类，描写了父母忍受不了饥饿的折磨，一边吃自己的孩子，一边大哭的情景。

西门外，
建筑了一口大锅，
里面塞满了死人的尸体；
枯槁的人们，围着那口锅，
围着那口锅，
拿着人腿或臂膊，
在一旁大嚼。
有一个人嚼着，哭着，
“想不到，
我会吃亲生的孩子”；
天哪！
就看着叫人都饿死完吗？[7]

自然灾害使人们丧失了最基本的生存条件，在食品极度匮乏的时候，人们的需求结构必然降到最原始的生存需要的层次上，发生人食人的现象也就难以避免，饥饿瓦解了人们日常形成的道德准则和美好品格。这是自然灾害在生命形式的异变上，所留下的巨大伤痕。因此，灾害之后，个体需要凭借抒情渠道来消化这些创伤。这种表现力为文学专有，诚如《西门外》等此类诗歌一般，把实际的切肤之痛导向情感的以虚涵实，落笔在文学的抒情想象上。

同样，社会上层文明的波动也和底层生息紧密相关。因此，和灾害相关的文学书写还有对社会上被动的人心思变和信仰偏移等文化现象的关注。这从相对宏观的高度上，把握到了世事迁移的脉络。灾害发生后，许多人的信仰发生异变，想在灾害中寻求帮助和精神的慰藉，抓住一根救命的稻草，迷信巫术之风在灾害期间非常盛行。在 20 世纪 30 年代灾荒接连不断之际，胡适就曾谈及中国人利用各种各样的迷信来对付灾荒与疾病，“天旱了，只会求雨；河决了，只会拜金龙大王；风浪大了，只会祷告观音菩萨或天后娘娘；荒年了，只好逃荒去；瘟疫来了，只好闭门等死；病上身了，只好求神许愿”[8]。这些行为在文学的思路下并无对错，面对灾害的残忍姿态，大多辩证与变通都成为理所当然的选择。纵使这些文明的异变有着时代和历史的局限，但如若于当下的制高点上，臧否过往，这种表述下的优越性又何尝不是另一种历史局限，所谓批评的合理合法性，自然会在时间的流转下暂付阙如。

至于面对灾害时候的被动应对，以及人类受害者立场上的保守姿态，更多的故事也呈现了人类主动起身相迎。刘心皇的诗歌《石头列车——黄河堵口记》就描写了人们顽强地与浪涛作斗争，群策群力，搬运石头，最终堵住了黄河决口。

哗哗啦啦震惊了这寂静的荒郊，
小石头车，咬着轻便的铁轨，
两个人推着飞样的奔跑，
努力前进要挡住黄河的浪涛。

黄河的性情是到处崩流，
不预先围堵，人们的生命难保，
我们无休止的干，虽说筋疲力尽，
痛苦不堪总比被黄河吞去的好。
…………
相信不久一定成功，
那时候，会唱着歌，漫步田垄，
牛王桥头的血汗，不会付诸东流，
大家欢呼着看被堵黄河缺口。[9]

正因为灾难的相衬，才表现出人类的无畏无惧，于历史的转折处，用向死而生的魄力与勇气，在文明前进的大方向上屡屡表现出向好与真善的定律。这种积极的姿态成为灾害书写上的亮色，并具体落实为一人一事的文学讲述。更因为文学场域下对于各类题材的不加回避，反而彰显了其积极的一面：对于灾害的描述与想象愈是直观，过往历史和其中人文变迁的真实脉络愈是明显。

三、文史视域下的灾害文化观

在历史和文学的灾害书写中，二者用不同规模的视野来确认灾害的普遍性，历史主要是通过事件的辑佚，文学则更多是人事的铺陈。比如，同是对于1942年河南自然灾害的描写，既有张仲鲁《关于一九四二年河南大灾的见闻》描绘的历史宏观实景，也有刘震云《温故一九四二》这样基于历史基线上的具体文学演绎。因此，"灾害"成为一种支点，凭借历史与文学的叙述质地，建立了观景文明衍变的哨站，其自身也呈现出鲜明的文化性格。正如杨义先生提倡大文学观，他认为世界上不存在着什么纯文学，过度强调文学，就是对文学与文化，对文学与整个人类的生存状态的一种阉割。更遑论对于灾害此类题材的文化表现，因为主题自身的驳杂，更是无法用单一的文化形式来做到全面与彻底的把握。这和黄仁宇提倡的大历史观呼应，拉长取景的时间维度，以相似事件为线索，推演出历史规律。文史搭台，灾害唱戏，其最终成为观景文化表现的一处应许之地。

借助这种思路，相关材料能够处于相同主题的框架下各行其是。这种框架有其共时性，也就使得所有的故事单元和史料拉近了互相感知的距离。比如对于"灾荒"的描写，既有近代张恨水的《雁归来》："卖了耕牛卖种粮，几天未吃饿难当！看来一物还能卖，爬上墙头拆屋梁。"也有历史深处白居易的《大水》："浔阳郊郭间，大水岁一至。闾阎半飘荡，城堞多倾坠。苍茫生海色，渺漫连空翠。风卷白波翻，日煎红浪沸。工商彻屋去，牛马登山避。况当率税时，颇害农桑事。"[10]这些内容例证了中国多难兴邦的传统古已有之，并在断代史无法涵盖的时间广域内得出中华文明和自然灾害的关系形态，把灾害、历史与文学进行有效互文。

列维·斯特劳斯指出：城市或城邦的建立、阶级差异及特权、革命或变革造成社会的根本转型、自然灾害引起的社会特殊反响等等，有关这类内容的所有故事，无论是以社会科学的形式或是以历史的形式来讲述的，都参与了神话的制造……[11]因此，灾害思路下所观察到的文明变迁与回馈，生动地体现在文史搭建的场域之中，并具体体现在灾害的集体记忆上。"正是在这个意义上，存在着一个所谓的集体记忆和记忆的社会框架；从而我们的个体思想将自身置于这些框架之内，并汇入到能够进行回忆的记忆中去。"[12]所以，对于灾害的印象，它们可以同时出现在蹇先艾的《乞丐》和章泯的《弃儿》中，通过类似具体人物命运的落实，具象对于灾害的理解和记忆，实现接受主体在历史流变中对灾害认知的强化。

这种记忆场域的构建得益于历史的宏观和文学铺陈的微观视野。

在历史的广袤纵深处，从不同的时间维度中找到相似的事件题材，如1915年珠江流域大洪水、1920年北方五省大旱灾和甘肃大地震、1928年至1930年西北和华北大旱、1931年江淮流域大水灾、1938年花园口决口事件等，它们建立的缓冲地带让人类文明熟悉并应对灾难的猝不及防，并在向历史的求证中能够有的放矢。同时，这种方式与思路把灾害材料捏聚成型，随物赋形出一个同质的整体，事件的孤立存在转进历史的常态中，成为一种"集合"的存在，在流动不居的形式衍变下，分离出灾害内核。即如各种灾难形式的表现以及事件的书写最后均能落实到人类各种与之对应的姿态上，并转入进人类文明的应变和随即而来的迭代上。

而从文学的灾难表现来看，它丝毫不回避负面内容的集中呈现，并试图将个体面临灾难时的感情、体验、动机作为文本中心的出发点，这和灾害的历史观截然不同，前者意图达到宏观平衡状态，后者却意在拒绝时间淘洗，寻求个体于存在主义上的表现。因此，从主观方面着笔，文学表现对于各种消极特征表现出了足够的宽容，以来寻求感情动机和时代背景的瓜葛。在这种非理性的感情思维下，焦虑、死亡、苦闷、恐惧、未知、反抗等成为个体存在最好的诠释。

悲伤的好人，轻浮如杜甫
今夜，我必定也是
轻浮的，当我写下
悲伤、眼泪、尸体、血，却写不出
巨石、大地、团结和暴怒！[⑬]

你们迷失在洋楼的迷魂阵里，
你们在珍馐的香气里流着口水，
嘈杂的音响淹没了你们的哀号，
这里的良心都是生了锈的。[⑭]

通过这些性格特征，锚定了个人于历史中的存在，将个体面对灾害时的主观感受变得详实。文学的灾难表现丝毫不回避各类人间惨剧和情绪的消极化倾向，它甚至着迷于这类材料上的极端化体验，一面意在求得文学功利化的戏剧冲突，在平常并不鲜见的材料处理中，夸大生命的撕裂感，加剧对于痛感的执迷，从而能在个体情绪的放大中暂时获得和灾害、历史交手的资格。再者，在灾害文学如此个性化的表现中，因为放大的生命体验拓宽了对于灾害的心理预期，为灾害每次不期而至时所带来的次生灾害，比如心理创伤的排解找到出路。

结语

应对灾难的选择，文学的感性和历史的理性开拓了充裕的施展空间，为文明由启蒙到成熟再至不断进化的相应研究点明思路。历史的严密逻辑给人们脚踏实地的评判依据，文学的包容性又调动了人们对于未知的想象和希望。二者合则观之，是一种应对灾害阐释的综合文化表现。

注释：

①海登·怀特：《作为文学虚构的历史本文》，张京媛主编：《新历史主义与文学批评》，北京大学出版社 1993 年版，第 162~163 页。

②王立群：《历史的建构与文学阐释》，《文学评论》，2011 年第 6 期。

③《一月来之灾情与赈务》，《时事月报》1929 年 11 月。

④范长江：《川灾勘察记》，沈谱编：《范长江新闻文集·上卷》，中国新闻出版社 1989 年版，第 556 页。

⑤塞缪尔·亨廷顿著，周琪译：《文明的冲突与世界秩序的重建》，新华出版社 2010 年版，第 23 页。

⑥王德威：《引言》，陈国球、王德威主编：《抒情之现代性："抒情传统"论述与中国文学研究》，生活·读书·新知三联书店 2014 年版，第 2 页。

⑦刘心皇：《西门外——"前夜篇"之八》，周启祥主编：《三十年代中原诗抄》，重庆出版社 1993 年版，第 252 页。

⑧胡适：《胡适论学近著》，商务印书馆 1935 年版，第 638 页。

⑨刘心皇：《石头列车——黄河堵口记》，《大华晨报》副刊《中原文艺》第 5 卷第 9 期，1936 年 6 月 6 日。

⑩白居易：《大水》，顾学颉校点：《白居易集》第一册，中华书局 1979 年版，第 27 页。

⑪Hayden White，Historicism，History and the Figurative Imagination. *Tropics of Discourse：Essays in Cultural Criticism*. Baltimore：The Johns Hopkins University Press，1987，pp.182-183.

⑫莫里斯·哈布瓦赫著，毕然、郭金华译：《论集体记忆》，上海人民出版社 2002 年版，第 69 页。

⑬朵鱼：《今夜，写诗是轻浮的》，http://blog.sina.com.cn/s/blog_48f729c901017x99.html。

⑭臧克家：《生命的零度》，《臧克家文集》，华夏出版社 2000 年版，第 95~98 页。

[作者单位：扬州大学文学院]

灾荒图与地域志：河南现当代作家的灾害书写

□周　惠

自然灾害是人类社会的常发现象，其发生与自然界本身的地理构成和环境气候等因素密切相关。河南的中纬度区位和季风性气候决定了灾害的频繁光顾，中原地区以农业为主的生产方式以及历代逐鹿征伐的遗留进一步凸显了灾害的破坏效应。据邓拓《中国救荒史》统计，从公元1世纪到19世纪，河南共发生水灾173次，同时段最多；旱灾141次，仅次于河北的144次。民国时期，河南灾害更加严重，军阀混战、政治腐败等人祸成为灾害的直接诱因或催化因素，其间河南淮河流域发生涝灾80次、旱灾89次，黄河流域发生水灾681次、旱灾858次[①]，居沿黄各省首位。新中国成立以后，1950—1990年的41年间，河南水灾年21年，旱灾年25年，水灾、旱灾兼有的10年[②]。与灾害频仍相对应的不仅有史料的记载，更有文学的见证与记述。贾谊、杜甫、韩愈、白居易、元稹等河南古代作家，都曾以其灾害诗文表露同情、批判揭露、审视人性；以徐玉诺、陈雨门、苏金伞等为代表的现代作家，以及李准、阎连科、刘震云、刘庆邦等当代豫军中坚，也都对灾害作出了文学回应。作家关注灾害，是知识阶层责任意识的体现，文学反映灾害，是其社会使命的内在要求。作家对于灾害的记录见证、想象反思或隐喻哲思式的多样书写，融入河南历史和文学的发展整体，成为另一种历史形态和重要的文学主题，对河南形象的自我呈现和文学河南的印象构建具有切实意义。

一

灾害与历史相伴随，文学与社会相照应。进入现代以来，面对灾荒频仍、苦难深重的中原大地，河南现当代作家承袭传统、立足时代，描绘出了特定年月的灾荒图景。从徐玉诺、陈雨门、师陀、李季、姚雪垠、李蕤到冯金堂、李准、张一弓再到当代豫军的代表作家张宇、刘震云、阎连科、李佩甫、刘庆邦、柳建伟、墨白等，都对灾害题材有所涉及。以时间发展为参照，河南现当代文学中的灾害书写大致划分为三个时期，不同时期观照视角和表述方式的区别，见证着时代主题的发展变迁和作家自我的文学应对。

20—40年代：现实灾祸与历史见证。河南现当代作家对灾害的文学呈现始于现代文学诞生之初。作为“五四”时期河南文学创作的第一人，徐玉诺对河南乡村的天灾人祸进行了集中展示，其诗歌《农村的歌》揭示了兵灾、苛税压迫下农村的穷困无粮；《母亲》描述了荒旱年间为保孩子活命，母亲用自己的衣服换了糠麸却虚弱得无力回家。《火灾》记录了劫后的村庄：“处女们和母亲早已被践踏得像一束稻草一般死在火焰中了。”[③]其诗歌《歌者》《问鞋匠》《谁的哭声》和小说《一只破鞋》反映了现实破败、歉收饥饿、土匪横行的社会现状，这一状况在同时期的冯沅君、尚钺、于赓虞的作品中也有体现。之后走上文坛的苏金伞、刘心皇、陈雨门、随梦醒、王兆瑞、傅尚普、周启祥等，对20世纪30年代中原大地的深重苦难进行了充分展示。苏金伞的《春荒》描绘了荒凉破败的农村在春荒之下无粮充饥而饿死人的场景；《冰雪季》中饥饿迫使人吞雪团，像牲口一样吃麦苗；《跟妈妈说》中灾荒年月连挖野菜、钩榆钱都要争抢。刘心皇的《壮歌》《卖柳须的孩子》《卖榆钱的人》，陈雨门的《春》《难妇》《除夕》《洋车夫》《水灾里的流民》等诗歌都写到灾荒年月的艰难。周启祥在

30—40年代对河南灾害关注较多[④]，其作品反映了河南土地上尤其是农村灾害的普遍性，包括水灾、旱灾、蝗灾甚至疫病，面对灾害，农民的争食、官僚的腐败以及饿死人的惨剧同时上演。作为河南文学的代表性作家，在师陀、姚雪垠、李季、魏巍等人30—40年代的创作中，同样可见灾害的身影。历史上无尽的战乱与屡次黄河泛滥，加上近代以来的水旱蝗汤、土匪兵灾，促成了师陀笔下废墟般的乡村世界。《毒咒》中呈现出的颓坍残碎与腐烂气息，《巫》中的旱魃、水王、匪灾、兵祸和瘟疫，《老包子》《雾的晨》中的灾荒与贫困，正是对乡土家园残破的如实注解。姚雪垠的《长夜》画出了兵匪逼迫下的河南荒村图，现实的灾荒和压迫让更多年轻人倾向选择当蹚将（土匪）和兵而不愿种庄稼，灾荒的累积性和恶行循环于此呈现。李蕤在40年代描写1942年河南大饥荒的系列通讯引人关注：灾民宰杀鸡、犬、耕牛，进而卖儿女、卖老婆；灾民吃树皮、草根、油渣等难以消化之物而死去；政府救灾不力让更多灾民陷于绝境之中，甚至出现吃人现象。

50—70年代：时代特质与书写定式。新中国成立以后，新的文学秩序下创作题材的集中，歌颂基调和光明导向的格局设定，使得灾害主题的表达必须符合规定范式，即表现新制度下人民战天斗地的豪情，灾害在此成为被征服和战胜的对象。当代河南作家对灾害题材的表述，一方面指向人与自然的斗争，另一方面以灾害作为新、旧社会对比的现实凭借。徐玉诺《朱家坟》中的水灾与抗战时期国民党汤恩伯部焚毁山林导致水土流失有直接关联，现如今，人民在新政府领导下战胜了自然灾害。李季的诗歌《天生泉》《喜讯》《第一声春雷》描写"大跃进"时期挖水渠、修水地战胜自然界干旱的事迹，诗中充满了"大跃进"式的话语，"千里山川摆开战场，万众一心要把干旱消灭掉。跃进干劲恰似黄河千里浪，英雄们'欲与天公试比高'"[⑤]。冯金堂的《为了明天》和《黄泛区的春天》都写到引黄河水灌溉旱地的故事，后者借白山老汉引出了对1938年黄河水灾的回忆，突出新社会下不同的命运结局。其长篇小说《黄水传》，跨越抗日战争、解放战争、新中国成立初期三个时期，将对洪水灾害的描写与官府军队的压迫、自发的反霸斗争、群众的游击战争、轰轰烈烈的土地改革结合起来，颇具历史感和厚重度。作为这一时期活跃的河南作家，李准在其一系列创作中也涉及灾害主题。话剧《土专家》中的何家庄过去十年九旱，农民何广明响应号召修水库，除了和自然的斗争外，还要面对合作社中的保守思想、迷信思想以及家属的个人主义思想等。小说《耕云记》中萧淑英采用"土洋结合"的方法，成功预报了冰雹、霜冻、干旱等气象灾害，保证了农副收成。电影剧本《大河奔流》以花园口炸堤为开端，以李麦一家的悲欢离合为主线展示了黄河及其子孙们在两个时代的不同命运。国民党主政时抢粮、在难民中抓壮丁，新社会下在共产党的领导下战胜了黄河特大洪峰，新中国与旧社会之间对比鲜明。

80年代以后：多重视角与主题深化。随着新时期以来的思想解放和语境转换，河南作家对灾害的关注进入主题和艺术的多角度探求，具体表现为对灾害的日常化描摹和对历史灾害的反思两方面。日常化是将灾害作为民众日常生活中必须面对的问题以突出生存的艰难，如阎连科的《年月日》《日光流年》《情感狱》，李佩甫的《羊的门》《李氏家族》，刘震云的《故乡相处流传》，刘庆邦的《逃荒》《发大水》《灾变》，李克定的《干旱》等。《逃荒》中灾害将人驱离家园无奈逃亡，《灾变》中的大雨导致房屋被毁，村庄变成泽国。在阎连科的耙耧系列中，豫西山地的贫瘠和困苦是原生性的，大旱时节，土地龟裂，"黄土的尘埃在山坡上雾样地流着"，"沟沟壑壑都干得生出紫色的烟云"（《年月日》）；《日光流年》中的三姓村不仅深受喉堵症的肉体之殇，更在生活当中遭遇到蝗灾和饥荒。对历史灾害的反思是以当下视角审视过往的灾害事件，或追忆苦难、以古喻今，或反思人性、展开批判。值得注意的是，当代河南作家对过往灾害的关注相对集中，其视点主要聚焦在1942年前后的河南大饥荒和1959—1961年的三年灾荒（三年严重困难时期）。李准的《黄河东流去》和刘震云的《温故一九四二》是1942年河南大饥荒书写的代表性文本。《黄河东流去》选材的重大性和史家眼光，对生活的细致体察，对小说结构的精心布局，对人物的典型化塑造都有示范意义。《温故一九四二》以冷峻反讽的笔调勾勒出了灾荒期间逃荒、卖人、狗吃人、人吃人的人间惨剧，最高领导人的漠视、军队基层的征税、各级官吏的贪腐等现象引人深思。此外，邢军纪的报告文学《黄河大决口》，温磊、关国锋、郭小阳编著的《1942饥饿中国》，以及宋致新编著的《1942：河南大饥荒》等更多从纪实角度对1942年大饥荒给予关注。当代河南作家对“三年严重困难时期”及“大跃进”的描写始于张一弓的《犯人李铜钟的故事》，其后张宇的《活鬼》《一串甜甜的泪珠》，李佩甫的《羊的门》，周同宾的《饥饿中的事情》，阎连科的《受活》《四书》，刘庆邦的《看看谁家有福》《到处都很干净》《平原上的歌谣》等，都对那一特定年代的饥荒与人事进行过描述。《犯人李铜钟的故事》对导致春荒的人为性因素的揭示代表了此类作品的书写倾向，《受活》中的权力支配与“圆全人”的行为，《平原上的歌谣》中的虚假浮夸与指示号召都印证着同一表述。

河南作家对灾害的不倦书写，既建立在对现实的痛楚感受之上，又立足于对灾害的认识及对历史与人性的深刻审察。“五四”以来的科学之光完成了对自然灾害的深度祛魅，破除了传统文学中对灾害的神秘化、比附性表现。包括河南作家在内的中国现代作家在认识到灾害发生的自然因素的基础上，把目光更多转移到与灾害有关的“人”的因素，即灾害发生过程中的人祸表现及灾害对人的实际影响。就文学创作的实际而言，河南作家对人的关注明显多于自然，以徐玉诺为开端的河南现代文学，首先展示的就是天灾人祸并行的乡村世界，兵匪祸乱、苛税重压是造成或加剧农村破败、饥荒横行的直接原因。新中国成立以后的灾害叙述中，突出的是人力战胜、征服自然的主题。新时期以来的灾害书写依然延续了对人的关注，如灾害时期的人情人性、人灾人祸、非人行径等等。灾害认识中的“人学”倾向与灾害书写中的人事关注，与河南作家固有的人文关怀和忧患意识直接相关。“在中原这块古老的土地上，有一个不绝如缕、一以贯之的文学传统。那就是：在精神上，感时忧民的忧患意识和匡时济世的时代感和历史责任感。”[⑥]这一内在的“文化血统”客观上强化了河南现代作家关注灾害的人性维度。

二

灾害是一种社会现实，见证着人之生存与历史演进，灾害也是一定文化观念的反映，透过灾害自可审视人的精神世象和社会文化习俗。河南作家对灾害的持续关注，一方面确因现实的灾害逼迫，另一方面则意在借助灾害表达其他主题。更多情形下，灾害是作家切入社会与人心的一种媒介和视角，其本身也由此成为表意式的文化符号，承担着一定范围内的意识形态诉求。河南现当代作家灾害书写中所牵涉的生存苦难、阶级对抗、文化反思等主题，照应“五四”以来社会发展的中心议题和文化关切，贯穿其中的是对人的多层次观照和关于文化的深层审思。从这一意义上讲，文学中的灾害主题既反映出人的一般生存现实，又于现实背后深藏着某种特定的文化机制和思维模式。

生存苦难主题。苦难是与人类生存形影相随的事实存在，在现代性语境和宗教义理中甚至抽象为历史和生活的真实本质。“对苦难的抗争与对中原文化的反思，构成了20世纪河南文学的两大创作母题。”[⑦]与日常生活的艰难困苦相比，灾害所带来的苦难影响范围广，危害程度深。河南现当代文学中的灾害书写多以水、旱灾害为主，灾害效应的显现主要在对农民日常生活的影响，水、旱灾害对生活资料的剥夺，对房屋、财产、家园的损毁，必然造成存活的艰难，其后果首先体现在饥饿威胁与死亡境遇的展示。刘心皇的《是不是在梦中落泪》写故乡的老王在饥荒的波浪翻起时，吞食着灰色的树枝，面孔一天天地青肿起来，连树皮也争不到手里。李尹实的《荒村》里，南村吃完草根，啃光树皮，北村还有人吃人的消息。王兆瑞的《没有春天》、陈雨门的《春》、魏巍的《重逢》、周启祥的《农村所见》都写到灾荒时期的觅食争抢问题。“二三月饿死人装棺材，五六月饿死没人埋”是李季在《王贵与李香香》中对大旱之年的如实描写。当灾荒严重又无救济时，灾民也会选择逃荒，甚至无奈沦为乞丐。对于安土重迁的中国民众来讲，逃离故土不仅要承受情感折磨，重要的是必须面对逃亡路上的种种艰辛，而且在灾荒年间，异乡也并非一片乐土。《黄河东流去》中的逃荒路上，灾民有的直接淹没在水中，有的因食物奇缺而饿死，有的扒火车掉下被轧死，至于流离失所、妻离子散者更不在少数。王兆瑞的《异乡》和傅尚普的《灾后》描述洪水淹没了家和田庄，而异乡的土地同样是光秃秃的，连仅有的树木也被剥尽了皮，灾荒同故乡一样。陈雨门的《水灾里的流民》《洋车夫》和随梦醒的《车夫》，写灾民流亡到城市却被冷漠吞噬，无家无食、命运难卜。灾害带来的苦难还表现在由此造成的民生凋敝与社会冲突。在河南现当代作家的笔下,灾害多数情况下并非孤立的存在,"十年九旱"的残酷现实表明即使无灾年月农民也是勉强维持,加上兵匪之乱(水旱蝗汤)、苛捐杂税,其破坏效应就会叠加式呈现,部分灾民出于生存需要,无奈或被迫由流民沦为土匪。因此,民国以来的河南乡村社会整体上经济衰败、民生凋敝,隐藏着潜在的社会冲突危机。徐玉诺的《农村的歌》揭示了兵灾、苛税压迫下种麦时候却无人耕种的事实,"眼看着海绵一般的土壤,变作石头一般坚硬",结果只能是"家中没有一粒米,锅中水沸着"[⑧]。刘心皇的《壮歌》和陈雨门的《除夕》中的土地承受着上帝降下的水灾和匪患。周启祥笔下"征丁派款如火如荼般进行/尸体遍地,空荡的村庄如洗"[⑨]。"国军"同蝗虫一样到处吃光和抢光,"旱灾、涝灾、蝗灾/和'兵灾'……/像一个灾难的海/把贫困的农村/紧紧地/包围起来/捐税与兵役/以及病疫流行……/又相继来袭"[⑩]。冯金堂的《黄水传》中,县大队不救灾反而各处抢粮,更有一些被农民称为"吃干队"的地方土匪到各村逼粮要款,一旦和村民发生冲突,杀人放火成为常事。

阶级对抗主题。阶级政治主题对中国现当代文学的创作影响至深,阶级话语内蕴的绝对对立观念,深刻影响到作家的创作活动及思维方式,其对文学创作的渗透,使得灾害书写中阶级压迫与自发或自觉的反抗较为普遍,灾民更多不是在和自然灾害做斗争,而是向压迫者争取自我生存的权利。民国时期的政治黑暗加上社会动荡,来自统治阶层的压迫无时不在,灾害时期的压迫如故客观上加重了苦难的深度和社会批判的力度,也为灾民在受压迫情况下的反抗提供了合理依据。灾害当中的阶级压迫多种多样,或垄断钱粮,拒绝救助;或征粮收捐,中饱私囊;或敲诈掠夺,手段极恶;或假公济私,借机敛财。灾民要么在缺粮中忍受最终丧命,要么在忍无可忍的情形下奋而反抗。李季的《王贵与李香香》中农民和地主的对立是不可调和的,这不仅表现在地主阶级通过控制土地奴役农民,还表现在地主旱灾时坚持收租闹出人命与王贵结下杀父深仇,王贵的革命是反抗阶级压迫的自觉行动。苏金伞的《黄河又回来啦》中,黄河水又回来冲毁田地、冲走人民,是国民党让黄河回复故道的人为性后果。在周启祥有关灾荒的描写中,救灾仅仅是流于形式,灾民成为显示查灾大员"悲天悯人"形象的道具,拨下的救灾款即使不被贪污私分,对于两千万灾民也是杯水车薪。《黄水传》中张镇长为给梁委员送礼,在老百姓旱灾天只能吃榆树皮的情况下,星夜去百姓家搜粮食,刮地皮。《温故一九四二》中,灾民仅有的三成收获加上卖田,也不够交租子、军粮、赋税,不饿死也会让县衙门打死;对蒋委员长有意忽视灾情严重性的揭示,更把批判的锋芒直指那个和民间利益对立的上层阶级。阶级话语在意识形态领域的无限弥漫,其内含的对立观念则演化为互相对比乃至全面对抗的政治隐喻。灾害中的阶级压迫,其实质是人与人之间基于不同社会地位的对抗。自发的对抗行为在有组织的引导下则会演变成自觉的革命行为,革命是对抗行为的极致化表现。如《黄水传》中的抢粮,吃大户,《决堤》中灾民与保安队的冲突,《王贵与李香香》中的收租与革命等。李季的《老阴阳怒打虫郎爷》与冯金堂的《黄泛区的春天》则是通过对比以突出新社会的优越性,前者以除蝗虫的旧思想和政府领导下的新举动进行对比,后者揭示出旧制度下黄河水带来的是灾难,新社会引黄河水却可以浇灌旱地的现实。类似的对比还有李准的《大河奔流》,国民党政府腐败不作为,而共产党则领导人民治理黄河、战胜洪峰。就河南文学中的灾害书写而言,政治腐败和阶级压迫强调的是人与人之间的对立或社会制度的对比,而人与自然之间的对抗更能体现阶级话语的隐喻表达。李季的诗歌《天生泉》中的庄子坪干旱苦穷、十年九不种,大家坚信"干旱不是命定的,难不倒英雄社的英雄汉。天上地上没有水,地层底下挖水泉"[⑪],最终战胜干旱,改变自然。其诗歌《喜讯》《第一声春雷》《高山运河颂》等充满了"欲与天公试比高"的豪情,其结果是彻底改造、战胜自然。李准的小说《耕云记》借天气预报中"管天管地,管刮风下雨"的行为,反映了新社会人民征服自然、主宰自然的雄心壮志。灾害描写中对抗思想的确立,反映出阶级观念的深入人心,这不仅导致了"斗争哲学"主导下人与人之间的身份界限,也造就了人与自然之间关系的单向式与征服性。

文化反思主题。文化在人类社会的发展进程中产生,同时又以其稳定性、内在性制约着人的行为。河南作家对于灾害的"人学"化理解,决定了灾害描述中对人与人之间关系的偏重，其中触及生存竞争、权力渗透、人性之恶等诸多命题，在记录事实、展示人性的基础上，显露出文化的规约和批判省思的力度。灾害对基本生活资料的摧毁，把人的生存还原到纯粹的物质需求层面，必须存活和一切为了"吃的"成为特定境遇下的"自然宗教"。生存恐惧反映出人对生存资源和生活资料的必然依赖，为了生存可以去争夺，可以冷却心灵，也可以吃草根、树皮、观音土，甚至贩卖亲人换取食物，更有甚者则可以吃人。李尹实的《卖儿》中，瘦黑穷苦的卖孩者硬着喉咙、流着热泪叫卖，却没人说声可怜。张洛蒂《卖女》中的父亲养不活女儿，卖掉女儿换来高粱后妻子已悬吊在梁上。《黄河东流去》和李蕤的《无尽长的死亡线》中都写到卖女儿的情节，灾荒年月恰恰是人贩子发昧心财的好时机，灾荒年月的卖人行为虽属无奈，但也揭示出固有亲情在饥饿面前的不堪一击，人贩子的趁机获利，则显示出人性的贪婪与多面性。灾害中的吃人现象在严格意义上都是求生性的，即迫于现实环境的严酷与生存的自然需要。灾害描述中的吃人行为形式多样，吃人尸体、易子而食、自家人吃自家人等。正如傅尚普的诗歌《吃人》所写："最初是同伙杀食陌生的人，不久便成了自相杀死的残忍，然而饥寒的痛苦仍是无限，老母妻儿也化作块块的粪便。"⑫李蕤的《豫灾剪影》、刘心皇的《西门外》以及刘震云的《温故一九四二》都反映了灾荒中的食亲行为。灾荒时期的吃人将人推向"非人"的动物阶段，食亲行为对伦理底线的突破更可谓是对人之先天本性和后天文化公约的双重违背，"活命哲学"于此得到最强有力的佐证。

政治与权力同样是河南现当代作家观照灾害的重要视角。政治不仅体现在理念与制度层面，更多表现为一种技术操作性的官僚本位、权力控制和斗争哲学，凸显出意识形态的在而弥坚。灾害中的政治表述不仅体现于阶级压迫的显性方式，也会以政治文化的隐性方式呈现，深刻影响到灾民的精神世界和实际行为。《温故一九四二》批判了官僚体制在灾害中的无所作为甚至适得其反，黄河决口，统治者首先考虑的不是广大百姓的生存，而是统治集团的自身利益；地方官员虚报灾情多得救济粮款，且趁机倒卖余粮、低价买地；政府的救灾效率低下，救灾款被层层盘剥，无怪作者说"中国历来政治高于人"。《犯人李铜钟的故事》中李家寨大炼钢铁导致小麦晚种，秋庄稼又碰上"捏脖旱"，此时，"带头书记"提出了产量不变、对国家贡献不变、社员口粮不变"大旱之年三不变"的口号，上演了那一时代官场的"瞒和骗"，所有人都被政治运动挟裹其中却不敢戳破现实。阎连科《受活》中的"大劫年"是因为大炼钢铁砍光了山上的树，烧光了草坡，又恰逢大旱之后雨水无常。圆全人则直接以权力（干部的批文或字条）作为向受活人要粮的依据，"我们不是来抢你们的粮食的，是政府让我们来要粮食的"。柳建伟的《北方城郭》中水灾的发生和赈灾款被私吞，显示出权力的无所不在。《平原上的歌谣》中的文凤楼村虚假浮夸，做真、假仓库应对外来的参观检查，而村民却因为缺粮吃霉红薯片子、槐花、柿树皮，甚至有人饿死。饥荒的原因并非因为自然灾害，而是上面旱田变水田、淮北变江南的指示号召。刘庆邦曾言："贫困和饥荒不单纯是一种供给不足，更多是权利分配不均，即对人们权利的剥夺。"⑬灾害的发生本就加重了底层的苦难，再加上政治权力的介入，最终的承受者始终是底层群众。如果说普通个体无法左右上层的政治考虑是情有可原，那么普通百姓自觉认同权力体制，任其宰割或损害他人，则体现出了政治文化的润物无声，上下一体。"这种和国家权力体制完全一体化了的民间权力不仅从物质上剥夺民间，而且从精神上摧残民间，是造成民间苦难的罪魁祸首。"⑭

三

文学是时代生活的反映，也是一种审美意识形态，由灾害事实到灾害叙述的形态转换，显示出灾害存在的艺术之维。作家艺术积累、人生体验和话语表达的差异，呈现为灾害叙述中的不同风格样态。整体而言，现实主义在河南现当代作家的灾害书写中居于主导位置，社会的深重苦难和人祸不断使得作家难以抛开现实转向意义空间的玄学之思。作为灾害和苦难的亲历者或见证者，徐玉诺、陈雨门、苏金伞、姚雪垠、周启祥、李准等作家，遵从知识分子的责任意识，秉承现实主义的创作精神和原则方法，力求准确、真实地反映出灾害后果，李准《黄河东流去》表现出的史诗品格最为典型。现实生活基础加上李准对社会主题的敏锐感触和对文学素材的准确深度把握，使得《黄河东流去》在某种程度上为新时期以来的灾害写作树立了一种典范，即对重大历史题材的挖掘视角和文学表达上的史诗品格。选取难民和历史灾难作为创作的出发点，既保证了题材本身的历史感与厚重度，又回到了李准较为熟悉的农民问题这一领域，更兼顾了现实主义创作对真实性的要求。李准曾言其“对风格有一种追求，概括起来说，就是：朴素、自然、真实、流畅，我把真实放在第一位”[15]。这部“中国式的小说”将巨型流民图的描绘与民族苦难史的书写结合起来，注重典型形象（李麦、海老清、王跑、徐秋斋）的塑造和典型场景的设置。加上风俗画卷的描绘（黄河三门峡风光、九朝古都洛阳风物、水上婚礼和干旱祈雨风俗），机智幽默的运用（徐秋斋智赚褚远海、王跑的捉鱼和捉鳝经验、国民党政府迁都洛阳的可笑、王跑与老先生关于“熹平石经”的对话），恰恰符合巴尔扎克在《人间喜剧·序》中谈论瓦尔特·司各特小说时提到的史诗的两大要素：神奇与真实[16]。

除去对真实和细节的追求，河南作家的灾害书写也在探求现实主义的多种表达向度，如师陀的废墟与诗意，阎连科的酷烈极致，刘震云的戏谑消解，刘庆邦的还原审思等。阎连科以《年月日》《日光流年》《受活》为代表的灾害表述，诠释着荒诞现实主义（自称“神实主义”）的美学风格，写出了人类的一种原型性与可能性生存。《年月日》对千古旱天的极致环境和先爷的极限抗争的露骨描写，“形成肉身伤痛的奇观，以致勾引出受虐欲望”[17]。《日光流年》中喉堵症的原罪性存在以及旷古灾荒的不期而至，如同生命寓言，以至为了维护纯洁化的生命乌托邦形态而把苦难命运化。受活村人的天生残疾与三姓村人的喉堵症一样带有某种命运感和象征意味，但《受活》中“大劫年”的发生与当时的大炼钢铁、乱砍滥伐等人为和制度因素却有直接关联，这也显示出阎连科后期创作中政治寓言比重的增强。阎连科笔下的灾害表达在某种意义上接近于“绝境书写”，即把人物置于无可逃避的匪夷所思的绝境之中展现他们的抗争。其笔下的灾害更多时候是一种象征符号，是为表现人与命运或制度的关系而刻意设置的，具有寓言写作的特征。在刘震云的《故乡天下黄花》和《故乡面和花朵》中权力是改变贫困的直接手段，《故乡相处流传》中灾害则多次被权力所利用或挟持，如曹丞相将人员增多和生产停滞导致的春荒转嫁给袁绍；朱元璋主导的大迁徙过程中灾害造成的人员死残，其实质是权力钳制下的政治欺骗；“大跃进”时期孬舅却凭借支书的权势，控制着饥饿年代的稀缺资源和村人的人身及思想。《温故一九四二》的反讽基调引人关注，作者对历史的叙述无关崇高或历史正义，重回过去只在接近真相。活下来的当事人（姥娘、舅舅、县书记）、文字史料记载和“我”根据史料的推理议论，突显出灾害置身于历史场域之中的多棱镜效应。刘震云作品中的灾害书写服从于更大层级的苦难叙事，与苦难和权力相比它属于次级存在，灾害只是表现苦难或批判权力的一种凭借，解剖历史和人性的一个突破口。无论是借助灾害反讽历史、消解神圣，抑或透过灾害探析权力、审视人性，都有其强烈的个人风格。“刘震云的过人之处即在于他对中国生活的最痛切的体悟、最深刻的洞悉，以及对其体悟和洞悉的外具谐谑效果、内具耻辱意蕴的艺术表现。”[18]刘庆邦的灾害书写多来源于记忆中的现实，他笔下的灾害事件几乎是真实发生过的。《看看谁家有福》（1980年）透过馒头（豆面馍与霉红薯面馍）审视时人在政治与饥饿间的生存，大炼钢铁、浮夸虚假、粮食短缺与浪费等时代现象都得以呈现。《到处都很干净》中饥饿的影响直接体现在男人“命根子”的萎缩，女人“奶袋子”的干瘪，饥饿剥夺了人所有的生命冲动，生存成为第一要务，生命的目的简化为单一的活着的干净。《平原上的歌谣》重点对灾害的原因作了明确说明，即“不是天灾”，而是政治命令导致的有违自然规律的行动（旱田变水田、糟蹋粮食）。刘庆邦的灾害叙述在尽可能接近还原历史，更想表达的并不是激愤式的批判，其叙述中多了一种节制，一种诗性的忧郁，但没有绝望的宣泄，没有价值的虚无。正如《平原上的歌谣》后记中所说，“小说定下的是不屈和自强的基调，写得并不低沉”，要表现的是“什么样的苦难都能忍受，什么样的坎儿都能过去”[19]的自强不息的民族精神。

文学与作家都是文化的产物，作家的文化观念直接影响到对于灾害的认识和文学表达。河南大地和中原文化作为河南作家的生存构成，参与了灾害的文学重述并成为背后的文化动因。古典中原文明最基本的是“其浓烈的人文精神、道德意识、农业文明、政治情结、个体关怀、和谐意识等特征。而其中最突出的则是中原文化的人学主题”[20]，也有学者指出“中原文化也就是乡村文化”[21]。农业文明滋养了河南大地，但土地既是一种精神财富又是一种人身约束和眼界限制。阎连科曾表示自己叙述的每一个故事都离不开故乡土地，李佩甫也说平原是他的写作领地。作家的“农民”式情感态度，决定了其对乡土的审视是一种“在场式”体验，如李佩甫所言“我是他们中的一个”。这种体验有其创作上的优势，如人物的鲜活，感情的真挚，细节的把握等等，但缺少的是一种超越式的眼光，“缺乏一种飞扬的想象力和对现代世界的感受力”[22]。与中原文化的“恋土”情结和作家个体的此岸思维相对应，现代以来的河南作家对灾害的表述多来自现实体验。徐玉诺、冯沅君、苏金伞、师陀、姚雪垠、周启祥等人对故土灾难的描述来自自身见闻，如《长夜》中的匪乱来自姚雪垠被土匪绑架的事实；刘庆邦的三年严重困难时期书写来源于记忆中的真实；阎连科象征式的灾害设置来自其贫困、疾病、恐惧等苦难经历。灾害与乡土世界的关联，使得河南作家的灾害表述服从于对乡土和苦难的书写。中原土地上留存的血缘伦理、权力崇拜、活命哲学等各种意识，自然带进了灾害话语当中，成为文字背后的深刻主题。中原文化以人伦、人文为主的精神取向，赋予灾害表述的人间特质，但这种写作模式到一定阶段则成为创作困境和瓶颈，缺少对人与自然之间关系的观照，或在表现这一主题时以人的单向度突进为主，难以达到形而上或终极关怀的高度。作家对乡土和人伦的过于迷恋，导致涉及苦难和灾害时，似乎有一种难以抽身的痛惜或兴奋，难以摆脱固有的思维逻辑和情感判断，于是，此岸的现实就成为叙事的中心，题材与表达的自我重复使得他们编制的艺术世界呈现出一定的封闭性。“过分迷恋于‘场’中的描述，过多地停留于对‘实在’生活和‘此岸’的描述，而缺乏对‘人’的普遍精神的关注，未能对读者的精神产生引领作用。”[23]

“河南作家创作的中心和底色，常常是对本土历史文化与情感的记忆，审视，回味，探索，感悟，以及评判。”[24]与乡土世界的血肉相融和对乡土大地上事情的极度熟识是河南作家尤其是当代作家创作的先在优势，也是现实主义创作的内在要求和难得的生活资源。他们也正是在此基础上完成着自己的主题选择和艺术风格，形成了文学豫军的集体征象和位置格局。在商品大潮和消费话语盛行的今天，河南作家能够做到不曲意迎合，坚持对历史、沉重、苦难的持续关注，对弱势群体的深切关怀，是非常值得肯定的。但这并不足以成为作家自我重复，失去对新话题介入发声之动力的合理借口。如河南当代作家在表现出对历史灾害兴趣浓厚的同时，对现实的环境危机和生态灾害却少有涉及（仅有刘庆邦的《红煤》等少数作品关注到欲望和利益支配下的狂挖滥采导致的环境恶化），这与日益变化的现实样态和生态文明建设的时代课题不相适配，也与生态文学蓬勃发展的创作潮流颇有距离。当下，灾害已成为全球性话题，其形式已经不局限于传统的水灾、旱灾、蝗灾等，且灾害的发生机制更为复杂。面对现代化演进对资源的刚性需求与资源、环境承受力的有限之间的困局，文学自当给予多层面之观照。张炜寄希望于“融入野地”，回归田园与诗意栖居；迟子通过“生态乌托邦”的建构，追寻自然的灵性；苇岸讲述着“大地上的事情”，重建人与自然的和谐。当然，灾害书写并不追求作家创作的整齐划一，但毋庸置疑的是，面对今天的灾害，作家必须拥有宽广的视野和现代性思维，这种思维不止是一种方法技巧，而应该是一种精神品质和思想力量。

［本文系全国优秀博士学位论文作者专项资金资助项目（201308）成果。］

注释：

①夏明方：《民国时期自然灾害与乡村社会》，中华书局2000年版，第30~34页。

②河南省水利厅水旱灾害专著编辑委员会编：《河南水旱灾害》，黄河水利出版社1999年版，第6页。

③刘济献编：《徐玉诺诗文选》，人民文学出版社1987年版，第171页。

④这一时期关于灾害的诗歌约计17首：《春天》《布谷》《风雨灾黎》《泛滥》《饥饿》《农村春荒速写》《春荒求雨记》《在黄河岸边所见灾荒景象》《蝗灾一瞥》《灾荒图》《救灾与查灾》《灾荒年代的风景线》《疫情曲》《农

村纪事》《农村所见》《在祖国赤贫的农村里》《亢旱》。

⑤李季、闻捷:《第一声春雷》,敦煌文艺出版社1958年版,第5页。

⑥孙先科:《理性精神与乡村情感——河南近期小说创作透视》,《当代作家评论》1992年第3期。

⑦刘增杰:《中原文化圈与20世纪河南文学(代序)》,刘增杰、王文金主编:《精神中原——20世纪河南文学》,河南大学出版社2002年版,第2页。

⑧刘济献编:《徐玉诺诗文选》,人民文学出版社1987年版,第58~59页。

⑨周启祥编:《三十年代中原诗抄》,重庆出版社1993年版,第496页。

⑩周启祥:《灾荒图》,苏金伞、周启祥、魏巍:《家园集》,安徽文艺出版社1986年版,第101页。

⑪李季、闻捷:《第一声春雷》,敦煌文艺出版社1958年版,第12页。

⑫周启祥编:《三十年代中原诗抄》,重庆出版社1993年版,第377~378页。

⑬刘庆邦:《我跟写作干上了》,http://www.chinawriter.com.cn/2008/2008-08-12/43618.html。

⑭姚晓雷:《乡土与声音——民间审视下的新时期以来河南乡土类型小说》,山东教育出版社2010年版,第184页。

⑮孙荪、余非:《李准新论》,北京十月文艺出版社1988年版,第288页。

⑯金志平编:《巴尔扎克精选集》,山东文艺出版社1998年版,第8页。

⑰王德威:《革命时代的爱与死——论阎连科的小说》,《当代作家评论》2007年第5期。

⑱摩罗:《刘震云:中国生活的批评家》,《当代作家评论》1997年第4期。

⑲刘庆邦:《平原上的歌谣》,北京十月文艺出版社2009年版,第360页。

⑳李庚香:《中原文化精神》(上册),河南文艺出版社2007年版,第231页。

㉑张旭东:《新世纪"文学豫军"的创作困境与突破之途》,《当代文坛》2008年第5期。

㉒梁鸿:《外省笔记:20世纪河南文学》,社会科学文献出版社2008年版,第272页。

㉓梁鸿:《所谓"中原突破"——当代河南作家批判分析》,《文艺争鸣》2004年第2期。

㉔孙荪:《文学豫军论(续)》,《河南大学学报》2002年第5期。

[作者单位:河南师范大学文学院]

灾害·文学·记忆

——陕西作家与民国十八年年馑

□王　奎　冯　超

翻开二十世纪的陕西历史，民国十八年或许是其中至暗的一页。“关中人把一年中一料未收称为饥年，两料未收称为荒年，连续三料未收称为年馑。而民国十八年年馑是三年六料基本未有收成。”①民国十八年年馑与突发性灾害不同，它是近十年的长期干旱与兵、匪、水、火、风、雹、鼠、狼、瘟疫等灾害的相继演映②，旱情从一九二二年便已经开始了，“1922—1929 年间连续 300 天以上的干旱有 3 次”③，灾情逐步叠加，最终在一九二九年集中爆发，使得西北地区，尤其是陕西关中地区赤地千里、井河涸竭、饿殍遍野。在这一次灾害中，陕西人口死亡近三分之一④，逃荒者不计其数。这一灾害让几代陕西作家无法释怀，在灾害面前，文学何为？作家何为？从陕西几代作家的创作中我们可以看到文学的无力与几代作家的惘然，而这种无力和惘然却造就了陕西文学的苍凉与厚重。

一、亲历者、幸存者或呼号者

一九三三年，冯润璋在《西北纪行》一文中欲将民国十八年年馑之后在西北“所见所闻的老老实实的写出来”⑤，可是，“我一提笔，那一九二五年的情况便活生生的从脑子里浮现出来，我不想把这些，把这些旧的印象割掉，因为这些，就是造成目前西北农村社会毁灭的主要人为原因之一”⑥。一九二五年，陕西的军阀混战直接酿成了一九二六年的“西安围城”事件。到一九二六年，河南军阀刘镇华受吴佩孚之命率“镇嵩军”十万余人欲消灭陕西国民军。刘镇华率军进攻西安，久攻不克，便焚毁西安郊区十万余亩将要成熟的小麦，转攻为围。围城期间，城内军民因粮食短缺，饿死近五万人，围困城中的许多文人目睹这一兵灾，创作出了许多“围城诗”来记录这一段暗黑的时光。守城主将杨虎城写下多首抒怀感时诗，如《丙寅季春感时艰偶作》《丙寅仲夏养病中州会馆遇张君天昂，感怀旧事，赋此赠之》《丙寅仲夏病，夜失眠有感》《丙寅六月朔感时局》《丙寅七月二日晚抒怀》《丙寅七月八日夜雨述怀》《丙寅七月十三日感时》……从围城初到解围后，杨虎城的“丙寅诗”中处处见“痛”，句句含愁，真实反映出一个守城主将的复杂心绪：弃城投降，他或将背负千古骂名；誓死守城，城内军民饿毙者日增。到十一月末，冯玉祥、于右任援军解围西安，西安方得重见天日。一九二七年，为祭奠死难军民，杨虎城写下了沉甸甸的挽联：“生也千古，死也千古；功满三秦，怨满三秦。”

时在城内讲学的匡厚生写下了大型纪实史诗《长安围城纪事诗百首》，“此诗运用了前诗后注的形式，以诗抒情，以注叙事……全景式记录了西安围城之前到解围的过程”⑦。关中名儒宋联奎亦困居城中，“此数月中波属云委，忧愤百端，蕴积于怀”，作《秦围杂咏二十首》《居围城中，每食辄有乏蔬之叹，戏作自嘲（四首）》《黄犊车》《丙寅七夕》《中秋对月》等，或悲叹，或自嘲，自恨不能沙场退敌，只能以诗泄怨。时为西北大学教授的白屋诗人吴芳吉在围城期间作《东关故沉香亭下看牡丹》《围城》《百战》《石仲麟君之弟雨琴以斗米至》《长安野老行》等，后来多被刊载到《学衡》杂志上，向外界告知了陕西的惨景。吴芳吉的围城诗愤恨多于悲苦，颇有以笔代戈的豪情，然而在现实中却是“秀才遇上兵”，狼狈不堪。在围城后期，吴芳吉因不忍城内粮绝，与王儒卿、胡步川等人冒险出城欲说服刘镇华，却遭到刘镇华“镇嵩军”的抢劫，衣服、裤带、眼镜都被劫掠一空，几人身着单衣，露宿破庙，饥寒交迫，几乎丧命[⑧]。此外,范紫东、胡仲侯、胡步川、牛兆濂等多数文人均有"围城诗"留存。在"西安围城"中,于右任作为国民军驻陕总司令,虽身在城外,但他为解围积极奔走时也留下了许多围城诗。

西安解围后,陕西民生凋敝,依旧是天灾人祸不断。一九二七年初,吴宓回陕省亲访友,沿途作《西征杂诗》百余首,一路凄风苦雨,"劫匪深宵时截客,乞儿遮道每呼饥"。途经华清池,"温泉喷溢无来客,村邑萧条绝灶烟",听闻围城事,"见说前情不忍听,围城八月苦生灵"……西安解围一年后,李养初笔下的关中依旧是"尸填九鼎凤翔府,户绝千家大荔城",由此可知"西安围城"前后,民国十八年年馑已经拉开了序幕。到一九二九年于右任归乡省亲时已是"难慰白头诸舅母,几番垂泪话凶年",处处可见"关中赤地人相食"的惨景。翻阅这一年度陕西作家的诗篇,处处饿殍,遍地哀鸿。一九二九年冬,陕西紧接着又遭遇了冻灾,"气候极寒,百年未见"[⑨],"平地雪厚二三尺……骡、马、牛、驴冻死大半;桃、李、杏、枣树全皆冻枯"。仅朝邑一县冻死近万人[⑩]。这一次冻灾被称为"千古之巨灾"[⑪]。到一九三一年,陕北暴发鼠疫,死亡三万余人,一九三二年,关中爆发霍乱,死亡十三万余人……

随着灾情的逐步严峻,陕西各地纷纷成立了赈灾组织,一九三〇年末,陕西赈务会面对年馑之后的各类次生的"灾上加灾","觉得过去的赈务对于灾情的宣传实在是有点疏忽,决定以后救灾方针,特刊印陕灾周报,画报,灾情通讯等,以扩大灾情宣传"[⑫]。随即《陕灾周报》《陕西赈务汇刊》《陕赈特刊》等刊物纷纷创刊,其中《陕灾周刊》上专门设立文艺板块,刊载了党晴梵、蒋友樽、静慈、敏平、文芝等人的救灾诗篇,赢得陕西各界的热烈赞许和积极参与。

一九三一年于右任在南京国民党中央总理纪念周上作《陕灾述略》的报告,报告中称关中籍的出征士兵因久役于外,思乡心切,入陕之后纷纷告假回家省亲,然而他们返乡后不见父母妻儿和邻里,见到的是一片死寂的废墟,才知家乡已经在年馑中绝户绝村[⑬]。由此可见,陕西灾情在音书断绝的战乱时代,并没有得到广泛宣传。对此,旅京、沪等地的陕籍学生奔走呼号,于右任、张季鸾、李仪祉等陕籍知名人士都积极参与赈灾宣传,陕西大旱的消息在《大公报》《申报》《益世报》等全国性报刊上开始大量出现,陕西的灾情才逐步得到外界的关注。

冯润璋(周茨石)曾致信鲁迅,言及陕西灾情,鲁迅的回信似乎可以代表外界对陕西灾情的普遍认知:"灾区的真实情形,南边的坐在家里的人,知道得很少,报上的记载,也无非是'惨不忍睹'一类的含浑文字,所以倘有切实的记录或描写出版,是极好的。"[⑭]由此可见,尽管陕西的文化名人与作家积极投身救灾、大力宣传陕西灾情,但是外界依旧"知道得很少",而作家们的救灾文学也多数是属于"'惨不忍睹'一类的含浑文字",这在一定程度上显示出文学在灾难面前的无力。鲁迅为冯润璋指出的方向是做一些"切实的记录或描写",受鲁迅启发,冯润璋创办了《洪荒月刊》《朔望半月刊》《农村月刊》等刊物,刊载了大量灾情纪实文章,为救灾贡献出自己的力量,而这也成为陕西文学现实主义或写实主义文学的一次早期实践。

经历民国十八年年馑的陕西文人作家们,用各自不同的文学表达方式呈现出了这一苦难时代,但是连篇累牍的"饿殍""人相食""白骨""哀鸿""绝户"等一类意象在不断的重复中麻木了人们的神经。尤其是在现代传媒的对照下,一张张灾情照片和一串串受灾统计数据要明显比抗灾的文字更加触目惊心。在极端的现实处境中,中国的作家素有大济苍生、心系天下的情怀,欲图通过一己之力来肩负道义,但是在"哀民生之多艰"的感慨中,更多流露出的或许是他们的无能为力与不知所措。

二、失语、沉默或失忆

民国十八年年馑之后,陕西的饥荒并没有减少,一次又一次的饥荒让人们从最初震惊中的失语变为习以为常后的沉默,多数人逐渐在常态化的灾害中失忆。二十世纪的中国遭遇了太多的饥荒,伴随着饥荒的是战乱和瘟疫,表现在文学作品中,哭天抢地的痛诉或许并不如平静如常的讲述更撩动心弦,平静如常的讲述或许并不如苦中作乐的戏谑或狂欢更深刻沉重。

在三十年代亲历灾害的陕西作家"惨不忍睹"的书写之后,陕西文坛一时陷入了沉默,在民国十八年之后的近十年里,陕西再少有较为突出的文学活动。一方面,严重的灾害直接损害着陕西的文学活动,许多陕籍知识分子因现实的逼催和个人的追求而“走出去”，演绎出无数“盼儿星夜出潼关”的“逃离”故事。在连续的灾害中，文学团体、教育机构、传播媒介等都出现了断层式的破坏，这些因素直接造成了这一时段陕西文学的塌陷。另一方面，从“创伤”理论角度来看，陷入沉默的陕西作家或许早已厌烦了“惨不忍睹”的灾害书写，在走出大灾伤痛的历程中，对灾害本身的厌恶转变成了对灾害书写的厌恶，他们急需走出灾害“创伤”，寻求改变。

民间文学是民间灾害记忆的重要载体，但与文人墨客的灾害书写一样，陕西民间文学在灾后的数年内同样陷入了沉寂。从地域上来看，民国十八年年馑的重灾区是关中地区，陕北地区虽也遭遇了饥荒，但整体情况要略好于关中。在对灾害记忆的表现上，灾后关中的民间文学似乎有意回避了这一沉重的话题，相关的文学作品并不多见，而在陕北，流行一时的《卖娃娃》《卖老婆》《闹灾荒》等陕北民歌和《遭年馑》《翻身记》《大翻身记》等陕北说书，对这一场灾害均有表现。

陕北民歌《卖娃娃》《卖老婆》《闹灾荒》等实际上是同一首民歌的不同变体，在传唱过程中产生了许多版本，但首句的起兴基本相同：“民国十八年[15]，遭下大年馑”，随即通过不同现实困境的呈现来述说年馑中卖妻鬻子的惨痛经历。《闹灾荒》通过“吃”来表现灾民的困苦，“家家户户吃的是高粱面/还有人家吃不上高粱面”[16]。《卖娃娃》是接续了《闹灾荒》的年馑背景，着重表现的是灾民在穷困无计中，“骨肉分离下决心”，喊出了“大的七八岁/小的是五六岁/撂下那个怀抱抱/谁要就卖谁”[17]。《卖老婆》则有了更加强烈的叙事性，在情绪表现和抒情主人公塑造中颇可称道。这首民歌是对《闹灾荒》的进一步丰富，延续了《闹灾荒》的叙事背景之后，进一步增加了“租得一犋牛/种下二亩地/打得二斗秕谷子/滚不下二升米”的情节。通过对抒情主人公被迫“卖老婆”的另一原因的展现，塑造出一个慵懒无赖的形象，“黑夜不早睡/早晨不早起/抽洋烟挖灰灰/光景上怎过哩”。事实上，这一情节的展现也真实表露出造成这场年馑的重要原因之一——鸦片，在年馑之前，陕西农村普遍种植鸦片，屡禁不止，严重破坏了农村社会经济。作为一种民间文艺表达形式，民歌保留了民间最真实的一面，同时也塑造出了最纯粹的农民形象。“怕你妈×/爷爷不要你/自把你娶过来/倒霉上不住气”[18]，现实的不堪使得农民“离×不说话”，满嘴的脏字本身也是一种情绪的发泄，一句“怕你妈×/爷爷不要你”将一个在年馑中因吸食鸦片而被迫卖妻卖子的泼赖形象生动地刻画出来，而这一曲民歌的批判性也在此得到凸显。

在说书《遭年馑》中说书人将民间的惨景表露无遗：“人吃人，狗吃狗，外甥锅里煮舅舅，前街上立下卖人市，后街上拉开埋人坑……”[19]这样的表述或真有其事，又或是说书人在铺排中的夸张，但是与之前文人作家们笔下的“惨不忍睹”比较起来，叙述者已经跳脱出亲历者的视角，预示着年馑已经成为历史，成为“旧社会”之“旧”的主要特征。在四十年代的《翻身记》中，盲人说书人韩起祥根据自身的经历对民国十八年年馑进行了表现：“那一年，陕北跌下大饥馑，针尖小米数着卖，十家九户断口粮，有钱的放账买地发横财，穷人穷上加十分，有钱的猪肉白面家常饭，穷人饿得发迷昏。”[20]《大翻身记》是对《翻身记》的扩充，其中第九回“民国十七年”对陕北的年馑惨状极尽铺排：“祈雨求神不显灵，不下雨来光刮风，五谷田苗都晒坏，高粱玉米拧绳绳，糜子谷子没有穗，河湾里百草全死尽。”[21]在这里年馑叙事已然成为“旧社会”话语逻辑中的重要元素，民国十八年年馑被赋予了政治意味，它既是一个时代个体的苦难记忆，同时代指了无能、暴戾政权造就的“黑天黑地黑社会”恶果。

随着中国共产党立足陕北，随着中日民族矛盾的逐步升级，随着国内政局的风云变幻，随着一大批热血青年奔赴延安，地处西北的陕西才又一次受到了世界的瞩目，而这一系列的现实变化为陕西文学的发展注入了新的血液，也为作家的创作开辟了新的空间。尽管以延安为中心的陕甘宁边区汇聚了来自全国各地的作家，使得陕西文学兴盛一时，但是在陕西成长起来的本土作家却寥寥无几。如果将王独清、郑伯奇、冯润璋、吴宓等看作陕西的第一代现代作家的话，柳青无疑是陕西第二代现代作家的代表。民国十八年年馑时期，柳青正辗转于米脂、佳县、绥德等几处的学校读书，年馑的记忆最后被他写入了《创业史》的《题叙》。

尽管柳青是民国十八年年馑的亲历者，但他并非关中人，对当时的关中灾情了解得并不多，“为了‘吃透'蟆河滩的历史,他奔波在熟悉本地历史的老人间"[22],最终选择了民国十八年年馑作为《创业史》的开头。《题叙》的写作,"前后共用了八个月,而书中的其他章节在每一稿中大致用一个月"[23]。可以说,这个开头是柳青经过深思熟虑才敲定的。柳青是一位非常理性的作家,《创业史》的写作也有着作者非常清晰的思考理路。表现社会主义事业的发展历程需要一个起点和参照系,柳青选择了民国十八年年馑。在曾经对"新社会"歌颂和"旧社会"批判的二元对立逻辑中,《创业史》的《题叙》与韩起祥说书中的年馑述说有着相似的作用,只是在实际的写作中,柳青将他陕北的少年记忆与"熟悉本地历史的老人"的苦难记忆相融合,使得这一历史现实的书写有了作家艺术想象的成分。

民国十八年年馑只是二十世纪中国灾害史上多次年馑中的一幕。《创业史》之后的较长时间内,民国十八年年馑的记忆逐渐被封存。刘震云在《温故一九四二》中这样写道:

> 我姥娘将五十年前饿死人的大旱灾,已经忘得一干二净。我说:"姥娘,五十年前,大旱,饿死许多人。"
>
> 姥娘:"饿死人的年头多得很,到底指的哪一年?"[24]

姥娘的失忆并非灾害本身不够刻骨铭心,而是之后中国的饥饿历史给普通民众留下了太多的惊心动魄。

三、文学想象、反抗绝望或拒绝遗忘

与柳青同一代的陕西作家也留下了少数的民国十八年年馑的文学记录,但是作为亲历灾害的一代人,他们的灾害书写并没有产生较大的影响。柳青之后,陕西文学随着"陕军"的突起而形成一个高峰,民国十八年年馑成为新一代陕西作家笔下不可回避的历史记忆。

从《白鹿原》中"一场异常的年馑降临到白鹿原上",到张浩文用《绝秦书》"祭奠民国十八年大旱灾中三百万死难乡亲",再到王心剑的《生民》、贺绪林的"关中枭雄"系列长篇小说、王澍宇的《茶都风云》、黄天顺的《三秦儒商》、贾平凹的《山本》、白描的《天下第一渠》,民国十八年年馑或浓或淡地出现在了新一代陕西作家的笔端。从众多的作品中可以看出这一几乎要被忘却的灾害记忆被这一代作家重新唤醒,但是这里的灾害记忆已经不是亲历者的记忆,而是作家"记忆"中的"记忆",作家成了"记忆"的亲历者。这种记忆来自民间,来自作家从小到大"听说"到的老一辈人的记忆,这种记忆其实就是伤痛,是一代幸存者刻骨铭心的痛,从这一层面来看,新一代的陕西作家也成了疼痛的亲历者,这成为他们进行历史认知和文学想象的基础。

陈忠实在《关于〈白鹿原〉的问答》中说:"近当代关中发生的许多大事件,在我还是孩提时代就听老人们讲过,诸如'围城''年馑''虎烈拉瘟疫''反正'等,那时候只当热闹听,即使后来从事写作许多年也没有想到过要写这些……"[25]但是在写《白鹿原》的时候,这些曾经被陈忠实"当热闹听"的历史成为点燃其文学想象的引线,而民国十八年年馑便成为《白鹿原》历史讲述中的重要一环,其祈雨的场景描写也是那样扣人心弦。白描在《天下第一渠》中写道,"从我记事起,村里的老辈人就常讲民国十八年遭年馑的情景。……'民国十八年'这个称谓,在家乡人觉来就是一场噩梦,是心中永远的创痛。在家乡的编年史中,它是黑色的,是死亡幽灵的舞蹈和诅咒,是恐怖的地狱之门,是悲伤的渊薮"[26]。张浩文在《绝秦书》后记中也讲过他"听说"过的"民国十八年","小时候稍不留神漏了粮食,老人就会声色俱厉地告诫我:搁在民国十八年,看不饿死你崽娃子"。《山本》的面世是贾平凹小说创作从关注现实到关注历史的一个转变,在"收集到秦岭二三十年代的许许多多传奇"后,"这些素材如何进入小说,历史又怎样成为文学"[27]。这成为贾平凹写作《山本》时最纠结的一个问题。在贾平凹的文学想象中,他不再像陈忠实那样在"令人畏怯"的历史面前,选择避而不谈[28]。"我面对的是秦岭二三十年代的一堆历史,那一堆历史不也是面对了我吗,我与历史神遇而迹化,《山本》该从那一堆历史中翻出另一个历史来啊。"[29]因此在《山本》中,历史不再如《白鹿原》那样沉重,取而代之的是一种超脱,"巨大的灾难,一场荒唐,秦岭什么也没改变,依然山高水长,苍苍莽莽……"[30]《山本》中令人沉重的灾害也因这座"中国最伟大的山"而变得释然。

无论如何,新一代陕西作家在面对民国十八年年馑时，已然成为灾害的旁观者，这种旁观者视角或许可以解释灾后数年内陕西作家陷入“沉默”或“失忆”。二十世纪中国的苦难史中，抗日战争无疑是整个民族最难忘却的记忆，多数中国现代作家素来对“国家不幸诗家幸”的理念有着共识，面对抗战，很多人都曾呼唤过伟大的作品，但得到的却多是“差不多”的“抗战八股”。对此，郁达夫反省道：“大家总该记得英诗人尉迟渥斯曾经说过一句话，热情的成为诗，要经过一道事后静静的思索与反省的。恋爱者在热恋中，悲哀者在棺材前头，决做不出伟大的作品来。”[31]亲历民国十八年灾害的陕西作家在灾后陷入“沉默”，或许便是整个陕西文学界“痛定思痛”时的“思索与反省”，只是这一段“痛”太过深刻，它需要太长时间的“定”。直到“疼痛”真正成为历史之后，直到新一代作家意识到传承这种“记忆”或“疼痛”成为一种责任之后，直到作家可以直接面对“疼痛”的时候，便是“伟大的作品”诞生的时候。

无论是《白鹿原》，还是《绝秦书》《生民》，抑或新近几年的民国十八年年馑书写，灾害在文本中都起到了凸显人性、批判罪恶、歌颂英雄、展现生命意识的作用，“民族精神”的彰显多是这些作品的主要题旨。在文本营造的极端生存环境下，可以看到书写者在对人物塑造与事件描摹中“反抗绝望”和拒绝遗忘的追求，但是“赋到沧桑句便工”并不总是真命题。从艺术层面来讲，“民国十八年年馑”书写中总是有这样或那样的不足，苦难或许可以增加厚重，但并不一定能通达深刻。除了反抗绝望或拒绝遗忘之外，灾害书写的意义还有哪些？从这一层面来看，贾平凹的《山本》似乎拥有了更为宽广的视野。《山本》的故事源自二三十年代的秦岭传说，含混的历史时间成为虚化的背景，“唯一完整的有形本尊就是秦岭”，“它像造物主一样，创造了一切，阅尽人间春色；秦岭又是有生命的，它演化为大千世界，孕育了林林总总的生命现象，都如春草秋虫，稍瞬即逝”[32]。在这个秦岭中，民国十八年年馑的“惨不忍睹”被淡化了，它成为秦岭静观过的历史碎片中的一片。“连续干旱着即是凶岁，地里的五谷都长不好，却出了许多豪杰强人。”[33]这是《山本》独特的民国十八年年馑的讲述方式，它已经成为历史，在人类历史的长河中，它是那样地微不足道，而这才是《山本》的苦涩之处。亲历者在苦痛中几近“失语”，他们期望的是“此情可待成追忆”，在痛定思痛之后，新一代的作家大声疾呼拒绝遗忘，但是在《山本》里，一切都归于惘然。

人类文明史在一定意义上讲也是一部人类受灾史，灾害的文学表达受到了研究者不同维度和程度的关注。生态文学批评在对人与自然关系的反思中强调生态观念和忧患意识；文学疗治说将灾害文学文本作为一种疗治方式；创伤书写研究多将灾害文学视为灾害中最困苦者的代言……此外，西方研究者在“9·11文学”“奥斯维辛文学”“切尔诺贝利文学”等灾害书写的研究中创建了多种研究范式，这种研究活动本身也是一种纪念。如若借用这些范式来看陕西作家的民国十八年年馑书写，可以看到这一文学现象更为复杂的一面，但是面对灾害，文学/文化工作者究竟能担当些什么呢？或许“惘然”也是一种关切与担当。

［本文系国家社科基金重大项目“陕甘宁文艺文献的整理与研究”（16&ZDA187）成果。］

注释：

①白描：《天下第一渠》，太白文艺出版社2019年版，第172页。

②陕西赈务会：《宣言》，《陕灾周报》1930年创刊号。

③陈元方：《关于“民国十八年大旱”的一份历史文献资料》，《灾害学》1987年第2期。

④朱楚珠：《中国人口·陕西分册》，中国财政经济出版社1988年版，第67页。据1929年1月25日统计，许多重灾县多次出现绝村绝户的惨景，陕西全省人口由940余万锐减至650余万。

⑤鲁迅：《致周茨石》，《鲁迅全集》第12卷，人民文学出版社2005年版，第398页。

⑥冯润璋：《西北纪行》，《冯润璋文存》，陕西人民出版社1992年版，第212页。

⑦冯超、李继凯：《咏西安诗词曲赋集成》第五卷，陕西师范大学出版总社2018年版，第55页。

⑧吴泰瑛：《白屋诗人吴芳吉》，巴蜀书社2006年版，第240页。

⑨兴平县地方志编纂委员会：《兴平县志》，陕西人民出版社1994年版，第134页。

⑩大荔县志编纂委员会:《大荔县志》,陕西人民出版社1994年版,第113页。

⑪华阴市地方志编纂委员会:《华阴县志》,作家出版社1995年版,第64页。

⑫陕西赈务会:《宣言》,《陕灾周报》1930年创刊号。

⑬于右任:《陕灾述略》,《于右任文选》,中国文史出版社1987年版,第225页。

⑭鲁迅:《致周茨石》,《鲁迅全集》第十二卷,人民文学出版社2005年版,第398页。

⑮也有版本为"民国十七年"。

⑯《中国民间歌曲集成》全国编辑委员会、《中国民间歌曲集成·陕西卷》编辑委员会:《中国民间歌曲集成·陕西卷(上卷)》,中国ISBN中心1994年版,第361页。

⑰《中国民间歌曲集成》全国编辑委员会、《中国民间歌曲集成·陕西卷》编辑委员会:《中国民间歌曲集成·陕西卷(上卷)》,中国ISBN中心1994年版,第361页。

⑱《中国民间歌曲集成》全国编辑委员会、《中国民间歌曲集成·陕西卷》编辑委员会:《中国民间歌曲集成·陕西卷(上卷)》,中国ISBN中心1994年版,第361页。

⑲曹伯值:《陕北说书传统曲目选编·短篇集》,陕西人民出版社2010年版,第277页。

⑳延安市政协文史与学习委员会:《全国政协委员——韩起祥说书》上,内部资料,2008年,第4页。

㉑延安市政协文史与学习委员会:《全国政协委员——韩起祥说书》下,内部资料,2008年,第99页。

㉒刘可风:《柳青传》,人民文学出版社2016年版,第166页。

㉓刘可风:《柳青传》,人民文学出版社2016年版,第182页。

㉔刘震云:《温故一九四二》,人民文学出版社2009年版,第431页。

㉕陈忠实:《陈忠实访谈录》,陕西人民出版社2016年版,第7页。

㉖白描:《天下第一渠》,太白文艺出版社2019年版,第172页。

㉗贾平凹:《山本》,作家出版社2018年版,第523页。

㉘陈忠实:《陈忠实访谈录》,陕西人民出版社2016年版,第7页。

㉙贾平凹:《山本》,作家出版社2018年版,第525页。

㉚贾平凹:《山本》,作家出版社2018年版,第523页。

㉛郁达夫:《战时的小说》,《自由中国》1938年第1卷第3号。

㉜陈思和:《试论贾平凹〈山本〉的民间性、传统性和现代性》,《小说评论》2018年第4期。

㉝贾平凹:《山本》,作家出版社2018年版,第6页。

[作者单位:陕西师范大学文学院]

主持人语

□ 罗振亚　刘　波

新世纪诗歌至今已走过二十年，这期间它经历了互联网和新媒体时代，如果将其置于百年新诗的大背景之下进行审视，其生产机制、传播途径和美学标准，与上个世纪相比确实发生了微妙的变化。正是在这些或隐或显的变化中，新世纪诗歌有了更多元、更丰富的题材内容，同时也有了更复杂的审美意蕴与内涵。各种诗歌现象折射出了诗人在写作上的不同倾向：有的诗人热衷于与时代关联度更强的“介入性”写作；有的是以审视的眼光去切近宏大主题；有的则对现实作短兵相接的及物书写，但很多时候难免陷入某种应景性；而有些诗人选择超越具体的时代，关注诗歌本体，在语言、技艺、主题开掘上探索某种文化经验写作的可能性。不同倾向的诗人虽然有风格的分化，但各种类型的写作在诗意的召唤下也构成了一个既博弈又融合的文学命运共同体。

从共同体的角度来看待新世纪诗歌二十年的话语流变，它可以还原出一条相对清晰的脉络——从过去二元对立式的美学逐渐演变成了多元共存的对话式美学。虽然在不同诗艺追求的诗人那里争议不断，但总体而言，他们依循的还是内在的对话性策略。且随着诗歌在写作与阅读接受上越来越多元，大众化潮流背后也不乏往更深处挖掘的小众化趋势，这种小众化趋势并非诗人们选择走极端的实验路数，而是他们的写作不过分依赖感性情绪的滑动，开始趋于理性的专业精神。当然，他们也不是要完全脱离为人生的写作准则，只是力图将日常生活经验进行更精准和智性的处理，以通向另一种异质性创造的可能。从单纯的情感倾诉到文化经验的重塑，新世纪诗歌的变化对于更新诗人们的审美和认知体系提出了挑战。更重要的是，随着新诗现代性美学更大范围的普及和提高，停留在口号宣传与心灵鸡汤层面的格言警句式写作，面临着诸多质疑。在各种诗歌审美趣味的混杂与交替转换中，诗人们不能满足于外部现象扩张，而要深入文本内部进行本体诗学的挖掘，这也让新世纪诗歌呈现出了更立体和复杂的面貌，我们该如何面对这样的现实？如何以更理性和科学的方式来切入新世纪诗歌现场？如何在百年新诗背景下探索诗歌写作的未来前景？这些都是新世纪诗歌本体批评的重要课题。

除了追踪现场的本体化诗歌批评，对新世纪诗歌的学理化研究也逐渐成为学术界的重要命题。从诗歌本体角度进入诗人们的写作，会让批评保持它的鲜活性和在场感，它也是诗歌研究和诗歌史写作的基础。而在新世纪文学研究的整体史学化倾向中，新世纪诗歌研究也不例外，不少学者将新世纪诗歌这一对象历史化，将其放在整个新诗的大传统中予以重新审视和定位。本体化批评和史学化研究这两种路径都是基于问题意识，如果仅仅是揭示浅表性的现象，确实很难在文学本体层面对新世纪诗歌作更为充分的阐释。唯有以问题意识作为突破口，方可用“新感受力”去激活那些潜藏在诗歌中的功能和思想力量，这是内在于诗歌批评与研究观念里的方法论。只有当新世纪诗歌批评与研究成为一种精神自觉，我们才能在独特的个体批评和普遍的整体研究之间找到真正契合的度，从而确立一套客观的评价标准和相对恒定的精神谱系。

在对这一标准和谱系的预设中，本期栏目针对新世纪诗歌进行阐释和分析，就显得很有必要。对新世纪诗歌二十年来的各种诗学现象、写作特质与精神困境进行挖掘剖析，彰显的不仅是诗学批评的及时性和学理化，更体现了批评与创作的互动性，它们作为双重力量已经内化在了我们对新世纪诗歌的未来想象中。

熊辉的《新世纪诗歌的本体回归与创作反思》一文，从多个角度切入对新世纪诗歌的整体梳理和精神把脉中，尤其是在新世纪诗歌作为时代语境的现场，诗歌表面繁荣的同时，写作上的低龄化、语言上的口语化、创新性的欠缺等问题也随之凸显出来，只有认识并解决了这些问题，新世纪诗歌写作才会获得更大的拓展空间。宋宝伟的《新世纪诗歌：经典化与诗学标准的重构》一文，针对新世纪诗歌的经典化提出了我们必须面对的问题，那就是常说常新的诗学标准：何种标准可以作为对新世纪诗歌经典化的参照？我们是否有能力来参与对新世纪诗歌经典化的建构？这些问题不仅是研究者所要面对的，同时也是诗人们在写作中不得不考虑的重要维度。罗小凤的《“噬心”题材的“噬心”书写》一文探讨的是新媒体时代诗歌的文本新策略，这是一篇典型的现象性批评文章，作者针对新媒体时代诗歌“噬心”主题作为一种书写策略的现象提出了自己的观点，这种诗歌主题书写既有感动读者以获取大众共鸣的一面，同时也可能让文本陷入世俗化和“消费苦难”的困境。张立群的《“学案式读法”：“新诗有无传统”的跨世纪争鸣》一文，从“百年新诗学案”角度切入到“新诗有无传统”这一跨世纪的追问，对其发生、发展、争鸣、演变的脉络进行了历史回溯性的梳理，以期“给未来留下一份文字资料”。

这四篇文章从不同角度和立场出发，针对新世纪诗歌出现的各种现象、诗学理论和美学困境进行了回应，并作了详尽的分析，打破了纯粹诗学知识生产的单一化封闭格局，既从外部因素考量新世纪诗歌的时代语境，也从内部层面清理一些长久以来争议不断的诗学本体问题，这种内外结合的批评分析也从整体上建构了新世纪诗歌研究的学理性和体系性。

[作者单位：南开大学文学院；三峡大学文学院]

新世纪诗歌的本体回归与创作反思

□熊　辉

如同时间从来不会停滞以待人们去反思过去一样，我们还来不及整理20世纪诗歌的艺术经验和教训，新诗就以不容商量和毫不迟疑的姿态步入了新世纪的门槛。尽管新世纪诗歌的历史比较短暂，而且在本质上仍然是对上世纪诗歌诸多面相的延续，但它在新的时代语境中却演绎出很多值得总结的艺术成效，以及必须加以深刻审视的文体缺陷甚或是挥之不去的创作顽疾。因此，关于新世纪诗歌的讨论业已开展了十年有余，很多论文和专著从历时性的承传和共时性的比较中剖析了新世纪诗歌创作，指出其存在的缺点和有待改进的地方，在整体上深化了中国新诗的研究。但“新世纪诗歌”作为一个时间和文体概念，乃至作为一种文化和政治现象，其开放性特征决定了研究视域和研究内容的多种可能性，故而本文决定再次对之展开讨论。

一

实际上，所有的诗歌精神和艺术不可能在千禧之年突然发生决然的分裂，“新世纪诗歌”明显带有时间维度的生硬分期之嫌。但从国际国内形势来看，新世纪的到来确实引发了新的变化：全球化语境下的后殖民主义被逐渐觉察，大国崛起背景下的文化自信和主体性建构得到了全民族的认同，新世纪诗歌必然在新时代获得更多的“自我”审美属性，由此形成与之前诗歌的差异。

从纵向的历史维度考察，我们会发现新诗总是在工具性和艺术性的两极间摇摆，随之引发语言形式和表现风格的变化。比如“五四”时期基于思想启蒙的工具理性需要，新诗成为文学革命和思想宣传的工具，内容的平民化和语言的白话化是该时期新诗鲜明的文体特征，由此引发了俞平伯和梁实秋等人关于诗是“平民的”还是“贵族的”之争论。当然，作为一种新兴的文体，“五四”时期的新诗还必须肩负起革新的重任，语言及形式艺术的完善也成为彼时新诗的必然使命。而当新诗在工具理性的道路上越走越远的时候，必然会出现美学的价值理性来对之加以反驳。20世纪70年代末期开始的“地下诗歌”创作和朦胧诗创作，就是对之前很长一段时期内诗歌“工具性”观念的质疑，意味着诗歌重新回到“艺术性”发展轨道上，内容的精英化和语言的修辞性成为那个时代诗人的创作追求。当人们从狂热的理想氛围中逐渐清醒过来，知识分子重新深刻地思索人生和社会，人们“写诗不是为了发表，主要是抒发情绪，把那种混杂着青春、理想、郁闷、茫然的情绪浓缩在字斟句酌中”①。正是这种纯粹的抒情目的催生了新的诗歌表现形式，即便是用老式油印机印刷出来的诗集或刊物，也能激发知识青年无限的阅读欲望。《今天》诗群成员齐简在《诗的往事》一文中回忆道：“记得那晚停电，屋里又没有蜡烛，情急中把煤油炉的罩子取下来，点着油捻权当火把。第二天天亮一照镜子，满脸的油烟和泪痕。当时读到的诗有：《相信未来》、《烟》、《酒》、《命运》、《还是干脆忘掉她吧》、《鱼群三部曲》等。这些诗我至今会背。郭路生的诗在更大范围的知青中不胫而走，用不同字体不同纸张被传抄着。世界上不会有第二个诗人数不清自己诗集的版本，郭路生独领这一风骚。”②这段话点出70年代后期浓厚的诗歌创作和阅读氛围，折射出人们对自我情感抒发的渴望和革新表现艺术的探索。而正是这场“朦胧”的艺术之旅，宣告了新诗史上第二次艺术和思想的“喷发式”发展。

在经历了市场化语境的喧嚣之后，诗歌的工具性演化为诗人对经济利益的争夺和对切入诗歌史地位的欲望，这直接导致诗歌的圈子意识和“党同伐异”的攻击谩骂，如此“非诗”的发展现状势必再次对诗歌的艺术性发出召唤。因此，美学层面的价值理性必然会支配着新世纪诗歌的发展，而这次新诗艺术性的行进之路也与历史上各个时期有所不同，它不会再拘泥于“平民—贵族”或“民间—知识分子”的对立化创作范式，也不会仅仅局限于“白话化—陌生化”或“口语—书面语/欧化语”的语言策略，它会在新诗内部形成多种写作方式、写作场域和价值追求，形成巴赫金所谓的“多声部”带来的“复调”效果，在共时性语境下探求诗歌的多元化发展道路。比如提倡“民间写作”的诗人本身就是知识分子，而提倡“知识分子写作”的诗人也会向“民间”汲取艺术养分；网络诗歌可以入选《诗选刊》和各种年度诗歌选本，而严肃的诗歌刊物如《诗刊》也开始发布网络版，甚至借助网络来炒红其青睐的诗人；散发着欲望气息的“身体”成为诗人关注和书写的对象，而很多诗人却借助身体写作阐明了“高雅”的艺术和诗学理念。如此种种，新世纪诗歌体现出更大的包容性、合理性和艺术性，为未来的诗歌创作酿造出肥沃的土壤。

新世纪诗歌从喧闹的社会时代语境中驶向边缘化的自律性轨道，一方面看似诗歌的生存遭到了缩减和挤压，另一方面却为诗歌艺术探索和思想情感表达赢得了长足的空间，预示着诗歌主体性的回归。在20世纪新诗积淀的传统和孕育的多种写作可能性的基础上，新世纪诗歌迎来了爆发式的创作盛况，且不说至今还在争论不休的“知识分子写作”和“民间写作”的立场之争，单是不断涌现的网络诗歌写作、打工诗歌及草根写作、新乡土诗写作、抗震诗歌和抗疫诗歌创作等热点话题，以及相继产生的“梨花体”“羊羔体”或“截句”等诗歌形式，就足以编构起新世纪诗歌创作的“盛唐”图景。面对“乱花渐欲迷人眼”的诗歌创作现状，我们往往将之纳入传统二元对立模式消解后的多元化体系中，鲜见从诗歌的角度去审视乱象背后传递出来的隐秘信息。实际上，只要我们稍加分析就会发现，新世纪诗歌的热闹现场大多局限在自我内部，而很少关涉外在的政治、经济或主流思想，这多少给人“自娱自乐”的印象。各种迹象标明，诗歌滑向了我们现实生活的边缘，影像制品和大众读物才是当代人文化生活消费的主体，这似乎意味着诗歌的萧条乃至发展的式微。但凡事物都有两面，新世纪诗歌内部的频繁“演义”对其自身而言也许并非坏事，至少它清晰地让我们看到诗歌摆脱了前进道路上的重负，终于可以按照自己的内在诉求去表达情思或探索艺术，这是20世纪“命运多舛”的新诗梦寐以求的生存语境。针对新世纪诗歌20余年的发展历史，张清华先生认为，没有哪个时期的诗歌像现在一样从自身内部自在地裂变、争论、分化并成熟着，新世纪诗歌“离开了被政治宠爱和钳制的矛盾处境”，由是“真正获得了独立和自由的生长条件与独立品质”，我们应当庆幸新世纪诗歌获得了主体性的自我构建，新世纪诗歌不但没有衰退，反而进入了“诗歌的正途，以及艺术的本然”的发展状态[③]。罗振亚先生也认为边缘化对新世纪诗歌而言是“祸”更是“福”：“诗歌的本质是寂寞的个人化行为，平淡、清净应该是写诗、读诗的常态，如果非要人为地去制造喧嚣和热闹，无疑就背离了诗之品性。诗歌这种存在机制决定，边缘化语境一方面令诗歌逐渐淡出焦点和中心，一方面也敦促诗歌回归了本原的位置和属性，或者说沉寂也为诗歌写作队伍提供了一次难得的纯粹、净化的机会。”[④]因此，新世纪诗歌开创了新诗艺术史上的黄金时期，其内部的“混乱”在本质上体现出诗歌艺术和思想的多极化发展，新诗必然在尊重艺术规律的基础上产生更多的佳作。

翻译诗歌在新世纪迎来了前所未有的繁荣景象，映衬出新世纪诗歌的审美转变和世界性眼光。除《诗刊》《星星》诗刊和《绿风》等设有专栏来翻译介绍外国诗歌之外，出版社还大量出版了外国诗歌的汉译集，标志着新世纪外国诗歌的翻译十分活跃。比如2002年至2004年，河北教育出版社推出了“20世纪世界诗歌译丛”，这套诗歌译丛分5辑渐次出版了50种译诗集。又比如2015年至2017年，人民文学出版社推出了21卷本的“蓝色花诗丛”，包含英国、美国、法国、德国、俄罗斯、西班牙和智利等国的21位诗人的作品。河北教育出版社的译丛可谓出手不凡的大手笔，短短两三年的时间出版50部翻译诗歌集，在历史上绝无仅有。翻译诗歌对中国新诗创作和发展产生的深远影响无须过多赘述，但长期以来翻译诗歌的出版却显得散漫无序且又零散杂乱，我们往往需要通过阅读不同译者的译本和不同时代的译本，方能形成对某位外国诗人或外国诗派的整体印象。有鉴于此，河北教育出版社希望借助编辑的“微薄之力，能够填补中国出版社事业的一项空白，以此构筑汉语版的20世纪世界诗歌史的长廊，提供完整的20世纪世界诗歌的图景”⑤。与此同时，翻译出版哪些诗人的作品，或者哪些诗人的译作能够给中国读者和新诗创作提供艺术养分，这成为本套丛书编者必须考虑的问题，毕竟翻译选材涉及译本的传播和影响，涉及翻译诗歌本身的诉求，难怪乎编者说：“首先，选择二十世纪作为时间范围，是因为二十世纪是人类迄今最伟大、最复杂、最灾难深重、最富于变化的世纪，在这样的时空中产生的优秀诗歌，积淀着人类心灵深处承受的苦难，也折射着人类精神结构中永恒的尊严和优美。其次，收入这套世界诗歌译丛的，是世界各国优秀诗人的优秀作品，这些诗人中有许多是诺贝尔文学奖或其他著名诗歌奖的得主，他们对世界诗歌的发展产生了重要影响，他们的作品已经越出国家与民族、文化与政治的阃限，成为普照世界的精神之光。”⑥其实翻译诗歌的出版或发表也反映了中国译者及诗人的世界眼光，折射出中国诗歌乃至民族文化在世界格局中的地位，而译诗本身也是新世纪诗歌园地中不可或缺的绚丽花朵，它与新世纪诗歌一道构成了我们这个时代的诗歌盛宴。

当然，新世纪诗歌创作与之前相比还存在很多优势和转变，比如网络平台的发展和民刊的悄然兴起、跨媒介和跨文体诗歌的方兴未艾等，为新世纪诗歌开辟了更加宽阔的生存空间；又比如新移民背景下的汉诗跨文化书写和跨语境传播等，为新世纪诗歌迎来了更加崭新的发展画面。如此等等，我们理应对新世纪诗歌未来的艺术和精神的提升充满期待。

二

就具体的新世纪诗歌创作而言，网络诗歌、身体写作、女性诗歌、底层写作、民间写作、知识分子写作等等，很多学者对之做了详细而深刻的文本解读和文化批评。而对新世纪诗坛中涌现的“低龄化写作”却关注较少，“个人化写作”虽讨论较多但还是有言说的必要，故接下来以此二种写作为例来讨论新世纪诗歌创作。

新世纪诗歌创作出现了各种“代际写作”共生的现象，而低龄化写作以锐不可当之势迅速崛起于诗坛。当人们还热衷于谈论上世纪60年代出生的“中生代”诗人时，“70后写作”已经强势进入人们的视野，随之80后、90后乃至新世纪出生的诗人都相继登上了诗歌的舞台。在新世纪里，“90后诗歌”成为热词，很多刊物着力推出90后诗人的作品。比如《诗刊》2010年10月专辟“90后少年诗人作品小辑”；《中国诗歌》2011年第1期在人民文学出版社出版，其特别的意义就在于这是90后诗歌专期，推出了1位90后“头条诗人”张琳婧，推出了10位“90后十佳诗人”——原筱菲、李唐、苏笑嫣、高璨、徐威、真真、陈曦、潘云贵、陈思楷和魏晓运，在“90后诗选”栏目中推出了53位年轻诗人的作品；2013年12月，《天津诗人》杂志出版，这期刊物在封面标明是“中国诗选——90后档案”专刊。与此同时，90后诗人作品选集也相继出版：2017年11月，北岳文艺出版社推出《中国首部90后诗选》；2018年5月，四川民族出版社推出《21世纪贵州诗歌档案：贵州90后诗选》；2018年9月，沈阳出版社推出《花开有声：沿河“90后”诗选》。此外，很多90后诗人还出版了多部个人诗集，比如来自福建的潘云贵就先后出版了《天真皮肤的同类》（北京燕山出版社，2014年）、《何处是我影子的家》（新加坡卓尔书店，2014年）等作品集。这些诗歌事件标志着90后诗人已经作为重要的写作群体进入了新世纪诗歌创作的园地。不过，90后诗人已经不算“新鲜事物”了，更年轻的00后也在悄然崛起：2014年10月，《中国诗歌地理：00后九人诗选》在线装书局出版，选入了徐毅、陈艺萱、康镇、孙澜僖、唐宇佳、宋和煦、姜馨贺、姜二嫚和刘雨槐九位00后小诗人的200多首诗歌作品；2016年3月，白山出版社推出诗文合集《00后苏州十人选》；2017年6月，标明“极点文学社”出版的《中国00后诗选》问世，这也意味着00后诗人开始成为诗坛备受期待的创作群体。

诗歌创作本没有年龄限制，各个年代出生的人都有创作诗歌的自由权利，但新世纪诗坛出现的代际写作中一个最不容回避的现象就是低龄化写作。当年韩寒、许佳、郭敬明和张天天等“天才少年”作家们分别推出《三重门》《我爱阳光》《幻城》和《梦里花落知多少》《真心英雄》等作品后，低龄化写作者成为文坛的一支生力军，有人将他们称为“80后写作”，因为他们都是在上世纪80年代以后出生的。而诗坛代有人才出，曾经的“天才少年”已经成为今天00后作家眼中的“油腻大叔”了，君不见第一部00后诗选出版时，年龄最大的诗人才14岁，而年龄最小的诗人只有6岁，他们是不折不扣的低龄化写作者。低龄化写作本是诗坛寻常事，但目下各代际间的诗歌创作似有竞赛不止的风气，有的还带有夸张的炒作行为，比如在封面刻意标明“全球第一部00后诗选”或“中国首部90后诗选”的字样。古代王勃和骆宾王很早就开始写诗，他们年少时写的诗篇就能流传千古，但也有仲永这类年少时显露了非凡的才华，而到了最后却变得十分平庸的例子。低龄化写作在目前还能够产出一些具有相对可读性的作品，这些作品在媒体的帮助下还能够占领一定的市场，表现出一定的生命力。

在肯定低龄化写作的同时，我们更多地看到的是低龄化写作的弊端。首先，写作需要大量的知识和生活储备，如果在年少时就显露了创作天赋的每位小诗人都像韩寒那样退学回家当专业作家，那低龄化写作的质量和持续创作的能力就无法得到保障。每个小诗人在写作的同时更重要的是坚持不懈地努力学习，不断为自己的创作储备资源。没有丰富的人生经历、生活阅历和知识积累，单凭想象和超出年龄的感悟是很难真正赋予诗歌创作以深厚内涵的，低龄化写作单薄的写作资源和文化背景使其作品的生存力和竞争力远不如成年人的作品。其次，如果低龄化写作与商业效益或虚名联系在一起的话，那这种写作的前景就更不容乐观了。实际上，低龄化写作发展到今天如此火爆的地步确实与商业化炒作有关，它甚至不是诗歌现象而是一种商业现象。一些媒体和出版商在相继炒作了“身体”“美女”“性意识”“底层人”和“学者”之后，又将赚钱的眼光瞄准了低龄的儿童或少年诗人。从个人发展的长远计划来看，低龄化写作者过早步入文坛，实际上等于在扼杀这些很有创作天赋的青少年，因为各种炒作无异于揠苗助长，很多孩子由于在年少时忽略了知识积淀而在长大后失去了继续创作的潜力，知识的匮乏使他们难以在现实生活中有更加深入的情感体验和精神高度。总之，低龄化写作的出现是新世纪诗坛中非常正常的现象，也是文坛的幸事，但社会应该给予这种写作以正确的定位，并进行合理的引导，确保年轻的诗人们获得长效的创作生命。

因主流意识和权威话语对诗歌创作支配力量的减弱，于是出现了所谓的诗歌边缘化状态，这给新世纪诗歌的个人化写作提供了契机。罗振亚先生认为，新世纪诗歌“延续九十年代的个人化写作，规避过于纯粹的情思路线，以向日常生活、现实领域的大面积敞开，增强诗的烟火气和疼痛感，更贴近了时代与人的复杂状态”[⑦]。这句话一方面肯定了新世纪诗歌创作对20世纪90年代以降之“个人化写作”路向的承续，另一方面也肯定了个人化写作与现实语境的关系和积极意义。20世纪的新诗常常行进在“非诗”的道路上，背负着沉重的社会使命和责任，几乎每一个历史时期都有宏大的时代主题规定着诗歌创作的精神指向，形成了诗歌创作之“共名”态势。而新世纪诗歌则延续了上世纪90年代以来的“无名”[⑧]写作状态，诗坛在没有统一时代主题的情况下呈现出多元共生的复杂局面。“无名”意味着价值追求的多样化和对个人化写作的认同，而个人化写作是对个体精神和价值的指认，是在去除宏大时代主题以后对符合人性的生命感受和体验的诉求，是对人的本真生存状态和生命形态的寓言性书写。

人们常常将个人化写作与私人化写作相提并论，事实上，两者之间有很大的差异，私人化写作是一种极端的写作方式，带有很强的自传性和封闭性特点。而私人化写作又常与女性写作相混淆，因为私人化写作的性意识、性生理被部分女性作家征用。这种混淆反映出女性写作在以个人化写作为主的诗坛中处于优势地位，也即是说，女性写作顺应了个人化写作的趋势并取得了可观的成就。例如余秀华的诗集《月光落在左手上》《摇摇晃晃的人间》等均是以边缘或底层女性日常化的生活为底色，完全抛弃了宏大的历史叙事和观念图解，书写了女性在滚滚红尘中对人生和个人命运的思考，流露出些许喟叹和无奈。与此同时，这些诗歌内容的自传性和叙事化不仅展现了诗歌的“身体”视角，也凸显出女性诗歌中的“性别观念”，是新世纪诗坛个人化写作的亮丽景致。不管是叙事文学还是诗歌，个人化写作的特点都表现为对统一的时代主题和宏大叙事的漠视，在以个人的生活经历和生命体验为写作资源的基础上，体现出对个人存在（通常是形而下的存在）的思索。

个人化写作在一定程度上给新世纪诗坛带来了生机和新质。“只要作家不忘自己是时代的一员，那么这种写作姿态和方式倒是更合乎文学的特性。因为它要求作家不在潮流的汹涌中随波逐流，也不以弄潮儿自居，而是保持自我的立场和视角，对人生有独特的体悟和发现，同时也有自己的话语方式；它追求的是与众不同、难以替代的个人文本，而非求大同存小异的集体文本。”[⑨]但当前文学创作的商业化环境使部分人打着个人化写作的幌子，不惜以出卖自己的“身体”和隐私来赢得市场的利润，或引起读者的审美快感。也有部分人认为个人化写作就是不受任何束缚的我行我素的创作方式,这种观念使他们在没有任何艺术探索和精神提升的情况下肆意“涂鸦”,制造了诗坛的泡沫和垃圾。此外,个人化写作失去了统一的时代主题而使民族诗歌的发展失去了向心力,在“文化全球化”和文学边缘化的语境中,我们一再强调新世纪诗歌的精神和价值建构,这类极端的个人化写作在弄得诗坛一地鸡毛的同时,更是消解掉了诗歌的“建构”理想。事实上,诗歌精神和情感在寻求表现方式的个性化时应该摒除个人化,因为任何艺术形式和情感体验只有突破“小我”的拘囿并上升到普遍的高度,才能被更多的读者接受,才能在更宽泛的感情层面上引起共鸣。诗人通过自己的情感体验和成长经历在作品中传达出人类心灵深处相通的普遍而永恒的东西,而不是纯然的一我之情和一我之思,唯其如此,诗歌精神才能够得到提升。个人化写作的自由并非随心所欲、任意妄为,它是指诗人的情感体验超越了现实的物质束缚后达到的一种自如的写作境界,而诗人则必须受到情感表达、叙述模式和价值取向等诸多艺术元素的制约。只有撕开个人化写作的面纱,真正界定什么是个人化写作,新世纪诗坛内部的杂乱才可能消融为诗歌创作的丰富性。

值得警醒的是,新世纪诗坛涌现的各种“写作”现象因为划分的标准和维度有别,因此相互之间很难有清晰的界限,反倒是出现重叠和包容的情况居多。比如上文讨论的低龄化写作是按照诗人的年龄来划分的,而个人化写作是按照诗人创作的精神意向和艺术偏好来划分的,二者并非存在完全的差异和不可调和性,年轻的诗人可能汲取个人化写作的艺术经验,也可能出现个人化写作的发展态势。

三

新世纪诗歌既摆脱了沉重的社会负担,走上了自律性的发展道路,也迎来了自我内部多元共生的繁荣图景,孕育着诗歌表现艺术和精神取向的多种可能性。但诗歌的艺术创新是一个漫长而渐进的过程,诗歌语言哲学主导下的智性追求或非诗因素导致的语言诗性的弱化等,无不预示着新世纪诗歌艺术还存在较多亟须改进和提升的地方。

新世纪诗歌在迎来自我发展的同时,却也难掩众声喧哗背后的平淡,亦即缺乏有个性的艺术探索和有锋芒的艺术创新,诗人们在相互模仿中消费着有限的艺术经验和思想资源。布鲁姆在《影响的焦虑》一书中认为,“后来者”诗人只有摒弃前辈诗人的做法,以全新的方式进行创作,才能获得进入诗歌历史的契机;倘若一开始就是在前辈诗人的阴影下创作,那他绝不能打败曾经的强者而被诗歌历史所记住。“无视传统”是诗人成为强者诗人的策略,真正的强者诗人不会似普通读者那样去认真理解前驱诗人的观点和意图,也难以去阅读在他们看来不值一提的前驱诗人的作品,他们自己就是一首读不完的诗。布鲁姆说:“诗人——或至少是诗人中的最强者——并不一定像批评家甚至其中的最强者们那样去阅读。诗人既不是理想的读者,也不是普通的读者;既不是阿诺德式也不是约翰逊式的读者。当他们读诗的时候,他们往往并不去思考:‘在某某人的诗歌里,这是死的,而那还活着。’已经成长为强者的诗人不会去读‘某某人’的诗;因为真正的强者诗人只能够读他们自己的诗。”⑩也许只有模仿者才会认真领会前驱者作品中的表现方式和思想情感,因而张清华先生在谈新世纪诗歌“喧哗而匆忙的合流”时,从自己的阅读经验出发表达了对诗歌创作“合流”的喟叹:“在阅读中,我甚至感到大量的作品是属于互相模仿的‘没有作者的诗歌’——它们看上去更像是一个人,或者三几个人的东西,从语感、修辞、题材、风格上的明显地趋同化,‘动粗的一族’是这样,‘叙事’的一群也不例外,如此多的作品中充斥着相似的句式、接近的语调和装饰、无聊而空洞的细节,还有拥挤而时常莫名其妙的‘引文’。”⑪很显然,新世纪诗歌的创作主体相对于布鲁姆所谓的“强者诗人”而言,他们早早地流泄了斗争的勇气和开创诗歌新格局的志向,使新世纪诗歌处于写作者个体消失和个性泯灭的境况,在形成时代共性特征的同时,却难以开启诗歌艺术的丰富性,也难以展示一代人诗歌艺术探索的有效性。

比诗歌艺术趋同化更可怕的是诗歌语言口语化和叙事性的蔚然成风。作为语言的艺术,诗歌历来注重媒介的诗性特征和表达的“超出”机制,即俄国形式主义文论代表什克洛夫斯基所谓的诗歌语言的“陌生化”审美效果:叙事文学的语言是对日常生活语言机制的“超出”,因为它要遵循一定的语法和表达习惯;而诗歌语言则是对叙事文学语言机制的“超出”,因为它不再遵循常规语法的制约而显示出更强的艺术性和表现力[12]。吴投文先生在谈新世纪诗歌的语言症候时说道："新世纪以来的诗歌语言探索也暴露出在沉潜和深化中的无序状态和认识上的误区，尽管诗歌语言变革的迫切性已形成初步共识，但变革的基本方向和具体规划却仍然模糊不清，也缺乏社会文化的有效支撑和文学共同体的深度参与。"[13]言下之意无非是说，诗歌语言的各种弊病是由社会文化语境所决定的，是新世纪诗歌创作的一种必然结果；但从具体而微观的诗歌内部来看，很多因素也会导致诗歌语言的"贫血"。进入新世纪，网络诗歌平台和民刊的兴起改变甚至扩大了诗歌的生存空间，但是在网络诗歌盛行的时代，人们在虚拟的平台、电子期刊或社区发表诗歌或评论诗歌的时候，往往在网名或"非正式场合"的掩饰下为所欲为地写作，不假思索的用词和敲击回车键的快感让很多人的"诗歌"顷刻间发表，并且可能引来不少读者的围观和及时的评论。试想，凭借这样的创作态度和创作速度，诗人哪有闲工夫来推敲语言呢？这里所说的当然是网络诗歌创作的弊端，关于其远未被正面认识和肯定的艺术或传播优势则另当别论。

当然，并非只是网络书写才会导致新世纪诗歌创作的平面化、口语化和叙事性等诸多不良后果，很多非诗因素的加入才是引发诗歌创作危机的关键。这其中比较值得关注的便是有学者所称的"中产阶级写作"[14]的介入，很多诗歌爱好者而非诗人因为经济状况的改善而开始"把玩"诗歌，昔日的商界名流开始混迹诗歌圈，买断诗歌刊物的"经营权"、资助诗歌刊物而成为其理事、赞助诗歌活动、举办作品研讨会等等，俨然成为诗歌界的"大佬"，受到了很多"小诗人"的刻意追捧。有钱人能将资金注入诗歌领域本身是一桩雅事，但如果想成为商界和诗界的"跨界"明星，那问题就没有那么简单了。很多人缺乏基本的文学素养和诗歌文体观念，甚至没有熟练掌握汉语表达的能力，也没有洞察生活和体验生活的能力，竟大胆涉足诗坛并出版印制精美的诗集，然后"高薪"邀请学界名流作序或评论，由此增加诗作所缺乏的艺术价值。其实问题的关键还不在于中产阶级写作的质量问题，而是他们的审美趣味扰乱了诗歌的"行情"，消解了被我们视为"金科玉律"的艺术规则和艺术价值，让年轻的读者或诗人以为他们就是诗歌创作的方向，他们就代表了当下诗歌的成就，要不各大出版社、各大报刊怎么会刊发他们的诗歌，而各大评论家怎么会去评论他们的作品？长此以往，中国新诗将被引向叙事性、琐碎化和自我迷恋的写作道路，从而使汉语的诗性特征逐渐被磨灭，中国人善于用汉语来写诗的艺术天分遭到削弱。

在此不得不提及艾略特的《诗歌的社会功能》一文，艾氏将诗歌的功能分为一般功能和个别功能。就一般功能而言，比如最早的北欧古诗和歌曲纯粹是用来念咒的，以达到避邪、治病、驱魔的功能；诗歌很早就被用于宗教仪式，而且一直沿袭至今，比如赞美诗；最早的叙事诗和韵文故事是用来铭记当时对历史的理解。就一般功能而言，诗歌可以丰富民族语言，保持民族对世界的感知，使民族文化得以传承延续。艾略特不无深刻地说道："与思想不同，感情和感受是个人的，而思想对于所有的人来说，意义都是相同的。用外语思考比用外语来感受要容易些。正因为如此没有任何一种艺术能像诗歌那样顽固地恪守民族的特征。可以剥夺一个民族的语言，扼杀这种语言，强迫在学校里引进另一种语言，但是只要你无法教会该民族用外族语言来感受，要灭绝原来的语言，是不可能的；这种原来的语言会重新在作为感情的动力的诗歌中宣告自己的存在。"[15]因此，没有什么比诗歌语言更能保持一个民族的民族性，也没有什么比诗歌语言更能显示一个民族的存在意义。所以，当一个挪威人对艾略特说，他不会用挪威语读诗了，这也许不是一件让人遗憾和焦虑的事情，但如果他说他再也不会用挪威语写诗了，就会让人"感到一种远比对这个国家的一般同情心更为严重的原因所引起的焦急心情"，也就会让人"从中看到有在整个我们这个大陆上蔓延的危险的那种疾病的征兆，会看到导致处处都丧失表达能力，从而也就丧失了体验与文明人相称的那些感受的能力的衰败的苗头"[16]。从这个意义上讲，倘若网络诗歌创作和有钱人介入诗歌创作而导致诗歌语言表达的退化，导致汉语诗性特征的消解，那这些人是无法承担历史罪责的，他们无疑成为新世纪诗歌发展的严重阻碍，诗歌批评界理应客观看待此类写作现象。

新世纪诗歌虽然摆脱了沉重的社会和思想负荷，迎来了自律性发展的广阔空间，但现实语境构织起来的关系网络却又使其面临着新的挑战，其中网络诗歌批评的兴起无疑加重了传统诗歌审美观念的幻灭。自媒体时代的诗歌评论与创作一样具有浓厚的大众化色彩,网络平台的兴起带来了诗歌评论价值取向的多元化,各种参差不齐的网络评论构成了诗歌批评的一支"生猛力量",在一定程度上左右了新诗艺术的价值取向和思想深度。在网络批评和自媒体的主导下,诸多诗歌怪相曾席卷诗坛,赵丽华、余秀华诸君也曾迅速刷屏,如果非得要找出这些"网络宠儿"般的作品在艺术上究竟有何创新和过人之处,则实在是一件强人所难之事。虽不能一概而论将之划入诗或非诗的行列,但这些现象混淆了"好诗"和"差诗"的界限,模糊了读者对诗歌的审美判断,造成的不良影响可谓一言难尽。今天的网络诗歌批评存在着严重的娱乐化趋势,导致诗歌创作及作品意义的消解。上世纪末,美国人尼尔·波兹曼(Neil Postman,1931—2003)在《娱乐至死》(*Amusing Ourselves to Death*)一书中认为,随着电视在各个家庭中的普及和受众的急剧增加,它不可避免地会改变大众的话语方式和谈话内容:"政治、宗教、教育和任何其他公共事务领域的内容,都不可避免地被电视的表达方式重新定义。电视的一般表达方式是娱乐。一切公众话语都日渐以娱乐的方式出现,并成为一种文化精神。"而在网络普及和"吃瓜群众"聚集各大网络社区的新媒体时代,网络用语也在逐渐改变中国人当下的话语方式和生活内容,使用网络词汇不仅是"时髦"和"前卫"的象征,而且还是规范使用现代汉语书面语的合理行为。很显然,网络上的诗歌创作和诗歌批评作为现实生活中不可或缺的文化精神读物,必然会影响读者的诗歌阅读选择,影响他们对诗歌艺术的价值判断。虽然网络助推了诗歌的传播和接受,但网络诗歌或网络批评固有的网络属性和大众文化属性又会降低诗歌的艺术性,同时降低诗歌批评的艺术和思想尺度,这对新世纪诗歌的发展而言可谓有利有弊,读者诸君理应仔细甄别和理性取舍,才能充分发挥网络对诗歌发展的促动作用。

总之,新世纪诗歌卸掉了繁重的社会负担而迎来了自律性的发展,看似步入了"边缘化"状态,但却逐渐建构起开阔的自我艺术性和思想性空间。但与此同时,新世纪诗歌创作也面临着诸多弊端,这与诗人和创作语境有关,唯有克服浮躁的心绪和名利的欲望,中国新诗才会在漫长的发展道路上积淀起丰富的艺术经验,产生更多的名篇佳作。

[本文系国家社科基金项目"中国新诗史上的'以译代作'现象研究"(18BZW171)成果。]

注释:

①齐简:《诗的往事》,刘禾编:《持灯的使者》,广西师范大学出版社2009年版,第5页。

②齐简:《诗的往事》,刘禾编:《持灯的使者》,广西师范大学出版社2009年版,第8页。

③张清华:《新世纪诗歌:一个人的编年史》,四川文艺出版社2016年版,第3页。

④罗振亚:《新世纪诗歌:在坚守中突破》,《艺术评论》2012年第6期。

⑤马查多著,董继平译:《安东尼奥·马查多诗选》,河北教育出版社2002年版,出版前言第1页。

⑥河北教育出版社:《出版前言》,马查多著,董继平译:《安东尼奥·马查多诗选》,河北教育出版社2002年版,第1~2页。

⑦罗振亚:《面向新世纪的"突围":诗歌形象的重构》,《东岳论丛》2011年第12期。

⑧陈思和:《中国当代文学史教程·前言》,复旦大学出版社2001年版,第14页。

⑨王纪人:《个人化、私人化、时尚化——简论90年代的文学写作》,《文艺理论研究》2001年第2期。

⑩哈德罗·布鲁姆著,徐文博译:《影响的焦虑》,江苏教育出版社2006年版,第19页。

⑪张清华:《新世纪诗歌:一个人的编年史》,四川文艺出版社2016年版,第32页。

⑫什克洛夫斯基著,方珊译:《作为手法的艺术》,朱立元、李钧主编:《二十世纪西方文论选》上卷,高等教育出版社2002年版,第184~189页。

⑬吴投文:《新世纪诗歌语言的整体考察与症候分析》,《文学与文化》2012年第3期。

⑭张清华:《关于现今写作中的中产阶级趣味问题》,《星星》2006年第2期。

⑮艾略特著,吕国军译:《诗歌的社会功能》,杨匡汉、刘福春编:《西方现代诗论》,花城出版社1988年版,第87页。

⑯艾略特著,吕国军译:《诗歌的社会功能》,杨匡汉、刘福春编:《西方现代诗论》,花城出版社1988年版,第95页。

[作者单位:西南大学中国新诗研究所]

新世纪诗歌:经典化与诗学标准的重构

□ 宋宝伟

新世纪诗歌在喧嚣与沉寂起伏交替的文化语境中已然走过二十年,其间爆炸式地生成了难以计数的诗歌文本,早已把"诗人"的称谓变得普通且不再神秘,更让人们有理由确认这是一个"全民皆诗"的时代。同时,伴随着"海量"诗歌文本出现的,还有数量众多的诗学理论,为新世纪诗歌"复兴"增添了理论砝码,这也是需要及时梳理并给予充分关注的重要领域。新世纪产生的各种诗歌资源为批评研究提供了巨量的"样本",无论是诗歌文本、诗学理论,还是诗歌活动、诗歌论争,每一个层面的"抽样"都显得异常地丰富,绝不会产生无法支撑理论言说的"孤证"现象。二十年时间足以造就一个"诗歌时代",同时文学研究领域早已形成用"整数年"进行断代和言说的惯例,在当下这一时间节点上,我们有必要对新世纪以降这二十年的诗歌发展做出回顾与梳理,并从中获得深刻的观照、镜鉴与启示。

有学者提出,21世纪因为诸多因素的制约,譬如全球化带来的差异性的消失、电子传媒对"智力"的屏蔽与阻击、社会与历史的"宏大叙事"的退场、文学生产与消费机制的变化等,已经成为一个让人产生"经典焦虑"的时代,甚至是一个"经典终结"的时代。如果这一判断果真成立的话,那么背后的深层原因以及对未来的影响也许更值得深入地探询与挖掘。"古今中外任何一个时代成功的诗歌历史,归根结底都要靠经典诗人、经典文本的连缀和支撑,甚至可以说没有经典就意味着方向感的缺失,经典的有无、多少,无论如何都是一个时代诗歌是否繁荣的重要标志;判断、估衡百年新诗的得失优劣,必须直面新诗创作和研究界日益浓重的'经典焦虑'背景,注重经典维度的省察。"①诗歌在新世纪里同样面临着经典"失位"的问题,这究竟是诗歌自身的尴尬,还是理论建构与诗歌标准阙如的无奈,抑或是当下诗歌在"非历史化"语境下不得不接受的"宿命",疑惑颇多。这里需要我们暂时悬置"文学已死"这种决然的论调,深入当下的诗歌与理论现场,扣摸诗歌的脉搏,探索出诗歌经典化衰微的深层原因,以及经典化与诗学理论建构的可能与途径,也许这才是我们在文学研究与批评中应该持有的责任意识与态度。

一

纵观中国新诗的发展历程,我们发现诗歌经典化是一个变动不居的过程,随着社会、文化、政治、思想等因素的变化,以及文学观念、诗学理论的更新,诗歌经典始终处在建构、解构和重构的过程之中,是一种"动态经典"。"现存的艺术经典本身就构成一个理想的秩序,这个秩序由于新的(真正新的)作品被介绍进来而发生变化。这个已成的秩序在新作品出现以前本是完整的,加入新花样以后要继续保持完整,整个的秩序就必须改变一下,即使改变得很小;因此每件艺术作品对于整体的关系、比例和价值就要重新调整了;这就是新与旧的适应。"②20世纪80年代形成的"重写文学史"的观念对已有的甚至是固化的经典秩序形成较为强烈的冲击,其背后存在着众多的因素,尤其大众文化、大众阅读与接受以及大众审美对经典产生的疏离与消解,构成对经典的真正威胁。20世纪80年代中期以降,当后现代主义理论在中国文学中站稳脚跟并结出累累硕果,文学的多元化态势变得势不可挡并最终确立后,诗歌经典的确认与留存就显得异常艰难且过程漫长。于是,新世纪里我们看到是这样一个局面:诗歌文本浩如烟海,读后却很难留下深刻印象;诗歌批评与解读非常“卖力”却难有“公信力”；诗歌史尽管“盖棺论定”也只是“一家之言”；诗歌理论层出不穷却只能“空转”“高蹈”，写作与诗学主张各自为战、实难配合；等等。当诗歌写作冲破意识形态桎梏和“小团体”写作制约而走向自由、丰富、多元化之路以后，却也不得不承受诗歌经典化“焦虑”的苦痛。我们不仅看不到被多数读者共同接受、认可并期望能流传开去的“好诗”，即使让诗人“自选”经典恐怕也很难真正令读者甚至自己满意。究其原因，就在于当下诗歌没有了写作“标准”，没有可以通约的诗学“法则”，任何已经确定的经典都被认为是暂时的、局部的甚至是“私人化”的经典，很难产生真正意义上的接受共鸣。当我们一再为诗歌终于拥有了“按照自己内心写作”的“自由”而欢呼时，确乎看到了诗歌写作无论在质量还是数量上的显明变化，特别是在激活想象力、词与物关系的调整、技艺的提升、对现实和生活的切近、展示求真意志等方面，诗歌表现得异常优秀，极大地推进了汉语诗歌的表现能力和表现空间，显示出诗歌写作的无限可能性。但同时也看到，基于后现代多元文化的导引和制约，诗歌在新世纪里更多地表现为探索有余而积淀不足的特点，也就是诗歌写作在“自由”的天地里野草般地“疯长”，处处“挖坑”却难掘“深井”，无法形成被广泛接受和认可的诗歌经典。

另外，诗歌经典的形成，涉及诸如诗歌品质、技术深度、诗家视野、文学史写作、读者接受、审美习惯、诗歌选本等级和入选次数、诗人影响力、诗歌评奖等多个层面，甚至还要牵扯到外部政治、社会、文化、经济语境等诸多复杂因素。总之，一首诗歌是否被确定为经典，往往不只取决于普通读者的接受和喜爱程度，多数情况下，是由文学机构的学术“权威”和深具影响力的诗歌批评家们确立并传播开来。同时，诗歌经典还具有某种“时效性”，多数经典文本属于“相对”经典而非永恒、绝对经典。作为一种文学经典，要经历一个历史化过程，也就是不仅要承受时间的“汰洗”，同时也要经历一个建构—解构—重构的反复确认的过程，最终形成一种广泛的认知共识。而新世纪以来，诗歌经典的“缺失”首先是“历史化”的缺失。诚如艾略特所言，“经典作品只是在事后从历史的视角下才被看作是经典作品的”[③]，我们暂时还不具备诗歌经典化必需的时间长度，身处流动不居的诗歌现场很难精准确认诗歌经典。历史化视角不仅仅需要充分的观照时间，更重要的是将诗歌放在中国新诗百年历程之中，在相对较长的时间“纵轴”上考察，以百年新诗形成的传统和标准来判定诗歌经典的“纯度”。纵观新诗百年的发展演变，在对于新诗的诸多问题——譬如诗形、诗美、诗性、口语、意象、音律、纯诗、节奏以及戏剧化、叙事等进行的辩难、争鸣中，逐渐形成了关于新诗认定、解读、批评的标准，尽管这种诗歌自律没有充分地展开，而且标准最终也没有形成谨严的诗学条律，但是在理论的博弈、彼此接受和妥协中，大家还是能“心照不宣”、约定俗成地遵守、执行，在某些并不成熟的规则的观照下慢慢积淀下许许多多的诗歌经典。关于诗歌的标准问题，诗歌界和批评界大多认为诗歌存在着“标准”，同时一致承认诗歌没有放之四海而皆准的统一、终极的标准。标准只在一时，或一地，或一类诗歌中有效，因为它只是一种有边界的“场域”，在社会、历史、政治、文化、传统、现代、个人、团体等各种因素的彼此影响和制约中，标准才得以被认可、接受和执行。

非常吊诡的是，中国新诗尽管一路栉风沐雨，伴随着无数对其合法性的质疑和诘难，但还是“坚挺”、执着地走过百年历程，然而却在新世纪里陷入一种深深的惶惑之中。因为越来越多的人开始看不懂诗歌了，“什么是诗”竟然在当下成为一个问题，新诗合法性正面临着新一轮的挑战和质疑。探究这现象背后的原因，最终指向一个问题：诗歌标准的缺失或不统一造成诗歌经典的“失位”，这几乎成为一种共识。当然，有的人并不承认诗歌标准的存在，认为诗人写作并不是按照先验的、既定的标准来进行的，任何试图确定一个诗歌标准本身就是在扼杀诗歌、消灭创造。这种将诗歌标准与诗歌创造对立起来的观点，现在看来存在着一定程度的偏颇之处。诗之为诗，尤其是新诗，虽然没有外在的统一的范式、标准，总还是存在着支撑延续和发展的内在“基因”，这是新诗作为一种文体得以独立存在并与其他文体相区别的根本，是“质”的规定性。不能笼而统之地否认诗歌存在“标准”，否则必将深陷“先验的迷惑”之中，从而导致读者反应与接受的混乱。诗与非诗，在当下究竟由谁判定，是诗人、读者抑或是学术权威？譬如，是不是现在谁声称自己写的是诗，它就是诗呢？哪怕它的形式更接近散文或杂文的形式，也得必须承认、接受它是诗？如果读者认为这诗人写的是诗，就应该确信它是诗吗？抑或是权威人士认定是诗，就一定是诗？现在看来，恐怕任何单方面的确认都难以服众，甚至还能出现三方彼此互不买账的局面。诗歌评价标准的缺失或不统一，导致谈论诗歌的焦点越来越涣散，每人都有自己的判定准则，方枘圆凿，无法形成高度一致的认知，诗歌经典化的难产也就在所难免了。

因此，诗歌经典化究竟是一种权利，还是权力？或者说经典的形成与确立究竟取决于文本的内在品质，还是取决于外部建构的权力？这两种倾向在目前来看，恐怕是建构经典的外部权力因素被认为更大一些。经典与权力之间的关系固然存在，尤其是在编选、传播过程中的权力影响——外在政治语境的强势介入、社会思潮的潜移默化以及编选者的个人喜好，是显而易见的。但是经典的传世，除了外在的权力制约，更多地取决于文本自身的价值和品质，甚至是在内在品质克服权力的制约之后而得到确立的。

二

诗歌经典化的建构的基础是诗学理论的建构，无论是经典的形成还是被颠覆，其背后一定是某种理论在推动，譬如诗体解放之于新诗的确立、格律之于“新月诗派”、纯诗理论之于“象征诗派”、戏剧化之于“九叶诗派”、象征主义之于“朦胧诗”，等等。正是因为有了迥然有别于“前代”诗歌的理论创新，新经典的生成与建构才有立足的依据和存在的根基。换句话说，越是远离经典才越有创生新经典的可能，如果只是臣服于原有理论的阴影之下而缺少创新意识，受制于经典的巨大“参照”作用，那么新经典将毫无建树和存在的必要。应该说，新世纪以来诗歌理论和主张犹如井喷一般地涌现出来，譬如“第三条道路写作”“完整性写作”“第三极神性写作”“草根写作”“70后诗人”“中间代”“下半身写作”“诗歌地理学”“生态诗歌”“废话写作”“反饰主义”“物写作”“非诗主义”“新口语写作”“新红颜写作”等等。诗坛一方面看似进入一个命名膨胀的时代，但从另一个角度看，这种理论与命名的暴涨彰显了当下诗歌写作的无限活力和最大的可能性。新的诗歌理论或运动具有打破陈规积弊的能量，给诗歌写作带来无限的敞开性。虽然有时这些理论和命名略显浅薄，或是单纯地追求某种声势的“震撼”效果，还缺乏学理的深层积淀和普适性意义，但是不可否认的是，这些理论与命名对诗歌冲破写作的瓶颈、拓宽写作空间的探索意义是巨大的。纵观中国新诗发展史留存和积淀下来的经典，往往多是在诗潮涌动更迭和诗学转换的初期形成的，或者可以说，是经典的横空出世预示和带动了诗潮更迭和诗学转换，如郭沫若《女神》之于浪漫主义、徐志摩《志摩的诗》之于新格律诗、李金发《微雨》之于象征主义、戴望舒《雨巷》之于现代主义、北岛《回答》之于朦胧诗，等等。新世纪诗歌严格意义上来说，并没有形成“结构性”的诗潮更替，也没有完成诗学的转换，依然是在“第三代诗歌”开创的包括言语构成、语感声响、意识背景等层面在内的写作秩序中缓步前行，甚至可以说当下的诗歌理论始终处于“结构”过程中，还没有生成足可以“破茧而出”的“解构”力量，诗学标准只是微调而没有明显的变化。同时，诗歌早已摆脱“第三代诗歌”那种集团化、小团体写作的状态，进入相对平稳、静寂的个人写作，因而在既没有新思潮导引也缺少艺术革新的背景下，如何才能积淀与生成诗歌经典？

新世纪诗歌经典化首要完成的任务就是在理论建构的基础上，形成以诗歌内在品质为考察核心的相对普适、统一、清晰的认知和标准。“经典化不仅仅是一个作品的呈现和评选结果，也是一个立场、标准的伸张。经典化的宗旨是一个途径，在寻找、建构、沉淀，呈现我们新诗的标准。”④正是对经典应该具有的内在品质缺乏深入且富有建树性的研究与关注，新世纪二十年里，诗歌始终处于自由而野蛮的“疯长”状态中，当下有必要进行“理论收割”，探索、寻找诗歌的“最大公约数”，这是建构被普遍接受的诗歌经典的基础。

首先，诗歌作为一种艺术形式，它的最高本质同时也是精神基础是对人的生存的体验和揭示。诗歌尽管不是哲学，但是诗歌在美学意义上的“人”的自觉，与哲学层面上对人的思考是一致的。对人的问题的思考是决定诗歌哲学深度和美学深度的基点和标尺，也是判定诗歌生命的不二律条。新世纪诗歌普遍流于庸常，走向日常诗意，期望通过呈现物象而抵达本质。但是，绝大多数诗歌只能停留在观照事物的层面，缺少抵达本质的笔力和意志。新世纪诗歌一直呼唤写作伦理，不单单是对“底层”人们生活的关注和描写，写作伦理的最本质核心是对人的关怀，无论外在艺术形式如何变换和更新，人作为诗歌中的主体地位都是不可动摇的。其实物本主义的核心依然是人本主义，对物的澄明最终要上升至对人的理解和关怀。新世纪诗歌对生活的普泛化的摹写，惯常性的伤感生活的琐屑，造成了诗歌的同质化和平面化，若想从这样的诗歌中筛选出经典将无比艰难。其次，诗歌要在重构自身与现实、时代的关系过程中提升品质。新世纪诗歌在个人化写作的金字招牌下再一次回到“吟风弄月”，在密闭的书斋中自感优越，将西方诗歌原型语象反复“翻炒”，或者成为柴米油盐的流水账和生老病死的备忘录，唯独缺少一种宽大的精神视野，缺少面对现实发言的勇气和深度介入现实的意愿。“现实”与“时代”不能被“窄化”，更不能偷换概念将其导向凡俗，当下诗坛充斥着太多这样将“凡俗”当作“现实”的诗作，已经造成了深度审美疲劳。反智、琐碎、贫乏、平面阻击着诗歌对智性、完整、丰富和深刻的追求，而我们恰恰是对后者怀着深深的渴望和眷慕。譬如雷平阳《杀狗的过程》、朵渔《今夜，写诗是轻浮的……》、郑小琼《铁》等诗歌之所以被读者广泛接受认可，就在于诗人对诗歌精神的坚守。诗歌充溢着人文情怀、正义批判，有对生存的理性追问，也有悲悯下的自我反思，将经验的个人性转换为公共性，同时不抹煞经验的特殊性。从当下的诗歌批评和文学史写作的角度看，这种产生振聋发聩艺术效果的诗歌已经具备了经典的求真品质，遗憾的是，这样的诗歌在新世纪里实属凤毛麟角。再次，继续推进语言的再造与重塑。新世纪诗歌最成功之处就在于重新发现了诗歌是语言的艺术，在经历了世纪初的“分裂”与各种先锋“激进”理念和姿态实验之后，逐渐回归到诗歌的根本——语言之上。如果说，当代诗歌在50—70年代是政治的，80年代初的朦胧诗是观念的，90年代诗歌是经验和知识的，那么，新世纪诗歌总体来说就是语言的。诗歌在80年代中期受西方“语言学—哲学转向”思潮的影响而初步完成自己的转型，在历经90年代的“知性”与“口语”的双向锤炼之后，终于在新世纪里可以顺势而为“心无旁骛”地投诸语言，提升语言在诗歌中的价值地位。当下诸如“语言是现实的边界”，“词语在对我们诉说而非我们把它说出”，“语言是人与生存之间真正的临界点”，“诗首先使语言成为可能”等理念正逐渐被诗界理解、接受并实践着，让语言回归语言本身成为一种意识，语言的内在的、本质性地位正在被确立。然而，恰恰是诗歌语言的本体性地位的回归确立，直接影响和冲击了那些习惯于将诗歌视为记事、咏史、抒情、明理的工具的读者的阅读习惯，因为这样的诗已经超出了他们的知识结构和认知范围，出现对诗歌的厌弃并咒骂的现象也就见怪不怪了。当然，在推进诗歌语言的本体性意义的同时，也要警惕那些“语言自恋”现象，既不能将诗歌引向过度修辞或成为现代版“掉书袋”，也不能让诗歌陷入一泻无余的“口水”深潭。如何运用包括日常口语、典范现代汉语、外来语、网络用语、方言等在内的语言以提高诗歌素质的密度，建构自由的、个人化的诗歌语言机制，同时又不会与读者产生接受的隔阂，这是需要诗歌界充分思量并为此付出努力的。

“一切文学作品都具有互文性”，这句话可以理解为古今中外的文学作品早已经形成了相近的主题意蕴、表达方式、艺术技巧、体裁模式等，其中有继承也有突破、颠覆，而文学互文性的形成其实就是文学标准的潜在建构的过程。文学经典的标准千差万别，但是存在着一般规律，也就是文学经典的“公约数”。新世纪诗歌既要强调个人化、独创性，也不能放弃普遍性，不能以牺牲普遍性为代价而单纯追求独特性，经典一定是二者完美结合的产物。因此，探索、建构诗歌的标准，绝不是徒劳而是规范诗歌艺术秩序的举措，对当下诗歌经典的生成与流传意义重大。

三

文学经典化是历史化过程，也是与文学相关的各种因素合力作用的结果，“一部作品能否成为名篇，不是由某一时期某一个人确定的，而是在历史上由公众确认的。能够得到公众持久认同的作品，才是名篇。作品的公认度，也就是民意的认同程度”⑤。经典的生成受制于政治、经济、文化、种族、地域、传媒等诸多外在因素，然而包括诗人、读者、批评家在内的“公众”才是影响经典生成的最核心因素。换句话说，人是经典形成的主因。首先，诗人要有明晰而持久的经典意识。当下诗歌写作存在严重的轻率现象，诗人对诗歌没有多少敬畏之心，动辄一日能完成几首甚至十几首诗的传闻也并非都是虚言。试问，这种“轻抛轻掷”的写作究竟能积淀出多少经典呢？诗人要树立经典意识，以严肃的而非戏谑的态度对待诗歌，那些真正名垂青史的诗人一定是凭借诗歌的质量而绝非数量，哪怕被奉为经典的诗歌只有区区一首，也毫不影响诗歌和诗人的历史地位。经典意识是一种态度，也是一种责任，诗人坚持经典意识其实就是在保持革故鼎新的写作冲动和活力。原创性是经典的基石，经典因为“经典”而被模仿，很少见过因为“模仿”而成为经典的。同质化的自我复制或平面化的无限细碎必将与经典无涉，当下再也不是仅仅依靠数量就能“夺锦标”的“大跃进”诗歌时代了。

很多人认为，在经典形成的过程中读者的作用不容忽视，甚至应该被视为经典生成的核心力量，“一件艺术品的全部意义，是不能仅仅以其作者和作者的同时代人的看法来界定的，它是一个累积过程的结果，也即历代的无数读者对此作品批评过程的结果”[⑥]。又如，“一部作品之所以成为经典并不是由于评论家的交口称誉、教授们的分析阐释或是在大学课堂里进行研究，而是一代一代的读者在阅读中获得乐趣”[⑦]。经典的价值和意义是一个不断被赋予的过程，不同时代的读者依据自己所处时代的特征持续对经典进行挖掘、阐释并发现新意。也就是说，经典具有无限开放性，可以容纳不同时代的读者的持续解读而阐释不尽，它不是一成不变和绝对客观的。经典在不断被重新赋予意义的过程中显示了可读性和耐读性，而这正是当下诗歌“吸引”读者的最为直接的手段和策略。新世纪诗歌一方面要承受读者群的无限流失，承受着“写诗的多于读诗的”这种尴尬。另一方面，诗歌貌似并不关心读者的接受反应，有的诗人坚持诗歌“献给无限的少数人”而藏进幽闭的象牙塔，有的诗人在“口水”和滥俗的诗写上一路狂奔，庞大的读者群体在新世纪诗歌的经典化中的意义并不被看重。在新世纪这样一个集后现代主义、商业主义、多元文化主义、电子讯息以及“不阅读”为一体的时代下，诗歌经典若想通过读者阅读而积淀，似乎是一种不可能完成的任务。当下我们越来越多地体会到诗歌经典化过程中读者的参与度在下降，远远没有了80年代朦胧诗那种群体诵读的壮观，甚至连“面朝大海，春暖花开”这样的经典单句也不再被“念念不忘”。时过境迁，那种以读者为经典化生成的核心的观念，在这里似乎应该反思了。

尽管接受美学的创立者尧斯曾指出，文学作品的历史生命没有接受者能动的参与是不可想象的，但现在看来，单纯地将诗歌经典化的任务交给读者，只是一种理想。经典化需要读者提高对诗歌的关注度并且提高对诗歌的欣赏能力，它有赖于全民的整体教育、文化水平，然而这是一个漫长的提高过程，非短时间可以完成的。由此看来，在当下提升批评家的鉴赏水平和批评的公信力将成为诗歌经典化的最快捷、最有效的路径。在诗歌经典化建构的外部要素中，诗歌批评作为一种“专业解读”，地位显得尤为突出和重要。诗歌经典不是绝对的客观存在，它有赖于发现、阐释和批评，甚至是一代一代批评家持续地发现、阐释和批评，因此专业的批评是必不可少的。“因为批评家往往扮演着‘意见领袖’的角色，他较一般的读者有更丰富的诗学与美学造诣，往往又是社会权力或某种反体制的力量的代表，他的阐释更具有权威性，对当时乃至后世的读者会有重要影响。”[⑧]批评家不仅有深厚的理论素养，更有敏锐的艺术直觉，在变动不居的时代深入诗歌现场，“见人所未见，知人所未知”，对瞬息万变的诗歌写作做出精准的判断和阐释，从而引导诗歌写作的方向和读者的审美趣味，因此，批评家的鉴赏能力和批评的公信力就成为当下经典生成的重要影响因素。当下诗歌批评界存在一些问题，譬如批评的软绵无力或是“片面的深刻”，不吝溢美之辞却罕见振聋发聩之语，诗歌批评缺少“求真意志”，功利主义盛行，等等，这些都直接影响着批评家在大众中的号召力，因为权威与合法性有时并非同一。批评家的职责之一就是在浩瀚的文本中发掘那些“潜在经典”，通过经典建构起一个时期内的诗歌标准和诗学规范，“假如没有一系列这种意义上得到公认的经典作品，一个有共同目标的批评界就无法存在”[⑨]。缺少经典的时代很容易就被湮没在历史长河中，因为它没有建构一个只属于自己时代的“地标”，而批评家就是这个“地标”的设计者和承建者。当下诗歌批评界的努力不被认可和接受，还有一个原因就是批评家认可的文本多属于“批评的经典”，也就是它只在理论研究和批评内部有效，甚至有些诗歌文本只为诗学和批评而生，它很难成为一种公众的经典。这种“批评的经典”和“公众的经典”之间的鸿沟在当下是一种天然的存在，是令很多人深感疲惫的“真实”，有些人在努力消除这种鸿沟，但也有些人却乐见它的存在，这种心理的深层奥秘很值得玩味。

新世纪诗歌缺乏经典这是一个不争的事实，然而这究竟意味着诗歌的危机，还是生机？在经典问题上，一直存在着“本质”和“建构”之间的分歧。“本质”派认为经典的生成是因为它符合艺术规律，经典一经生成就意味着“永恒”，而“建构”派则坚称经典是在权力的制约下形成的，它是“有条件”的存在。新世纪诗歌在喧嚣浮躁间也曾出现了一些“经典”，但明显属于伪经典，它既经不起艺术本质的推敲，更没有什么长效机制支撑它，旋生旋灭的经典多半是一个文学笑话。流行不能成就经典，金钱也不能买来经典，权力更不能保证经典的久远，在经典问题的认识上，当下应该更倾向于“保守”一些，宁愿相信和接受经典的“永恒性”，也好于幻想通过诸如经济、传播等外部“权力”去建构经典。尽管我们知道时间是经典最公正的筛选者和评论家，但是此时如果我们什么都不做，而是将经典化的工作推给时间，恐怕是一种懒人思维，也是一种不负责任的做法。新世纪当务之急不在于完成诗歌的深度经典化，而是应该在“浅层”经典化上做出尝试和努力，在后现代、差异化、多元文化语境中寻找普遍性，建构相对统一的诗学标准，尽管这种寻找和建构异常艰难，但不可否认这是诗歌经典化的必经之路，因为经典都是在比较中生成的，比较就要有标准，而新世纪诗歌此刻恰恰缺少的就是标准。

［本文为2018年度黑龙江省哲学社会科学研究规划项目“新时期以来当代诗学的理论建构与诗歌生成研究”（18ZWD428）阶段性成果。］

注释：

①罗振亚：《百年新诗经典及其焦虑》，《文艺争鸣》2017年第8期。

②T. S. 艾略特著，卞之琳译：《传统与个人才能》，赵毅衡编选：《“新批评”文集》，中国社会科学出版社1988年版，第26页。

③T. S. 艾略特：《什么是经典作品》，王恩衷编译：《艾略特诗学文集》，国际文化出版公司1989年版，第190页。

④子川：《新诗十九首》，江苏文艺出版社2013年版，第126页。

⑤王兆鹏、张静、邵大为、唐元等：《唐诗排行榜》，中华书局2011年版，第4页。

⑥雷·韦勒克、奥·沃伦著，刘象愚、邢培明、陈圣生、李哲明译：《文学理论》，生活·读书·新知三联书店1984年版，第35页。

⑦威廉姆·毛姆著，王晓明等译：《巨匠与杰作》，华东师范大学出版社1987年版，第90页。

⑧吴思敬：《一切尚在路上——新诗经典化刍议》，《江汉论坛》2006年第9期。

⑨迈克尔·泰纳著，陆建德译：《时间的检验》，中国社会科学院外国文学研究所《世界文论》编辑委员会编：《重新解读伟大的传统》，社会科学文献出版社1993年版，第219页。

［作者单位：哈尔滨师范大学文学院］

“噬心”题材的“噬心”书写

——论新媒体时代诗歌的文本新策略

□ 罗小凤

在当下新媒体时代，由于信息过于丰富繁杂，传播过于迅速，更新过快，因此大众对身边所发生的事大都见怪不怪，诗中所写的内容若没有吸引人的情节、细节，无法震撼读者、征服公众，则难以引起共鸣，深入公众世界。而且，新媒体语境下的每分每秒，诗歌都在如病毒暴发般被批量“生产”出来，若无出众之处，作品极易被遮蔽淹没。在这种语境下，诗歌文本要想力战“群雄”，浮出历史地表而为大众所知，必须具有打动人、抓住人的力量。对此，不少人和诗论家们进行了一些探索，陈超认为要写“噬心”主题，海啸、马知遥等一直在倡导“感动写作”，而陈仲义则指出传统好诗的标准一向定位在“感动”，但他认为在“感动”之外还要增加“撼动”“挑动”“惊动”，即他提出的“四动”标准。在陈仲义的话语中，“撼动”是指“接受者的精神意识层面，诗歌对它发出的强烈刺激所引发的震慑、震动的效果”；“挑动”是指“在思维图式上，诗歌特有的诗性思维（诗性直觉、诗性感觉、诗性想象等）对于人们长期固守的惯性思维、实用思维进行挑逗，触发被工具理性长期麻痹的神经，诱发跳出常规常态的思路，拥抱新体验、新感觉、新想象”；“惊动”则是指“在语言层面上引发始料未及的快感”①。可见，陈仲义的“四动”标准除了“惊动”属于语言层面外，其余“三动”其实都是基于题材、主题层面提出的标准，属于“写什么”的范畴。笔者认为，陈超、马知遥、海啸、陈仲义等诗人、学者的诗学主张其实都殊途同归，都是提倡诗歌要“震撼”“噬心”，只有能引起大家疼痛、共鸣的作品才具有穿透力、震撼力，才能噬心。难能可贵的是，新诗进入新媒体时代后，为了适应新媒体语境的发展，适应新媒体时代公众的审美需求，诗人们主动调整书写姿态，注重诗歌的穿透力、震撼力，注重噬心主题的选取，并进行噬心书写，呈现出诗歌文本策略上的调整与变化。

一、噬心题材

虽然题材问题一直以来由于所关涉的是“写什么”而成为老生常谈的话题，却是写作者无法回避的一个关键问题，优先占据题材所获得的胜利是作品胜利的关键步骤。在新媒体语境下，每天海量文学作品被批量生产出来，“同质化”倾向极其严重，让人产生审美疲倦，因此，占据噬心题材成为作家们的当务之急。诗歌领域亦不例外，在当下这个只要会按回车键就可能成为诗人的年代，许多作品都似曾相识，作品是否具有噬心力量更成为作品胜出的关键质素，因此亦成为诗人们创作时的话语策略。

从“写什么”的题材角度而言，新媒体语境下的诗歌场域中出现过打工诗歌、底层诗歌、草根诗歌、灾难诗歌等，分别对农民工问题、其他底层弱势群体、灾难事件等社会问题进行关注和书写，试图以此噬心、震撼读者。

（一）农民工问题

农民工是市场经济充分发展、城市化进程加速后出现的一个新群体，自 20 世纪 80 年代末 90 年代初开始，亿万农民工进城成为当代中国的一个重要社会现象。国家统计局对外公布的《2019 年农民工监测调查报告》（以下简称《报告》）显示，截至 2019 年底，农民工总量达到 29077 万人，比上一年增长 241 万人。需要注意的是，农民工是一个特殊的群体，他们脱离了乡村却不属于城市，虽然进城务工或经商，以各种方式参与市场经济的整体运营，但本质上还是农民，即使进入工厂，也只是从事工业生产的农民。对此郑小琼非常清醒地指出：“他们（农民工）只是处于半进城的状态”，“农民工从身份上区别于工人，从生产上区别于农民，从情感、身份、生产等方面的归宿来说，与二者有着本质不同，这种本质的不同会投影在农民工身份的诗人的诗歌上，他们的诗歌与以工人身份写的诗歌在情感归宿上也完全不同”[②]。可见，郑小琼对农民工与工人的区别有着本质上的认识，敏锐地洞悉了农民工与工人的遭际、命运不同的根源。确实，农民工在城市中的处境、生存境况、命运遭际都是极其尴尬、悲惨的，为了一点养家糊口的工资，他们做着最脏最累的活，饱尝人间冷暖，遭受的都是白眼和冷遇。20世纪八九十年代的农民工由于脱离了自己世代“日出而作，日落而息”的那种劳苦贫穷日子，在城市里能赚到钱，可以养家糊口，供小孩上学，他们对此是比较满意知足的，因此对于自身的处境并未有清醒认识。进入新世纪后，新一代农民工队伍涌进城市，他们对自身的处境开始有清醒认识，开始关注自己与其他农民工的生存境遇、命运和身份自觉，农民工问题也就浮出水面，不少农民工开始用劳动法维护自身利益，抗争不公平的命运。尤其是进入互联网、手机等新媒体普及的时代后，农民工问题更成为全社会普遍关注的一个话题，农民工的工伤、残疾、死亡、超负荷的劳动强度、低廉的劳动报酬、拖欠农民工工资等各种问题，都具有噬心力量。由此国家制定了系列“三农”政策，关注“三农”问题，将解决“三农”问题作为中国现代化进程的重要时代课题。在这种时代语境下，打工诗歌应运而生，不少诗人开始关注并书写这个话题，如郑小琼、谢湘南、许强、罗德远、田禾、王夫刚等一大批诗人书写了大量关注农民工问题的诗歌，掀起“打工诗热”。正由于农民工题材具有噬心作用，打工诗歌才能火热起来，因为打工诗歌不仅关注个人，更关注群体的命运，正如打工作家周崇贤所言：“平时，打工者可能是一盘散沙，到时就是铁板一块，具有震撼力。”[③]郑小琼一直被奉为打工诗歌的代表诗人，《打工，一个沧桑的词》几乎写出了所有打工者的共通感觉：“写出打工这个词 很艰难/说出来 流着泪 在村庄的时候/我把它当作可以让生命再次腾飞的接替 但我抵达/我把它 读作陷阱 当作伤残的手指/高烧的感冒药 或者苦咖啡。”她的《挣扎》《耻辱》《完整的黑暗》《在铁具上》等诗亦都是代表作，尤其是其诗中所聚焦的“铁”意象，捕捉住了工业文明时代最典型的意象，击中了一个时代的心脏，是郑小琼诗歌中最具穿透力的文学符号，正如张清华所感叹的：“谁触摸到了世界的铁？谁写出了时代的铁？谁写出了铁的冰冷和坚硬，铁的噬心和锐利，铁的野蛮和无情？郑小琼。”[④]在张清华看来，“铁”是工业文明时代具有噬心力量的锐利意象。断指、伤残、跳楼、堕落、死亡，都是打工题材中的噬心主题。如“听说等买火车票的女孩被踩死了一只/她不过想回家过个年/听说排队的人还不肯给救护车让路/担心丢失了自己的位置/……在最后一刻，她/有没有怀念起在母亲子宫里的快乐时光/那时候她也是一条洁白的鱼/吮着脚趾，满怀着希望”（嗦罗蜜《等买火车票的女孩被踩死了一只》）。“也许他还要像诗人那样说，擦去灰尘/擦去多年的屈辱与沉重/但他突然羞于开口……后来孙二平站上了三十层楼顶，想象飞翔……他一下子感觉到了生命的崇高与轻盈/一阵风吹来/他便成了一片归根的叶子/扑向大地”（祁鸿升《洗墙工孙二平》）。这些诗中所呈现的死亡惨状都是触目惊心的，却是农民工的生存常态。“打工诗人”虽然是作为“他者”的视角进行叙述，却都有一种切肤之痛，这种痛是身体受难的血肉之痛，读者即使不在现场，即使未曾目睹过这样的死亡，但读完诗句却都有一种身临其境的痛感，这是一种震撼人心的痛，这是一种噬心书写。

（二）其他底层弱势群体的民生

“底层诗歌”在某种程度上与“打工诗歌”具有重叠处，但打工者属于社会底层，而底层不一定都是打工者。农民工是社会底层中的一个特殊群体，但除此之外，底层还包括其他很多弱势人群，如农村和城市中贫困的老弱病残、城市下岗工人、矿工等也都属于社会底层，而且是社会底层中的弱势群体。这些底层所面临的生存境遇和命运与打工者又不完全相同。如沈浩波《文楼村纪事》中书写的是河南农村由于贫困而卖血，结果导致整个村的村民都变成艾滋病人，这种事情令人震惊；翟永明的《老家》也将笔触投向河南农村由于贫困而卖血导致的严重问题，还由于新闻报道带给她震惊而提笔写出《雏妓》；唐以洪将笔触投向留守孩子，如《一个留守孩子的日记》；蓝蓝的《鞋匠之死》《艾滋病村》《矿工》《酒厂女工》，卢卫平的《玻璃清洁工》等都将笔伸向艾滋病患者、雏妓、留守孩子、鞋匠、矿工、酒厂女工、玻璃清洁工等底层弱势群体，呈现他们的贫困、苦难、悲惨遭遇，这些题材毫无疑问都具有噬心力量。

值得一提的是，余秀华的走红，许多学者、诗人分析是新媒体制造的“神话”“奇迹”，但其实更多的是因为余秀华的残疾、命运遭际具有噬心作用，满足了很多人的同情心、好奇心，击中了大众。女性本身就是弱势群体，而残疾的女性就更是弱势群体，余秀华出生于农村，生活于农村，患脑瘫，一直对自己的生活不满意，但一直坚持写诗，这就给大众带来无限好奇，尤其是脑瘫的缺陷，紧紧地抓住了许多人的同情心，吸引大家关注其诗歌。其诗集出版后售空，这是近年来诗坛不多见的“神话”。她不仅进了《鲁豫有约》节目，不仅在全国各地举办座谈会、分享会，其经历还被纪录片导演范俭拍成纪录片《摇摇晃晃的人间》，并在第29届阿姆斯特丹国际纪录片电影节中获得IDFA纪录长片评委会大奖，其实最关键的就是她的经历具有噬心作用。她在诗中书写自己作为一个脑瘫者的遭遇、命运、感情、感觉、情绪，具有噬心作用，吸引了大众的好奇心、同情心，才拥有那么多粉丝。

（三）灾难事件

汶川地震、冰灾、旱灾、洪灾、动车脱轨事故、新型冠状病毒肺炎等都是引起全民关注的事件，牵动全国上下的神经，是真正具有噬心作用的题材，诗歌将之作为题材进行书写，无疑在一定程度上具有震撼力，引发大众共鸣。

为什么地震后会涌现出地震诗潮？据香港《南华早报》报道，每天有超过1.5万首的诗歌和评论通过互联网和手机短信在民间流传。汶川地震是新中国成立以来影响最大的地震灾难，其发生让人措手不及，灾难的毁灭性空前巨大，无数的房子坍塌、道路瘫痪、人员损伤或死亡，而网络、广播、电视、杂志、手机等各种媒体传播便捷而迅速，使汶川地震一瞬间便成为震荡全民族的悲痛情绪，激发大众普遍的悲情和生存焦虑，真正具有噬心、震撼作用的题材，人们急需找到共鸣的渠道，写诗和读诗成为合适便捷的通道，由此形成了一个全国性、全民性的“地震诗潮”：“由2008年汶川特大地震引发的中国诗歌大潮，是继‘五四’新诗、抗战诗潮、天安门诗歌运动之后的第四次全民诗歌运动，出现的作品数量之多、感人作品之多，是近二十年来少有的景象。”⑤李少君曾谈及地震来临时的状态：“大部分的中国人都患上了抑郁症”，而他自己“感到精神越来越差，心力交瘁，接近衰竭”⑥，晚上难以入睡。可见，地震无论对整个社会还是个人，伤害性都是极其巨大的。因此，地震中如《孩子，快抓紧妈妈的手》之类艺术上并不高超却感人的诗作在网络上迅速传播，因为这诗中母子之间的情感震撼了大家，具有噬心作用。诗如下：

孩子，快抓紧妈妈的手
去天堂的路太黑了
妈妈怕你碰了头
快抓紧妈妈的手
让妈妈陪你走
妈妈怕天堂的路太黑
我看不见你的手
自从倒塌的墙
把阳光夺走
我再也看不见
你柔情的眸
孩子 你走吧
前面的路 再也没有忧愁
没有读不完的课本
和爸爸的拳头
你要记住 我和爸爸的模样
来生还要一起走
妈妈 别担忧
天堂的路有些挤
有很多同学朋友
我们说 不哭
哪一个人的妈妈都是我们的妈妈
哪一个孩子都是妈妈的孩子
没有我的日子
你把爱给活的孩子吧
妈妈 你别哭
泪光照亮不了 我们的路
让我们自己 慢慢地走
妈妈 我会记住你和爸爸的模样
记住我们的约定 来生一起走

该诗如果从纯粹的诗歌艺术、技巧而言是难以被划入好诗、经典诗歌之列的，但却成为当时最有影响力、流传最广的一首诗，谢冕也曾指出“汶川大地震的时候，我就记住了两首诗。两首都不是专业诗人的作品。一首是《生死不离》,还有一首是《孩子,快抓紧妈妈的手》”。他在诗中读到了应有的“社会承担”,他还由此谈及他对当下自己诗歌缺少读者的看法:“为什么老百姓不爱读现代诗?因为拿不出能引发共鸣的好作品。这么多年,能让大家记住的现代诗有几句?”[⑦]事实上,谢冕是在指责当下诗歌缺少噬心作用。在2003年非典肆虐之时,诗人陆健用十八天时间挥笔写就组诗《非典时期的了了特特博士》,一共45首,以戏谑的态度和幽默的风格呈现非典时期的各种人、事、物的种种情状。非典无论是在当时还是现在,其实都是听之悚然的灾难,许多电影、小说中都有所体现,诗人将之以大型组诗的形式写进诗中,显然具有噬心作用。但这种作品在当下诗歌中少之又少。2020年新型冠状病毒肺炎疫情暴发后,成千上万首诗歌涌现,掀起“抗疫诗潮”,吉狄马加的《裂开的星球——献给全人类和所有的生命》、张执浩的《封城记》、李少君的《读封城中的武汉友人诗作有感》、陆健的《我想像》、李元胜《没人想在二月死去》、骆英《有的人活着》、梁平《与万物和解》等诗以及黄亚洲的抗疫诗集《今夜,让我的心跟随你们去武汉》,给疫情中的人们带来不少感动,具有一定噬心力量。

二、噬心的感觉

据笔者观察,这些噬心题材的共同关键词是“疼痛”“孤独”“漂泊”,这是最能噬心、震撼读者的三种感觉与体验。

(一)“疼痛”

无论是打工题材还是底层弱势群体题材、灾难题材,都贯穿一个至为关键的词:疼痛。他们尽情书写、宣泄肉体上和精神上所遭受的疼痛。

在打工题材和底层题材的诗歌中,断指、断手、摔伤、摔死等工伤事故经常发生,诗人们曾对这种身体上的疼痛做过大量呈现与书写,如宋世安《断指者C》、谢湘南《一起工伤事故的调查》、许强《今天下午,一名受伤的女工》、田禾《一个农民从脚手架上掉下来了》、郑小琼《疼》等诗都以此为题材,呈现打工者所遭遇的身体伤害与疼痛。如宋世安在《断指者C》中写道:“C稍不留神/食指和中指就落在机台/等他反应过来/钻心的痛/扎在生活眉心/……我在网上搜索:断指/一是诗人郑小琼领奖时/关于珠三角每年四万根断指的感言/一是我国断指再植手术/新世纪四万例的成活率在九成以上/我不知道/成活的到底是谁的断指/但不应该是珠三角的四万根/更不是C两根流浪在外/为一家人/艰难撑起半边蓝天的断指”,呈现了C断指时身体上的痛和对生活造成的残酷影响。唐成茂在《把羽毛卖给凌晨——写给一名死于飞速的机器轮转中的打工兄弟》中则呈现了一个死于机器轮转的打工者的死亡:“雄鹰自毁巢穴/背着草原和沼泽飞翔/如我背井离乡出外打工的同乡/背着沉重家族兴旺的使命/一脚踩醒千年的梦幻”,尤其是写打工者“把故乡卖给了远方/把希望卖给了远行/把羽毛卖给了凌晨/把生命卖给了机器/把未婚妻卖给了伤痕”等诗句中的“卖”字不能不令所有打工者共鸣,非打工者同情,将打工者的血泪与疼痛写得深入骨髓,震撼人心。

打工者或底层劳动者所从事的工作大多是体力劳动,不仅工种繁重、艰苦,工作环境极其恶劣,而且经常要加班加点,在超负荷的劳动强度下遭受老板的盘剥、压榨,不少人遭遇身体的伤痛、伤残甚至死亡。诗人们对打工者这种工作、生活状态的书写,让底层人的痛曝光于社会,不仅引起打工者的共鸣,也震撼了整个社会。郑小琼是书写与呈现打工生活“疼痛”的典型代表,她在其诗中着重呈现“疼痛”的体验:“她站在一个词上活着:疼/黎明正从海边走出来,她断残的拇指从光线/移到墙上,断掉的拇指的疼,坚硬的疼/沿着大海那边升起……//疼压着她的干渴的喉间,疼压着她白色的纱布,疼压着/她的断指,疼压着她的眼神,疼压着/她的眺望,疼压着她低声的哭泣/疼压着她……//没有谁会帮她卸下肉体的,内心的,现实的,未来的/疼/机器不会,老板不会,报纸不会,/连那本脆弱的《劳动法》也不会。”(郑小琼《疼》)由她的诗中可见,“疼”侵袭着打工者,无时无处不在。郑小琼曾在2007年的人民文学奖颁奖典礼的发言中谈及这种疼痛:“我在五金厂打工五年时光,每个月我都会碰到机器轧掉半截手指或指甲盖的事情,我的内心充满了疼痛,当我从报纸上看到珠三角每年都有超过四万根的断指之痛时,我一直在计算着,这些断指如果摆成一条直线,它们将会有多长,而我笔下瘦弱的文字却不能将任何一根断指接起来……”[⑧]她的发言被在场的掌声不时打断,因为她所陈述的事实让人震惊,可谓“噬心”。她的《打工,一个沧桑的词》写出无数打工者的共同感受,

《女工记》《流水线》《生活》等诗则呈现了女工的疼痛生活。难怪有评论家认为郑小琼“完全是以诗性的介入来述说一个打工者的生存图景和真实心态”，“她的每一句诗，每一个字都是从打工生活中提炼出来的一滴血，或一滴泪，一段梦想与一声叹息”[⑨]。郑小琼还在其诗中塑造了一个女工群系列，女性本身就是弱势群体，而农民工女性则更是令人噬心的存在。或面对无情的轰鸣机器，或面对无耻的肮脏嫖客，或疲于应对某些暴力的城管，无论哪种职业都要面临盘剥与耻辱。但有些女工，对自己的遭遇丝毫没有意识到命运的不公，却庆幸自己逃离了农村那种祖辈重复循环的苦命。因此，女工黄华即使机器轧断了手臂，还逢人就说“老板是好人”，只因为老板为她付医药费外赔偿了四万块钱，还庆幸被轧断手臂的不是自己的男人。甚至有女工被轧断手臂但老板只出一半医药费，没有任何赔偿，也依然认为老板心眼好[⑩]，“理由很简单，就是乡村的风俗，他给老板做事，老板付了工资，老板没有叫你压断手臂，是你自己不小心，与老板无关，出一半医药费是老板心眼好”。但越是如此呈现她们的无觉醒，越流露出诗中“哀其不幸，怒其不争”的“疼痛”。许强的《为几千万打工者立碑》、罗德远的《蚯蚓兄弟》、郑小琼的《铁》、徐非的《一位打工妹的征婚启事》、彭易亮的《第九位兄弟断指之后》等诗，也都呈现了打工生活的“疼”，这是工业文明带给打工者的“痛”和“苦”。

打工、底层诗歌中的疼痛不仅仅是身体、生理上所承受的痛，更是精神上的痛。打工者们在承受着断指、受伤、残废、死亡的身体之痛的同时，也承受着屈辱、迷惘、绝望的精神之痛。五金厂、纺织厂、玩具厂、印刷厂等为打工者所提供的工作环境都是工业流水线，这些精细分工的流水线严重扼杀了人的创造性，将人变成机器上的一个零件，成为一个没有个人感情、思想的“单向度的人”[⑪]。郑小琼对此进行了思考：“在装配工厂的两年时光里，我这样看到进车间的女孩子们一天天变成流水线中的角色，变成流水线的一部分。我和她们一样，在逐渐丧失自我，有时会因丧失而感伤，因感伤而痛苦。但作为个体的我们在流水线样的现实中是多么柔软而脆弱，因为这种脆弱与柔软让我们对现实充满了敏感，这种敏感是我们痛觉的原点，它们一点一点地扩散，充满了我的内心，在内心深处叫喊着，反抗着……”[⑫]她意识到那是一种耻辱：“我内心因流水线的奴役感到耻辱，但是我却对这一切无能为力，剩下的是一种个人尊严的损伤，在长期的损伤中麻木下去，在麻木中我们渐渐习惯了，在习惯中我渐渐放弃曾经有过的叫喊与反抗，我渐渐成为了流水线的一部分。”于是她在诗中写道：“我们习惯了在耻辱的罅隙里生存/放弃曾经的理想，信念，内心/你借助着冬日独山的光与雪/辨认黑暗中游弋的文字/追随良民与鱼群，在时尚或者/专栏的戏谑中，如愿以偿地/做一个充满耻辱却是孤独的人。”（《耻辱》）诗人们还书写了打工生活对留守儿童的心灵伤害，《一个留守孩子的日记》写道：“今天上数学课/老师打了我两次粉笔头子/特准。第一次是因为一个女人从窗外经过/我看入了神。第二次是她返来/还是从窗外经过，我看入了神/老师骂我小小年纪不学好/他不知道她走路的样子/太像我的母亲了。”留守儿童是伴随打工潮出现而在农村形成的一个普遍社会现象。年轻的劳动力纷涌进城市打工，高强度的劳动让他们无法将孩子带在身边进行照顾，只能将孩子留在老家交给老人带，很多年轻人一生下小孩待其满月就外出打工，许多孩子自婴儿起就成了留守儿童，只有在过年时才能短时间与父母在一起，长期缺乏父母之爱，缺失正常的家庭伦理关系，造成严重的心理伤害。这种“痛”或许是最为噬心的痛，一经写出便抓住大家的共鸣神经。

灾难题材中，诗人对“疼痛”的书写主要是精神上的疼痛。灾难中，亲人的离去是最大的痛，这种痛对于大众而言显然是具有震撼、噬心作用的。《孩子，快抓紧妈妈的手》之所以引起轰动，其实是诗行间用最朴素、最平静的语言传达了人间骨肉分离的至痛，虽然作者故意平和、平静、淡然，但越是压抑的情感，其爆发力越强。笔者在一次讲座中播放此诗的朗诵，一位观众在下面痛哭流涕，捶胸顿足，使我不得不中断播放。讲座结束后问她，她说是诗中那种痛触及了她，她也有过丧子之痛，那种人间最大的痛袭击了她，让她情不自禁。因此，灾难带给死者的是一时之痛，而留给生者的却是永远无法抹去的精神之痛、心灵之痛。

（二）“孤独”

当下的生存方式就是让人感到无比孤独的。虽然网络时代人们的联系方便了，但人却越来越孤独，正如一句诗所言，“世界很大，你的语言很少”（也瘦《你，或这个世界》）。由于新媒体信息传播的碎片化，人们对手机、网络的依赖症,使人与人在现实生活中联系、交流少了,人与人之间更冷漠,更难走进对方的内心,人更加感觉孤独。尤其是网络诗歌的作者们,每天都要面对没有生命的电脑屏幕,长期离群索居,独居斗室,每天生活在一个狭小封闭的空间,无法不感觉孤独寂寞,孤独甚至成为网络时代人们的一种生活方式和存在方式。

同时,当下人与人之间的关系状态也让人容易孤独。当下是一个商品、经济社会,利益成为人际交往的纽带,人都成了极端利己主义者,缺少情感、真情实义,甚至亲人之间、爱人之间、朋友之间也是如此,斤斤计较,耽于算计,人与人之间冷漠、麻木,使人容易产生孤独感。

这种孤独感被许多诗人都感受到、捕捉到并写入诗中。如巫昂在《儿童牙刷》中将人与人之间互相不信任、淡漠的隔膜状态进行了呈现。熊焱的《这人间到处是病人》则呈现了人与人之间冷漠、自私、狭隘而产生的孤独:“多年的邻居跟我素不来往/多年的朋友因为利益跟我反目为敌/多年来我面对他人的落难而幸灾乐祸。”朵渔的孤独则让自己在自己的城市“流亡”:“出门,独自走进/黄昏的光里。光阴刺眼/一格一格的人群/皆与我无关。安静/也只是丛书般的安静/我在自己的城市流亡已久。”(《咖啡馆送走友人后独自走进黄昏的光里》)扎西《每个人都有一次孤独的远行》、王九城《城市沙漠》、晶达《孤岛》、巫昂《到处都是寂寞的生活》都对令人窒息的孤独进行了呈现。不少80后诗人呈现了他们的孤独,如郑小琼直接呈露“水流漫步走向夜晚,黑暗中,我向它/寄存一颗异乡人孤独的内心”(《水流》),熊焱则“一个人饮长夜的黑,饮离乡的愁/饮我多年漂泊的苦和忧”(《孤独是一把钥匙》),徐萧“用雨水,丈量孤独的距离”(《栖止:赠M》),都呈现了他们对孤独的深刻体验。

对于这种孤独情绪,人们试图通过爱情来稀释或摆脱。李元胜的《我想和你虚度时光》在微信公众平台上引起共鸣,其实就是因为他击中了大家普遍的情绪:孤独。余秀华的诗被王家新认为写出了“过剩时代的饥饿感”(见网络诗选博客),这是一代人普遍存在的一种精神上的饥饿,一种源于孤独而产生的饥饿。余秀华的争议颇大,尤其是那首《穿过大半个中国去睡你》产生不小的负面影响,这首诗其实传达了她情感缺失的孤独。而这种孤独,是当下时代许多人共通的情绪、感觉。其实,不惟余秀华如此,不少诗人都试图通过身体写作的极端方式稀释孤独,如巫女琴丝《秘密》、郑小琼《情欲之歌》、陈衍强《色戒》、小引《情色的节奏》、胡茗茗《有关身体的一些反应》等。

(三)“漂泊”

打工者从家乡出走,又不属于城市,他们最容易感觉到“漂泊”,如刘虹诗歌《打工的名字》中的第一节:

本名　民工
小名　打工仔/妹
别名　进城务工者
曾用名　盲流
尊称　城市建设者
昵称　农民兄弟
俗称　乡巴佬
绰号　游民
爷名　无产阶级同盟军
父名　人民民主专政基石之一
临时户口名　社会不稳定因素
永久宪法名　公民
家族封号　主人
时髦称呼　弱势群体

如此繁复的命名恰恰证明他们在身份上的“无名”状态,他们不仅在居所上漂泊不定,在身份、命运上都是处于漂泊不定之中。北京专门有“北漂”族,前不久出版有《北漂诗篇》。这批“北漂”族有部分人属于农民工,但更多的是为了追逐自己的梦想,主要是作家、画家、艺人等,北京能提供给他们更广阔的发展空间、平台,因而他们放弃在家乡的优越生活和工作,到北京寻求发展,他们也经历过农民工那样的物质困境和精神困境,但他们的梦想不仅仅是为了养家糊口,他们中不乏事业、生活上的成功者,都拥有在京城的“漂泊”体验,都被划入“北漂”一族。

此外,80后总体上被称为“漂泊的一代”[13],因为他们出生与成长于20世纪八九十年代,这正是中国由农业社会向工业社会转型、计划经济向市场经济转轨的过渡时期,由此80后们得以耳濡目染当时的各种方针政策、举措对社会带来的“震荡”作用,并在20世纪90

年代末至今承受这种“震荡”带给自己的影响。80后中无论是直接打工的还是求学的，都走上了“出走”之路，大多数80后远离故乡，处于“漂泊”之中，正如王彦明指出的：“历史的纵深背景，将80后这一代的成长历程，置入80年代这个宽阔的背景，是一种机遇，它关乎教育和信息接受等重要的层面。这个快速而动荡的背景，塑成了80后诗人‘漂泊’的精神状态。这是一种生命的常态，在诗歌里，得到了极大的呼应。”[14]

可见，“漂泊”已经成为当下一种普遍的情绪与感觉。在漂泊情绪中，无家可归是许多诗人着力书写的一种状态，如“我的家安放在它们身上：震动翅翼/或安息不动//家并非只有一个：处处都有家，但在旅行中/家又一次唤醒我的责任”（王东东《旅行中的家乡》），“如你所料，我是一个无家的人/虽然家就摆放在身边/一个盛满家具的房子/挂钟做梦般滴滴答答/蟑螂在垃圾篓里溢出口水/天亮时，阳光将唤醒里面的一切/也将唤醒我，一名兼职父亲和丈夫/而我从来不曾属于这里/也不属于一千公里外的那座村庄/不属于村庄里住着我父母的青砖屋”（阿斐《窗外传来婴儿的哭声》），李晃《我把家安在树上》等诗都传达了诗人无家可归的漂泊感。

诗人们还热衷于塑造“现代游子”形象，传达漂泊感。“现代游子”们所表达的不仅有对故乡的依恋、乡愁，更出彩的是他们对“回不去的故乡”“融不进的异乡”的独特体验，在他们笔下，故乡已回不去，因为故乡已将在城市漂泊的他们视为异乡人，而同时他们在异乡又融不进去，尤其对于打工者而言，“进城”其实只是一个幻觉，他们永远是看客和过客：“所谓人人都可进入城市，这仅仅是一个美妙的幻觉，城市的空间是一套等级森严的象征秩序，对于城市，这群进城打工者不过是繁华之外的看客和过客，而不是城市生活的应邀者。”因此，游子形象成为诗人们所热衷的情绪寄托对象。郑小琼多次直接写到“漂泊”、流浪的“我”，如《雨水》中“我小心翼翼的孤独也正被雨水洗着/明亮而清新　犹如这日益成形的命运/犹如清晨的幸福　也如同漂泊时身不由己的/脚步　全都随着雨水一起漫过清晨”，《二十一点，位置》中“我们缓慢地生存/弯腰，妥协的漂泊，对爱、亲人、朋友/充满了愧疚”，《黎明》中“漂泊不定的岁月，愧对父母与乡恋/啊，原谅微薄的工资，原谅曾经的理想”，《活在异乡的村庄》中“在曾经绿色的耕地的荒凉中/传来两三声古典的蛙语与虫鸣，我才发现它们/和自己一样，一年一年地活在不由自主的流浪中”，《恋歌》中“我经年的疾病、漂泊、逃亡，怀想美丽的错误”，呈现了一个长年漂泊的现代游子形象。阿斐、张进步等也在诗中呈现一个“飘来飘去”的现代游子形象，如“我们从南飘到北/从北飘到南/在死后总有一天/我们就这样飘来飘去/谁都没有发出叹息/谁都不愿首先伤感”（阿斐《玫瑰西路》），“漂来漂去的，/就这样漂来漂去吧。//直到把自己，/漂成了水上的木头”（张进步《漂》）。《感伤》中“一个人站在拥挤的异乡，她觉得如蚁样渺小”，《给予》中“你不肯给我一个家的温暖”，“我只是一个路过的外乡人”，“黄麻岭，你给我的，只有疼痛，泪水/以及一个外乡人无法完成的爱情”，《除了》中“在异乡，我，一个五金厂的女工/还剩下什么啊！/除了带着自己日益消瘦的影子奔波/我仅仅目睹岁月的鞭子、枕上的憧憬”，《铁》中“我外乡人的胆怯正在躯体里生锈/我，一个人，或者一群人……渴望像身边的铁窗户一样在这里扎根”，呈现了游子们身处异乡所遭遇的排斥、拒绝、冷漠。

同时，诗人们还反复以“风、柳絮”等意象呈现漂泊状态。“风”所象征的是漂泊不定，对此郑小琼曾表达：“它更代表我那时生活的状态，无所来也不知所去”，“像‘风’一样四处飘荡，那种无所依的感觉特别强烈，自己本身就是一阵贫困潦倒的风，不知身在何处”[15]。郑小琼对如“风”般漂泊不定的体验极为深刻，如“风吹着她们奔波流离的命运”（郑小琼《风吹着》），“风中的树木、纸片，随风摇晃起伏/它们不由自主的姿势多像我/一个流浪在异乡的人/在生活的风中踉跄”（《流浪》）等；罗雨笔下也多次出现“风”意象，如“我在北国的风中/遗失了回家的钥匙”（《雨中忆江南》），“一程又一程地漂泊与出走/编制一个个命运的环/在异乡的风里，我飘成一朵苍白的柳絮”（《我并不在这里》）等，呈现了漂泊无依、无所依傍的心境；艾华林在《幻象》中写道：“除了风之外，我的心中没有别的什么了/在深圳漂泊的这些年/我一直都在寻找着一个温暖的词语　命运能给我的就只有这些了/我幻想着有那么一天/能像树叶一样乘风而去，乘风而来”，都是漂泊异乡的现代游子们漂泊状态与漂泊心境的真实写照。“柳絮”亦是诗人们热衷用以传达自己漂泊感的意象，如罗雨笔下：“每夜的梦里，我亲眼目睹/另一个我站在对面，对我说:/‘你的家在何方?’//我的家在何方?/我不知道,但我并不在这里/脚所站的地方,生了根,发了芽/柳树一样地临水而居/但柳絮,终归是要飘走的。”(《我并不在这里》)

此外,诗人们还表达过“愤怒”,如郑小琼的“起身吧,我们的愤怒与怨恨”(《胃》),还有雷平阳的《贫穷记》《采访纸厂》《暴力倾向》、许强的《为几千万打工者立碑》、罗德远的《刘晃棋,我的打工兄弟》、王夫刚的《暴动之诗》《粥中的愤怒》和田禾的《路过民工食堂》等表现出的愤怒。江腊生对打工诗人的愤怒情绪做过专门研究,他通过打工诗歌的意象“感受到的是一种情绪的愤怒”,“浸漫打工者自身的由底层发出的愤怒情绪”[16]。诗人们还表达过“绝望”,如郑小琼的“而萧瑟的故乡,原本更令人绝望/揣着的是时代带给我们的阴冷”(《说出》),许强的“溺水者对一根稻草 绝望中的渴望”(《现场招聘》),谢湘南的“背对他/我将是一个绝望的死者”(《过敏史》)。他们还表达过“挣扎”:“活在人间挣扎着灵魂,赐予我死亡却还让我挣扎于临死的人间/我从濒死的瞬间打捞着我裸躯/啊,在哑寂间,灰褐的天狼星/凄凉而空虚的海……啊,渴……啊,痛……啊,抽搐……啊,快点/啊,怨……啊,恨……啊,绞……/软弱的肉体在像野兽一样嚎叫。”(《挣扎》)此外,他们还表达过“耻辱感”“虚无感”“忧伤”等,这些感觉都是具有噬心作用的。

三、噬心的原生态叙述

现代化进程中多少被遮蔽的残酷现实,没有亲身经历过或目睹过的人是不会理解那种痛苦、绝望和愤怒的。而这些真相,用什么手法呈现出来能给人以最大的震撼?打工诗人们选择的是原生态叙述,他们将现场的各种细节如实呈现,如同拿着摄像机对准打工者的生活现场似的,直击人们的眼睛和心灵,带来真相本身的震撼,而非经过语言、技法加工的震撼。郑小琼也曾以“摄像头”表达她的写作状态:“诗歌本身有生存状态上渗透的可能性,而我只是把这种生存状态呈现了来,像装了一个摄像头,点击视频画面就出来了;或者把它回忆出来,在过往中,有点像从一支队伍里被点名者自动出列一样。一首诗歌的产生便是我摸着生活记忆的一次旅行。”[17]许多打工诗人都采取了“拍摄”的方式将生活录进诗歌,他们认为这种方式能呈现生活的真相,这种真相是被遮蔽了的。对此,郑小琼也指出过,她认为夏榆的作品“那种诚实的原生态的叙述让我感受真相构成的力量,以及这种力量给人的内心造成的震撼,给我留下极为深刻的印象”[18]。其实不惟夏榆的作品是一种“诚实的原生态的叙述”让人感受真相构成的力量,以及这种力量给人的内心造成的震颤,打工诗歌、灾难诗歌、草根诗歌等新媒体语境下的很多诗都善于采用一种原生态叙述呈现真相。这种没有任何虚饰的叙述方式所呈现的是真相本身,还原了事件的现场感、原生态,使真相具有噬心的力量。如许强的《今天下午,一名受伤的女工》:

惨不忍睹……
伴随着许多女工的尖叫
血糊糊的指头像脆生生的
萝卜　被齐齐斩断
命运在一秒钟之内开了个太残酷的玩笑
十八九岁水灵灵的青春啊　在瞬间
给双眼　蒙上了一块厚重的黑布
血　流了
一地
伤口是麻木的　毫无知觉
头脑是清醒的　剧痛难忍
(工伤:只有在本厂工作过程中或在维护本厂利益的情况下,因发生意外而受的伤,才属工伤。违章操作不属工伤)
而这一切都由厂部　说了算
而揣着《劳动法》的早揣了红包　躲到酒店
泡桑拿去了
等待她的　将是
什么样的命运呢……

诗人没有任何修饰,以零度叙述的姿态还原事件本身的各种细节、场景,让人如临其境,如感其痛。谢湘南《一起工伤事故的调查报告》中也采取这种原生态叙述方式:

龚忠会/女/20岁/江西吉安人/工卡号:z0264/部门:注塑/工种:啤机/入厂时间:970824//啤塑时,产品未落,安全门/未开/从侧面伸手入模内脱/产品。手/触动/安全门/合模时/压烂/中指及无名指/中指2节,无名指1节/属"违反工厂安全操作规程"//据说/她的手经常被机器烫出泡/据说/她已连续工作了十二小时/据说事发后 她/没哭 也没/喊叫 她握着手指/走//事发当时 无人/目睹现场

诗中通过各种细节呈露事故真相,完全是平铺直叙,语言直白,直接呈现,仿佛公安部门对一起工伤事故的调查笔录。田禾《一个农民工从脚手架上掉下来了》、雷平阳《工地上的叫喊》、彭易亮《第九位兄弟断指之后》、张守刚《桥头巷》等诗都是以原生态的无比直接的方式呈现底层打工者的生活真相,类似于新闻播报和现场直播,由此触摸现代性的残酷一面,阐释异化世界。事实上,这些诗人所操持的就是后来被命名为"非虚构写作"的叙事方式。越是看似冷静的叙述态度,越是毫无修饰改动的内容呈现,越令人感受到真相的力量,越让人震撼。

当然,这种叙述方式也遭到不少批评家质疑,如霍俊明便认为"这些诗歌显然是在借用'非虚构'的力量引起受众的注意,而这些诗歌从本体考量却恰恰是劣诗、伪诗和反诗歌的"[19]。

不可否认的是,诗人们对噬心题材的噬心书写在一定程度上呈现出诗人们对现实的关注与介入姿态。狄德罗曾指出:"什么时代出诗人?那是在经历了大灾难和大忧患以后,当困乏的人民开始喘息的时候。"[20]确实,正是这些大灾难和大忧患所具有的噬心力量能成就大诗人。但如何在处理噬心题材时让其更具有噬心力量和永恒的艺术价值,是有待诗人们对自己的诗艺进行反思和进一步探索的重要诗学话题。

[本文系作者主持的2019年度国家社会科学基金项目"新世纪诗歌对古典诗传统的再发现研究"(19BZW122)的阶段性成果。]

注释:

①陈仲义:《中国前沿诗歌聚焦》,中国社会科学出版社2009年版,第32页。

②参见秦晓宇:《我的诗篇:当代工人诗典》,作家出版社2015年版,第417页。

③周崇贤:《打工诗歌:时代与情感的特殊记录》,《中国打工诗歌精选2008》,上海文艺出版社2009年版,第314页。

④张清华:《谁触摸到了时代的铁》,《芳草》2007年第4期。

⑤王干:《在废墟上矗立的诗歌纪念碑》,《当代文坛》2008年第4期。

⑥李少君:《大部分的中国人都患上了抑郁症》,《滇池》2008年第7期。

⑦《北大教授谢冕批"口水诗"泛滥玷污诗歌语言之美》,《深圳特区报》2011年11月3日。

⑧成希、潘晓凌:《郑小琼:在诗人与打工妹之间》,《打工文学备忘录》,社会科学文献出版社2007年版,第299页。

⑨柳冬妩:《打工:一个沧桑的词》,《打工文学备忘录》,社会科学文献出版社2007年版,第151页。

⑩郑小琼:《手记13:黄华》,《女工记》,花城出版社2012年版,第217页。

⑪马尔库塞:《单向度的人——发达工业社会意识形态研究》,重庆出版社2016年版。

⑫郑小琼:《流水线》,《黄河文学》2007年第8期。

⑬赵卫峰:《漂泊的一代——中国80后诗歌》,中国文联出版社2012年版。

⑭王彦明:《一代人的精神脉象——〈漂泊的一代:中国80后诗歌〉初阅》,《太原晚报》2012年7月15日。

⑮何言宏、郑小琼:《打工诗歌并非我的全部》,《诗选刊》2008年第1期。

⑯江腊生:《亲历经验的书写和愤怒情绪的泼洒》,《北方论丛》2010年第6期。

⑰郑小琼:《郑小琼诗歌及诗观》,《诗选刊》2005年第1期。

⑱何言宏、郑小琼:《打工诗歌并非我的全部》,《诗选刊》2008年第1期。

⑲霍俊明:《诗歌中的"下槐镇"离现实有多远——读李南〈下槐镇的一天〉及吊诡的中国诗歌》,《诗探索》2012年第4辑。

⑳德尼·狄德罗:《论戏剧艺术》,伍蠡甫等编:《西方文论选》上卷,上海译文出版社1979年版,第371页。

[作者单位:扬州大学文学院]

"学案式读法":"新诗有无传统"的跨世纪争鸣

□ 张立群

当以"学案式读法"去阐述中国新诗的潮流与现象的时候,我们至少要明确以下两个前提:其一,可以成为学案对象的诗歌潮流与现象应当经历阶段式的发展,呈现出相对完成的态势,而其在诗歌史上存在的意义和价值还有待深化;其二,学案所涉领域应当有相当长的历史积累,可以为研究的立体展开提供广阔的背景和丰富的信息。这种在具体表述时可以简约为"连续性"和"相关性"的思路,客观上决定学案研究从来不是一个简单、孤立的话题,在描绘学案所含潮流与现象的起承转合之余,来自研究者本人的主观论断从来都是一次见证历史的"有效的综合"。

遵循这样的逻辑,"新诗有无传统"的学案可从20世纪90年代算起,到21世纪第一个十年结束,总体上经历了郑敏《世纪末的回顾:汉语语言变革与中国新诗创作》一文引起的争议、周涛新诗"十三问"和"盘峰论争"、"新诗究竟有没有传统?"以及之后与之相关的探讨共四个阶段。"新诗有无传统"的论争涉及面广、持续时间长,充分显示了它的必然性和必要性,而本文以"跨世纪争鸣"为线索描述并评价其发生、发展、消隐的过程,也正是期待能够在梳理过往的同时,给未来留下一份文字资料。

一

尽管直到2001年1月,直接冠名"新诗有无传统"的讨论才在郑敏和吴思敬的对话中呈现①,但作为"序曲",围绕新诗传统问题展开的争鸣可以上溯至20世纪90年代初期。1993年5月第3期《文学评论》在头条位置刊载了郑敏3万余字的长文《世纪末的回顾:汉语语言变革与中国新诗创作》,进而掀起了一场"关于传统与现代"和"文化激进主义和文化保守主义"的论争②。该文直接以"中国新诗创作"为题,且直接以如下文字开头:

> 中国新诗创作已将近一世纪。最近国际汉学界在公众媒体中提出这样一个问题:为什么有几千年诗史的汉语文学在今天没有出现得到国际文学界公认的大作品、大诗人?问题提出的角度显然将古典诗词的几千年业绩考虑在内。在将近一个世纪的创作实践中,中国新诗的成就不够理想的原因包括社会与语言文学的多种因素。本文将主要从汉语发展的近百年史,来剖析一下这个原因。首先是今天在考虑新诗创作成绩时能不能将20世纪以前几千年汉诗的光辉业绩考虑在内?我的回答是不能。这由于我们在世纪初的白话文及后来的新文学运动中立意要自绝于古典文学,从语言到内容都是否定继承,竭力使创作界遗忘和背离古典诗词……

所以,尽管文章在展开时更多清算的是汉语语言变革遗留的问题,具体论及新诗的内容并不算多,但在日后关于新诗传统的讨论中,该文仍被视为重要的一篇,被多次提及与引用,而郑敏的特殊身份,其后多年间观点和立场始终如一,也在很大程度上决定了该文在"新诗有无传统"论争中的开端地位。

让一位已获文学史定评、具有极高知名度的诗人写一篇“新诗没有传统”的文章，无论如何都是一件让人感到不可理解甚至是荒谬的事情。为此，与郑敏在文章中讲述了什么相比，隐藏其背后立场和内容显然更为重要。借助西方结构主义语言学和解构主义理论，郑敏激烈批判新文化运动带来的“后遗症”。在“语言的一次断裂与两次转变”的历史脉络梳理中，郑敏将新文学和新诗成绩不佳的责任，都归结到“五四”新文化运动与传统文化、古典文学的彻底决裂，从而表达了一位老诗人、学者的关切与焦虑，这一点在反复阅读之后不难悟出。不过，如果郑敏所说的问题确实属实的话，那么其存在的时间应当是很久了，围绕此而进行的质疑为何直到世纪末最后一个十年才出现呢？

历史地看，“五四”以来的新文学发展到80年代末，运动式、集体化的激进状态已经开始消退，而改革开放的不断深化则使中国文学界可以在东西方文化交流中的语境中意识到当代中国文学的处境与位置（这一点，从郑敏文章开头便引述国际汉学界的观点就能看出）。两者叠加的结果是：文化激进主义思潮的式微很容易导致反思中的历史再评价，而这种评价一旦走向极端，则会形成与之对立的文化保守主义的思想。“郑文的内在理据是以白话文运动为例对文化激进主义的历史性的否定。”而其背后的“潜台词”则是历史语境的变化，已使“一种社会思潮的原先的合法性”[③]发生了变化，人们思考问题的立场和角度也随即发生了变化。

郑敏文章发表不久就引发了争鸣，除本文所列的刊登在《文学评论》上的文章外，一些争议之声也时有出现，只是没有形成文字。而其存在的问题到数年之后，才在人们全面回顾这段历史时得到较为全面的总结：“无论在什么条件下，在各种新兴的理论之前，首先要做的，应该是对于历史现象的整体的尽可能准确的把握”，“要回答郑敏对五四新文化运动的指责，并不需要高深的学识”[④]。由于郑敏将“五四”时期陈独秀、胡适等要推翻的“有问题的传统”当成了传统的全部，所以其结果只能是在简约传统的同时割裂历史的连续性和有效性，而其标题中提到的“中国新诗创作”也由于与“汉语语言变革”并不处在同一层面而成为“被忽略的对象”。但郑敏的文章毕竟涉及了中国新诗的合法性且其本人颇具权威性，因此，文章一经发表特别是刊登在一个显著的位置，对其理解就容易在忽视一些细节的前提下被观念化、结论化进而聚讼纷纭。郑文发表之后，从诗歌的角度对其批评最激烈的文章是海外学者奚密的《中国式的后现代？——现代汉诗的文化政治》。“扭曲和谬误主要来自郑文对历史语境的搁置与忽略”，“郑文忽略了在当时文言文仍根深蒂固的情况下，激进是一种策略而未必表现在实践上……将理论与实践混为一谈也造成郑文中的另个矛盾”[⑤]，奚密在文中以近三分之二的篇幅批评直指郑敏文章的“偏颇”，其实已表明郑敏的观点已被纳入现代汉语诗歌的研究视域之中。

值得一提的是，阅读奚密的文章还会为中国大陆诗坛提供很多海外信息，并对郑敏文章的出现原因做“另一重溯源”。比如，对于本文引用的郑敏文章的开头一段，奚密就认为：

> 郑文的动机来自对现代汉诗的不满，认为它至今未能达到古典诗的高度，赢得国际的“公认”和赞赏。除了众所周知的政治因素干扰了文学自由自然的发展外，郑文认为其主因是现代汉诗“自绝于古典文学”。现代汉诗背离了中国传统，因为：一、它是反传统的，二、它对西方文学的钟爱与摹仿。因此，现代汉诗丧失了它的“中华性”（Chinesenese），而中华性是中国跻身国际文坛的唯一有效的“门票”。
>
> …………
>
> 受到西方深刻的影响与中华性的丧失有着因果关系……郑敏九三年至九四年的相关文字可说是对现代汉诗中华性失落的挽歌！
>
> 这类观点和感慨在九十年代并不只来自郑敏。郑文一开始就引“国际汉学界”作为她立论的权威例证。虽然郑文没有指名道姓，但是我认为至少有两名汉学家有代表性，值得提出来讨论。[⑥]

奚密在文中指出的这两位汉学家一个是澳大利亚的威廉·兼乐（William J. F. Jenner），一个是美国的宇文所安(Stephen Owen,即斯蒂芬·欧文)。从后来文献传播和相关研究中可知:宇文所安曾在1990年11月19日《新共和国》杂志上发表书评《环球影响的焦虑忧虑:什么是世界诗?》。文章不仅对北岛的诗歌创作进行了评价,还对中国现代诗提出很多概括性的课题。该文的中文翻译版本最早可见诗歌民刊《倾向》1994年第1期,据部分研究者介绍,该文发表后曾引起很大争议,"在美国的影响实在比所有研究新诗的中西著作加起来还大"[⑦]。无独有偶,后来批判郑敏文章观点的奚密在郑敏文章发表前就对宇文所安的文章给予了回应。奚密于1991年《今天》第1期发表了《差异的忧虑——对宇文所安的一个回响》,但这篇文章直到1997年才在学术性辑刊《中外文化与文论》第2期上发表,为更多学界同仁所了解。对于宇文所安提出的质疑,奚密在这篇文章曾以宇文的问句加以回答,并指出:"如果从三千年古典诗的传统来看,现代诗还是个异端的话,我们仍不能否认现代诗的产生和发展不可能在整个诗传统之外存在,它的意义也不能在诗传统之外探求。"[⑧]对宇文所安和奚密文章的"追溯",不仅使"新诗有无传统"的争鸣时间提前了,而且还使这一争鸣在为现代汉语诗歌正名、探求其发展与研究进路的同时,具有了国际性的视野。

二

有感于语境转换带来的"压力","新诗有无传统"的争鸣在90年代一直以不同的表现形式此起彼伏、持续增长。继郑敏的《世纪末的回顾:汉语语言变革与中国新诗创作》引起争议之后,1997年《星星》诗刊开展了持续一年的"关于《新诗十三问》的讨论"。《新诗十三问》原是著名诗人、散文家周涛发表在《绿风》1995年4期上的一篇短文,副标题为"《绿风》诗刊百期献芹"。在这篇文章中,周涛以犀利尖锐的语气、自由随意的顺序对白话新诗提出了十三个问题。其中,第1问:"新诗兴于本世纪初,现在到了本世纪末了。新文化运动以来公认为合乎历史潮流的'诗界革命',是否应该到了重新研究总结成败得失的时候了呢?"第2问:"新诗是怎样诞生的?这个婴儿究竟有没有连结于民族文化之母的脐带?随着它渐渐长成少年,人们是不是发现它越来越像异国人了?"第5问:"'古典诗词与民歌相结合'的新诗发展方向,有多少诗人是真正理解了?又有几首诗可以算得上是成功的探索呢?"第6问:"新诗发展的大方向是不是错了?如果不错,为什么这条路越走越窄?如果错了,那么会不会是一个延续了近百年的大误会?"第8问:"没有什么比文学更鲜明地带有本民族文化传统的胎记,因而更没有什么比诗继承得更纯粹。当我们读了几首半懂不懂的译诗,数念着一些数典忘祖的外国诗人的名字时,是不是内心也隐隐升起一些羞愧呢?"[⑨]这几问均不同程度涉及新诗传统的问题且明显持以质疑的立场,其决绝的态度着实让人在读后感到吃惊。

与《星星》诗刊自1997年2期开始到1997年12期结束,共用8期版面发表相关"讨论"文章25篇(不包括周涛的原文)相比,"新诗十三问"及其"讨论"在当时曾引起诗界内外的充分关注。《绿洲》和《中国西部文学》杂志都因"新诗十三问"的讨论没有在新疆而在四川展开"表示了遗憾",《中国西部文学》期待和《星星》一道将这场讨论"引向深入,取得实效"[⑩]。由朱栋霖、丁帆、朱晓进主编的《中国现代文学史(1917~1997)》更是在"第三十五章　90年代新诗散文述评"之"第一节　90年代新诗"中,将此次讨论及其意义和价值迅速写入文学史[⑪]。"新诗十三问"及"讨论"的出现,在相当程度上说明对于新诗传统的思考已问题化和明确化了。

关于新诗传统的有与无,在90年代其实有人以非直接回应的方式给过明确的答案。1998年5月,年轻的诗人臧棣发表《现代性与新诗的评价》一文,其核心观点即为"在我看来,新诗对现代性的追求——这一宏大的现象本身已自足地构成一种新的诗歌传统。而这种追求也典型地反映出现代性的一个特点:它的评判标准是其自身的历史提供的","新诗的诞生不是反叛古典诗歌的必然结果,而是在中西文化冲突中不断拓展的一个新的审美空间自身发展的必然结果。并且,这个新的审美空间的自身发展,还与中国的不可逆转的现代化进程紧密联系在一起"[⑫]。结合新诗的历史,臧棣的看法应当是描述新诗传统的最佳方式,但由于种种原因,该文似乎没有受到"无传统论"者的关注。

而从影响和传播的角度上看，倒是一场关于汉语诗歌写作究竟用何种语言资源的论争揭示和确证了新诗的传统，此即为发生于世纪之交、为文坛所瞩目的“盘峰论争”。

“盘峰论争”作为世纪之交持续时间最长、波及面最广的诗坛论战，虽在表面上看是两种写作资源和两派诗人的论争，但联系80年代以来中国新诗走过的道路，其可以引申的话题显然不仅仅局限于此。“盘峰论争”是第三代诗歌不同写作观念和道路相互碰撞的结果，同时也是当代先锋诗歌阵营创作分歧和矛盾的激烈交锋。它当然也涉及新诗的传统，如于坚在《穿越汉语的诗歌之光》中就说“好诗在民间，这是当代诗歌的一个不争的事实，也是汉语诗歌的一个伟大的传统”[13]。而西渡则在《对几个问题的思考》中论述“‘西方资源’和民族传统”时针对于坚的主张强调“按照这样的逻辑，中国新诗一开始就是西方语言资源、知识体系的附庸，而不是从90年代才开始的。因此，为了避免成为西方的附庸，我们应该回到旧体诗的传统中去，回到新诗产生之前的文言的传统中去……唯其我们已经有了唐诗、宋词的伟大传统，我们更应该，也更有可能去开拓诗歌的新疆域。因此，如果我们承认诗歌是一种发现，仍然具有使人惊奇的能力，诗歌的标准就不可能是常识，更不可能是永久的常识……传统也是开放的，正是一代又一代诗人的才华不断加入，丰富和强化了这个传统。因此，继承传统的唯一办法就是创新，就是在既有的传统中不断加入新的因素，开辟新的领域，拓展新的可能性。墨守所谓‘放之四海而皆准’的诗歌标准只能使传统弱化、衰颓以至死亡”[14]。由上述言论看待对新诗有无传统的认知，我们不难发现：对于从第三代诗歌运动中成长起来的一代诗人来说，新诗传统从来不是一个有与无的问题，而是一个如何认识、如何丰富和建构的问题。在此前提下，“知识分子写作”虽被指为借助、依赖西方文化资源，进行“翻译体”式的写作；“民间派”诗人虽借助口语、秉持民间的立场，但在骨子里，两派都认为自己或是坚持了中国新诗的传统，或是丰富了中国新诗的传统，而在不同的表现之余，新诗传统早已实体化、合法化，成为一个不言自明的问题。

连续与新诗传统相关的争鸣，使新诗传统问题变得复杂了。不过，如果只是回答新诗传统的“有与无”，这些争鸣倒使答案逐渐明确化了。对比郑敏和周涛，一批50、60年代出生的诗人，由于年龄、身份和成长道路的原因，乐观而自信，似乎从未将新诗的传统当作一个问题。不仅如此，他们思考问题的方式也与前辈诗人有很大的不同。“知识分子写作”和“民间派”诗人都不约而同从胡适的白话诗实验中找历史的依据，但得出的结论却截然不同。如果说以于坚代表的“民间派”诗人更多是延续了白话诗平民化、通俗化的道路并坚守了本土的方向，那么，“对当代写作的互文性的认识，并非意味着诗人们对‘中国身份’和‘中国性’的放弃。只要深入考察就会发现，诗歌进入90年代，它与西方的关系已发生一种重要转变，即由以前的‘影响与被影响’关系变为一种平行或互文关系……因此，90年代诗歌是一种不是在封闭中而是在互文关系中显示出中国诗歌的具体性、差异性和文化身份的写作，是一种置身于一个更大的语境而又始终关于中国、关于我们自身显示的写作”[15]，则隐含着适应全球化语境，渴望通过写作与西方当代诗歌实现平等对话的“现实性策略”。二者在面向新诗未来、拥有诗歌理想的大方向上并无二致，只是具体思路不同，而他们愿意为此付出的，恰恰是郑敏和周涛忧虑和质疑的“内容”。

三

2001年第1期《粤海风》发表的《新诗究竟有没有传统?》的对话（对话者为郑敏、吴思敬，时间为2000年4月25日，地点为清华园），曾被评论家沈奇喻为是新世纪到来之后最有价值的一次诗歌对话。在这次对话中，郑敏直言自己认为的“新诗没有传统”，与当代诗歌创作现状有关。“我所感叹的是，现在很多人，特别是年轻人，完全把诗的形式放弃了，诗写得越来越自由、越来越散文化。”她不同意吴思敬的“如果说，这些非诗、歪诗构成了一个时代，二三十年后我们再回过头来看，这也是一个无法忽略的存在。每个诗人都构成了传统的一个分子或者传统的一个部分；无数的诗人就汇成了我们的传统”的观点，而强调传统的历史感和连续性；她强调诗歌写作应当用汉语，而汉语既包括口语又包括书面的文学语言，但现在只用口语写作，显然是中断了文学语言的传统。对比《世纪末的回顾：汉语语言变革与中国新诗创作》中的观点，时隔多年之后的郑敏虽更加明确地强调"新诗没有传统"，但却有了更为具体的指向：对当代部分青年诗人创作的不满；对新诗写作失去文学语言的不满。为了能够将讨论深入下去，同时也让初涉诗歌研究的一批学子更好地了解问题，2003年11月，吴思敬和首都师范大学数位博士研究生和硕士研究生（包括笔者在内）曾一起到郑敏先生家里做客，进行了"关于新诗传统的对话"，该对话在整理后发表于2004年1期《诗潮》杂志，同时，参与此次对话的人还分别撰写了文章发表，其中2004年第3期《文艺争鸣》曾一期推出四篇文章，依次为郑敏的《关于诗歌传统》、吴思敬的《新诗已形成自身传统》、张立群的《从一场对话开始——关于"新诗究竟有没有传统"的解析》、张大为的《新诗"传统"的话语谱系与当代论争》。在郑敏的文章中，她更是提出了"所想到的关于汉语新诗与其诗学传统应有的10个问题"，并期待"求教于关心中国新诗的成长的诗人、理论家、读者"，以解自己的"困惑"——

1.你能确切地说出汉语新诗与散文、小说本质性的不同吗？

2.汉语新诗的分行在语言、内容、表述、形象与音乐性上有什么基本规则？

3.汉语新诗诗行内有关于内韵、节奏、声音的和谐、反和谐等理论规定吗？

4.汉语新诗有关于类似建筑美学或交响乐的内在结构要求吗？

5.汉语新诗在语言上是否基本以北京口语为规范？有没有口语与诗歌语言，或文学语言之分？

古典汉语是中华文化的文学语言，在古典词曲中有时穿插一些当时的口语，造成一种特异的语感。新诗有自己的文学语言吗？你觉得目前的汉语口语能承受新诗的全部需要吗？

6.汉语新诗诞生已近一世纪。出了一些名诗人，在各种文学品种中所拥有的读者恐远不如小说和散文多。如果和唐宋诗词在它们自己的时代受群众欢迎的程度相比，只能承认有巨大的落差。这自然与多媒体时代人们文娱生活的改变有关。但与新诗不能融入书法音乐戏曲也有关。偶有少数新诗被谱成严肃艺术歌曲。此外就是大量的流行歌曲的歌词，自然无法与当年有水井处就能听到的柳永词相提并论。而在西方很多当代严肃诗歌作者，如艾伦金丝柏格，虽打破了传统英美诗的音部与抑扬格的格律，但是他们有深刻内涵的诗行却和流行音乐如滚石等的节奏相配合，因此朗诵起来极有节奏和时代感。你认为汉语新诗如何能与当代音乐及古典音乐结合？

7.汉字的形象有无穷的艺术魅力，形神的创造性的结合，几乎是世界古文字今天仍能如此充满活力的绝无仅有者。形成中华文化中诗书画一体的重要传统。但是新诗却始终没有能继承这个传统，你认为是什么使得书法家和画家远离新诗而去？

8.新诗与古典诗同为汉诗，可谓同文，从语言的角度，新诗的语言能从古典诗词的语言继承借鉴些什么？繁体字与简体字本是同根生，二者之间是否应当互补？它们之间的关系应当亲如手足，还是"相煎何太急"，一个被视为中华文化的正统继承者，另一则成为被放逐于海外的流浪王子？

9.当我们向世界介绍中国汉语新诗的传统时，有人认为我们应当做如下表述：

中国新诗的传统＝革命意志＋名诗人＋大量作品＋自由诗传统＋现代格律诗传统＋马耶可夫斯基的"楼梯体"传统＋政治抒情传统＋民歌体传统等等。（参考《无效的新诗传统》一文的编者按）你认为这样的加法能给人们对于中国汉语新诗的传统一个明确的认识吗？

或者说，一个民族的诗歌传统是否应当是人们对它在诗歌艺术上一种系统性的整体共识。这必须经过对本民族的诗歌创作进行一番梳理和整合；上升到诗歌理论层面的认识，才能得出这个民族诗歌的传统。上述的加法公式，只能得到有关汉语新诗的活动"量"的总和，而没有任何关于汉语新诗的"诗质"的剖析。这可能得出什么是汉语新诗的传统吗?

10.你认为汉语新诗在语言和艺术上,内容和形式上如何传承中国几千年的古典诗歌传统?[16]

经历十年的争鸣,郑敏依然质疑新诗的传统且强调新诗与古典诗歌传统的断裂,其对于新诗和传统文化的关切之情确实令人感佩,但其固执的态度似乎也越来越让更多人难以理解。从郑敏的文章出现后,“新诗有无传统”成为当年诗坛的热点话题之一,我们在客观上必须要承认郑敏的观点对当时的新诗研究产生了压力。2004年第4期《江汉大学学报》曾一次发表了程光炜的《当代诗的“传统”》、李怡的《关于中国新诗的两种“传统”》、西渡的《我的新诗传统观》、臧棣的《新诗传统:一个有待讲述的故事》、张桃洲的《新诗传统:作为一种话语储备》和谢向红的《我们是否夸大了“裂变”?》共6篇文章。此后数年间,新诗传统的争鸣之声仍不时出现,但作为一种共识性的观点,人们已不再简单纠缠于新诗传统的“有”或“无”,而逐渐发展为力图从新诗传统究竟是如何构成的角度上思考,进而涉及相关话题[17]。

四

从“新诗有无传统”的争鸣中我们至少可以看到如下两点内容:第一,对何为传统的理解一直存有分歧。传统是个含义丰富、可划分多个层次的话题,有主题、形式等关乎诗歌本体的传统,也有想象方式、审美标准等关乎认知、理解层面的传统;有历史意义上的传统,也有现实演变意义上的传统……从郑敏的言论中我们可以看到她一直用古典诗歌的传统对比新诗的创作,有明显的二元对立倾向,而其前提条件在确立时已然割裂了中国诗歌的历史。第二,新诗整体创作不佳。结合新诗的历史发展可知,对于新诗创作的质疑之声长期存在,而新诗的形式无法定型更成为众矢之的。当然,新诗整体创作不佳的突出一点表现在1985年“第三代诗歌”崛起后,日常化、个人化、粗鄙化以及所谓自由、随意的实验,都使近三十年来的诗歌给人实绩不佳的印象。而在此过程中,时间上的近距离、网络技术的兴起与观念的影响,更使新诗缺少时间的积淀,沦为自娱自乐的文字。以上两点是郑敏质疑新诗传统的根本原因,也是其重要的出发点。

经历多次争鸣之后,“新诗有无传统”的论争逐渐平息下来。从学术研究角度上说,“新诗有无传统”可以进行探讨,但绝不是以简单的“有”特别是“无”来武断地下结论。从实践的角度上说,新诗创作仍在进行,表明其从来不是空穴来风,新一代诗人也很少在创作过程中思考自己是否继承了传统,于是,曾经的“新诗没有传统”的质疑似乎又变得没那么急迫甚至是似是而非,而思考问题的进路也在持续历史化的过程中,豁然开朗了许多。

新诗之所以被视为“没有传统”,关键在于对“传统”的理解——在将新诗与几千年古典诗歌传统进行比较,称其没有延续传统的时候,我们其实已经将传统固化与窄化了,或者说是混淆了诗歌传统普遍性与特殊性之间的关系。事实上,任何一种可以被当代人称为传统的东西,都已然验证了其至今仍有生命力、仍值得继承下去的事实。传统不仅需要继承,更重要的是需要通过创新维系其生命力。从这个意义上说,新诗只能算是中国诗歌传统进入现代阶段的外在表现形式,只要以汉语思维和汉字进行符合诗歌审美标准的创作,就必然会拥有并面对深远的传统。“传统就像血缘的召唤一样,是你在人生某一刻才会突然领悟到的。传统的博大精深与个人的势单力薄,就像大风与孤帆一样,只有懂得风向的帆才能远行。而问题在于传统就像风的形成那样复杂,往往是可望不可即,可感不可知的。中国古典诗歌对意象与境界的重视,最终成为我们的财富(有时是通过曲折的方式,比如通过美国意象主义运动)。”[18]当代著名诗人北岛结合自己旅居国外多年的经验谈论对于传统的认识颇具启发性。

正如人们在谈及古典诗歌传统时,理所当然地将诗经、楚辞、乐府诗、唐诗、宋词及至元曲等共同视为传统的有效组成部分,“时间的神话”成为今天的我们以共时性的方式面对古典诗歌很少产生疑问的前提。事实上,从诗经、楚辞到乐府诗,再到唐诗、宋词,古典诗歌传统一直在形式和内容上发生着变化,但从其承载的文化精神角度考察,所谓变化其实是一种丰富和填充,传统始终处于“变”与“不变”的状态,需要不断经历时间的积淀进而显现其某一状态，这是我们考察传统时必须要注意的前提。而这一前提一旦确立，我们就会看到新诗的历史还是太短了，也许只有等到以“反传统”面貌出现的新诗在成为“传统”的一部分那一天，新诗的传统也就变得自足了，而在此之前，新诗除了需要不断通过创作表现自己的生命力外，不断获得历史化的积淀和稳定的评价也是其拥有传统的重要途径。

结合以上论述，我们大致可以了解“新诗有无传统”的争鸣为何会转为“何谓新诗传统”的探寻。就实践层面而言，新诗的传统可以从历史的积淀、写作的传承和继续发展、名篇佳作与代表诗人的出现以及读者的认同四方面展开讨论。从胡适尝试白话诗至今，新诗已有百年的历史。百年的发展史首先证明新诗符合时代社会的发展，具有强大的生命力。新诗是中国社会步入现代阶段的重要产物，是中国文学现代化的重要标志之一，曾在特定历史时期产生过摧枯拉朽的作用。诚如胡适在《逼上梁山》中所言：“白话文学的作战，十仗之中，已胜了七八仗。现在只剩一座诗的壁垒，还须用全力去抢夺。待到白话征服这个诗国时，白话文学的胜利就可说是十足的了。”[19]在以诗为文学正宗的国度里，只有诗的语言和形式产生变革、尝试成功，新文学才算彻底胜利，真正步入到现代阶段。新诗的成功尝试标志着中国文学真正步入现代阶段，胡适的话证明了白话诗诞生的现实意义和历史价值。

百年新诗的历史不仅为其创作积累了丰富的经验，而且还取得了丰硕的实绩，形成了重要的诗人队伍。除了在每个特定的历史阶段，新诗都产生了属于这一时代的名篇佳作之外，百年历史还诞生了《凤凰涅槃》《死水》《再别康桥》《雨巷》《断章》《我爱这土地》等一批公认的经典之作。经典之作有助于读者了解新诗，记住郭沫若、闻一多、徐志摩、戴望舒、卞之琳、艾青、穆旦等一批批优秀诗人的名字，进而在了解历史的过程中使新诗在客观上获得读者的认可。在一代又一代读者的阅读与传播中，越来越多的新诗作品和新诗人被人们所接受，直至走进当下、面向未来……

无论结合百年新诗的历史，还是读者对于新诗的普遍性看法，我们都可以得出：新诗是自由诗；“分行的自由体”是识别新诗外在形式最基本同时也是最重要的“依据”等结论。时至今日，新诗的创作仍按照上述形式、体制前行。但在肯定新诗是“分行的自由体”的同时，“分行的自由体”是否就是新诗的诘问则反映我们在考察新诗传统及其相关问题时，应当秉持一种动态的眼光：既然新诗的历史仍在继续，那么新诗传统就同样处于发展变化之中。网络时代写作媒介与传播媒介的改变，显然会为新诗的发展带来前所未有的机遇，但同样也会使其变得更加复杂。是以，新诗的传统问题不仅应当考察其具体的边界，还要思考其拥有的“厚度”及其相应的合理性。新诗的传统是一个实践性的课题，这是探讨这一问题时的出发点和时刻需要关注的标准与尺度。

新诗在不断表现现代社会生活的过程中建构了属于自己的历史，新诗在追求现代化的同时也使新诗本身在发展与变化中形成了自己的传统。结论虽然如此，但我们仍有必要对其“传统”的构成进行合理的辨析。客观地看待新诗的历史、新诗与古典诗歌之间的关系甚至百年新诗史发展过程中不时出现的质疑之声，笔者以为从“连续性”和“非连续性”这样不同层次、角度去看待新诗的传统是一种切实可行的方法。新诗或曰现代诗歌虽以“反叛”古典诗歌传统的姿态于“五四”新文学运动中诞生，但从中国诗歌历史的视野来看，它仍是中国诗歌的一个组成部分，这种宏大的、整体性的考察方式决定了新诗与中国诗歌以及古典诗歌在时空场域中的“连续性”，同时也有助于我们从审美的角度看待新诗，并将海峡两岸暨香港、澳门的新诗创作置于一个研究平台进而纳入世界诗歌的视野之内。在时代、文化等外在因素的影响下，新诗的崛起虽使中国诗歌进入了一个新的历史阶段，呈现出新的面貌，但它的出现不过是在遵循文学内在演变规律、适应时代社会发展的同时，深化了中国诗歌的传统。将新诗置于中国诗歌的整体发展脉络之后，我们会看到新诗只是中国诗歌的一个新的历史阶段，新诗使中国诗歌本身从已经僵化的古典诗歌模式下解放出来，进入广阔、自由的天地。为了告别古典的形态，确立新的形式，新诗在其初始阶段曾一度汲取外来文化经验，按照西方诗歌的样式来建立自己的格局与规模，相对于绵延几千年来的中国古典诗歌的历史而言，这是一个必然的结果、一次矫枉过正后的“割裂”；不经历这一过程，新诗无法建立自己的形制，中国诗歌的发展也无法适应时代、社会。但在接下来的历史中，我们却看到新诗在具体创作过程中，仍然不时以古典诗歌的经验、资源丰富自己的创作。新诗的创作及其历史建构既然无法离开赖以生存的文化语境，自然也就无法脱离中国文化的母体。对于中国现代诗人，中国古典诗歌和西方诗歌都是其起步时所要面对的诗歌传统。就此而言，新诗吸取现代派的某些技法拓展自己的创作视野、充实自己的创作成果，也不过是在拓宽新诗写作资源的同时丰富了新诗传统和中国诗歌传统。

与“连续性”相比，“非连续性”主要着眼于新诗自身的历史。“非连续性”作为一个局部的、具体的整体性既证明了新诗身份的独立性，同时，也确立了新诗是另一阶段、另一体系的合法性。“非连续性”不仅揭示了新诗是中国社会从古代走向现代的产物，而且，也揭示了语言、思维方式转变对于中国诗歌产生的重要意义。与此同时，确认新诗的“非连续性”也有必要使人们明确现代诗歌与古典诗歌的不同，现代诗歌的现代性及表现过程中的复杂性决定了其与读者更容易呈现出脱节的倾向，这是言及新诗时不能片面以古典为唯一参照系统的重要依据。中国新诗正是在“连续性”与“非连续性”之间拓展出自己生存的时空状态，并通过百年的实践、时间的检验建构了自身的传统及鉴赏标准。

值得强调的是，对于晚近的诗歌来说，言及其成为新诗传统的一个有效组成部分往往让人觉得底气不足。上述现象其实反映了新诗的传统需要不断的历史化，需要获得更为稳定的评价和更为广泛的传播。新诗传统与写作时间上的“反比逻辑”，客观上告诉我们需要通过不断反思新诗的历史、重估新诗的创作实绩、持续探索新诗的发展道路来建构其传统，而在不同阶段遵循时代性的标准评价新诗，不断重构新诗经典化的体系，本身也是新诗传统的重要组成部分。

除此之外，在不断努力建构汉语新诗理论的同时，提升诗人自身的素质、提高诗歌创作的质量和读者的鉴赏力，也必将成为建构新诗传统的重要途径。自20世纪90年代以来，之所以有人不断质疑新诗的传统，一个根本性原因就在于新诗创作整体质量不高，而部分诗人过分求新、求变，又使诗歌创作脱离了应有的真善美本质，沦为世俗化书写甚至是粗鄙化写作。结合百年新诗的历史，新诗的理论建设同样是建构新诗传统的重要内容，何况诗歌理论的建设本身就证明了诗歌创作本身的合理性和合法性，并对诗歌的阅读和传播产生积极的影响。

时过境迁，也许从今天看来“新诗有无传统”的论争自出现之日起就是一次可笑的“误会”，但它仍然给我们带来很多启示。除了如何更为客观历史地看待新诗创作以及晚近的新诗写作存在种种问题，这场论争还涉及新诗的语言使用、资源汲取以及汉语诗歌地位等问题。网络时代新诗写作与传播因技术迅捷、空间自由已成为一个泥沙俱下的“结合体”，在这样的前提下，强调新诗传统有助于新诗正确的发展方向和艺术标准的秉持。因此，“新诗有无传统”的跨世纪争鸣，虽仅发生于诗界内部，但作为一次“笔墨官司”，其意义和价值却是多维度的。是以，汲取其正反两方面经验，不仅会深化当代诗歌的理论建设，而且还会对当代诗歌创作给予多方面的启迪与警示。

[本文为教育部高校人文社会科学重点研究基地重大项目“百年新诗学案”（17JJD750002）阶段性成果。]

注释：

①郑敏、吴思敬：《新诗究竟有没有传统?》，《粤海风》2001年第1期。对话时间为2000年4月25日，徐秀整理。

②郑敏文章发表后，在1994年《文学评论》上，先后刊登一批文章，围绕此文展开争鸣。这些文章包括：范钦林：《如何评价“五四”白话文运动——与郑敏先生商榷》，《文学评论》1994年第2期；郑敏：《关于〈如何评价“五四”白话文运动〉商榷之商榷》，《文学评论》1994年第2期；张颐武：《重估“现代性”与汉语书面语论争——一个九十年代文学的新命题》，《文学评论》1994年第4期；许明：《文化激进主义历史维度——从

郑敏、范钦林的争论说开去》,《文学评论》1994年第4期;沉风、志忠:《跨世纪之交:文学的困惑与选择》,《文学评论》1994年第6期。

③许明:《文化激进主义历史维度——从郑敏、范钦林的争论说开去》,《文学评论》1994年第4期。

④张志忠:《1993:世纪末的喧哗》,山东教育出版社1998年版,第179页。

⑤奚密:《中国式的后现代?——现代汉诗的文化政治》,《中国研究》1998年9月号。

⑥奚密:《中国式的后现代?——现代汉诗的文化政治》,《中国研究》1998年9月号。

⑦张旭东:《全球化时代的文化认同》,北京大学出版社2005年版,第58页。此外,关于这篇文章所引发的争议还可参见王家新的《中国现代诗歌自我建构诸问题》(《诗探索》1997年第4辑)以及本文提到的奚密的两篇文章,等等。

⑧奚密:《差异的忧虑——对宇文所安的一个回响》,《中外文化与文论》1997年第2期。该版论文在发表中曾在脚注中注明其最早的发表时间和刊物。

⑨周涛:《新诗十三问——〈绿风〉诗刊百期献芹》,原载《绿风》1995年第4期,后全文转载于《星星》诗刊1997年第2期。

⑩朱又可:《〈中国西部文学〉召开"关于〈新诗十三问〉的讨论"的讨论会》,《星星》1997年第6期。

⑪朱栋霖、丁帆、朱晓进:《中国现代文学史(1917~1997)》下册,高等教育出版社1999年版,第201页。

⑫臧棣:《现代性与新诗的评价》,《文艺争鸣》1998年第3期。

⑬于坚:《穿越汉语的诗歌之光》,杨克:《1998中国新诗年鉴》,花城出版社1999年版,代序第9页。

⑭西渡:《对几个问题的思考》,《诗探索》1999年第2辑。

⑮王家新:《知识分子写作,或曰"献给无限的少数人"》,《诗探索》1999年第2辑。

⑯郑敏:《关于诗歌传统》,《文艺争鸣》2004年第3期。

⑰从近年来笔者亲身经历来看,一些刊物编辑在约稿时仍愿意谈论此话题,但其期待的是谈论新诗究竟形成了哪些传统,这其实已间接证明,许多人已在观念上承认了新诗传统的存在。

⑱北岛、唐晓渡:《我一直在写作中寻找方向》,北岛:《古老的敌意》,生活·读书·新知三联书店2015年版,第117页。

⑲胡适:《逼上梁山——文学革命的开始》,《中国新文学大系·建设理论集》(影印本),上海文艺出版社2003年版,第19页。

[作者单位:山东大学人文社会科学青岛研究院]

人生“故事”:鲁迅和张恨水的雅俗叙述逻辑初探

□[韩]薛熹祯

当下社会正值转型时期,对个人的发展也提出了种种要求,究其根本是为了实现个人的发展由“依附型”向“独立型”的性质转变。个人自主性的发展既是社会发展的要求,也是社会发展的目的,最终为达到“自由个性”与“独立人生”的目标奠定基础。为了适应社会转型,每个人都应该重新思考自己的社会位置,及时调整自己的生存空间,即从外向广度的社会交往扩展层面,到内向深度的精神道德提升阶段,从行为到观念重新塑造自己。

就思想而言,“五四”时期是一个充满矛盾的历史节点,表面上它被解读为强调科学、推崇理性时代,但实际上它亦可以被理解成是一个暗含情绪激昂、热血沸腾的文学时代。归根结底,思想矛盾本质上不过是人的理性和感性互相纠缠的表现。首先从几千年封建礼教思想中挣脱出来的文人墨客,通过真实的情感描绘和日常人生经历叙述,冲击着那些仍旧饱受思想禁锢煎熬的每一个人的内心世界;这也就标志着文学世界里对人的解放开始进入重要转折阶段。纵观“五四”时期的文学作品,丰富、大胆的描绘比比皆是。这种在文学艺术中突出个人情感倾向的做法和写作技巧,以其顽强生命力逐渐取代了整齐划一的进行曲形式,在20世纪中国的社会进程里,占据了一席之地。形式多样的交响曲步调,意味着丰富人性是时代必然选择。

一、创作实践:不同创作观念在不同文学形式中的表达

纵观人类思想发展的历史,解读经典文学一直是个人提升精神修养的捷径。“一千个读者眼中有一千个哈姆雷特”,创作中的留白手法和文本含义的模糊性,使读者在探索作品真正内涵的同时,也逐渐揭示出某种阅读规律。

新文化运动等一系列社会剧变中,新文学与通俗文学在各自代表作家的引领下走向了不同的发展道路,也逐渐拥有了不同的受众群体。从他们对启蒙、社会、人生等不同命题的态度上可以窥见两种文学形态的差异——新文学倾向于批判传统,对变革中的新社会充满期待;通俗文学则倾向于缅怀传统,对新社会抱有怀疑。分析两者的典型差异,就可以联系到新文学代表人物鲁迅和通俗文学代表人物张恨水的作品。

鲁迅与张恨水的文学创作都有提及自己对国民性的观点,鲁迅曾如此说道:“所以此后要紧的是改革国民性,否则无论是专制、是共和、是什么什么,招牌虽换,货色照旧,全不行的。”① 从张恨水的作品中亦能读到不分轩轾的表达:“今国难临头,必以语言文字,唤醒国人,无人所可否认者也。以语言文字,唤醒国人,必求其无孔不入,更又何待引申?然则以小说之文,写国难时之事物,而贡献于社会,则虽烽烟满目,山河破碎,固不嫌其为之者矣。”② 鲁迅和张恨水的共性在于他们始终以改造国民性为目标,并坚信改造国民性是革新社会的重要手段。二者的个性则体现于他们在具体方式上保留的不同见解。

鲁迅特有的日本留学经历,对其社会观的形成造成了深远影响。早在1902年鲁迅初赴日本之时,梁启超发表的《论小说与群治之关系》中就写道:“欲新一国之民,不可不先新一国之小说。故欲新道德,必新小说;欲新宗教,必新小说;欲新政治,必新小说;欲新风俗,必新小说;欲新文艺,必新小说;乃至欲新人心,欲新人格,必新小说。何以故?小说有不可思议之力支

配人道故。”[3]近代以来伴随西方新思潮的涌入，反传统思潮士气高涨。小说创作倾向也逐渐颠覆传统小说，对艺术本质的探求正是中国现代小说的叛逆和反抗精神价值所在。引人注目的是，近代中国所经历的不是伴随现代化潮流的同步前行，而是对西方文化被动大于主动的包容。在这样文化大变迁的时代，个体的自我认同和社会的民族认同发生冲突是不可避免的。东西方两个异质文化中，人们开始失去原有平衡、稳定的文化视野，无法以平和的心态固守任何一种价值标准，久而久之，便迷惘在文化心理时间和物理空间的维度。在两个维度的不断碰撞下，自我认同和民族认同的双重危机，使得正在探求救国救民道路的青年鲁迅必须直面历史和文化的错位，即反思在多种价值观念和评判标准所带来的分裂感，这也就直接促使鲁迅决心做一名以文艺为武器的“‘精神界战士’，并重新投入到这场改造国民精神的战役中去”[4]。其实这些种种不过是中国现代性生长过程中必解之结。

在新文学初期，进化论的传入给先驱者们带来了新的世界观。以欧洲现实主义为借鉴，他们继而提出“‘一时代有一时代之文学’的创新观念，并确定把现实主义作为中国新文学要迈进的第一步”[5]。他们喊出“为人生”的口号，以反映现实为文学创作的要求，以启蒙民智为文学创作的目的。这样的思想在鲁迅1933年发表的《我怎么做起小说来》中也有体现：“说到‘为什么’做小说罢，我仍抱着十多年前的‘启蒙主义’，以为必须是‘为人生’，而且要改良这人生。我深恶先前的称小说为‘闲书’，而且将‘为艺术的艺术’，看作不过是‘消闲’的新式的别号。所以我的取材，多采自病态社会的不幸的人们中，意思是在揭出病苦，引起疗救的注意。”[6]鲁迅眼中的“人生”，已不仅仅局限于个人的生老病死，而以整个民族、整个社会为主体，关注全体人民的生存发展的共同命运。

鲁迅如同一位医生，言语中尽显对“病人”的深切关怀和对疾患的深恶痛绝，为了救“病人”于水火，他以深邃的洞察、冷静的思考开出药方。人类发展是一个循序渐进的过程，我们完全可以，以东方海纳百川的襟怀，正确处理西方文学弥留的悖论，进而形成适合自身的发展优势。在鲁迅看来，这是历史赋予古老中国的机遇，也是历史赋予新生中国的挑战。

鲁迅虽然尚未能为人们指明一条出路，但他的作品总是有一种能唤醒沉睡者，鼓舞革命者坚信光明永不磨灭的精神力量；其“为人生”的文学观和启蒙者的角色是相辅相成的。鲁迅作品中的人物、场景往往是社会现实的缩影，是个性与共性、虚构与真实、光明与黑暗兼具的存在。在理解这些作品时，需要看到作品叙述背后的象征意味，才能理解鲁迅试图展示给读者并用以启蒙读者的病态社会众生相。

文学作品离不开“故事”，二者之间有着割舍不了的血脉关系，在通俗文学中尤为如此。从小说观念的角度观之，引车卖浆的胡同生活、茶馆里闲聊的“吃瓜群众”，这些场景既是平民百姓的普通日常，又是“故事”产生的本源所在。在重新认识“故事”这个问题上，张恨水的独特之处，便在于他对小说创作的理解。

其中令人瞩目的一点是张恨水作品中体现的强烈社会意识。张恨水深知“启蒙叙述法”“宏大叙事”不过是人们试图定下的一个统一标准，为的是继续一厢情愿地相信：理性能促使科学发现真理并带领人类不断克服困难、改正谬误从而实现天下太平。所以比起这种追求人际交往的共识，他更倡导丰富生活的异质标准。从这一点看，张恨水最优秀的小说一定不是《八十一梦》《五子登科》《魍魉世界》等所谓国难（进步）小说，而是他的那些颇具有平民化精神的社会言情小说。因为这些作品中，一定涉及中国20世纪上半时期都市生活的现状：一方面是国民党统治黑暗，民不聊生；另一方面是群众主张抗战，争取民主权利平等。正因如此对比，市民精神上的渴望和需求方能更显真实[7]。由此可以看出，张恨水的文学创作向人们展示了一个被现代性的一元、中心、权威所遮蔽的边缘且多元的生存空间，以革命性的思维方式颠覆了习惯性的一元中心论。对张恨水而言，颠覆本身不仅是一种破坏，还代表着一种超越。这种思想敦促他不断反思惯用历史观和历史发展模式在社会历史中的绝对权威，这也就是张恨水通过其创作的通俗小说表达的“叙述人生”：

> 小说有两个境界，一种是叙述人生，一种是幻想人生。大概我的写作，总是取决于叙述人生的。固然，幻想人生，也不一定就是超现实。但写社会小说，偏重幻想，就会让人不相信，尤其是写眼前的社会。[8]

张恨水对现代理性主义绝对权威的反叛，主要展现在日常生活庸俗平常的一面上。他认为现代启蒙将理性、进步、解放整合成一种“求全求同”的神话，实质上这是一种现代性的中心论的控制。张恨水的作品印证了范伯群所言“社会则是作家驰骋才华的广阔天地”[⑨]，其每一次创作都会随着时代变化而不断调整，中心思想都能够反映出时代、社会变革的重心。因为对社会和个体均能在多元的、自由的状态下生长抱有期待，所以张恨水一直秉持着“与时俱进”的原则进行小说创作。他还始终坚持通俗小说的创作形式和与时俱进改良的章回体小说文学形式，这就进一步体现了他对作品可读性的重视和强调小说是“现代的反映”的态度——让广大“匹夫匹妇”也意识到时代的潮流，紧跟“现代事物”觉醒。

当然，随着创作观念的发展，文本内容真实性的概念也在不断变化。综合来看，鲁迅、张恨水笔下的“故事”，早已突破了完整性的原则。这种改变，打破了旧有的格式，使人物和故事富有灵气。正如鲁迅所说，其作品本就真实，但这种真实不是对已有本样的复述，而是对现实存在的再加工：

> 所写的事迹，大底有一点见过或听到过的缘由，但决不全用这事实，只是采取一端，加以改造，或生发开去，到足以几乎完全发表我的意思为止。人物的模特儿也一样，没有专用过一个人，往往嘴在浙江，脸在北京，衣服在山西，是一个拼凑起来的角色。[⑨]

其作品中的人物，虽是典型形象的拼凑，但这些“嘴、脸、衣服”却是真实存在的，是鲁迅对自身经历的重新探索与组合。其实，在时代巨变的裹挟下，不单单是鲁迅，民众的思想亦在非理性和启蒙的思潮影响下发生变化。正如门德特·狄扬所说的那样：“那种创造性的、强有力的想法从何而来？它来自某个地方，又像是来无踪去无影，它可以从任何途径而来，很奇怪的途径。但它肯定是从内心深处来的，它百分之百的主观。”[⑩]因为鲁迅“为人生”文学观的内涵是文学在时代变迁下的不断自省，所以无论是探究鲁迅文学思想的变迁，还是了解中国新文学的发展轨迹，对鲁迅“为人生”文学观的研究都显得极为必要。

二、百味人生：“故事”的讲述方式与题材选择

对于“故事”的讲述者来说，中国丰富的文化积淀从来不缺有趣的素材，但时代大潮中的很多作者，依旧为“剩下的新主题已经不多”而犯愁。换一种角度思考，纵使“故事”是有限的，但讲“故事”的方式却是无限的。日常琐事用不同的方式重新描述，依然能够焕发出别样的风采。张恨水便是典型代表，他通过对传统章回体小说进行现代化改造，为中国现代文学的发展作出了特殊贡献。他一生共创作通俗小说百余部，且多为中长篇。张恨水的作品雅俗共赏，由其作品改编而成的影视剧也广受大众欢迎。其中，《金粉世家》被改编、翻拍了4次，而《啼笑因缘》的影视版本更是多达13个，其他诸如《秦淮世家》《落霞孤鹜》《满江红》《夜深沉》《纸醉金迷》《现代青年》《欢喜冤家》等作品亦以不同形式登上荧幕，成为不同时代人们心目中的经典。

纵观张恨水的作品我们不难发现，其作品之所以能够打动普通百姓，就在于其世俗化的创作策略。他的作品展现出一种“平视”的、“与民同乐”的姿态，洞察人间百态，这与其担任新闻记者和副刊主编的经历密不可分。有“全能报人”之称的张恨水在从事报业的30年间，得以深入接触真实的社会百态、了解民众生活的时代变迁。张恨水曾说：“我的游历，是要看动的，看活的，看和国计民生有关系的；我写出来，当然也是如此。这种见解，也许因为我是新闻记者的关系，新闻记者是不写静的、死的事物的。”[⑪]在这种意义上，张恨水的通俗小说早已远超传统鸳鸯蝴蝶派才子佳人、谈情说爱的狭隘境界。张恨水的小说创作和理论是对上世纪20年代至40年代中国社会时代风云的考量，其内容的更迭和时代演变的脉络总是紧密联系在一起的：20年代偏重消遣、趣味；30年代则侧重于谈社会人生百态、叙述人生；40年代后则转向为抗战服务、弘扬民族团结精神。以上世纪20年代至30年代一幅北京社会的立体画为例，全面展示了北洋政府时期北京社会的各个方面。其中描写的人物形象上至居高临下的总理，下至随处可见的讨饭者，共计15种社会角色。不仅如此，对于可承载这些人物不同活动之用的空间载体，描写起来也是毫不逊色。在这一个个不同的空间场景里，上演着看似平常实则琐碎的一幕幕生活情景。毋庸置疑，是否能让读者切身感受到人物所处社

会的历史变迁，是决定作品能否成为研究民国世俗风情史重要史料的关键：

> 假如将他的作品依年代次序读下去我们可以对三十年来中国社会的变动，获得具体的了解。正因为他的创作能够对于每一时都留下艺术的记录，每一作品依着背景之不同而各显其色彩，所以一看起来，无论作品的题材，意识，都是很复杂或竟矛盾的。这不仅不足以损害他的艺术人格，而且正是他的忠实成功之处。一种作品的估价要针对其写作的时代，而一个作家的评判则须看能否与时代并肩前进。三十年来，恨水不断地写作，而无时不在进步，也没有一种作品落在写作时代的后面，我们应该替他欢喜。[12]

这些社会风情史作品，以其特别的方式解读着20年代至40年代中国社会里的奇闻轶事、风俗习惯、民间疾苦、民族情绪和政治经济热点题材。“尤其对北京、江淮地区和重庆的下层社会和某些上中层社会的描写，更是能引起平民百姓感情共鸣。”[13]

其实，“五四”文学运动的另一大突破在于对“人”的发现，并继而将人的世界和人的关系最终还给人自己。因此，人的主体性和自我意识并非简单的个人思想的绝对性，更非个人行为的极端统一，而应该是解放人类思想层面自由性的美好夙愿。在张恨水作品中虽然没有明确提出反对吃人礼教的口号，但是在张恨水看来，每个人都能自立于与他同生共死的完整世界，保持个人思想的独立自信，自爱自强，不盲从，以卓然的姿态面向人生，这是真正具有人本意识的本质特征。当然，必须要认识到，在每一个历史阶段，个人按照自我意识即自己的信念和原则行动，在很大程度上体现在个人对社会创造性活动的自觉参与。

反观现实生活中的鲁迅，在面对母亲对自己的安排时，他不得不接受“这份礼物”。他选择的是妥协于至亲，调和自己内心，是决定为无爱婚姻默默承受一切力所能及的“体面”。在时代背景、成长经历和孝道观念的多重限制下，那个曾反对封建礼教，主张个性解放的“五四”时期重要的思想启蒙先驱本人，最终在现实面前也是万般无奈，没能挣脱现实的枷锁。事实上，无论是鲁迅还是张恨水，这些传统文人的“牺牲模式”总是有迹可循，从行为到思维的定式与他们对原生家庭的责任感存在密不可分的关系——作为长子的“鲁迅本身正是对中国传统文化中牺牲精神的一种继承”[14]。那么家庭伦理“不仅仅是表面化的演示，更是内在的情感上的认同与拒绝，是与人的生命体验紧密相连的复杂情绪”[15]。张恨水以此为由，赞颂年轻一代大胆张扬个性，惊世骇俗的创新之举；揭示20世纪的传统思想即将走向尽头，启示以封建制度、父权制度为代表的年老一代更应具备进步精神。他契合“五四”时期对“人”的觉醒有所要求这一时代主题，倡导“恋爱自由、婚姻自主”的新兴婚姻观，这无疑对过去“父母之命，媒妁之言”的传统婚姻观带去了一记重击。张恨水的创作从不只是单纯地暴露社会的某一视角，而是带着读者深挖社会风云的各色人生，正视这背后阶层间压迫与对立、人类生存的困境甚至人性的弱点。“以《金粉世家》为标志，张恨水的叙述‘社会’才能更加成熟了，对生活的揭示颇见深度，对社会的观照，不一定流于表面，具有一定的穿透力和批判力。”学者张友鸾在比较张恨水的《金粉世家》和巴金的《家》时曾有过这样评价：“《金粉世家》如果不是章回小说，而是用的现代语法，它就是《家》；如果不是小说，而是写成戏剧，它就是《雷雨》。”[16]张恨水的作品中，把“五四”新思想对“人”的意识的要求，逐渐融入社会群众之中，是符合自由、平等、民主的社会思潮的体现，是为“五四”新文化运动的推进贡献自己的一份力量。

三、真情虚感：时代大潮背景下的情感传递

如前文所述，无论是创作观念的不同表达，还是对题材与内容的选择安排，对社会现实的深刻认知是鲁迅、张恨水两位大家进行文学创作的基础。关于作品的故事性，每一位文学创作者都有自己的衡量标准：何为真，何为虚，哪些是实情，哪些是虚感，都在作品的形成过程中，被不断调整和打磨。这里面“大到描述各民族的兴亡，小到描写一个最平凡的人物的习惯和感情”[17]，都会在作者的笔下被注入新的人生体验。整体观之，鲁迅和张恨水的作品充满了浓厚的民族色彩，其中既有社会风俗的变迁，也有儿女情长的温存；既有对日常生活的感悟，也有对社会现实的控诉。具体来看，鲁迅有自己独特的文学思想和艺术建构，其“为人生”的“故事”生动感人，发人深省：

> 以前的文艺,好像在写另一个社会,我们只要鉴赏;现在的文艺,就在写我们自己的社会,连我们自己也写进去;在小说里可以发现社会,也可以发现我们自己;以前的文艺,如隔岸观火,没有什么切身关系;现在的文艺,连自己也烧在这里面,自己一定深深感觉到;一到自己感觉到,一定要参加到社会去![18]

创作过程中,鲁迅将剖析的重点放在过去那些处于边缘甚至被放逐的人物灵魂的描写上,一方面以全新的人物视角观察社会和历史,另一方面也让这些曾经被遗忘在启蒙思想大潮里的人物,有机会登上文学舞台。

具体到现实生活中的人,都受社会性别的约束。社会性别对男性、女性带来不同的影响,也让男性和女性发展面临着不同问题。由此推论,男女两性的发展存在差异,亦即人的发展存在性别差异。

女性发展的隐性边缘化,体现在政治上工具化地对待女性发展,而作者则试图从人自身内在需要的角度来阐释人的发展。鲁迅《伤逝》中塑造的子君是一个即使深知无法改变社会的惯性,会饱受冷眼和舆论压力,也决然要反抗封建包办婚姻,新时期追求个性解放的形象。她认为,女性虽还有很多东西需要学习,但是最终也只能学习到那些适合于她们学习的东西。女性发展的意义、重要性和目的,取决于男性的需要和欲望。男性世界对女性发展的关注点却在"实用"或"现实"上,而最终这种畸形爱情价值标准下培养的知识分子,在严酷的现实斗争中表现得极不成熟。隐含着"五四"时期的这群革命知识分子对人之肉体和精神的双重解放,理性与感性共享自由的启蒙主义观念理解仍旧固守,与之矛盾的是对完整的人现代化的要求仍旧执着。历史的责任与现实环境总让人无暇静心理性地思考,却让雅俗文学对人类情感标准的认知和立场愈发体现鲜明。就像卡西尔所言,人的情感世界从不能用公理推论式的"几何学精神"来做逻辑证实。小说不仅把那样的年代里个人情感是怎样被无情地摧残的细节交代得淋漓尽致,更为思考社会变革遗留下的后遗症埋下伏笔。

作品中,鲁迅描述的悲剧性死亡蕴含着多重错位,文章又用第一人称独白抒情的话语表述,其间的沉痛与深思,构成了多声部交响乐。鲁迅被以男权思想和男性启蒙立场为惯性的时代裹挟,对于女性内在的痛苦是基本回避的。刻画以女人为代表的这种处于社会边缘的虚化符号语言,只是为了达到通过其悲惨命运批判当时社会的目的。即使这让鲁迅也深陷矛盾的痛苦之中,因为于公,他有作为一个文化启蒙者应当背负的神圣使命,然而于私,作为一个独立的社会个体,自己内心向往的真实情感却也有所缺失。正是鲁迅"以一种男性意义投射出来的,绕开女性的内在本质和精神立场的女性观"[19]的写作手法,才更让人明白其真实的用意,恰恰是为现代化潮流中的女性发声。

鲁迅在异质化的发展模式中早已看到女性和男性的不同之处,事实上他也在力求避免将女性消融于男性世界。但是,女性解放并不在于强调女性要为改变现状而反对男权制度,而在于重估女性的社会地位,通过弘扬女性价值实现女性解放。然而女性长期处于被压迫地位的现状,不是简单通过女性价值重估就能有所改变的,变革是必须要对深层社会制度和结构进行挖掘的。与鲁迅相反,张恨水笔下的女性不再是男性口中被叙说的对象,在以男女平等为主题的双线叙事模式下,女性形象刻画得细腻真切,她们可以和男性一样,拥有自己的欢乐与痛苦。因为两性的冲突永远不可避免也不易调和,所以故事创作中,同质化发展模式和异质化发展模式都不能引领女性发展的合理走向。张恨水与男权主义的本质主义看法相反,他明白被刻意保持而坚守的纯洁坚贞不是生命的本色,而是压抑正常人性、过度修饰的结果,这也更让他坚定自己始终要为弱者说话的决心。而且值得注意的是,改造社会的工作并非总是与个人情感相互抵触,无数先驱者的牺牲就是为了后代人能够在正常、自由的环境中幸福生活,而幸福生活的意义不仅包括精神生活,更包括物质生活的进步。因此,张恨水《天河配》(又名《欢喜冤家》)作品中,塑造的戏子白桂英这一女性形象就与鲁迅作品中的子君截然不同。她的情感倾向、对爱情的执着,以及婚后凭自己能力努力解决生计问题等方面,都在自然而然地诉说着革命工作与个人情感之间不应该有什么不可调和的实质性冲突的观点。不可否认的是白桂英在克服现实问题中展现的积极性,远比子君的消极态度更有号召力。由此观之,张恨水对女性问题的不断思考,推动他不断探究新线索和解决问题的方法。批判了无视性别差异和重视性别差异两种性别平等观后，他用自己的方式重新诠释了性别平等的核心。事实上，“女人”包括“人”和“女人”两个方面，因而与男性既是同质的又是异质的。但是同质化和异质化发展模式困境的根源在于分割了人和女人，同质化模式只见“人”不见“女人”，异质化模式只见“女”不见“人”。实质上二者都是对“女人”完整性的割裂。因此，张恨水从性别的视角出发关怀女性发展的独特性。这些女性形象既不是为了革命理想而离家出走的狂热分子，也异于为情所困的麻木妇人；在城市犄角旮旯里，小门小户人家走出来的她们，总能脚踏实地正视现实，她们有屈服于生计以求温饱的勇气。这也就是王玉和与白桂英的爱情命运即使跌宕起伏，但仍然能够经得住重重考验的原因。相比涓生和子君的爱情，高开低走的“尊严”在现实面前变得不堪一击。

“讲故事的目的通常在于讲述一件事情，而不一定在于贡献一套很有系统的学科知识。”[20]正如鲁迅与张恨水的作品，他们从不是在制造一个可以满足当下社会现实的叙事系统，而是在于讲述一件件平平无奇的小事件背后，普通民众隐藏的最真实的生活面貌。即使知晓传统势力的无所不在，也要突出重围，通过对生命价值的不停拷问，最终得以升华自己的灵魂。他们的作品就是展现这种内向化搏战的突出代表。如他们笔下的知识分子、骗子、好人、傻子、寄生虫、窝囊废、落伍者、毒舌、享乐主义者、先锋派、流氓、小市民、理想主义者、阿Q、假洋鬼子、疯子等，都是中国占绝大多数的普通民众。作者将“吃喝拉撒睡”类的琐碎生活设置为人物的优先场景，使读者得以近距离地观察人物以及他们的生活日常，进而产生一种与“真实”相融合的特殊情感体验。这些形象虽并非英雄，有时甚至显得滑稽可笑，但他们的人性却是立体的。鲁迅和张恨水都在作品里这样生动地展现着在先进与落后两种文化间摇摆所形成的双重人格和复杂个性。时至今日，对于我们当代的读者来说，即使再被拉回到曾经那段不堪回首的过去，这些“琐碎”的生活和“普通”的人物在作者的精心安排下，也仍然会显得格外亲切。结合对那段历史的认知，相信每位读者都不难理解作者想要传递的意图，并收获自己独特的情感体验。

注释：

①鲁迅：《鲁迅全集》第11卷，人民文学出版社2005年版，第32页。

②张恨水：《〈弯弓集〉自序》，张占国，魏守忠：《张恨水研究资料》，知识产权出版社2009年版，第218页。

③梁启超：《论小说与群治之关系》，《新小说》1902年第1期。

④李怡、郑家建：《鲁迅研究》，高等教育出版社2012年版，第68页。

⑤温儒敏：《欧洲现实主义传入与“五四”时期的现实主义文学》，《中国社会科学》1986年第3期。

⑥鲁迅：《鲁迅全集》第4卷，人民文学出版社2005年版，第526页。

⑦孔庆东：《国文国史三十年②》，中华书局2012年版，第137页。

⑧张恨水：《〈金粉世家〉的背景》，《写作生涯回忆》，江苏文艺出版社2012年版，第76页。

⑨范伯群：《中国近现代通俗文学史》，江苏教育出版社2000年版，第230页。

⑩汤锐：《现代儿童文学本体论》，江苏少年儿童出版社1995年版，第71页。

⑪张恨水：《西北行》，《写作生涯回忆》，江苏文艺出版社2012年版，第96页。

⑫沙：《恨水的创作表现》，《新民报晚刊》1944年5月16日。

⑬杨义：《张恨水：热闹中的寂寞》，《文学评论》1995年第5期。

⑭钱理群：《心灵的探寻》，河北教育出版社2000年版，第107页。

⑮范伯群：《中国近现代通俗小说史》，江苏教育出版社2000年版，第232页。

⑯张友鸾：《章回小说大家张恨水》，《新文学史料》1982年第1期。

⑰詹姆斯·哈威·鲁宾孙著，何柄松译：《新史学》，商务印书馆1989年版，第3页。

⑱鲁迅：《外集·文艺与政治的歧途》，《鲁迅全集》第7卷，人民文学出版社2005年版，第120页。

⑲孟悦、戴锦华：《浮出历史地表》，中国人民大学出版社2004年版，第41页。

⑳詹姆斯·哈威·鲁宾孙著，何柄松译：《新史学》，商务印书馆1989年版，第3页。

[作者单位：北京大学外国语学院]

浅析耽美写作中的“恶女”形象

□ 吴仕媛

耽美小说以描绘男性之间的羁绊和情感历程为主旨，而其情节设置障碍与冲突时，起到推动和转折等关键作用的角色，常常多以女性为主。有意思的是，这类女性更多是以恶女形象示人。虽然“称赞自己的性别总是可疑的，也往往是愚蠢的”[①]，但是，女性耽美作者的作品中，对于自己同性别的人物塑造多集中于恶女形象的现象，值得我们探究。本文将从耽美写作中恶女形象的基本特征出发，分析其中两类常见的恶女形象及其背后可能存在的文化根源。

一、恶女形象的基本特征

（一）靓丽外表

美好的事物总能激起人们的喜悦和舒畅心情，这是人类的本性。耽美小说中的男性人物通常都有着俊美的面容、英挺的身姿。这样的人物设定给读者们带来了审美上的愉悦，更能赢得读者们的青睐和想象。同样，耽美小说中的恶女们的外表大多也都是美丽迷人，令人赏心悦目的。《破云》中的步薇“皮肤雪白，眉眼乌黑，满头青丝铺在枕头上，唇鼻脸颊明晰秀丽得就像一幅工笔画”。《锋芒》中周黎有着“艳丽的装束，璀璨的首饰，火辣的身材，三百六十度无死角的美颜，让整个红毯都跟着熠熠发光”，“举手投足间道不尽的风情魅惑”。《你丫上瘾了》中的石慧“皮肤白得通透，眼部曲线偏欧化，眼睛很大，眼窝略深，里面凝聚着灵气，好像会说话一样。身材更是没挑儿，细腰大胸长腿，被一身的世界名牌包裹得玲珑有致，风姿绰约”。耽美创作者们总是不惜笔墨对恶女们的美貌进行渲染，明亮动人的眼眸、飘逸秀美的长发、玲珑有致的身材，大都成了恶女形象的“标配”。

一般认为，“丑与荒诞代表了社会人生的负面价值，是对美好事物的否定性因素，是与美相比较、相对立而存在的生活样态，是人的本质力量的异化、创伤和扭曲。它们的共同特征是表里不一，内外不符，荒唐矛盾”[②]。因此，丑与美是相互冲突的。但是，在美貌的恶女们身上，美与丑这一对矛盾却统一在一起：外表的美貌与内在的丑恶和荒诞，高度统一。她们能利用外在形象的美，运用欺骗等手段，达到自己的目的。那些看起来漂亮大方的美人们往往在其美貌的掩盖下，更容易做出极端的事。一如小说《锋芒》中西西对周黎所说的：“如果你的心像你的脸一样美就好了。”作者赋予恶女们出众的外貌，并非是和塑造男主角形象一样，为了使读者更容易对她们产生好感，而是为了用美丽的外表反衬出她们内心的丑恶，从而给读者造成更强烈的心理反差，就正如《默读》中一段对苏落盏的形容：“这女孩长得真是漂亮，杏核眼，脸颊圆润，还有个小尖下巴，比那些塑料的便宜货更像洋娃娃，天真和妩媚的气质在她身上杂糅得相得益彰，可是随即，可怕的怨毒爬上了她的小脸，她把电话机摔在墙上，歇斯底里地尖叫了起来。”这种前后的强烈反差更凸显了“因其美丽，更显其恶”的效果。

（二）极端型性格特征

耽美小说中的恶女们的性格多处于一个相对静止的状态，缺乏变化与发展。虽然，恶女们于外在表现得或活泼开朗或害羞腼腆，不尽相同，但依旧可以发现她们身上惊人的相似之处——极端。正常的人性状态被不断地推向极端，使恶女们人性中的善良全部被抹杀。

《前夫高能》中齐冉是一个非常聪明、强势的女人，她曾经供职于地产公司，在公司的业绩非常出色，曾经三年蝉联销售冠军，由于女儿成绩不好，便停职全程陪同女儿学习。后来因为她再想要复职时遇到了一些阻碍，于是干脆放弃了工作，专心当起了全职太太。齐冉复职失败以后，理所当然地将原因归咎于她自己对家庭的付出。她为了弥补这种心理落差而移情，想要用家人的成功来体现自身价值。极端性格使恶女们身上更有了强迫症般的表现，齐冉在家中"大到家庭装修，小到茶匙的摆放，她都会用一种近似军事化的标准来要求"。齐冉用自己的高情商碾压着丈夫与女儿，让他们形成强大的条件反射，遵守她制定的所有秩序。甚至于当丈夫赵毅刚情绪激动不小心把杯子碰歪的时候，他的反应竟是"忐忑地看了妻子一眼"。女儿也因此按照她的想法变得听话乖巧，成了学校老师的最爱。慢慢地，"孩子的出色已经不能满足她对成功的渴望，只有丈夫赵毅刚走上事业巅峰，才能补偿她强大的野心"。然而，赵毅刚是一个情商不高、与世无争的科研人员。因此，当齐冉知道丈夫的科研所要评选青年科学家时，"她决定干一票大的，用自己的超级脑来'帮助'他走上人生巅峰"。于是，齐冉联合她的朋友，绑架了三个参与评选且最有竞争力的科研人员，通过网络为自己丈夫造势。当她丈夫在评选前发现了她所做的违法事情时，齐冉更是疯狂地使自己的丈夫在评选前夜也同其他人一般暂时"失踪"，自己代替丈夫在万众瞩目中站上奖台，领取她心心念念的荣誉称号。极端的恶女们不会突然醒悟或者向善，心中的执念终会使得她们为达到目的而不择手段。

恶女们性格偏执而又极端，往往把一件错误的行为坚持到底，"恶"贯穿了她们从出场到谢幕的全过程。同时，这类人物的性格还聚焦于残忍、狭隘、冷漠，《明日星程》中舒莞为了摆脱纨绔子弟曹宇祥的猛烈追求，拜托自己的好友孙珣燕去天台拒绝曹宇祥，没想到孙珣燕意外坠楼成了植物人。事后警方虽已判定孙珣燕的坠楼为意外，而舒莞却依旧教唆孙珣燕的父亲孙耀勒死了曹宇祥，并把犯罪现场打扫干净，使孙耀逃过了法律制裁。在得知检察官韩柏含对她与孙耀产生怀疑之后，舒莞便又教唆孙耀去杀掉韩柏含，然而孙耀并不想一错再错，没有答应她，舒莞便自己动手将韩柏含打晕，想要使昏迷的韩柏含连人带车"开"入水中溺水而亡。不想孙耀竟尾随舒莞，还下水救出了韩柏含，当孙耀告知舒莞自己来之前就报了警后，"突然听到警车的警报声，舒莞茫然地回头，又转头看向孙耀，问道：'为什么？'"。舒莞偏执地认为对自己不利的人都应当除去，甚至直到最后，也没有明白孙耀为何要自首。《破云》中丁当为了赚钱决定开始制毒，将自己的父母拉下水，而后利用毒品杀害了自己的情敌冯宇光。等到东窗事发后，便串通母亲，将所有责任推给自己的父亲。当丁当因为身份被揭发而被警察带走之时，她依然怪罪他人揭发了自己，而没有意识到自身所犯下的罪恶。即使是违背了道德、违反了法律，只要能达到目的便在所不惜，极端性格的恶女们体现出了极端的人性恶。

（三）由被动受害到主动伤害

弗洛姆认为，"人并非一定是邪恶的，只有当适合他成长与发展的条件缺乏时，他才会变得邪恶。邪恶本身并不是独立存在的，它是缺乏善良，未能实现生命的结果"[③]。恶女们的恶也并非一蹴而就，而是经历了一个由被动受害到主动施害的过程。出于本能的自卫或发泄积愤的需要，极端性格下恶女们试图寻找排解的渠道，而以暴制暴便是她们最常用的手段。在《默读》中，苏筱岚在幼年时期总是遭受母亲苏慧的打骂，并被母亲强迫着去讨好具有"恋童癖"的男性。慢慢地，苏慧为了赚更多的钱，又开始强迫年幼的苏筱岚去诱拐与她年纪相仿的女孩，被诱拐来的女孩们最后全部都被苏慧卖了出去。苏筱岚对于这种犯罪由最初的害怕、不愿去做，开始慢慢变得麻木、冷漠。一次，她在学校的舞蹈老师要求学生自备裙子上台表演节目，苏筱岚便找母亲苏慧想要买一条裙子，而苏慧并没有同意，最终，苏筱岚从一个中年男人那里得到了一条碎花裙子。这是她第一次自愿出卖自己的身体。此后，她所拐卖甚至是杀害的女孩们，都穿着碎花裙子。对于这些女孩子来说，一条碎花裙子轻而易举就能拥有，不过，对于苏筱岚来说，想得到碎花裙子需要付出自己的肉体。苏筱岚就是在心理失衡与扭曲之中走向了主动犯罪。每次犯罪后，苏筱岚还会给受害女孩的家人们打电话，模仿女孩子的惨叫，以此来反复折磨受害者的父母。苏筱岚在畸形的生存环境中，情感无所依托，精神更是饱受折磨，最终便以施恶的方式发泄，并在这种报复、虐待他人的情感宣泄中获得了精神上的补偿与满足。

恶女们面对于自己有不利影响的他人时，就会以暴力的方式予以打击，不断暴露出自己偏执、极端且变态的内心。而恶女们最初的受害者的身份，也往往会因其极端的性格与暴力的作为而被掩盖住，使读者们只注意到她们冷血与残暴的一面，而忽略了她们也曾是单纯而美好的女孩，是被逼迫与被伤害的一方。《破云》中步薇生母吸毒、父亲酗酒，在步薇刚上初中时，父母就因一场意外而去世了。步薇被迫独自在社会上艰难地讨生活，阴差阳错地被给她母亲生前提供毒品的大毒枭所收养，从此被带上了一条不归路。《画怖》中沙柳只是到画展中心避雨，却被无意中卷入了光怪陆离且杀机重重的画中世界，入画的人在画中世界一旦死亡，现实生活中也会立马因各种意外而死去，所以沙柳被迫拼尽全力想要在画中存活下来。从这个角度而言，她们全都是被动的受害者，然而，她们身处这种极端压抑之下，需要从外部世界获得刺激以此来维持正常的心理活动，以便使自己的内心得到一种平衡。所以，恶女们往往走上了去主动伤害他人的道路。极端的恶女们以暴力行为来发泄心中难以消散的郁结，她们越是压抑、极端，其使用的暴力手段就越荒唐。

二、耽美写作中恶女的两类形象

耽美小说中男性人物为主角，女性角色变得可有可无，从总体而言，耽美小说里并没有完全忽略女性人物的存在。在设置障碍与冲突的情节时，她们往往起到关键作用。其中，与一方男主人公构成“三角恋”的感情结构的“前任”形象和代表男主人公们“上一辈人”的“母亲”形象是耽美写作中经常出现的女性形象。

（一）异化的母亲形象

在传统家族观念中，“母亲”即是“家”，她既是生育者、庇护者，是原初的教育者，也是支撑一个家庭琐碎日常生活的管理人。西蒙娜·德·波伏娃认为“母亲对小孩的态度，完全取决于母亲的处境以及对此处境的反映”[④]。耽美小说中所塑造的母亲形象则颠覆了我们传统文化中的母亲形象。她们时常会以抛家弃子的负面人物形象出现，给主角的童年带来孤独或恐惧的阴影，她们对待婚姻，对待丈夫、孩子的冷漠无情的态度，甚至成为男主人公们厌恶女性而选择和另一个男人在一起的诱因。

小说中异化的母亲形象可以大致分成两类，第一类是自私冷漠的母亲形象，如小说《你丫上瘾了》中白洛因的母亲姜圆，《大叔，你好》中姜晏维的后妈郭聘婷和霍麒的母亲林润之等。对金钱与权利的欲望是这一类型母亲发生异化与扭曲的根源。在小说《你丫上瘾了》中，白洛因的母亲姜圆在白洛因上高二时抛下他与他的父亲白汉旗，与更有权势的少将结了婚。姜圆再婚之后，以想要履行一些作为母亲的义务为由头，与儿子见面。一见面便告知儿子自己打算把他转到更好的私立高中读书：“在这么一所破高中读书有什么出路啊？我新任老公他儿子，和你一样大，就在我给你安排的那所私立高中就读，将来前途无量，你比他差在哪了？”当白洛因表示出不愿意时，姜圆马上就劝说：“难道你还想走你爸的老路，一辈子窝窝囊囊，四十多岁还蹬着自行车上下班？”好不容易才与儿子见上面的姜圆，没有表现出一丁点儿久别重逢的激动，更没有任何对孩子思念的表达，只是一味地给儿子灌输其父亲有多么的窝囊与穷酸。她并不关心儿子的生活与情感世界，只是希望儿子今后能给她争口气，让她以后说出去脸上有光。《大叔，你好》中姜晏维的父亲姜大伟与妻子离婚后，娶了只比儿子大两岁的小三郭聘婷。深知年轻貌美是自己资本的郭聘婷在怀孕期间为了保持身材，使得自己亲生儿子姜超一生下来便进了保温箱，直到满月才接回了家中。生了孩子的郭聘婷自认为已经深深在姜家扎下了根，便开始对丈夫原配的孩子姜晏维各种刁难，想将其赶出家门。每日与姜晏维的斗法使郭聘婷忽视了对姜超的照顾，年幼的姜超很快就因肺炎而再次住进了医院。而当郭聘婷得知姜晏维私自买了栋别墅后，立马将重病的姜超独自抛在了医院，回家找自己的丈夫姜大伟讨说法。在姜大伟那里碰了一鼻子灰后，郭聘婷甚至都不愿再回医院看望儿子，只是开始一味地与丈夫吵闹，找丈夫要钱。郭聘婷在与姜大伟结婚之后，并没有按姜大伟婚前所要求的把姜晏维当作自己的孩子看，对他甚至连一个陌生人都不如，只是将姜晏维当作获取更多钱财上的阻碍，在郭聘婷的眼中，只有金钱才是最重要的，甚至连自己的亲生孩子姜超在她眼中也只是巩固地位的工具，找丈夫索要钱财的筹码。尽管这类“母亲”们性格不尽相同，但多数都是受金钱、权力制约，无法摆脱它们的诱惑。因此，她们任凭自身欲望吞噬了情感，不约而同地通过离婚或者婚外情来达到自己的目的，一步步丧失了作为母亲的尊严。

第二类母亲形象则是如小说《默读》中苏筱岚的母亲苏慧、《保持沉默》中韩晨心的母亲许嘉怡、《前夫高能》中赵靓靓的母亲齐冉等等。她们是有过度控制欲与占有欲的“母亲”形象，她们对子女有着过度干涉、控制的反常举动。在《保持沉默》中，许嘉怡是个极有手段与耐心的女人，她和韩晨心的父亲韩衷认识的时候，韩衷就已经结婚生子了，韩衷背着自己妻子与许嘉怡在一起。不久，韩晨心便出生了。在韩衷还未与前妻离婚的日子里，许嘉怡对韩衷百依百顺，从来没有逼迫过韩衷离婚，始终以“解语花”的形象陪伴在他左右。直到韩晨心十一岁时，许嘉怡怀上了第二胎后，终于成功上位。经历漫长等待的许嘉怡坐上了“正妻”位置之后，也害怕又有另外一个“许嘉怡”代替自己。所以，与韩衷结婚后，其控制欲也达到了空前的高度。甚至旁观者孙哲杨都看出了“许嘉怡这个女人并不像是她表面上所表现出来的那么幸福，至少这个儿子是在她控制范围之外的”，可以看出，只有当所有人都在许嘉怡的掌控之中时，她才会感受到一丝丝幸福。许嘉怡要求身边人发生的所有事情都要在她的控制范围之中，甚至连儿子韩晨心的感情与婚姻也要插上一脚，不断给韩晨心介绍乖巧温顺的符合她心中标准的女孩子，并强迫着他与这些女孩子交流。当得知韩晨心总是敷衍自己给他安排的对象，而背着她与身为男性的孙哲杨在一起后，勃然大怒。由于孙哲杨是韩衷前妻的养子，许嘉怡便认定了孙哲杨是故意勾搭自己儿子的，她将他们二人在一起的事情看作是韩衷前妻与孙哲杨对她的报复，所以许嘉怡用尽手段想要将自己已经无法掌控的儿子留在身边，甚至以死相逼试图拆散二人。由于许嘉怡对儿子的控制欲，她自己变得越发狭隘多疑，而儿子韩晨心在家中也越发压抑，渐渐不再愿意回家与母亲接触，最后许嘉怡与儿子之间更是失去了母子间应有的温情，只剩下爱恨交织的相互折磨。小说《默读》中，苏慧年轻时被吸纳到拐卖孩童的犯罪团体中，一边通过出卖亲生女儿苏筱岚换钱，一边利用自己的女儿去拐卖其他女孩。苏慧作为一个单亲母亲，对女儿苏筱岚的控制欲极强，连她在学校里交朋友也不允许，苏慧甚至故意当着苏筱岚的面，把顺路来家中避雨的女同学卖给了当时正好在家里的“客人”。“因为不得已而过着独身生活者，则无论男女，精神上常不免发生变化，有着执拗猜疑阴险的性质者居多”，“生活既不合自然，心状也就大变，觉得世事都无味，人物都可憎，看见有些天真欢乐的人，便生恨恶”[⑤]。苏慧自己过着非人的日子，也不愿女儿过上正常人的生活，她把自己的那份乖戾怨怼、扭曲变态的心理强加在了女儿苏筱岚的身上，使女儿逐渐变成了第二个她。耽美小说中，这两类母亲在孩子需要保护与理解的时候缺席，归根结底，这样异化的母亲们最缺乏的是母性的坚韧与宽厚。

（二）偏执的前任形象

耽美小说中主角们的前任形象大多都是容貌姣好，外表看起来温柔娴静的模样，然而其内在性格却十分偏执，甚至是扭曲了三观。小说《锋芒》中王中鼎的前任周黎，《银河帝国之刃》中加文·西利亚的前任艾德娜·孔塞特琳，《你丫上瘾了》中白洛因的前任石慧、顾海的前任金璐璐，《逆袭》中池骋的前任岳悦等，这些“前任”女性普遍出身较好，一如本身是大明星的周黎，出身名门望族的艾德娜·孔塞特琳，在受高等教育的富家女石慧、金璐璐，被众人奉为“女神”的岳悦，这样的出身使她们先天就拥有了权力的庇护。也正由于从出生开始便一路顺风顺水，一直生活在被众人追捧的顺心顺意的大环境中，这些“白富美”们在面对自己爱而不得、求而不得的人与事时显得要比其他人更为偏执。

因执着于一件事情、一个人而走向极端的悲剧，总是发生在耽美小说中的前任们身上。在《你丫上瘾了》中石慧漂亮的外表与富裕的家境，使得她成为众多人心中的理想对象。然而，也正是由于石慧富裕的家境，男友白洛因认为“压在他内心最深处的一块石头被撬开了，里面是社会阶层的土壤，缓缓在他心里生根发芽”，“赤裸裸地揭露着他父亲的不堪和卑贱”。这种别扭的心态加之石慧的出国深造使得白洛因决定分手，石慧放下了以往对他人的高傲身段去不断恳求，希望挽回这段感情，甚至为了白洛因而重新回到国内，然而也没能阻止白洛因与顾海之间的感情升温。在被白洛因多次拒绝之后，她愈发不能接受这个结果，由一开始的恳求变成了逼迫，进而，又由自己逼迫白洛因转向了拿他的家人威胁他，同时还将矛头指向了不知情的顾海身上，不顾后果地自导自演了一出被人欺负的戏码嫁祸给顾海，使得白洛因与顾海因此事闹翻。“即使是一个为了错误目的而执着的人，为了这个错误错到底，错到死，它同样具有一种形而上的意义，这就是偏执。”[⑥]偏执的前任们局限于感情中不能自拔，而产生了飞蛾扑火般的极端和决绝，通过打压、离间、引诱等各种手段想要达到自己的目的，即使明知道有些事情是错误的，偏执的前任们也无意改变，继续固执到底。

同时，以前任身份存在的女性角色，除了总是使用各种极端手段来破坏男主人公们的感情外，她们还经常将自己被抛弃的怨怼发泄在相对弱小的第三方身上。一如《锋芒》中王中鼎的前任周黎，周黎先对王中鼎提出了分手，然而她在分手后又马上后悔了，除了因为她对王中鼎还有旧情外，更是因为王中鼎的变化。王中鼎与周黎恋爱时的清冷表现，让周黎以为王中鼎骨子里就是这样一个冷漠的人，无论对谁都是这般。直到他与韩东在一起后，周黎才发现王中鼎像彻底变了一个人，变得细心、温柔、体贴。“韩东给予王中鼎的这种吸引力，在她脸上狠狠抽了一巴掌”，这是作为受万人追捧的大明星的周黎所不能接受的，所以，为证明自己依旧是那个最有魅力的存在，周黎用尽各种手段，偏执地想要将王中鼎“抢回来”，甚至派保镖绑架并殴打了韩东无辜的好友，用来离间王中鼎与韩东二人。《逆袭》中池骋的前任岳悦，仅仅是因为看见了一个暗恋池骋的同事动用了池骋的东西，并围在池骋身边谈笑后，便花钱安排了三个混混，仿佛理所应当一般让他们教训了这个同事。“任何人最终所能够欲求或寻求的(作为目的自身的)东西只能是他自己的个人利益”[⑦]，偏执的前任们一旦面对违背损害自己利益的障碍，便会露出华丽外表下的第二重狰狞面貌，利用先天的权力不择手段地作恶，以此达到自己的目的，为此牵连甚至伤害他人也在所不惜。比起上文的母亲形象，更容易成为小说中的大反派，她们的偏执更是使得“恶”贯穿了她们从出场到谢幕的全过程。

三、恶女形象背后的文化根源

(一) 女性个性生存空间的自我规训

福柯在《规训与惩罚》中认为进行权力规训所依靠的一系列技术和方法就是从对空间的分配入手，“个体必须被封闭、被收容在一定空间之内，并将其固定在理想的位置上……保证群体纪律得到贯彻、执行的重要手段就是维系这种特定的、自我封闭的空间秩序”[⑧]。传统意义上，男性独占公共空间，女性被迫束缚在家庭生活空间，她们的角色也只能被限定为女儿、妻子或者母亲。在耽美小说中，恶女们依旧被排挤在政治伦理秩序的边缘地带，她们的现实生活及精神空间被压制和禁锢在狭小的家庭中。

传统的“‘他’的社会秩序是：女人——家庭的；男人——社会的”[⑨]。它剥夺了女性参与社会财富创造的权利，导致社会资源在两性之间分配的不均衡，造成了其在人格与经济上的严重不平等。《破云》中的步薇虽然是一场绑架案的主谋，但她既没有独立的经济能力，在学校中又受到严格管理，被收养她的人安排进设定的轨迹当中，谈不上任何独立性，甚至于在绑架案后由于露出马脚差点被抛弃；《默读》中的苏落盏在母亲死后延续着她母亲的绑架手段与习惯，依旧依赖着原先的“雇主”与“客人”们的资助而生存，甚至于在犯罪时与被捕后也需要身为成年男性的许文超去帮助和背锅；《你丫上瘾了》中姜圆砸邹婶的早餐车等种种以势压人的行为，归根结底只是借了自己新丈夫的势。可以看出相对于男性而言，恶女们仍处于弱势地位，仍旧作为他者处在公共空间之外，尽管不再像过去那样完全是“男性的附庸”，但也谈不上有完整的独立性。

同时，恶女们无论表现得有多么冷漠、自私、偏执，一旦她们如愿以偿之后，便收起了自己的利爪，就如同一个传统女性一样，将自己约束在了家庭生活空间。《大叔，你好》中的林润之、郭聘婷等母亲形象，在千方百计嫁入自己期待已久的豪门后，便安心独居一隅，在新的家庭中专心料理起家务，伺候好新丈夫；《锋芒》中的岳悦与《你丫上瘾了》中的石慧等前任们，在发现前男友对自己态度有所好转时，便立刻变得乖巧懂事、任劳任怨，一面对他们嘘寒问暖，一面讨好他们的父母；甚至是《默读》中极端压抑与偏执的苏筱岚，在得知自己老师愿意收养自己时，也渐渐收起了自己满身的戾气，直到发现自己所依恋的老师只是迷恋着与她类似的少女时，又彻底堕入黑暗。一如伯格所指出的：“男性表现而女性表演。女性意识到落在自己身上的异性目光，她关注这种目光……女性不只是被审视的对象，同时，她也是一个（自我的）审视者。因为，她在他人面前的表现，特别是她在男人眼中的表现，是至关重要的，这决定了她的人生能够有多成功。她对于自身的定义和评价很大程度上在于她能否得到别人的欣赏——实质上就是男性的欣赏。”[10]恶女们在稍稍得偿所愿后，就开始试图由“恶魔”向“天使”转变。无论是由衷的变化还是虚伪的迎合，都表明了恶女们并未关注她们自身内在的真正需要，自我主体意识并未觉醒，更多的是渴望依附于男权。

无论是母亲还是前任的恶女形象，她们作恶的本质，也是希望获得自己理想中的“贤妻良母”的社会位置。恶女们并未完全走出传统女性的生存空间，她们依旧只是从男性的审美目光出发的“被凝视的客体”。“真正奴役和压抑女性心灵的往往也不是男性，恰是女性自身。”[11]恶女们自觉自愿将自己训练得可以适应传统男权社会所限定的规则范式，满足于女儿、妻子或者母亲的社会角色。恶女们的这种自我规训，使得她们本身在家庭生活空间中故步自封，这更是在不同程度上体现出了在自我规训下，她们对于传统父权的女性价值尺度的认可。

（二）无法摆脱的父权影响

恶女们虽然不同于传统的女性形象，其思想与行为在一定程度上挣脱了传统思想的桎梏，已与原有的巨大的社会体系产生了对峙，但从其结果上看来，她们都表现出了一种或绝望或依附的生存状态，无法打破传统的男女关系和男女秩序，只能在男性主导的社会中谨慎生存。

小说中对女性人物的价值判断还是遵循着封建道德，并没有真正把女性从第二性的附属性生存中拯救出来。一旦恶女们没有遵循她的传统性别角色，没有遵从父权制社会的规范，那么其所遭受的种种不公与不幸都会变得合理化。如在《你丫上瘾了》中主角顾海在没有与女友金璐璐分手时，便已经移情别恋，喜欢上了另一个主角白洛因。金璐璐为了确定自己在顾海心中的位置，抱着想让其吃醋而产生危机感的想法，假装出轨其他男人，后被顾海“抓奸”从而导致分手。金璐璐毋庸置疑是这场感情中的受害者，然而小说却理所当然弱化了其受害者的形象，更为顾海抛弃金璐璐找到了一个看似合情合理的解释。小说忽视了顾海先精神出轨在前的事实，使人觉得这样一个性格败坏又可能肉体出轨了的女人，与主角分手仿佛是理所应当的一般。小说作者将顾海放在了被动的位置上，使其置身于一个不受社会道德和舆论谴责的地位。同时，作者也并没有因为与恶女相同的女性身份而产生同理心，更没有对恶女们表现出丝毫的同情或者怜悯，只是极尽手段将她们无限丑化。即使她们最初是令人同情的，最后也变成了罪有应得，这也使得这些作品中的恶女们只能是遭人辱骂和唾弃的。

父权文化“以贬低、弱化、压抑女性本真的生命力为前提，以牺牲女性的思想权、话语权和审美权为条件，将女性置于被动的审美客体位置，以男性的审美理念塑造女性”[12]。而这种审美模式被照搬到了耽美小说的恶女形象塑造上，恶女们无论是伪装成有天真纯洁、善良温驯特质的“天使”，还是被暴露出丑陋邪恶、偏执疯狂特质的“妖魔”，她们依旧没有逃离父权话语下的“空洞能指”。从人物塑造角度而言，恶女们其实都属于扁平化的人物。“某种静态的塑造人物的方式，只表现一个单一的性格特征，也就是只表现被视为人物身上占统治地位的或在社交中表现出的最明显的特征”⑬，尽管恶女们出于种种不同的原因而走上了恶女之路，但也可以看得出，这些“恶女”们的形象、性格从头至尾都并没有发生什么变化，无论时代发展如何以及后来所受到的教育如何，她们始终保持着出场时的性格，也并没有随着环境的改变而发生变化。同时，以单一的、批判性的叙述视角为主，常常是耽美小说中对恶女形象塑造的切入点。虽然关于这些女性形象的描写十分生动，但作家大都是采用全知视角和外视角的叙述模式，极少深入人物内心世界，所以未能写出她们灵与肉的冲突，也未能表现她们内心的挣扎与撕裂。小说抹去了在种种压抑下的恶女们辛苦挣扎的生命伤痕，使得她们在挣扎过程中所产生的种种人性上的异变，只能被当作单一的恶德恶行，而失去了让人同情悲悯的价值。可以看得出，耽美小说在恶女形象塑造中，蕴藏了耽美创作者们的集体无意识——父权影响下按照男性视角规范的审视。在父权文化影响下的这种审美模式使得恶女们只能成为一种平面化的、在人格魅力上低于男性角色的存在。

注释：

①弗吉尼亚·伍尔夫著，吴晓雷译：《一间自己的房间》，陕西师范大学出版总社有限公司2014年版，第98页。

②朱立元：《美学》，高等教育出版社2006年版，第196页。

③埃里希·弗洛姆著，薛冬译：《恶的本性》，中国妇女出版社1989年版，第110页。

④西蒙娜·德·波伏娃著，陶铁柱译：《第二性》，中国书籍出版社1998年版，第579页。

⑤鲁迅：《鲁迅全集》第11卷，光明日报出版社2015年版，第103~104页。

⑥罗维：《论杨争光匪类小说的多重文化意蕴》，《武陵学刊》2011年第4期。

⑦陈真：《心理学利己主义和伦理学利己主义》，《求是学刊》2005年第6期。

⑧米歇尔·福柯著，刘北成、杨远婴译：《规训与惩罚：监狱的诞生》，生活·读书·新知三联书店2003年版，第193页。

⑨李银河：《女性权力的崛起》，中国社会科学出版社1997年版，第120页。

⑩Berger, J, *Ways of seeing*. London: Penguin, 1972, pp. 57-58.

⑪铁凝：《铁凝文集》卷5，江苏文艺出版社1996年版，第458页。

⑫郑大群：《女性禁忌与后新时期女性写作》，《文艺评论》2000年第2期。

⑬雷·韦勒克、奥·沃伦著，刘象愚、邢培明、陈圣生、李哲明译：《文学理论》，生活·读书·新知三联书店1984年版，第246页。

［作者单位：湖北大学文学院］

大运河的探秘与民族文化的溯源

——解读徐则臣《北上》

□ 沈倩倩　李掖平

京杭大运河这条有着2500多年历史的人工河流，从悠远的古时流淌至今，深刻影响了中国社会的经济、政治和文化形态，这种影响体现于万千民众生活的肌理之中，它的发展踪迹是我国历史的一个缩影。从某种程度上讲，追踪大运河的前世今生，思考大运河的未来景况和体味大运河与民众的深刻关系，就是在思考我们的民族古今。这样宏大的命题对于一个拥有严肃态度和艺术追求的作家来说显然是很有诱惑力的，《北上》是徐则臣交出的一份优秀答卷。作者以笔作桨，带领读者沿着这条凝聚了中国古人非凡的想象力、创造力和英雄气魄的人工大运河一路穿行，触摸华夏大地的民族根性，寻索中国文化的精神血脉，感受其浩然之气、隽永之美、永恒之情。

以大运河为轴线，徐则臣精心构设并串联起两个时空、三组故事、众多人物，将横跨100多年的时空疏密有致地铺展于读者眼前，立体化刻绘了中华民族波澜壮阔的百年历史及其复杂而神奇的面貌，并以多重的比较视野带领读者审视着发生于大运河上的纷纭世事，在人物寻根溯源的旅程中寄寓着历史沉思和未来瞻望。作者不仅从故事的内容上透视大运河背后的社会生活变迁与民族文化浮沉，又充分发挥想象力和探索力，从情节铺衍的叙述节奏上切合其运动形态。于是，读者们在来回交叠切换的时空中，既看到了历史中的大运河和当下的大运河，更看到了历史与当下大运河的互为对比和参照，以及大运河之于中国之于世界之于人类生存的重要价值和意义。由此，深层思考的探照灯逐渐照向前方：我们究竟应该如何创造性继承、创新性激活先人留给我们的历史遗产？又怎样借史鉴今、以史励今，来滋养我们的现实和未来？

一、有意识的文化探渊

徐则臣在《北上》中塑造了众多的人物，若是拿通常意义上的标准找寻《北上》中的主人公，只怕是会失望而返，因为这部作品中的主人公是一条河。当然这也不是什么新鲜事，中国现当代文学史上以塑造大河形象而闻名的优秀作家作品，就有李劼人的大河小说“三部曲”（《死水微澜》《暴风雨前》《大波》）、沈从文的《长河》、李杭育的“葛川江系列”（《葛川江上人家》《最后一个鱼佬儿》）等，刘绍棠更是因一系列以大运河为背景的作品（《运河的桨声》《蒲柳人家》）被誉为“大运河之子”。尽管有这几座“滚烫的火炉”在前，但这似乎并未使徐则臣产生“影响的焦虑”。他选择以一种别开生面的艺术表达方式，将自己对民族历史和传统文化的深刻感悟与思索，沉潜在故事讲述、情节铺衍、人物塑造、文本修辞和语言运用的过程中，力图通过真实生动地写照和表征时代发展、社会变革和民心所向，以一种精神方式参与祖国聚力前行的历史进程，并以此钩沉出中华民族在困厄中破旧立新、求变图强、不断创新的历史发展逻辑，彰显出刻画民族表情、塑造民族人格、展示民族力量、弘扬民族精神的深厚文化意义。

故事的发端是一封写于1900年7月的意大利文信件，由此信生发出三组故事。第一组故事发生于1900年—1934年间，意大利人费德尔因追慕大运河来到中国，之后通过一系列颇具传奇性的事件留在中国度过余生；第二组故事起始于1901年，费德尔的哥哥小波罗来中国找寻弟弟，以考察的名义组成了以他自己、谢平遥、邵常来和孙过程四人为核心人物的船队，他们沿着大运河一路北上；第三组故事发生于现代，谢平遥、邵常来、孙过程、周义彦和费德尔的后人都有自己的生活轨道。这些人相互间本来并无联系，但由于大运河的关系，他们在一系列事件中产生了交集，先后建立起或血缘或亲情或友情等各种关系。这三组故事分别发生于不同的时空之中，故事的走向和讲述的角度与风格也迥然不同，但也正是因为这些相异性，使得原本线性行进的历史或横面荡开或旁枝逸出或折叠拐弯，展现出格外丰饶繁复的空间和层次。

我们先看发生于过去年代的两组故事：第一组以意大利人费德尔为中心的故事是通过第一人称来讲述的。这个“我”一反往常作品中外国士兵凶神恶煞的形象定位，当“我”身处意大利时就对中国的大运河心生向往，后来得以通过服兵役的方式来到了朝思暮想的圣地，然而由于战争，“我”只能收起对这片土地的爱慕，用凶残的方式对待它，参与到了八国联军与义和团、清政府的战争中。“我”十分厌恶这场战争，并且非常同情义和团里的中国民众，在遇到心爱的女子之后，干脆隐匿起自己的身份，在大运河畔安家落户，度过余生。在这组故事中，徐则臣设立起一个“闯入者”审视中国近现代史的维度。通过设置费德尔这个外国人来“看”这场战争爆发的后果，“看”双方战士的痛苦，“看”中国百姓的痛苦，来增强这种叙述的感染力和真实性。在发生于 1901 年的第二组故事中，人物的身份各异，有代表外国势力的意大利人小波罗，有代表知识分子阶层的谢平遥，还有代表农民反抗势力的孙过程及代表普通百姓的邵常来等人。作者在设置这些人物时显然煞费苦心，因为这些人物几乎囊括了所有曾对清朝末年社会走向产生巨大影响的各方势力。这些背景各异的人物一路北上，他们不仅观赏到波光粼粼的大运河美景，体味到氤氲着烟火气息的民间世界，同时还领略过清廷、义和团、洋人侵略者的刀光剑影。然而需要注意的是，徐则臣尽管也将这些势力作为描述的重点，但他塑造出的这些代表各方势力的人物，显然又与传统认知有所差异。譬如在许多人的认知中，外国人一定是为掠夺财富而来到中国，义和团中的人对洋人也必定是不分善恶地统杀。然而在徐则臣的笔下，小波罗是为寻找亲人而来，并且对中国怀有一种欣赏的态度，孙过程也并非完全与洋人水火不容。可以说，在这一组故事中，作者的意图在于将一百多年前中国的图景像纪录片一样如实铺展，不仅要展现通常认知中的图景，更要挖掘历史中可能存在的越出常轨之处。在人物的设定上，已经如此颇具匠心，在具体塑造每一个人物、勾连每个人物之间的关系时，作者则显示出了更为精巧也更见其对民族历史深邃思考的写作功力。这些人物各个鲜活生动，对于眼前的乱世，他们有着自己的思考，跟随着这些不同人物眼中的景致，其不同思考也顺理成章地展现在读者眼前。譬如，在小波罗的眼中，他并不怎么在意这个东方古国的繁盛、衰败和战乱，对这里的人民也没有先在的恶意，他来到这里仅仅是为寻找自己的兄弟，他是用意大利的标准来衡量眼前这个即将走到终点的封建王朝和这里的人民的。在谢平遥的眼中，他痛心于自己的国家，同情困苦的底层百姓，却又无能为力。在与小波罗的同行过程中，他得以冷静地观察小波罗。而在曾经是义和团中一员的孙过程这里，他虽不理解朝廷的朝令夕改，但对于洋人的憎恶却并未消失，对于哥哥的临终所托他从未懈怠，后来通过与小波罗的相处改变了些许自身的观念。不难发现，在《北上》的这一组故事中，徐则臣通过这些人物的设置，构筑起一个发源于鲁迅作品中的“看”与“被看”的结构，并且，这个结构是多层次的：外国人眼中的大运河和中国；中国人眼中的外国人和中国；知识分子眼中的底层民众；义和团中眼中的清廷等等。尤其值得注意的是，在这一组故事中，叙述人的口吻变为了“上帝视角”的第三人称，试图建构起一种客观冷静的叙事。由此，通过这种匠心独运的人物关系建构、人物关系背后“看”与“被看”的叙事视角的多重设计，大运河上的或荒诞、或温润、或火热、或残酷的沉厚历史，得以充分而多层次展开在读者眼前。这段历史当然涂染着作者鲜明的主体性色彩，但也恰恰因此，《北上》中的这段历史才更具深远的启发性和独特的美感。

在前两组故事中，历史在横截面的展示中呈现出一种丰富性，到了第三组故事，时间跳转到了现代，视域随时空的大幅跳跃而随之放大放远，展现在眼前的是宏阔的国族百年史。对于中华民族来说，这一百年的历史意义非凡，但作者没有正面处理，而是采用类似“探秘”的形式，通过对家族史的揭秘来承载对民族历史的溯源。这种溯源不仅仅是为了找寻到民族文化的

"根",更重要的是要在这一"寻根"之旅中,重温并激活和传承民族文化充沛的元气、蓬勃的生命力以及丰厚的精神遗产。于是,"寻根是为了更好的出发"这一主题,通过精心的钩织渗透到各个人物身上,在作品内部扎下根来。一百多年过去,邵常来的后人、谢平遥的后人、周义彦的后人、孙过程的后人和费德尔的后人,尽管身处不同的行业,但他们的生活依旧与大运河有着不可割裂的关系。乍看之下,小说呈现出的只是一些现代生活的不同侧面,但联系到其背后那条虽风光不再但依然浩荡的大运河,便可知晓,作者意在展示大运河在现代社会中附着在民众生活不同层面上的丰富意义。大运河不仅仅是很多人的"饭碗",更是他们生命的一部分,大运河塑造了他们的生活形态,大运河的踪迹在他们的精神世界中留印着清晰的刻痕。这些人物本在自己的生活轨道上平缓运行,如同河流的支流终究会汇集到一起,这些负载家族"秘密"的人物是因为大运河汇集到了一起。随着这些秘密的揭开,随着时空距离的抻长拉宽,在与先祖命运的比较与联系中,一条条不同层面上的"出走——回归"的隐含线索徐徐浮出水面。生活在当下时代的邵星池是职业层面(试图逃离传统渔业,最终发现自己的根是长于此)上的,马思意是身份层面(被喊了一辈子"马思艺",最终回归为"马思意")上的,谢望和、周海阔显然是精神层面上的。而在两个外国人身上,此结构的完成则由小波罗和马福德二人经历共同构成,马福德因向往中国而出走,小波罗因寻找马福德而出走,虽然小波罗因意外而去世,但是他的弟弟却因爱情而寻找到新的故乡。既然他们出走和回归的动力皆源自大运河,那么我们就可以说,其实,启迪他们思索人生的、教给他们体念人生的、赋予他们智慧与品德的,绝不仅仅是他们在大运河畔结识的某一个或某一群人,而更是这条大运河。简而言之,不论是谢平遥、谢望和们,还是邵常来、邵星池们,或是费德尔、小波罗们,他们的命运始终与大运河联系在一起,他们的历史其实也就是大运河的历史,那么,他们的未来也就是大运河的未来。这使我想起了沈从文写在《长河》中的这几行文字:"但真的历史却是一条河。从那日夜长流千古不变的水里石头和砂子,腐了的草木,破烂的船板,使我触着平时我们所疏忽了若干年代若干人类的哀乐!我总那么想,一条河对于人太有用处了。"是的,每个人在追寻远方时须回看过往才能更好地走向远方,民族的发展也须得深刻溯源民族文化的根基,继承其精神价值,从而使个人、使民族更好地走向远方。徐则臣显然是深谙个中三昧的。他不仅是在以上述各色人等与大运河的血脉亲缘,来寄寓自己对大运河前世今生命运的思考、对个人命运和民族历史的思考,还企盼通过谢望和的故事来寄托大运河以及中华民族未来的荣光,希望借大运河申遗成功这一契机,不仅从精神层面上真正重视大运河,更从实际行动上激活其生命力,使其承载的民族历史和精神渗入平民百姓生活的方方面面,真正成为民族生命、民族表情、民族人格、民族力量的重要组成部分。

《北上》的故事横跨两个时空,作者在单独观察每一个时空中的众生相时,实际上建立起的是一个时间的横坐标。在这一横坐标中,徐则臣通过活跃于其间的人物展示出历史和现实生活的丰富性,在代表各方势力的人物"看"与"被看"的结构中呈现出社会生活复杂的层次性,同时也展示出大运河之于民众生活的重要意义;而将两个时空联系起来观察时,实际上作者又建立起一个时间的纵坐标,通过这一纵坐标,徐则臣显露出他对于大运河和民族历史的思考,希望在"寻根"过程中深入挖掘并发扬光大其荣光,从而指向未来和世界。由此可以看出徐则臣是用一种由个人而民族而世界,又由世界而民族而个人的循环视角来看取民族历史的。也由此,作者呈现出的大运河不仅仅因勾连古今而有宏阔之势,蕴含了几代人的辛苦求索而现深沉之况,更因深入生活肌理而有温润之态,摇曳出不同于前人的别样风情。

二、有意味的形式建构

通过《北上》不仅能看出徐则臣作为一名具有知识分子气息作家的深刻,还能看出他在叙述艺术上的自觉探索。当然,这种"格式的特别"的探索早已开始,在《耶路撒冷》中,他将章节分为奇数章和偶数章,同时在奇数章的内部又采取一种对称结构,采取这种形式也并非为新而新,而是为解决主体故事中容纳不下的思考。当这种艺术追求延续到《北上》时,为了适应大运河这个翻滚着波涛、承载着晃晃悠悠船帆的主人公,徐则臣探索出一种别致又恰切的艺术形式。

在《北上》中，考古报告之前有一段引言，引述的是爱德华多·加莱亚诺的诗句："过去的时光仍持续在今日的时光内部滴答作响。"这段话诚然可以解作从历史中走来的人和物皆会带有过去的印痕，以此呼应着《北上》的主题，但是这段话也潜藏着一个关于这部作品的文本艺术形式的秘密：过去与今日是如此地难分难解，前者是往昔对今日的抵达，后者是今日对往昔的重溯。这句话与文本第三部分中一些近似于夫子自道的话语遥相呼应："虚构往往是进入历史最有效的路径；既然我们的历史通常源于虚构，那么只有虚构本身才能解开虚构的密码"，"我要把所有人的故事都串起来。纪实的是这条大河，虚构的也是这条大河，为什么就不能大撒把来干他一场呢？"看似简短的几句话却包含了极为丰富的意思和意味：第一，将自己想以虚构的方式来写作这部小说的创作意图坦诚交代；第二，这是在交代自己是用"把所有人的故事都串起来"的手法进行并完成虚构的相关过程；第三，既然纪实和虚构串为一体相融相成，那么，小说的叙述就可以在铺衍故事的同时，来谈论正在进行的叙述本身，并使这种对叙述的叙述成为小说整体的一部分；第四，作者藉此提醒读者要对文本进行更深入的艺术思考和质疑，同时警醒读者换一种思维方式来看待小说与现实的关系。《北上》由此而具有了鲜明的"元小说"的特征。借用"元小说"的技法弥合现实与艺术两者之间的界限，以看似"解构"的艺术形式来凸显书写者关于历史"建构"的思考。这种艺术构思的巧妙和大胆的确令人欣喜，扭结于作品中的具有比较视野的历史反思和具有阵痛的当下求索非但没有因之褪色，反而更为清晰，这一艺术上的尝试呼应的正是《北上》中那句具有点题之义的语句："一条河活起来，一段历史就有了逆流而上的可能，穿梭在水上的那些我们的先祖，面目也便有了愈加清晰的希望。"

与大胆运用"元小说"技法来对百年民族史进行建构的想法相适应，《北上》中叙事时空的安排，以及与此紧密相连的文本结构都别开生面。一切的故事都开始于一封写于1900年7月的意大利文信件，正是由于费德尔写的此信，他的哥哥小波罗也从意大利来到了中国。这两个闯入者在20世纪初的中国大地上结识了不同的人，从而生发出不同的故事。一百多年之后，与他们二人相关的人的后代又因为此信汇集到了一起。表面上看，《北上》的故事结构具有圆融的特点，但是这圆融明显有别于传统小说的那种逻辑严密的线性叙事，本文中的圆融充满了偶然性，内部的密度也并不一致，这显然是由于不同于一般小说中叙事时空的架构造成的。在《北上》中，作者将过去的故事和现今的故事进行了交叠切换式安排，第一部的第一节先叙述发生于1901年的小波罗这一线索上的故事，之后第二、第三、第四节中的故事却是发生于现代的，并与第一节有着千丝万缕的关系；到第二部中的第一、第二节，时空再次置换，展现在读者眼前的又是发生于20世纪初的场景，第三节又回归到现代；故事行进到第三部，又重新回归到那封信上。更为重要的是，每一次追述20世纪初所发生的事情时，都会由此（1901年）一再地溯源大运河悠远而丰饶的前世，而每一次回到现代，现代的节点都在不断向前延伸，使大运河的今生始终呈现为一种不断向前发展沿革的动态。据此，我们说《北上》故事内部的时空线索的铺设，既不是一种顺序时态，也不是顺序和倒叙互为穿插的错落时态，而是如同大运河本身的运动形态一般起伏跌宕、来回摇摆的交叠时态，如同大运河当中的一朵浪花，在水流的涡旋中不停地来回腾挪翻滚，每一次腾挪翻滚都看似相似，但实际并不一样；又如同不停行进的钟摆，每间隔60秒，指针就要重复运行到某一个点，但每一次的重复，却能指着一个崭新的时点或分点。运河人百年的故事和大运河数千年的流变，就这样时而疏离时而交叠，既互为镜像又相融相成，既所指着历史总在螺旋式上升的社会发展规律，又诠释了中华民族百折不挠、砥砺前行的能指性。这是徐则臣的一次大胆尝试，亦是他的一个成功创新。一方面，这样给人以摇摆交叠之感的时空设置，一是紧密契合了主人公是大运河的身份定位，二是建构起了一种或抻长或缩短可随意折叠的新空间；另一方面，在一百多年的时间里，通过血缘关系勾连起如此众多的人物，将他们妥帖地安放于不同年代。在讲述这些人物的故事时，开端详述，中间年代则略去不讲，到讲述21世纪的故事时才在人物的溯源过程中影影绰绰，或隐或现，这样的处理方式更有利于突出历史与现实的联系，引领读者从历史发展的眼光、今昔对比的视角，来思考大运河所承载的历史和民众的命运。同时还有效增添了阅读的趣味与快感，作品的各个章节都具有一定的独立性，随意抽取某一节进行阅读，都会觉得是一个相对完整的故事桥段；假若不按照书籍目录安排的章节顺序进行阅读，即对其顺序进行随意组合之后再来阅读，依然可以体会到故事的完整性，进而乐享层次更为丰富的阅读体验。这是传统的线性叙事所不具备的一种审美效果，从而使有意味的讲述真正获得了有意思、有兴趣的意味。

这种别开生面的艺术形式显露出徐则臣探索一种新颖的小说创作之路的勃勃雄心。但他所追求的“新”并非“为赋新词强说愁”式的“为新而新”，而是如何更为有效地建构一种独特的艺术形式。在一则名为《到世界去——徐则臣访谈录》中，徐则臣曾谈到过他对于这个问题的看法：“如果这个世界的真相就是如此复杂，那我们就不应该人为地简化它，事实上传统的、逻辑井然的线性叙事就是简化为手段才得以成立的。”显然，《北上》是他这种文学观的具体践行，他在尝试着以一种别开生面的创新艺术形式来揭开历史的丰富性、偶然性和复杂性。这种艺术形式与其内容和主题相辅相成，高度契合，成功地将寻访一条河流、探秘民间生活底蕴、致敬乡野生命形态的个人具体行为，提升为追溯民族的文化根性和精神血脉的一个具有化人养心审美功能的文学史意义的事件，将一部小说熔铸成照亮华夏大地文化精神和生存境界的“大说”。更重要的是，这种可贵的艺术探索与创新，为当下的文学书写从文本结构的创建，到故事情节的铺叙，再到文化意蕴的涵容，从叙述方式的选择，到表现手法的穿织，再到语言文字的运用，如何有机整合东方与西方、传统与现代、写实与虚构、中正与诙谐、笃实与空灵、明晰与隐晦、纯粹与杂糅、守成与创新等艺术思维和审美风格，建构一种具有民族文化高清辨识度的新时代文学符号，以生动鲜活的可能性，提供了以资矜式的镜鉴。

为徐则臣点赞。

［作者单位：山东师范大学文学院］

讲述民族秘史的一种方法

——评徐则臣长篇小说《北上》

□ 李明燊

古往今来,讲述民族秘史的方法莫衷一是,而以一条河流及在其上生活、游走的人们为中心的文学作品实属罕见,徐则臣的长篇小说《北上》便是这样一部以河流讲述民族秘史的巨著。30 多万字的《北上》将京杭大运河百年来的历史及当下通过特殊的叙事方式进行了全方位式的演绎。之所以称之为"全方位",在于小说以宏阔的视野和新颖的叙事呈现百多年来运河的沧桑史,回眸历史、立足当下,旨在强调保护传统文化对于一个民族发展的重要意义。

中西文化的交锋与融合

《北上》首先以意大利两位兄弟的视角来讲述 20 世纪初至抗战时期的中国历史。《北上》之名源于意大利人保罗・迪马克,在中国他被人们称为"小波罗",他向往马可・波罗笔下天堂般的中国。于是,小波罗踏上了这片风雨飘摇的晚清的中国大地,来到京杭大运河,在谢平遥、邵常来、孙过程等人的陪护下,坐船由南向北,沿着时间和历史的河流北上,去印证想象中美好的中国。而小波罗的弟弟费德尔・迪马克加入联军进攻北京。在中国,他们行走在不同的人生轨迹上,却都与河流相关,"一个民族的文化是其宗教的体现"①,河流不仅是故事的空间载体,它更承载着中西文化的交锋与融合,承载着一个民族的文化信仰和外来人对这个民族的文化想象,并在历史的长河中缓缓流淌。

小波罗对中国的向往代表着很多欧洲人对中国的想象,对于欧洲人来说,中国是遥远的,他们受马可波罗的影响,认为中国是人间的天堂,遍地都是黄金、瓷器、绫罗绸缎。空间上的距离让欧洲人只能通过少数来过中国的旅行家、传教士、商人的讲述和记录来认识中国。直到西方通过工业革命崛起,中国依旧故步自封,西方的坚船利炮打开了古老中国的大门。因此,在这样的历史背景下,如小波罗一样的西方人对中国的向往就带有一种先进文明对落后文明的猎奇心理。一路上,小波罗对运河沿途的一切都感到新鲜,这种新鲜感的基础是西方文明的优越性,带着这种先验的认知来到中国,"世界正轰轰烈烈地以他为中心向外扩展和蔓延"②。事实证明,这种优越性是受用的。旅途中,小波罗每到一个地方,都会受到当地官府的礼遇和重点保护,在"扶清灭洋"的乱世,当地官员唯恐这个洋人在自己的管辖区域内出事,因而官职不保。

沿京杭大运河一路北上,时值义和团运动、八国联军进攻北京的乱世。小波罗经历了太多人生未曾经历过的事,妓院放纵、尝遍美食、路遇劫匪、遭义和团拳民袭击身受重伤并最终葬身中国,等等,小波罗切身触碰到了鲜活而又破败凌乱的中国。但对于那个时代的中国人来说,小波罗并不是一个单独的个体,他代表着西方文明,代表着欺压中国人的洋人。因此,当中国人碰到洋人时,总是又恨又怕,而有时也想在洋人身上捞点便宜,有时也会借洋人之势欺负自己的同胞。当然,也有义和团拳民打着"扶清灭洋"的旗号被朝廷利用攻击洋人,最终激怒西方,成了八国联军进攻北京的导火索。

小波罗的弟弟费德尔・迪马克便是联军中的一名士兵,与通常预设的形象相比,我们很难用凶神恶煞这样的词来形容这名士兵。联军进攻势如破竹,义和团不堪一击甚至愚昧无知,清军虽装备落后,但抵抗顽强,尤其是聂士成血溅八里台,誓死保卫天津,令联军敬畏。而在费德尔眼中,战争是残酷的,他亲眼看着己方被射穿心脏的士兵死去,自己的腿骨碎裂严重,变成一个瘸子。在他的记述中,到处充满着血腥味,从天津到北京的铁路被破坏,联军每前进一步都极其困难,到处都是肮脏、泥泞、废墟、尸体。在费德尔的自述中,我们似乎看不到联军的胜利是一件多么值得庆祝的事情,每一名士兵都被阴郁的气氛所笼罩,战争是残酷的,需要付出沉重的代价,无论是对于战胜的一方还是战败的一方来说,皆是如此。

小说对于战争的记述没有遵循弱肉强食的法则,没有从落后的一方切入,将弱者渲染得极其羸弱、令人怜悯,而将强势的一方描摹得极其残暴和非人性,作家更多地赋予了战争复杂人性的意涵。联军士兵费德尔·迪马克在随联军北上进攻北京的路上遇到了天津女子如玉,并一见钟情。北上途中,费德尔在腿伤即将痊愈时从联军战地医院偷偷溜走,沿着来时的路从白河返回天津找到了如玉,他化名马福德与如玉结为夫妻,从此抛弃了他意大利人的身份,甘愿做一个普通的"中国人"。因为爱情,费德尔·迪马克永远留在了中国,而与他的哥哥保罗·迪马克一样,兄弟二人在中国的结局都具有悲剧的意味:小波罗被义和团拳民刺伤,最终伤情恶化,死在了运河北方的尽头;做了奶奶的如玉被日本兵的狼狗咬死,马福德在埋葬完如玉后也随之而去。当然,小说最终并不是以意大利兄弟的死去为结局,而是聚焦到百年后当年这些人的后代身上,并以大团圆式的结局收尾。但小说最撼动人心的地方却是意大利兄弟在中国的逝去,他们被埋葬在古老中国的土地上,以西方人的视角看中国的世事变迁。

这是一个独特的讲故事的方式,在无法回避的中西文化的对比中,意大利兄弟二人都表现出对中国文化的兴趣,但这又非简单的推崇和好奇,在他们身上,我们可以看到人性的多维向度。小波罗具有典型的西方强势文明孕育下欧洲人的优越感,在北上航行的途中,每到一处,他都会拍一些对于他来说新奇的人和物,他的相机留下了这片古老如船夫烟袋一般的土地上的点点滴滴,记录下淳朴无知甚至愚昧的人们。"最可怕的东西来自愚昧,愚昧有时候使很多智者也束手无策。所以任何时候,谴责愚昧远比谴责苦难有力得多。在对待那段历史上我们对愚昧的注意仍然还是太少,什么时候我们对人的素质感到深深的痛苦,什么时候也就走向了深刻。"[③]这固然是对中国近代以来的落后比较精准的审视,然而,小波罗并非要单纯地记录下"愚昧",我们更多地看到小波罗对一切新鲜事物所感到的兴奋和新奇,却往往忽略了这种情绪状态背后所隐现着的中西文明发展的落差。这种差距是明显的,是难以在短时间内弥合的,这又回到了"谴责"的层面上。在那个百年前羸弱的中国,欧洲人的傲慢与主人的意识是与生俱来的,他们可以用金钱买到一切。小波罗花钱雇佣知识分子、船夫、厨师、保镖等为自己服务,即使如孙过程这样的对洋人恨之入骨的江湖中人,也"归顺"了小波罗,成为他北上途中的保镖。

作为联军的士兵,费德尔·迪马克对战争是厌倦的,字里行间笼罩着一股阴郁的情绪。他深爱着杨柳青年画世家老秦家的女儿如玉,在国破家亡之际,秦家祖传手艺交给了唯一的后人如玉,她和费德尔·迪马克即马福德带着《龙王行雨图》雕版出走,在逃难中开启了新的人生。这是一种文化的传承,在乱世中,无数如秦家这样的祖祖辈辈传承下来的传统文化都处在风雨飘摇之中,它们或毁灭于炮弹之下,或泯灭于强盗之手,或在西化的潮流中被抛弃。马福德和如玉的结合正是小说对中西和解的期许,这种和解是以文化的传承为根基的。老秦花一年时间制出的《龙王行雨图》年画,堪称史诗级的创作,年画艺术手法展示得淋漓尽致。民间家庭绝学虽有传男不传女、传长不传幼的老规矩,但老秦只有一个女儿,最终还是将代表着家族文化最高水准的《龙王行雨图》传给了女儿如玉和女婿马福德。政治上、军事上的对峙无法阻隔情感上、文化上的融合,马福德甘愿留在异国他乡,融入与西方完全不同的文化和生活中去。

值得注意的是,以往很多涉足中西文化的碰撞尤其是近代中西文明的碰撞的作品,通常是以批判古老中国的落后与近代西方的先进的二元模式出现的,西方文化的强势对华夏文化形成单向的绝对压倒式的颠覆;《北上》则背离了这条叙事的主线,中西文化围绕古老运河进行交锋与融合,本身是一个彼此影响的过程,而非简单化的单向输入。

古老运河上前行的人们

这是一条古老而雄浑、凝结着中国古代劳动人民智慧与心血的运河,中国文化在这条古运河上绵延至今,未曾中断。而在百多年前那个风雨飘摇的中国,无论是如谢平遥这样的受中国传统文化与西方近代文明双重教育的中国知识分子,还是如邵常来、船夫老夏、老陈、陈婆等这样的为生活而日夜奔波劳碌的中国千千万万的贫苦百姓,抑或如孙过程这样的加入义和团或江湖帮派扶清灭洋的底层民众,他们构成了动荡岁月中的共同体。古老运河滋养着生活在两岸的人们，承载着古老民族负重前行的脚步。

米兰·昆德拉曾说："小说的精神是延续性。每部作品都是对它之前作品的回应，每部作品都包含着小说以往的一切经验。但我们时代的精神只盯着时下的事情，这些事情那么有扩张力，占据那么广的空间，以至于将过去挤出了我们的视线，将时间简化为仅仅是现时的那一秒钟。"④徐则臣正是注意到了日渐被淡化的"过去"，因而《北上》的历史叙事试图与"时下的事情"关联起来，达到一种叙事时间和文化上的延续性。因此，作家选择了回溯历史，以历史叙事的悲剧理念，重塑被简化的现时。

谢平遥是中国近代知识分子的典型，在西学东渐的时代，他受中国古典与西方文化的影响，通晓英语，先后在江南制造总局下属翻译馆、漕运总督府工作过，他对清王朝的衰败落后与受西方列强的欺凌感到痛心，拥有一颗热血的心，立志要为救国图存贡献自己的力量。然而，世风日下，有志之士很难干出一番事业，正如与他在翻译馆共过事的李赞奇所说，"伟大的时代不是煮熟的鸡蛋，剥了壳就能白白胖胖地蹦出来"⑤。后来，谢平遥成为一个来中国旅行的意大利游客保罗·迪马克的随行翻译，显然这与其报国之志有很大的差距。而对于小波罗旅行故事的讲述，《北上》主要选择以谢平遥的视角串联起叙事的轨迹。

与大多数文学作品中的中国近代知识分子一样，谢平遥对洋人的态度也是复杂的，做洋人旅途中的翻译或许不是他的初衷，但与其在将死的漕运衙门供职，还不如换一种生活方式。至于是一种什么样的生活，他也无法确定，只是迫切地需要改变现状，而并不知道未来的路该走向何方。苦闷与彷徨是晚清知识分子的写照，有的人走向革命，有的人走向改良，有的人走向堕落，有的人如谢平遥一样，以一种特殊的方式与历史深沉的脚步一起艰难地前行，而这些都构成了"五四"的先声。这些声音并非都是令人热血沸腾的战斗，而更多的是在至暗时期人们无奈地甚至是被推着向前艰难地匍匐。在历史的长河中，知识分子是推动社会变革的重要力量，但激进的毕竟是少数，大多数知识分子如谢平遥一样，岁月风干了他们太多的执着，愤怒与激情日渐被消磨，而与小波罗日复一日的水上生活，更是打磨掉了他最后的棱角。

当然，谢平遥依旧保留着知识分子的尊严，他虽依旧关心时事，但不是与谁都可以谈论政治。正如他自己所强调的那样，决不跟脑子生锈的人谈政治，尤其在陪同小波罗来到妓院里，当嫖客与其大谈特谈政治立场甚至义愤填膺时，谢平遥明显有点反应不过来。这从另一层面也反映出当时官民对时事政治的关注，但知识分子与这些人还是存在难以化解的隔膜，而这条难以逾越的鸿沟也成为近现代中国文学作品重点表现的主线之一。

小波罗在生命的最后分发自己的东西时，作为读书人的谢平遥还是选择留下小波罗的跟此次运河之行有关的书籍和资料，以此也作为他自己这段北上旅程的纪念。谢平遥曾经满腔热血的家国情怀最终抵挡不住岁月的蚕食与乱世的洗礼，即使他只做一个洋人旅途中的翻译，也无法做到善始善终，最终只能看着"雇主"死去。在乱世中，每个人都是孤独飘零的落叶，浮在水面无着落，不知何时就会被风雨席卷而消逝在历史的尘埃中，就连不可一世的洋人也丧命在异国他乡，没有亲人照顾，肉身腐臭，身边只有同行的中国人，"他所有的朋友都在那条船上了"⑥，一个孤独的灵魂并未因其居高临下的洋人身份而改变现实的困境。

同时，我们不仅可以从小波罗的相机中看到运河两岸的乡风民俗和当地百姓的生活境况，也可以从其弟弟费德尔·迪马克的自述中看到晚清中国社会的大致面貌和民众的精神状态。尤其值得注意的是，费德尔·迪马克"汉化"成"马福德"的过程，从一个侧面反映了历史漩涡中人性的多维向度与良善的一面。读者通过他的眼睛看到了1900年京杭运河北端两岸中国百姓的现实生活，以及在八国联军进攻北京的大背景下清政府、义和团抵抗的惨烈和民众的胆战心惊与万物凋敝的土地。马福德用他的眼睛与他的书信记录了他所看到的中国人的善良、愚昧、麻木、冷漠、坚强、悲壮、勇敢……这些彼此矛盾的性格如古老运河浑浊的水，静默地流淌了无数个日夜，坚韧地延续着它的根脉。

小波罗临终前说："运河是能说话的。它用连绵不绝的涛声跟我说：该来就来，该去就去。就像这条大河里上上下下的水，顺水，逆水，起起落落，随风流转，因势赋形。我突然就明白了，对死应该跟对生一样决绝，对生也应该跟对死一样坦荡。"⑦这是一个外国人对中国古老运河深刻的体悟，或许也是作者以一种特殊的方式来表达自身由运河生发出的对人生的感慨。从古到今，运河滋养了两岸的人们，它用涛声与百姓对话，在它看来，这个世上没有贫富贵贱，而运河更多的是与贫苦的人们一路同行，历朝历代，它见证了太多民众的苦难与无奈。

《北上》涉及近代以来各个阶层的人物，包括洋人、官员、将军、士兵、知识分子、船夫、厨师、妓女，等等，其中对普通民众、手艺人、下苦人的记述是小说叙事的重要组成部分。孙过路、孙过程兄弟，厨师邵常来，船夫老夏、老陈，老秦、秦如玉父女等，这些在河边、河上生活的普通人都有着各自生活的辛酸与无奈。如陪同小波罗北上作挑夫和厨师的邵常来，为了挣些银子回老家买块地，娶个老婆生个娃，扑通跪倒在小波罗的面前，称他为自己的贵人。这还是一个膝盖“没事就朝地上放”的时代，虽有一些受西方思想影响的知识分子如李赞奇、谢平遥等开始觉醒，但绝大部分民众依旧受传统思想的禁锢，他们已习惯自己卑微的身份，见人就下跪。尤其是对于如邵常来这样的很多贫苦人来说，洋人给他的酬劳让他受宠若惊，于是本能地将膝盖朝地上放了。

当然，我们不能将这种记述理解为是作者以启蒙的视角塑造贫苦人，特定历史情境下，一些思想和文化的弊端并非源于某个人或某一群体，而是一种文化传统中自然流露出来的本能。其折射出的人身上的这种潜移默化的性格，其实直到今天依然存在，人们把它叫作奴性也好，愚昧也罢，曾经知识分子站在高处俯视、批判的这些积弊，在一定程度上已经演化成人自身内在的肌理。启蒙在这里也便失去了其存在的意义，因为无论是在落后的时代，还是在先进的社会，生活中总有诸多的无奈，甚至苦难，为了生存，为了更好地生活，人们总要不断地妥协，甚至忍辱负重。正如这样一条古老的运河，在其上航行与在其两岸生活过的人们不计其数，他们各自属于不同的社会阶层，而运河没有权利去选择接纳谁、不接纳谁。随岁月的流逝，河流的棱角也被打磨掉，在历史的淘洗中变得越发深沉与成熟。

百年后的回响

在《北上》多线条、多时空叙事下，我们也看到了百年后的运河，以及百年后还在以河为生的人们，他们是要把古老运河拍成纪录片《大河谭》的谢平遥后代谢望和，用相机记录当代依旧在运河上生活的人们的孙过程后代孙宴临，在河运已步入暮年的时代仍然对运河不离不弃的邵常来后代邵秉义、邵星池父子，马福德、秦如玉的后代马思艺和参与运河考古发掘工作的儿子胡念之，以及在运河边开办多家具有博物馆特色的连锁民宿的周海阔，等等。

这些人都离不开运河，河流古老而雄浑的血液已经注入了他们的身体里，这是一种沉淀在他们心中浓得化不开的文化传统，指引着他们继续沿着前人的脚步走下去。当然，这种前行并非要故步自封、因循守旧，而是要在继承中创新、在创新中继承，彰显文化的自觉与自信，这也正契合了当下弘扬中国优秀传统文化所需要的意识。周作人在《谈龙集》中写道：“人总是‘地之子’，不能离地而生活，所以忠于地可以说是人生的正当的道路。现在的人太喜欢凌空的生活，生活在美丽而空虚的理论里，正如以前在道学古文里一般，这是极可惜的，须得跳到地面上来，把土气息、泥滋味透过了他的脉搏，表现在文字上，这才是真实的思想与文艺。”[⑧]或许作家正是出于“地之子”的情怀，对当下很多人看似美丽实则空虚的生活感到忧虑和不安，从而将渗透进脉搏的土气息、泥滋味寄托在古老运河之上。

运河百年后的回响以谢望和拍《大河谭》始，又以运河申遗成功从而激励谢望和将《大河谭》纪录片拍下去而告终，其间穿插了诸多人物的诸多故事，但都离不开运河，运河是串联起人物关系的纽带。与迪马克兄弟时代的叙事相比，百年后的当代叙事重在对前人事迹的追溯与整理，并以运河的历史为中心，强调继承和发扬优秀传统文化的重要性。这种重要性一直贯穿着《北上》当代叙事的始终，并以行走在不同人生轨迹上的人物的彼此相遇，串联起运河的历史与现实、近代与当代的关联性。对于这些人来说，运河承载着各自家族的历史，他们用各自的方式传承并记录着运河的前世今生：谢望和用录像机拍下现在的运河及与运河息息相关的人们；孙宴临用相机记录下邵秉义、邵星池父子作为以河为生的行船人对运河深挚的情怀；胡念之凭借自己的学识成为济宁运河故道沉船考古发掘的专家；周海阔在运河边建起了一座座运河博物馆式的民宿……

值得注意的是，我们在《北上》中很难捕捉到对历史、对传统文化反思的文字，作为运河的子孙，他们更多地选择了沿着前人的足迹去寻觅走过的路，重在传承和保护，而很少有质疑和审视的一面。正如加兰所说：“多数的作家在写到‘快乐，快乐的农民’时，总是忽视了这种生活经验——他们把泥土和灰尘漏掉不写，把成群结队的小虫、苍蝇和暑气，以及棚里的臭味和苦活全都忘了。”[⑨]虽然这是一段关于作家笔下农民生活经验的分析，但这同样适用于对《北上》的评价。对于跨越百年历史的鸿篇巨制而言，《北上》缺乏一种对待历史审视的深刻的态度，历史中的“泥土和灰尘”没有在当代人追溯历史的过程中得以呈现，而是代之以当代人对待历史的释然与和解。小说虽在叙事层面上别具一格，也表现出当代人对历史敬畏的一面，但在敬畏之余却没有更深层次的理解和体悟。当然，我们不应去苛求小说中的人物达到怎样的思想高度，但作为一部成熟的作品，作家应该赋予其笔下人物一种潜在的反思的意识，不管其所描写的人物如何平庸，这种意识不应被抹煞，这也正是文学来源于现实而又高于现实的一个重要方面。

比如，在《北上》中，我们应该看到当代人对那段屈辱历史的评述，义和团运动、八国联军进攻北京、日军侵华等，这些重大历史事件是小说故事演进的重要背景，小波罗、马福德、谢平遥、孙过程等当时的亲历者对此都有各自不同的态度，作家在这部分也做到了细致入微地呈现。但是，他们的后代并未对这段历史背景进行足够的关注，而是真的将其作为“背景”来处理。这样就造成了叙事基调的极大反差：近现代叙事的沉重与当代叙事的舒缓。当然，人们可以说，年代不同，一个是风雨飘摇的战乱年代，一个是和平年代，叙事基调有差别是可以理解的。然而，既然小说演进的脉络前后是一脉相承的，其所设置的人物也具有极强的关联性，这也就决定了“讲故事”的基调也应具有内在的传承性。小说设计了一个圆满式的结局，谢望和与孙宴临牵着手，他们既高兴又激动，因为大运河申遗成功，谢望和拍纪录片的资助也来了，皆大欢喜。

因此，我们就可以很明显地看到《北上》情节设计上的不足。“大团圆”式的尾声消解了历史的沉重，似乎曾经发生的一切的悲剧与苦难，都在情侣间的欢笑声中被抹去。在很大程度上，《北上》的近现代叙事是为当代叙事所作的铺垫，但其所呈现出来的效果却显得头重脚轻，“头部”的史诗性与“脚部”的日常性形成了鲜明的对比。当然，一部作品不可能赋予每个人物以洞察幽微的能力，但与前半部分复杂的历史叙事相比，当代叙事的大团圆式的结局未免处理得过于简单与突兀。小说采取了穿越时空式的别致的叙事方式，人物与故事情节的设置也充满了传奇色彩，“在人与人和物与物之间发挥作用的，是文学的想象和叙事的力量，而不是考古学层面的考据与推理。这也就告诉我们，在小说中，人与人之间，物与物之间，或者说物与人之间，若不建立内在的想象关系，他们的存在便是零碎的和彼此没有关联的，因而也就是没有灵韵的形态”[⑩]。但是，我们并不难发现，这种依靠想象的设计，并没有弥合原本零碎的存在。

小说对谢望和与孙宴临爱情的着墨并未经过深思熟虑，甚至表现得过于牵强，二人最终走到一起显得草率和突兀，很难说是“顺理成章”。而百年前陪同小波罗北上的那些人的后代以及费德尔·迪马克的后人，在百年后又再次相遇的设计也显得生硬与刻意，故事情节设计的痕迹较为明显。而与百年前的近现代叙事的厚重感相比，百年后的当代叙事部分略显轻薄，虽立意和主题明确，即回望历史、立足当下，意在强调传承和发扬传统文化对于一个民族自身发展的重要意义，但这部分叙事没有完全做到自然而然地流露，有命题作文的痕迹。

注释：

①T. S.艾略特著，杨民生、陈常锦译：《基督教与文化》，四川人民出版社 1989 年版，第 106 页。

②徐则臣：《北上》，《十月》2018 年第 5 期。

③张炜：《诗性的源流》，参见陈占敏：《沉钟》，上海文艺出版社 1996 年版，第 577 页。

④米兰·昆德拉著，董强译：《小说的艺术》，上海译文出版社 2011 年版，第 24 页。

⑤徐则臣：《北上》，《十月》2018 年第 5 期。

⑥徐则臣：《北上》，《十月》2018 年第 5 期。

⑦徐则臣：《北上》，《十月》2018 年第 5 期。

⑧周作人：《地方与文艺》，《周作人散文选集》，百花文艺出版社 2009 年版，第 80~81 页。

⑨赫姆林·加兰著，杨万译：《中部边地农家子》，新文艺出版社 1958 年版，第 131 页。

⑩徐勇：《物的关系美学与“主体间性”——徐则臣〈北上〉论》，《南方文坛》2019 年第 3 期。

［作者单位：中国民主同盟中央委员会 群言杂志社］

对岸的颤动

——谈苏童短篇小说中的地缘性隔膜与生命书写

□ 冯祉艾

文学的时代性在长久以来都被看作是审美立场上的核心问题，而就中国当代文学而言，苏童显然是这一时代重心下绕不开的人物。长期的、职业的写作构建了他较为老派而艳丽的整体性风格，而在他的短篇小说中所书写的南方，也总是潮湿、阴郁又带有毁灭感的悲凉。事实上在谈论中国文学时我们显然绕不开地缘性这一要素，文学发展到今天，往往需要站在个人的生命立场上对自然及世界进行描摹，作家主体被强调为经验式写作的立场，而随之开辟的价值体系乃至文学宇宙则成为精神姿态的理想化显现。

苏童擅长在他自己所熟悉的领域去描摹日常生活形态，或许是受到卡尔维诺的影响，寓言与魔幻，乃至从始至终的荒诞感和强烈的形式主义，都一并成为苏童小说中的元素。事实上我们在谈论苏童的小说时永远绕不开他的地缘性和时代性，长久以来，他将小说的书写范围归纳于一个阴郁、潮湿的南方小镇，同时又习惯性地以青年人的视角对他所经历的时代进行观照和表达。而和他长篇小说中较为锋利且成熟的书写不同的是，在其短篇小说中，所蒙的是一层温软的、迟钝的痛感。

中国的当代文学可以说是受时代性影响最为深远的一批，意识形态的变革乃至世界观的搏斗都展现了极为凌厉的岁月缩影，这些时代的沉痛心照不宣又难以言表，于是往往在若即若离的生活痕迹间形成了一种拧巴又聒噪的痛觉体验，展现的是一个虚无的、蠕动的真实。

一、半真空状态下的童年摹写

在苏童的短篇小说中有一个绕不开的地名，那就是香椿树街。他所不断搜寻的关乎南方的文学意义几乎都来源于此，同时，他也在他的小说中呈现出了绝妙的想象奇观。多数人将这种想象上的波澜和画面归结于某种魔幻现实主义的表达，但在挖掘其人物的现实困境之后，我们往往能够觉察，在他的小说中所演绎出的某种氤氲的、颓唐的极具美感的画面，都可以看作是一种涌动的少年时代的微妙想象。这种独属于人物的精神立场和美学思考与魔幻现实主义是不同的，我们可以将其认为是一种不安定因素之下的扭曲的灵魂流露，而小说所展现的是一种时代性的情绪和不断闪烁的生存状态，诸多意象及象征性元素的运用记录都凸显了一种浮躁现实下虚构的情感恐慌与情绪迷茫。

首先从苏童的《桑园留念》谈起，在很长一段时间里，苏童都将这部作品看作是他短篇小说的开端，而小说所呈现出的人物情绪以及叙述策略也都的确在之后对他的创作形成了深远的影响。

也是在这部作品中，尤为真实地显现了一种对少年状态的半真空的摹写，就《桑园留念》而言，小说的叙事性及故事性明显弱于对人物的描绘，但其中深厚的情绪和作家主体与人物记忆之间的微妙关系长远以来都影响着苏童之后的创作。

《桑园留念》的故事性并不强，我们甚至可以将其看作是一种单纯的建构与栖居，小说刻意地将语言流露为本能化、原始化的表达，借以演绎出了独特的情绪要素和诗意空间。显然，苏童在之后也不断深入着对少年时代情绪的探究，他习惯于将历史的大背景弱化，转而将其显露为若即若离的生活痕迹和历史状态，这种远山淡影般的描绘所渲染出的是一个半真空状态下的情绪觉醒。

小说《桑园留念》的结尾是:“那年我从北方回去探家时,曾经特意跑到桑园去。经过石桥时我看见毛头和丹玉的名字不知让谁刻在石栏上了。那名字刻在那儿跟‘某哪哪到此一游’不太一样。我正要下桥的时候,碰到一个腆着大肚子的女人。我一眼认出那是辛辛,我盯着辛辛隆起的肚子看,顿时觉得世界上发生的差错越来越多越来越大啦。我看着辛辛上桥、下桥。我想辛辛也会看我几眼或者对我笑笑的,但是没有。她目不斜视,我没弄明白这狗女人是怎么回事。”

这种以第一人称为主的叙事在之后苏童的小说中占据了绝大部分,当对苏童的小说进行一定解构之后我们会发现,在他的短篇小说中,要么是以第一人称进行书写,要么会在最后引入一个“我”的身份,从而在孤立的情况之外加入了更具真实的表达和自我缠绕。例如小说《骑兵》中,前文都是完全地以第三人称视角对左林的生活进行写作,此时,读者与书中人物是隔绝的、陌生的,小说也运用了不少句子来表达冷静的目睹和书写上的警觉。

但一直到小说的最后,当少年左林目睹着傻子光春骑上了父亲的背,而父亲近乎癫狂地承载着傻子一直往前,少年眼中的画面逐渐地和“我”的认知交汇。苏童在此巧妙地混淆了现实生活与小说的界限:“我表弟左林记得那天夜里空中飘着些小雨,昏暗的路灯光下有一些昆虫在飞舞,他坐在地上,看着傻子光春骄傲地骑在父亲背上,他像一个真正的骑兵,手执马鞭,身体直立,策马向前飞奔。他看见骑兵和马融为一体,渐渐消失在香椿树街的夜色中,就像他梦想过的骑兵和马消失在草原上。”

在这一段故事中,左林和父亲的人物性格是不重要的,而在他长期被挤压又不断挣扎的生存空间中,他在想些什么也是不重要的,我们能阅读到的只有一种短暂的怅然和弥漫的悲凉。这种情绪在左林关于梦幻的场景的构建中成就了一种极为象征性的表达,作者无须多言,读者就能够在这一画面中体味到人物的心理障碍和长久的压抑感。

这种场景的建构从左林母亲的去世就开始了:

> 就隔了一夜,好端端的大姨像一只惊鸟似的飞走,飞走再也不回来了,也应了大姨讲的鬼故事里的圈套,任何东西都会变成魔鬼,任何魔鬼都擅长变戏法,最后不知是尿桶魔鬼还是煤渣魔鬼变了这个恶毒的戏法,把大姨自己变没了。

当生命的消逝被形容成戏法式的终结,小说在此轻易地解开了幻想性质的面纱,也是从这里开始,人物所经历的实体世界和精神世界被切割开了,左林的幻想中,自己是一个勇猛的骑兵,然而在他的真实境况下,他只能看着傻子光春耀武扬威地骑着自己的父亲。

事实上这种虚构梦幻与真实历史的割裂在艺术表达中并不罕见,就电影《阳光灿烂的日子》来说,姜文导演对马小军的塑造就是在虚实结合之间隐晦地表达青春所独有的伤痛,诚然,这一段时光在记忆的滤镜美化过后能够带上阳光灿烂的朦胧色彩,但掀开这层鲜亮的外纱,内里仍然是血淋淋的阴郁和堕落。

同样的半真空化描绘也出现在小说《像天使一样美丽》中,小说所叙述的情节并不复杂,无非是两个少女在青春期的明争暗斗和迷惘病态,然而也是在这篇小说中,苏童在人性和心理活动上强大的把控能力得到了显现,他能够完全地感知到人物的情绪乃至精神轨道,转而用一种直观的描绘来书写其非理性的精神性缺失。

如小说中的小媛在意识到自己被孤立时,小说通过她和吕疯子之间的对话引导出了小说的主题,并且凸显了少年人物精神主体的矛盾空虚:

> 午后的香椿街在暮春时分的慵懒和寂静之中,街上人迹寥寥,阳光直射在满地的瓜皮果壳和垃圾堆上,有成群苍蝇在街道上空盘旋。小媛拽着书包跌跌撞撞地跑着,经过药铺的时候,她再次看见了肮脏的形销骨立的吕疯子。吕疯子朝小媛晃动着手里的草药,他说,你像天使一样美丽,不过你要多吃一点药,不要怕吃药。小媛躲开了吕疯子,小媛边走边啜泣着,她说,我不要美丽,你们去美丽吧,你们为什么要造谣诽谤伤害我呢?

小媛是孤独的,她远比另外一个女主人公珠珠要更为敏感和乖戾，这种敏感带给她的并不是早熟，而是一种更为迷惘蒙昧的内心脆弱，也正是在这种脆弱之中，少年空间的匍匐感乃至个人成长历程中的自我坍塌才得以真实显现。

事实上苏童在其短篇小说中都强调对少年记忆乃至生活碎片的重构，而需要明确的是，如果一味地对作家主体的过往进行回归，实际上就是在目力所及之处将其驯服为对生活的贬低。因此苏童所进行的是在时间跨度之后脱离了主体本身，以第三视野来分离生活与文学，他自觉地将自我的回溯构建于他所创造的文学宇宙之中，在他的小说中，少年们在感情上往往是冷淡的、无知无觉的，或者说，这些少年们模糊地意识到社会的混乱和家庭的愚昧，于是不可避免地陷入精神的麻木之中，这种自下而上的混乱与衰败，暗示的便是粗糙而破碎的时代背景。

二、集体隐忧中的象征与重构

从20世纪80年代以来，世界范围内的文学都开始走向了多元化，而在政治经济都发生剧变的中国，这种转变的浪潮显得尤为庞大，在这种探索空间之下，大的叙事诉求被压缩了，取而代之的是一种身份叙事和差异化叙事的崛起，而就苏童这一代作家而言，他们所经历的时代和个人经历又让他们难以逃脱“主旋律”的桎梏，当然，我们这里所说的主旋律并非主旋律化的写作，而是大的时代背景对这一代作家文风乃至素材选取上的巨大影响。

苏童擅长编织经验主体，并转而将其构成一种时代主导的回忆视野，当社会的理性化特性超过了生活主题，而简化的社会生活与童年摹写往往能够达到欲望与精神的重构。苏童向来习惯以人物的生存状况来引领叙事上的起承转合，因而他将少年左林书写为一个近乎虚空的、朦胧的人物个体，转而用“骑兵”这一形象来实现生命姿态的质变，在这类关乎成长或是人性变革的主题之下，小说渗透出一种颤动的生命力，在有限的容量中延伸出了静穆却怅惘的表达。

首先从小说《骑兵》谈起，小说所讲述的故事并不复杂，一个罗圈腿的少年在饱受了欺凌、嘲笑乃至侮辱之后，将这些情绪转化为对遥远的“骑兵”形象的追逐，小说从开始将左林比作一棵树：“如果左林是一棵树就好了，树永远不需要立正，随便怎么长得歪歪斜斜的，都无人在意。”之后小说不断描绘着左林如何像一头困兽挣扎在生命的漩涡中，而他对“骑兵”的认知在普遍意义上看来也更像某种嘶哑的逃避：

> 我以后当骑兵。左林站在小便池前左顾右盼，他开始嘟囔起来。某种处境逼迫他思考着什么。厕所的地面中午时被冲洗过，现在半干半湿的，秋天的阳光从排窗里投进来，左林突然发现那块不规则的光影和地上的水渍尿痕混在一起，形状酷似一匹奔马。我骑马。他说。我当骑兵。

在这里我们必须要感慨苏童在人物心理状况上的精妙把控，他并没有将左林对“骑兵”的构想归于耀眼的意象启蒙，而是转而用一种孤独的甚至是肮脏的景象来转化这种衰竭与哀叹。在这种个人回忆占据主导地位的表达上，小说将原本的虚构性现实思维转化为了一种纸上谈兵般的荒诞与虚妄，而在这种虚妄的确切之下，左林选择去欺凌更弱小的傻子光春，然而又在咄咄逼人的祖孙面前节节败退，最终让父亲承担了最底层的角色。

小说巧妙地利用象征上的“骑”与“被骑”完成了一种线性的驱动回环，正如左林关乎“骑兵”的想象是纸上谈兵的妄念，在残酷的背景下，所有人也只是在参与时代枷锁下的一场隐匿游戏，没有人能够逃离这种缠绕的困境，不动声色的浓烈冲突之中，一切孤独与焦虑都有迹可循。

而小说《人民的鱼》中，象征的表达变为了鱼。从开始的张慧琴靠沾柳月芳的光，吃到“鱼头、鸡头、鸭头”等等，到之后柳月芳丈夫仕途失意，反而是张慧琴靠着一点时运和自己的好手艺，开起了鱼头馆。两个女人之间的关系以鱼结媒又因鱼而陷入微妙，在这种若隐若现的嫉妒情绪之中，小说延续了更有张力的表达，当柳月芳终于盛情难却，走进了鱼头馆时，她也一步一步地踏进了某种阻遏之中，小说的张力在张慧琴劝说柳月芳吃鱼时到达了高潮：

> 宴席的格局突然急转直下，鱼头变成了某种态度的象征，涉及对姑娘的关爱，对张慧琴的尊重，也隐隐涉及到当事者对变革的态度。张慧琴把握了时机，眼睛发亮，盯着柳月芳说，怎么样，看清形势了吧？这鱼头不吃不行，我今天非破你这个戒不可。

在这篇小说中，苏童阐释的是一种微妙的因果性叙事，两个女性之间暗流涌动的剑拔弩张形成了一个扩张又封闭的情绪表达，小说有意识地不断地叠加这种叙述效果，并且借此展示了一种群体性的情绪维度。在这种碾磨式的叙事之下，两个女人之间或许原本是真如她们所说的一般纯粹和诚心的，但当真实空间被挤压，人情物理等一众情境被摆上台面，人物就在推敲中走向了内心的干戈。

同样在小说《哭泣的耳朵》中，苏童巧妙地用一只旧水壶跨越了生活边界，相较于前面我们提到的《人民的鱼》中更强的故事性，《哭泣的耳朵》承载更多的是人物的隐喻和某种近乎"避重就轻"的传奇性。兄弟俩之间不像亲兄弟倒像是死敌般的互相仇视，拿水壶时同老特务的扭打和喘息，乃至这些情绪背后所深藏的时代隐喻，在这部小说中，故事原本的重心被扭转了，但正是这种强行的、生活化的虚构，反而令小说呈现出更为世相的图景。

在小说的最后，叙事的核心从第三视角的说故事变为了第一人称的自我沉思，当"我"的叙事核心取代并扭转了生活事件的时候，无论是旧水壶这一文学象征还是对老特务这一人物形象的处理都蕴含了更为孤寂的勇气和决断。

> 回家后我就把那只黑乎乎的旧水壶沉到了护城河里，母亲追在后面骂我，我不管，我蹲在河边的石阶上，听见沉重的旧水壶坠入深水时泛出了无数的水泡，我感到自己沉浸在某种残酷的享受中。说起来奇怪，人们对某种特定事物的恐惧其实可以找到解决的途径，有时只是举手之劳，自此以后我再也不怕水壶烧开水的声音了。

在宏大的时代背景和个人化叙事需求的割裂下，苏童的短篇小说不可避免地走向了一种普泛审美立场下的细节化象征与重构，他的小说在压制了人物内心心理活动描绘的同时，通过这些零碎的片段式的文学意象介入，牵引出了更为复杂的叙事探索。相较于纯文学写作中所传递的语言探索，在苏童的短篇小说中，我们更能看到的是一种丰盈生活积累下的经验解放，苏童的小说常常在诸多意象构建之下实现社群化的人性旨归，在这种象征之下，苏童的短篇小说成就了一种极为深长的意味和叙事构想。前面我们提到过，当作家专注于单一的经验写作时，小说将陷入艺术维度上的贫乏，创作者的构想能力也将被瓦解。因此苏童巧妙地将这种个人经验转化为历史标签之下的公共生活，借用了生活化的象征来表达时代性的集体隐忧。

三、叙事焦点下的自我剥离

和其他以地域特色为书写主体的作家不同，相较于路遥、陈忠实等作家在作品中所展现出的强大历史感，苏童的小说中展现的更多是一种个人的情感指向和叛逆传统，这一点在他所建立的文学意象——香椿树街中就能够得到展现。陈忠实用一部长篇小说将白鹿原书写成一部厚重恢弘的历史，而苏童却选择通过诸多短篇小说的碎片来拼凑一条街的灵魂。

在对香椿树街的描绘上，苏童采用了一种绝对日常化的事实形态来探索情感与记忆的空间，在他的叙述过程中，"我"的形象一直是若即若离、若有若无的，大多数时候，"我"这一叙事核心是在小说的结尾处才出现，借此去撬动读者情感的起伏；即便是真正出现了以"我"为第一人称来叙述的故事，"我"也往往是旁观者形象，没有任何身份、背景上的交代，似乎只是简单的作为一个理性且冷静的连接者而存在。甚至有时候，"我"的形象出现得无知无觉，消失得也十分迅速，例如小说《像天使一样美丽》中："我说过小媛是个漂亮女孩，小媛投靠了以苗青为首的漂亮女孩的阵营。"

在这种若有若无的剥离与拆解之下，人物形成了一种微妙的现实猜想，从而在叙述上实现了更为意味深长的涂抹式表达。

除却这种直观的以人称来对小说结构进行干预的

方式，以描写见长的苏童在他的短篇小说中，往往也会采用诸多心理轨迹的复盘，来展示人物的愚劣与麻木，无论是成长类型的小说还是世相人情的小说，我们不难发现，就物质世界而言，常常都是平淡而冷静的，真正狂热、振奋或是仇视、嫉妒的情绪只存在于人物的内心世界，因此，苏童的短篇小说是精致的，是细微的，他在生活的横切面之下追问历史，但这种追问又巧妙地隐匿在了幽微的意象群落之中，在这样的自我剥离与精神旋律之下，苏童的短篇小说呈现出了颓唐的坍塌之势。

当然，这种颓唐和坍塌并不是抒情传统本身的摧毁，而可以看作是地缘性隔膜下的困境隐喻，前面提到过，尽管苏童的小说是以时代背景为蓝本进行写作，但他这种历史往往是以若有似无的痕迹出现的，人物共同地营造出了香椿树街阴郁而怪诞的氤氲氛围，但人物与人物之间却常常是隔绝的，呈现出一种相互打量的、回避与猜想的生命姿态。这种姿态构建了极不安定的情感因素和近乎黑暗的美学特征，香椿树街上的人们，在混乱而无序的生活中无所事事又不断地做梦、幻想，在这样的情绪因子之下，我们能够辨析到的就是这样一个生命的颤动。

首先以小说《桑园留恋》来看，与苏童后来的小说不同，这部四千余字的短篇小说在一定程度上可以看作是香椿树街的前传，或者说是一个类似“楔子”般的母题，在创作这篇小说时，苏童大约自己也没能完全地叠合到曾经的沧桑岁月，而是表达了记忆深处一点幽微的情绪，事实上从后来的创作中我们可以看出，正是这一点幽微的、可以称得上是骚动的情绪，完全地影响了苏童的写作。

> 几个小伙子站在一起肯定要拿过路人开心，尤其是趾高气扬的小伙子和挺胸凸肚的大姑娘。开他们的玩笑需要非凡的想象力，这一点我们谁也不缺乏。现在我能编一些像模像样的小说，就得益于那时想象力的培养。

在此他有意识地将“我”代入了故事背景之中，现实与小说的边界被模糊，生命的颓唐姿态同琐屑的现实漩涡相互弥合，而读者只能在这种混乱庞杂的普遍性失措中寻找心灵的自由。

在自己的文学宇宙中塑造某个地点来写作的方式并不罕见。抛开经常被拿来做比较的福克纳，我这里想谈一谈奈保尔的《米格尔街》，同样是成名作，同样是在灰败背景中以孩童的触觉回望时代，但不同的是，《米格尔街》希望阐释的是“生活如此绝望，人们却都兴高采烈地活着”；而苏童在他的香椿树街上，展现的却是：生活让人绝望，但生活总要继续。他所执着于书写的这个阴郁灰败的街头承载着他在少年世界中所有的狂热，同时也令他在绝望中想象着同生活对抗的方式，但当形式的狂热退去，“我”重新回归到叙事中心之中，原本的剥离反而成就了一种悲戚的病态，前仆后继的覆灭和惨烈的堕落都不稀奇，一次又一次的困塞中，少年和世界一起，被惶惑的时代击败。

这种惶惑在小说《骑兵》中展现得最为明确，当左林盯着街上来来往往的人，又骑着傻子在街上如同胜利的骑兵一般狂奔，到故事的最后，父亲左礼生又为他的任性买单，成为傻子光春在街上骑行的大马，小说不断地描绘着左林的孤寂和彷徨，以及他在街头所展现的蒙昧：

> 香椿树街上行人无数，每一个行人其实都可以当他的马，他们好像一匹一匹马从左林面前奔驰而过，却没有一匹马愿意停下来让他跃上马背。火车隆隆地驶过了香椿树街，火车是世界上跑得最快的铁骏马，那么多人骑过它，离得这么近，左林却从来没有上过火车。左林向火车车厢里一些模糊的人脸挥手，那些人一闪而过，火车也像一匹骏马一样一闪而过。在秋天苍白的阳光里，左林感受到了某种深深的孤独。

这种个人成长所必须经历的迷惘和慌乱在那个时代之下显得更为确切，当无序成为生活的主旋律，那么在补足情感意识的迫切需求之外，俗世消解的欲望和宣泄本能也成为对抗的叙事主题之一。

而为了尽量地将这些彷徨的情绪书写得更为具体和真实，苏童采用了一种冒险的叙事探索，在他的短篇小说中，常常会出现一个以上的叙事中心，显然，这和短篇小说的体量是有一定矛盾的，但苏童巧妙地处理了这种矛盾，并且有效地拆解、剔除了人物，转而将这种少年之间互相对抗或是与现实对抗的骚动不安进行了极为精确的猜想与描绘。

四、生命肌理的颤动与追踪

中国的当代文学通常都在作品中展现出了某种确切的、阴郁的真实，这种真实的触感实际上可以看作是在历史状况下的普遍性失语，因而大部分中国当代作家在选择了现实主义写作之后，都往往会采取一种保存的目的来对日常生活中的具体形态进行细节化的把握。时间的流动是线性的，但感知的解构与想象却是非线性的、不确定的，因而需要不断地对时代进行追踪和叩问，借此去感悟到更为不羁的想象空间，小说家所承载的就是这样一种追踪的功能，在线性时间的顺序下寻找结构性的空间概念，并且不断用自己的方式来重新书写时间的形态，其实也就是在艺术的现实中重新创造历史的生活细节，还原真实的生命颤动。

苏童所做的就是这样一种自我回归式的叙事化写作，在他的小说中我们往往能够得到更确切的解构感，然而也正是在这种丰富的、不可把握的解构中，读者才可以获取到关于世界认知的改变。

在地缘性的叙事之外，苏童的小说往往弥漫着一种浓烈的情绪，注意此时我们所说的是情绪而非情感，事实上在其短篇小说中，人物往往是剧烈的、莽撞的，这种激烈的情绪在很大程度上证明了与现实对抗的悲剧性，伤痛的触觉被无限强调，也正是出于情感逻辑的自洽，小说往往会在结尾处完成一种怅惘的表达，这种表达或许是人物情绪的消退，或许是人物脸孔面具的破碎，不管是出于何种方式，苏童总能够以这种方式将虚拟时空中的界限打破，转而完成对现实空间的深入思考。

和我在前文中所谈到的情绪类同，苏童的故事往往呈现出一种微妙的观感，这种“微妙”可以解读为平衡，也可以解读为写实框架与梦幻内里的统一，因而苏童小说中的人物大多是描述性的，他们不具备复杂的生命状态，小说以一种打量的形式体察人物内心，在这样一种单薄的呼喊中实现飘渺的想象。

在小说《像天使一样美丽》中，小媛和珠珠不断地在静水流深的互相仇视与嫉恨中消磨着自身，事实上，她们之间的冲突所阐释的也是现实社会的尖锐与沧桑，看起来只是简单的两个女孩在青春期的争吵，但实际上，珠珠对小媛的“狐臭”的侮辱，所暗示的就是真实岁月下某一段历史的暴力变异，在小说的最后，小媛回到了香椿树街，然而，这个时候的她已经与从前截然不同：

> 小媛插队的农场在很遥远的北方。小媛再回香椿树街已经是五年以后的事了，她的以洁白如雪著称的脸在五年以后变得黝黑而粗糙，走起路来像男人一样摇晃着肩膀，当小媛肩扛行李走过香椿树街时，谁也没有认出来她就是化工厂隔壁的漂亮女孩。

显然，这种变异不仅仅体现在她的外观上，碰到珠珠之后，珠珠张口结舌说不出话，她却是淡淡地笑着：“我有狐臭，而你像天使一样美丽。”

这样的淡然之中究竟藏着怎样的非理性的冲动，我们难以追究，然而，在这种情绪的剧变之下，人物身上潜藏着的历史惯性和精神秩序，都是小说暗示了的生命颤动。这种颤动可以被引申为某种社会政治秩序的潜隐，同时，也暗示着一个时代的历史性精神缺失。

与这种怅惘的淡然同样展现的还有《哭泣的耳朵》中的老特务，正如我们并不知道在农场插队的五年中小媛究竟经历了什么，在《哭泣的耳朵》中，这个守着开水房的老特务究竟经历了什么我们也无从得知，我们只能通过他短暂的话语和偶然性的失措去探寻沉睡在黑暗中的历史真相。

> 然后他们听见老特务开始说话，由于喘着粗气，声音也微弱，听不清楚。哥哥和弟弟都弯着腰凑上去听，总算听清了，老头其实没说什么，他说，我这把年纪是活在狗身上了。老特务仰着头，望着白铁铺低矮的顶棚说，我这把年纪是白活了，我怎么活的？我和小孩子打起架来了！

当这个老人在暮年时刻提出了“我怎么活的”这种极其悲切的拷问之后，我们不禁要说，这一代人究竟经历了怎样的情感错位和无序的生存，时代的昏暗和衰败不断挤压着生存的空间，而当老人与小孩子都不约而同地选择了以暴力来解决问题之时，老人率先从这种麻木的紊乱之中清醒过来，转而控诉现实世界的萧条与荒诞。

他所质问的“我这把年纪是白活了”，“我怎么活的”，实际上也是对少年人的哀叹：这群孩子们是怎么活的？他们为什么毁损在了这样一个空虚而颓唐的社会中？很显然，小说所叩问的情绪还远不止这些，但可以肯定的是，苏童是在历史的维度之下，暗藏了自我的情绪因子。无论是暴力还是仇视、冷漠还是狂躁，都是这些少年对于成年社会的摹仿。

事实上，苏童有着绝对的叙事自觉和表达自信，他有意地模糊了现实与小说的边界，通过讲述个人的故事去表达对于群体的精神旋律的注解，然而这种完全的“真我表达”在叙事层面上却有着极为梦幻和朦胧的一面，再加之苏童小说中欲言又止、若即若离的历史痕迹，小说就在弹性空间内呈现出了一种残忍而决绝的剥离感。

这也是我们为什么将苏童的小说评价为“对岸的颤动”，就今天的苏童而言，再对童年状况进行摹写很难不陷入隔岸观火的窠臼，然而时代的忧虑直至今天也在深切地影响着他的审美立场，再加之普泛性审美立场之下，今天文化症候重构的历史性需求，苏童也在刻意地剥离自我的生存姿态，以期得到一个真实的生命书写。相较于其长篇小说中的沉重和痛苦，苏童的短篇小说所呈现的往往是一种微妙的毁灭感，这种感觉更为温软和隐蔽，在书写中就成就了一种颤动的、低迷的啃噬感。在他的笔下，叙事既是一种隐匿化的历史书写，更是一个在自我缠绕中不断坍塌的解构。

[作者单位：湖南省文联]

王一生形象体现的究竟是什么文化精神？

——从《棋王》的人物关系和结构意向角度看

□ 蒋淑琴

阿城的《棋王》主要塑造了王一生这个其貌不扬、行为不拘小节的小人物，在“一对九”的盲棋大赛中变成了名震棋坛的“棋王”形象。该小说自1984年问世以来已35年了，人们对该作品的研究也已经相当深入，但是学界对其主人公王一生形象所体现出来的文化精神特质的认识却争议越来越大。有人认为王一生身上所体现的文化精神是道家文化精神，也有人主张是儒家文化精神，还有人认为是“游侠精神”，或“道外内儒”精神、“儒道精神的统一”、“道侠合一”等，莫衷一是。我们知道，如果不能对这一人物形象所体现出来的精神特质做出很好界定，那么这就不仅影响到我们对王一生人物形象的认识，而且影响到对整个《棋王》审美特质的准确把握。

那么，怎样才能确定一个人物的精神特质呢？本论文将从人物关系和作品结构的主要意向两个角度来分析。这是因为：(1)小说是以塑造人物形象为核心，人物的成长和发展主要受其社会环境(主要是人物关系)的影响。比如，《棋王》中的王一生其性格和人生观的形成主要受其母亲和捡破烂的老头影响。因而当我们分析王一生的性格和精神气质时，必须将其放到与他相关的人物关系中去考察。(2)优秀的作品其结构意向所要表达的某个或某些主要旨趣和意图，往往与作品塑造人物形象所要表达的旨趣和意图有一致性，因此，通过作品的结构意向来把握作品的主要旨趣和意图，有助于认识作品塑造的人物形象所体现的旨趣和意图。比如，通过分析《棋王》的结构意向主要想表达什么，我们就基本知道塑造王一生这一形象主要想表达什么。

一、争议的由来

王一生作为《棋王》的核心人物，他是这篇小说最有魅力的独特存在。关于其独特之处，很多文章专门就该人物形象从外貌到性格再到其性格形成的原因进行了全面分析。比如，王一生形象外貌独特：精瘦、吃相不雅(“吃得快，喉结一缩一缩的，脸上绷满了筋”)，穿着不拘小节，还有最突出的特征就是“呆”。围绕着王一生的“呆”，小说重点抓住最能显示王一生“呆”的两种爱好(一个是对棋的痴迷，一个是对吃的重视)进行描写和刻画，其目的是通过这些刻画体现王一生与其他知青不一样的、具有“另类”性质的精神气质和风貌。但是，王一生这形象所体现的究竟是什么样的独特精神气质和风貌，学界存在着以下不同的看法。

最早有丁苏、仲呈祥的文章，他们在王一生身上发现的是一种道家文化精神，认为棋王王一生的棋道蕴含着道家哲学的精义，并把他与历史人物阮籍、嵇康、米芾、倪瓒、黄公望与李白并论①。而黄凤祝的观点则相反，认为《棋王》作品里尽管有“棋是道家的棋”，王一生的棋风“汇道禅于一炉”等评价性语言，但王一生好学、沉迷、讲争夺和造势与道家讲“无为”“不争”“任其自然”的观念不一致，因而，王一生身上主要体现的是儒家精神②。然而，黄凤祝的论文还将王一生的“棋道”与武侠小说中披着“禅道的外衣”的“剑道”比较，认为“《棋王》中只有禅道的外壳，并没有体现禅道的本质”。这一观点为之后的学者引申发挥为“道皮儒骨”说(即“阿城的创作裹着‘道’的外衣，却有‘儒’的筋骨”③)。当然，也有学者如孟繁蕾④、李蕾⑤分别就黄凤祝论文中提到的武侠小说的“剑道”观点，分析出王一生身上体现的是“世俗的豪侠精神”或“游侠精神”。

那么，王一生这一人物形象所体现的文化精神究竟是道家的？还是儒家的？还是游侠的？学界没有定论，倒是又出现了持统一论的观点。

林晓华指出，王一生身上不仅体现了道家精神，其“生存、温饱后要求发展，要求生命有灿烂表现和执着的坚毅”方面，显示了王一生身上儒家积极入世的精神。林晓华进而指出，支撑王一生的生命“不仅是道家思想，而是儒道文化互渗、互补现象在王一生身上的灿烂呈现”[⑥]。当然，儒道如何在王一生身上互补？论文论述还不够全面。2018年学者章佳文在《阿城〈棋王〉人物形象的塑造》一文中论述比较全面。该文一方面从王一生对母亲的孝顺、对朋友的诚信、对棋手的宽恕、对自我的道义等四方面论述他如何体现了儒家的思想精髓；另一方面，又指出王一生身体的柔弱、吃的知足、穿的不拘、对下棋的凝神忘我等方面体现了鲜明的道家精神。因此，章佳文认定王一生的精神造型是儒道合一的[⑦]。学者萧玉华通过与金庸的武打小说比较，认为王一生“下盲棋的玄远，棋艺臻于化境的从容”与武林高手张无忌(《倚天屠龙记》)、令狐冲(《笑傲江湖》)等一样，“是道家文化与侠文化的结合体”[⑧]。那么，王一生这一人物形象究竟是儒道统一，还是道侠统一，仍然没有最后说法。尤其是，王一生这一人物形象所体现的文化精神有没有可能是道儒侠三者的统一体，尚未见有学者在这方面的论述。

总之，王一生这一人物形象究竟体现的是一种文化精神还是两种或多种文化精神，这需要从人物的关系网和整个作品结构安排所体现的意向性两个框架去予以定位。

二、从人物的关系网看王一生精神气质的形成和主要特征

作为一个中篇，《棋王》塑造的人物形象是比较多的，但主要是围绕着王一生这一核心人物展开。而围绕这一人物展开的人物大致分为三个层面：第一层面是捡烂纸的老头、母亲；第二层面是叙述者“我”、倪斌(脚卵)、地区赛冠军；第三层面是临时的辅助性人物，如王一生的父亲和妹妹、中学时期的老师、管地区文教的书记、画家，以及与他一起去当知青的同学、朋友。第一层面的人物对王一生性格、精神气质和命运的影响具有决定性，但作品没有直接描写他们，而是通过王一生的讲述间接地出现。作品最直接叙述和描写的是第二、三层面的人物，尤其是讲述者“我”，一直见证着王一生如何从一个其貌不扬的人变成具有王者风范的棋王。

在这三层人物中，第一层面的人物，是对王一生语言、行为和精神气质产生决定性的人物，他们的话语和教导是王一生牢记在心并身体力行的准则。那么这些影响主要体现在哪些方面呢？

首先是捡烂纸的老头的影响。他的影响主要表现在：(1)棋艺上的影响，让王一生认识到下棋必须有“根”或“谱”。王一生开始懂一些下棋路数，但还不精，然而他喜欢学习。他曾把几张市里象棋比赛的棋谱弄丢了，到垃圾站去翻找时遇见捡烂纸的老头，老头看了这些比赛棋谱，认为那些棋局没有棋路，没有“根”。后来王一生通过跟老头下棋，学习切磋，包括下盲棋，棋艺大增。尤其是捡烂纸老头遗赠的棋谱和遗言的指点，使其棋艺上升到棋道。(2)棋道上的影响，主要体现在老头指出他的棋风毛病是“太盛”，太盛易折，因而要“以柔化之”；他的棋路也“只有套，势不太明”，而下棋无势，不成气候，因此要他学会“造势”，造势妙在契机，棋谱就是道同势不同。(3)生活方面的影响，主要体现在老头的教训上。老头棋艺和棋道都很高，与其祖训“为棋不为生”有关，但老来还在捡破烂为生，因此老头反思自己的经历，并告诫王一生，人应该从小就学会谋生本事，然后为棋养性，当然，“生会坏性，所以生不可太盛”。

其次是王一生的母亲对他的影响，主要有两方面：一是在下棋兴趣与谋生的关系上，王一生母亲与捡烂纸老头的观念一致，阻止孩子去少年宫象棋组，要他“学有用的本事”。他妈说：“下棋下得好，还当饭吃了？”并指出：“可你记住，先说吃，再说下棋。等你挣了钱，养活家了，爱怎么下就怎么下。”他妈根据自己的人生经验认为，专学下棋是有钱人有身份的人干的(事)。二是尊重孩子的兴趣，临死时遗赠“无字棋”作为“信物”，勉励孩子，也隐喻孩子要用心体悟棋道，用自己的能力去刻画象棋人生。总之，这两位人物的教导成了王一生生活、下棋的人生准则。

第二层面的人物有：叙述者“我”、倪斌（脚卵）、象棋地区赛冠军，分别代表着俗、雅和高。“我”与王一生同辈，虽有共同的饥饿经历，但条件比王一生好得多，没有特别的才能和爱好，就是普通人一个，代表着俗。倪斌虽然被知青粗俗地叫作“脚卵”，但他本人其实是有文化、有教养的，爱整洁、干净；加上家庭条件好，父亲是名人，应属于上层社会（家里收藏书画，爷爷辈还经常吃燕窝、海鲜，中秋节还邀一些名人到家里来吃螃蟹、下棋、品酒、作诗）；即便在父亲被造反派打倒、自己下放当知青、生活清苦的情况下，还能吃上巧克力、酱油膏、麦乳精等稀缺的高档食品。他自己不仅会下棋，而且对朋友也比较慷慨，讲义气。比如他不仅把从明代祖传下来的乌木棋拿出来给棋友下，而且为了帮朋友弄到参赛资格，愿意将家传的乌木棋送给管文教的书记，可以说他疏财好义（不爱财，讲朋友情义）。同时，他处事圆滑，为了离开脏乱的农场，依靠父亲的人缘关系，为自己的工作调动拉关系、送礼，比较讲究实际。因而，从倪斌身上我们既可以看到爱整洁、有教养、有品位、讲义气的君子形象，这是雅的代表；也可以看到他讲究实际、精于人情世故、处事圆滑的一面，这恰恰是一种入世的儒家精神体现。而那位象棋地区赛冠军是一位老者，头皮精光，是一个山区世家后人，他“这次‘出山’玩玩儿棋，不想就夺了头把交椅，评了这次比赛的大势，直叹棋道不兴”，完全是一个“隐者”高人形象。他与王一生的对垒，最后失败了，但他的评价如下：

> 你小小年纪，就有这般棋道，我看了，汇道禅于一炉，神机妙算，先声有势，后发制人，遣龙治水，气贯阴阳，古今儒将，不过如此。老朽有幸与你接手，感触不少，中华棋道，毕竟不颓，愿与你做个忘年之交。⑨

这个冠军自身就是一个隐居乡野的高人，其棋风本身就是一种道禅风格，与王一生交手，可谓是棋逢对手，他用道禅观念去评判王一生的棋风，并愿意结“忘年之交”，恰恰说明王一生身上所体现的也是这种道禅文化精神。可以说，这两人棋逢对手，道同势异。

至于第三层面的临时性的辅助人物，只起着衬托王一生境遇的作用，对其生活、性格、棋艺并没有什么影响。因此，本文就不作罗列。

三、从作品结构的意向旨趣看王一生体现的精神气度

从《棋王》整个作品的结构安排看，它围绕着王一生传奇般的人生展开，而这种展开的节奏则宛若棋道里的“造势”法。

小说分为四节，基本上体现这样的节奏安排：先抑，做铺垫；稍扬，再铺垫；再抑，一波三折；最后再扬，推向高潮。

第一节先写王一生的“呆”，属于先抑。如何“呆”法？主要写了他对下棋的痴迷和“尚吃”。与叙述者“我”一样，王一生经历过缺衣少吃的饥饿困境。他对棋的痴迷，则是基于爱好，而且是通过偶然发现一些棋谱无师自通，自学成才。在中学和当地社会稍显锋芒时，却遇到了有祖传棋谱的捡烂纸的老头，经老头指点棋道，已经没有锋芒了，不仅在知青乘坐的车上没有表现出凌厉棋道，而且在农场以棋会友时也是如此。第二节主要写王一生到了农场后，依然痴迷于下棋，经常请假寻找棋友下棋，写法上属于稍扬。他来到叙述者“我”的农场，跟也有家传、懂棋路的“脚卵”（倪斌）下棋交流，这可以说是初试锋芒。第三节写真正的棋类地区比赛，可惜王一生没有报上名，后经脚卵向管理文教的书记推荐和疏通关节，取得了比赛资格，但王一生了解到脚卵为了他去贿赂书记而取得资格，认为有“被人做了交易”之嫌，违背了自己的做人原则，于是谢绝了书记的安排，决定不参加比赛了。这可谓是一波三折，写法上属于抑。第四节写王一生与九人的盲棋大赛。本来他是想找获得比赛前三名的棋手进行友谊赛，切磋棋艺。最后，出乎他本人的意料演变成九人盲棋大赛。在这场盲棋大赛中王一生“坐在场当中一个靠背椅上，把手放在两条腿上，眼睛虚望着，一头一脸都是土，像是被传讯的歹人”⑩。即便是下棋结束了，“他的腿仍然是坐着的样子，直不了，半空悬着”⑪。最后大家把他扶下来揉脸、揉腿、揉脖子和身子才让王一生恢复过来。此时的王一生仙风道骨，棋艺超群，出神入化，宛如武林高手。小说写出了他在与棋手比赛中棋艺、棋道、身体三合一的奇特景象。这是全书的高

潮。写法上就是扬。

因此,该作品在情节安排上采取的是先抑后扬、分层次造势的方法,最后通过与九人进行车轮大战,体现出王一生的"王者"风范。

四、王一生形象究竟体现的是什么文化精神

从人物关系看,他的行为和精神气质主要受第一层次的人物影响,而第一层次人物捡破烂的老头终身恪守"为棋不为生"的祖训,后来落得老来没有生存技能而被迫捡破烂为生;王一生妈妈则首先教育他,谋生是第一位的,在这个基础上再按自己的兴趣追求梦想。捡破烂老头为了下棋超脱世俗生活,放弃营生能力的发展,这属于道家精神;母亲的人生观则代表了现实与理想的结合,而事实上王一生也是遵循母亲的训导来保持自己的兴趣和爱好的。所以,当他生活还得不到满足时,他首先对吃感兴趣;一旦他能自食其力了,如到了农场,生活有了基本保障了,他就到处寻找棋友下棋。而整个《棋王》就是展现王一生那种不图名、不拘小节的脱俗生活方式,因此,棋王在生活方式上的"怪",就是他跟周围的那些追求世俗生活的人不一样,即他的生活方式上起主导作用的是他身上的"道家精神"。

其次,如前面分析的,整个作品的情节安排和结构意向的指向都集中在最后,先抑后扬,逐层造势,最终主角达到道家所追求的最高境界"无为而无不为",在一对多的车轮战中不动声色而能所向披靡,把对手全部打败。因此,《棋王》写得最精彩的就是最后部分棋王那种道禅风貌和精神。这也是作品最吸引人、最显神奇效果的地方。

因此,当学术界争论王一生究竟是一个什么样的人物时,或者说,在他身上体现的究竟是道家精神还是儒家精神,抑或是游侠精神,是"儒道统一"还是"道侠统一",抑或是"儒道侠统一"的精神风貌,我们可以肯定地说,《棋王》主要体现的是一种道家精神。这是由作品的人物关系和结构特点决定的。

注释:

①苏丁、仲呈祥:《〈棋王〉与道家美学》,《当代作家评论》1985年第3期。

②黄凤祝:《试论〈棋王〉》,《文艺理论研究》1987年第2期。

③郝锐:《天人合一——阿城小说审美世界的文化解读》,《连云港高等专科学校学报》2007年第3期。

④孟繁蕾:《〈棋王〉"寻根"的豪侠精神》,《桂林师范高等专科学校》2006年第4期。

⑤李蕾:《浅谈〈棋王〉中的游侠精神》,《长江师范学院学报》2010年第1期。

⑥林晓华:《传统文化的追寻与潜在主角的双重建构——阿城〈棋王〉的另一番品味》,《川北教育学院学报》2002年第3期。

⑦章佳文:《阿城〈棋王〉人物形象的塑造》,《文学教育》2018年第7期。

⑧萧玉华:《一幅道家之"侠"的素画像——〈棋王〉中王一生形象探析》,《韩山师范学院学报》2003年第4期。

⑨阿城:《棋王　树王　孩子王》,人民文学出版社2015年版,第65页。

⑩阿城:《棋王　树王　孩子王》,人民文学出版社2015年版,第59页。

⑪阿城:《棋王　树王　孩子王》,人民文学出版社2015年版,第65页。

[作者单位:加拿大英属哥伦比亚大学]

历史小说如何“非虚构”？

——论新世纪以来湖北作家的武昌起义叙事

□丰 杰 毛叶林

“非虚构写作”热潮无疑是近年来中国文学的一个重要现象。尽管对于其内涵和边界的讨论还在进行中，但“非虚构写作”以人物、事件、细节等的真实性为叙事目标，这一点是可以达成共识的。冯骥才在谈到他的《一百个人的十年》时，曾提到“它和我的小说全然不同，小说是虚构的，但它不是虚构的。人物、事件、内容、细节、那里边每一句话都是口述对象说的，都是真实的”[①]。冯骥才认可美国将虚构与非虚构视为两大文学体系的分类处理，并在创作中将两者截然分开。洪治纲提出：“近年来的‘非虚构写作’，其叙事内容主要向两个维度展开：一是沉入历史记忆的深处，通过史料的重新发掘、梳理和辨析，揭示各种史海往事的内在真相，或反思某些重要的人物与事件……二是置身复杂的现实生活内部，对人们关注的一些重要社会现象进行现场式的呈现与思考。”[②]洪治纲关于“两个维度”的观点对“非虚构写作”落地时的状况作了更为具体精准的分析。

如果我们将“非虚构”这个特征融入现实和历史这两个维度，那么大概可以找到“纪实小说”和“纪史小说”这两个基本对应的概念。显然，我们对于“纪实小说”这个概念很熟悉，但对“纪史小说”则难免心存疑惑。上世纪80年代中后期，新写实小说和新历史小说便是“两个维度”上同根异枝的果实。但两者毕竟不同。新写实小说在“写真”这条路上越走越具体细碎，而新历史小说则愈来愈发挥着“虚构”对历史的拆解与重构的双向功能。对于“真实”与“虚构”的偏爱，与创作主体在面对现实题材和历史题材时所持主观经验基量的差异有极为重要的关系。改革开放后，文学家在都市生活中不断加深对当下现实的体验，而与过去的革命历史是渐行渐远的。因此，文学家对于活在当下的人物、事件、细节进行“实录”很方便，但对历史进行“实录”却需依靠大量文献阅读以获得间接经验，也必然要动用虚构这一文学手段来黏合材料、复活历史。

那么，当代作家如何“纪史”？这个问题远比“如何纪实”难回答。基于冯骥才将“非虚构”作为一个独立门类的想法来进行历史题材创作，那么当代作家要书写百年之年的革命历史，在自己毫无主观经验且当事人已经故去的前提下，则只能通过对历史学成果的摘选、搬运和复制，以一种科学严谨的考古姿态去获得说服力。基于这样的创作逻辑，最终的成果将无限趋近于历史文本。历史小说将失去其作为历史小说的文体意义。而面对没有当事人可寻的历史，依托口述去建构个人生活史的可能性也已经不存在，文学家不得不而且必须要运用虚构去进行创作。所以，我们必须承认，“非虚构”是“一种手段并不是词源学意义上虚构的否定概念”[③]。因此，在当代作家选择以一种“非虚构”的态度拾起历史时，与其说他将创作一部非虚构小说，不如说他的小说将具有一定的“非虚构性”。笔者无意于对历史题材小说的“真实性”进行量化研究，而是感兴趣于革命历史小说与近年来非虚构文学潮流碰撞出了怎样的火花。武昌起义是辛亥革命成功的首义，也是当代关注革命历史题材的作家，尤其是湖北作家关注的重点历史事件。本文拟以三位湖北作家的武昌起义题材的小说——方方的《民的1911》、望见蓉的《铁血首义路》、牛维佳的《武汉首义家》——为例，从历史真实和文学真实两个层面上考察其“非虚构性”的实现形式，并追问融入“非虚构性”特征之后革命历史小说的阶段性进展。

一

《民的 1911》《铁血首义路》《武汉首义家》都是辛亥革命一百周年的献礼之作，这无疑增强了它们“致敬历史”的严肃感和使命感。这三部作品在叙述历史时都节制虚构，力图还原“历史真相”，体现了“非虚构”的写作特征。作为新世纪的历史书写者，方方等作家已与武昌起义拉开了百年的距离，缺乏对历史的直观性认识，但他们几乎都采用了实地考察、调查访问、文献查阅等多种方式来积累真实的历史素材。

历史学成果顺理成章地成为历史小说的资源库和养料库。方方曾提及：“对于辛亥革命我以前也是只知结果、意义以及极简单的过程，几乎完全不知其中的曲折。直到有一天，武汉大学的历史专家冯天瑜先生送给我一本由他和贺觉非先生合著的《辛亥武昌首义史》。冯贺二位先生梳理了大量的原始资料，使得事件的走向非常清晰。正是读了这本书，我才知个中的详细原委和惊心的变化过程。”[④]在《民的 1911》中，方方摘录了许多大段的决策、命令、布告、电文等原始文献。如小说第十五章熊秉坤在集合会上下达的十条命令，第十八章瑞澂向清廷发的电文，第二十二章的中华民国军政府鄂军都督黎布告以及小说中相关会议的决议和命令，都能从《辛亥武昌首义史》中找到原文。值得注意的是，作家的主体性并没有因为受到历史学成果的启发而淹没。从方方的作品序列来看，她对于武汉这座城市的历史追踪是一个长期的行为。在写《民的 1911》之前，方方就已写过《武昌城》《汉口租界》《汉口的沧桑往事》等。《武昌城》分攻城与守城两篇，构成了城内城外对视的双向视角。这本身就蕴含了作者要揭开武昌围城这段历史另一个不为人知的侧面的创作思想，和她对于承受战争苦难的这座城市的悲悯情怀。正是基于对武汉历史的长期思索与追踪，才推动着她去借助历史学的素材来继续延伸创作触角，并聚焦于武昌战役这一重要的历史事件。相较于《武昌城》冷静客观的叙事态度，《民的 1911》则显出难以抑制的激昂情绪。在题材与叙事风格的选择之中，我们可以看到冯骥才所说的基于“选择的题材本身思想内涵认识的深度”[⑤]，即一种超越于“真实性”意义之上的思想价值。

武昌起义亲历者的后代，是这段历史记忆的传承者。因此，对于传承者口述的记录能为作者提供带有温度的宝贵遗产。这也成为作家获得间接经验的第二种重要方式。《铁血首义路》的作者望见蓉在小说后记中谈道：“说实话，我对于这场起义的始末，以及酝酿发展的历程，除了历史书培养的景仰，几乎是个白痴。”[⑥]因此，在写作之前，她拜访了熊秉坤的儿子熊辉，在拜访中不仅看了很多熊秉坤的旧照片，听到了很多熊秉坤的逸闻趣事，还在熊辉的带领下重走了湖北新军第八镇工程营旧址，登上了起义门。在小说中，熊秉坤的形象在一众真实革命党人中着墨最多：不仅贯穿了故事的始终，且是虚构主人公曹新生最好的朋友、战友、导师。这自然与熊辉的口述历史有着直接的关系。在熊辉的引荐下，望见蓉还联系上了“炮八标”刘裕海的孙子刘谦定，和数十名武昌起义亲历者的后裔。这无疑为望见蓉的创作提供了很多口述材料。小说的呈现方式与口述史自然不同。在丰富的口述材料中，进行摘选、编排、辨别，是形成小说脉络的关键步骤。望见蓉“在省图书馆办了四张借书卡。通过借阅、购买、网络查寻、走访等多种途径，收集了大量历史文献和一手素材”[⑦]，且与章开沅、皮明庥、冯天瑜等历史学者保持着联系。因此，口述材料和历史学成果达到了较好的互证与互渗效果。这使得《铁血首义路》具备了明显的“非虚构性”。其一，叙事者在每个人物亮相之时均为其作生平简介，其中熊秉坤、吴禄贞、瑞澂等 46 位历史真实人物的生平事迹与历史材料中基本一致。其二，小说的历史背景符合史实。诸如“英租界是 1861 年汉口开埠后武汉出现的第一个租界”[⑧]，“自光绪二十一年(1895 年)《中日马关条约》签订后，日本首先获得从宜昌溯长江至重庆行轮的特权”[⑨]等均属历史事实的复述。又如在曹玉林事业如日中天时，叙述者对辛亥革命前湖北的洋行、房地产、棉纺工业等发展情况作了符合历史的描述。其三，小说还描写了最终促成武昌起义的诸多历史事件：花园山聚会、科学补习所、日知会、丙午党狱、军队同盟会、群治学社风波、保路风潮、吴一狗事件、“盗金菩萨”、会社合流、南湖炮队失事、宝善里失事、彭刘杨慷慨就义等。对这些起义前的准备和曲折的展示，实际上起到了“正视听”的作用，反驳了一直以来普遍存在的“武昌之役颇属侥幸之成功”[⑩]的观点。此外，《铁血首义路》也摘录了大量军令、决议、通知、规定等文献材料。基于详实的历史文献和口述材料，作者建构起了武昌起义形象的知识性和真实性。

历史时空中的民俗民风，是作家“纪史”的另一重要维度。在关于《武汉首义家》的创作访谈中，牛维佳曾表示：“我曾经从事湖北省军事志和《中国大百科全书》以及军史编撰工作，掌握了许多相关资料。这对我这个题材的创作起了很大的作用，既开阔了我的眼界和思路，又提供了翔实可信的资料。在写作前我并没有太多地熟悉正史方面的资料，因为我更多地是写具有武汉地域特点的民俗民生。”[11]将武昌起义放置在湖北军事史的宏观范围之中进行考察，并结合武汉的民俗民生，这使得《武汉首义家》形成了对方方与望见蓉作品的一种重要补充。《武汉首义家》从1911年10月10日武昌城起事写起。小说的开篇有如下描写：

> 谦泰衣帽庄门开了，二掌柜洪山恩瞅着门外静了片刻，就打开门，探出头去。还没等他看清个什么，就被老账房金小安给拽了进来，洪山恩掩上门回头一看，那秉着蜡烛的金小安正在发抖，一张皱巴巴的老脸纸一样的白。洪山恩就明白了，难怪打烊以后金小安没有回自己的宅第，一家子都住进了店里。他准是早早闻到了风声，得知新军有人要起事了。说是革命党是驱满复汉的，而眼前这金老头正是满族旗人，这个时候他不怕谁怕！[12]

据《武昌起义档案资料选编》中记载：“是日（指10月11日），革军遇旗人，不论老少皆杀。”[13]牛维佳对排满现象的描写，是基于历史事实的一种艺术言说。此外，《武汉首义家》还描写了剪辫、妇女放足、禁鸦片等与辛亥革命相关的社会现象。这些情况与《辛亥武昌首义史》所述及的在革除旧俗方面“第一是剪辫子……第二是禁缠足……第三是禁鸦片”[14]是一致的。对于湖北辛亥革命历史和当时社会情况的深入了解与知识积累，成为小说叙事的有力支撑，让小说之中的风俗人情具有说服力，也推动着主线情节的发展。

尽管武昌起义的历史已经远去，但通过吸收历史学的成果、走访革命党人后代、研究武汉社会生活史，以及重走革命旧址等方式，方方等作家得以拾起历史的脉络与碎片，梳理革命党人的来路与征程，重铸历史时空的民间记忆。在这些为“非虚构”而做的努力中，理性的思想与感性的经验得以融合，“武昌起义”形象在历史意义上的真实性得以建构起来。

二

卡尔维诺有个幽默的比喻：“我真感觉到整个世界都快变成石头了。”[15]创作主体在面对纷繁复杂的现实客体时，需要解决一系列的叙事逻辑问题。对散乱的历史史料进行黏合，对众多的口述记录进行筛选，对人物与事件进行顺序上的编排，这些都是文学的历史加工过程，也都以虚构为主要的手段。从这一意义上说，虚构成为“非虚构性”得以实现的手段。那么，如何虚构，才能够尽量保存文学中历史客体的“非虚构性”？方方等作家在叙事动机、叙事视角、时序等三个层面具有一些共性策略。

首先是叙事动机问题。“叙事的逻辑有个起点，这起点是叙事逻辑的动机，正是这个点触动了作者，驱动他由此出发将接下来的这个故事按部就班、循序渐进地讲完讲好。在文学叙事中，作为起点的这个动机不来自理性的催生，而发乎情感的催动。”[16]写辛亥革命题材的作家并不少，而如此专注于武昌起义的却大都是湖北作家。除却纪念辛亥革命的本能外，更为主要的原因，应该还是作者与武汉这座城市的情感，以及对自我血缘与城市文明追根溯源的生命向往和精神诉求。望见蓉说，“我想我之选择，是我与这座城市注定的亲缘”[17]。她也在小说中借刘珍珠之口说，“父亲生前常念叨一句话：这辈子我最爱武汉。武汉大街小巷，又最爱胭脂巷”[18]。“胭脂巷”这个旧址曾上演过的爱情与革命故事，经过一代代武汉人的精神沉淀，凝聚着当代武汉人对爱情和革命的浪漫想象，促使人们不断想重新走进它，打开它。上世纪“十七年”中的红色经典小说，其对历史的书写携带了意识形态所要求的教化功能，因而强调历史的理性主义和革命启蒙作用。新历史主义小说则强调在历史中发现人，揭示历史的非理性，阐释历史中人的困境。无论是红色经典小说还是新历史小说，实际上都有着较为明显的借历史来言说理性思想的叙事动机，打下了较为明显的时代烙印。新世纪以来,以“非虚构”为叙事目标的革命历史叙事,则褪去了特定的,或者说某种主导性的时代使命,基于创作主体对历史更为纯粹的兴趣和情感,因而更容易靠近客观的历史本身。

其次是叙事视角问题。这批小说几乎不约而同地采用了全知视角。《民的1911》中的“我”是一个“无所不在”的全知视角。“民”既是故事的主人公,也是革命的叙事者。这种设置既最大程度拉近读者与历史的距离,发挥了“仿真”效果,同时又兼具第三人称的全知功能,极大地增加了故事的信息量,保证了武昌起义形象的完整性和系统性。《铁血首义路》借鉴了中国古典小说的章节形式,采用了中规中矩的第三人称全知视角。第十七章第二节中,曹新生说共进会和文学社都是搞反满革命的。所以大伙儿便提议:“干脆你和黄维汉一起,代表我们马队去两边做番考察。回来再作议论!”[19]于是曹新生便先去共进会看了孙武等人的革命风采,又转到文学社去观察了一番,又由此推进了两个社团的合并。这种打造“在场”视角的叙事策略,既较好地实现了小说的认知功能,也以一种稳定的大局观体现着对武昌起义的崇敬之情。《武汉首义家》也是借助全知视角来展开叙述,叙事者可以根据需要随意变换叙述对象和叙述场景。如小说第四章结尾描写洪山恩在长江边将两只玉佛沉江,因触景生情而怀念小莉云,但在第五章开头就转向了描写霍姆斯和吴买办的交谈场景。通篇小说令人吃惊之处在于极少有人物间的直接对话描写,而主要依靠叙事者的转述来交代情节发展。“不可解的矛盾源于以为自己在场的幻觉……离场以便更好地成全在场的需求。”[20]作者频繁地进行场景切换,并不惜牺牲情节流畅性来制造“离场”效果,说明创作主体对于故事内容的关注远远大过对于故事形式的关注。换句话说,故事的形式是服务于内容的。方方等作家选择了自己认为最全面灵活的叙事视角,并在叙事过程中不断进行视点的调整,意在描绘出更系统、更完整、更鲜活的武昌起义形象。

最后是时序问题。海登·怀特认为:“历史话语并不能完全再现它试图描述的现象领域,在大小、范围或者事件发生的顺序上都是不等同的,这已经成为老生常谈的事实。……曲解的最明显方式在于背离了事件最初发生的时间先后顺序,从而揭示出事件的‘真实’或‘潜在’意义。”[21]正如先锋小说充分利用时序的倒错来制造叙事圈套,《民的1911》等小说一律采用线性时间是为了制造“仿真历史”的效果。《民的1911》从1898年“我”的出生写起,先后写到1900年义和团运动—1911年保路风潮—1911年9月14日文学社和共进会第一次合流以及南湖炮队失事—1911年10月9日宝善里失事—1911年10月9日彭刘杨就义—1911年10月10日武昌起义第一枪—1911年10月11日起义成功—1911年的10月12日黎元洪就任都督。小说将武昌起义的发生、发展、高潮和结局依次呈现,情节亦环环相扣。《铁血首义路》从汉口英租界翻译曹玉林和巡捕刘银根为争夺妓女胭脂红而引起的矛盾写起,以武昌起义的酝酿、发展、爆发为线索,描写了曹刘两家两代人在武昌起义中的爱恨情仇和悲欢离合。小说以时间顺序描写了武昌起义前后的重要事件和革命团体:花园山聚会、科学补习所、日知会、军队同盟会、群治学社、振武学社、文学社和共进会合流、起义枪响、武昌大捷。整体时间横跨十五年,完整地展现了武昌起义的历史画卷。《武汉首义家》以武昌首义至袁世凯下台这六年为时间轴,展现了谦泰衣帽庄的兴衰起伏。牛维佳常用时间来推动情节发展。如“时间过得很快,一晃在编年史上,又迎来一个新纪元——‘中华民国’”[22],“事情一拖就是两个多月过去了”[23],“很快就过年了。年三十的晚上……”[24]等等。与前两部小说相比,《武汉首义家》还发挥了时间的象征作用,如小说开头说“蜡烛上的火苗”,小说结尾处写到武昌城开始通电,整个城市“灯火辉煌”。革命进程所推动的城市发展也跃然纸上。当然,并非在所有情况下,线性时间都能够最大限度地展示信息。《铁血首义路》第二章先接续上一章末尾处胭脂红的情节,接着开始聚焦于第二位男主人公——曹玉林。叙事者在这一节中不断切换曹玉林人生的时间节点,从在桃花坞与胭脂红的谈话场景到曹玉林如今的家庭现状,再到曹玉林少年时期的经历,再回转到“今天早上”起床开始顺演到去桃花坞,回到和胭脂红谈话的场景。这种颇为时髦的时序技巧,还是服务于内容的。

正如刘阳所说,读者在阅读小说时,是“在心甘情愿地被叙事逻辑的奇妙力量给善意欺骗并牵着走”[25]。如果我们将文学所表现的人类经验分为常识性经验和创造性经验，那么在历史题材小说中，“非虚构性”指向的是对历史常识的尊重与保存，“虚构”则指向对文学创造性的尊重与肯定。“非虚构性”针对的是历史人物、事件、细节的真实性，它并不否定作者与读者共筑的审美预期和文学体验。换言之，“非虚构性”使“历史小说”区别于“非历史小说”，而“虚构”使“历史小说”区别于“历史学文本”。本文所论及的三个小说文本，正是在“非虚构性”与“虚构”两者的融合这个意义上，共同建立起文学层面上的“历史真实”。

三

尽管非虚构写作的流行与《人民文学》开辟的“非虚构”栏目有着直接的关系，但仅就历史题材小说而言，对于“非虚构性”的追求实质上是新历史主义小说创作潮流退潮之后的文体自觉行为。张文东认为：“当下的文学之所以在虚构的意义上时常被诟病乃至被否定，问题可能并不在于虚构本身，而是在于这些所谓文学往往只有虚构，并以虚构消解掉了真实的生活及生活的真实。”[26]“非虚构”对历史的“非虚构”书写，是对于大量存在于新历史小说中的“解构主义”“历史虚无主义”以及受其影响并与市场、网络相结合的衍生品的一种思想反拨。

新历史小说对宏大历史叙事的拆解与反讽，与创作主体对“文革”的深刻反思有关。而以“非虚构”为叙事目标的历史小说创作主体，则重新树立起了对历史的敬畏与尊重。创作主体将一种现代眼光或现代人格投射到虚拟主人公身上，借助于虚拟主人公进入真实革命党人的革命生涯之中，见证革命起事的全过程。《铁血首义路》中的虚构人物曹新生，本是一个富家子，但是对革命的向往促使他不断地脱离父亲设计好的人生轨道，并逐渐和熊秉坤成为挚友，进而加入了武昌起义这一时代洪流之中。曹新生思想和行为的位移轨迹，与《民的1911》中的“我”相似。《民的1911》从作为儿童的“我”的视角去仰视革命，无疑也令武昌起义看起来更为崇高和壮美。

与新历史小说多强调历史给个体生命带来的创痛不同的是，方方等作家的武昌起义叙事强调历史对个体的锤炼作用。方方、望见蓉、牛维佳都注重描写“小人物”在革命历史中的成长过程。《民的1911》中，剃头匠的儿子“民”，代表着革命中微不足道的“小人物”。他从一个“饿了就吃，饱了就睡”的懵懂少年，到想要革命、立志为革命英雄报仇的革命同路人，最后成为能独立送信、张贴布告、积极投身革命的革命党人，展现了普通民众面对民族危机时逐渐觉醒的过程。除了“民”，小说还着重塑造了父亲、赵裁缝等底层市民形象。面对戊戌变法的失败，他们只会“号啕大哭”；面对外族的侵略，他们只会“唉声叹气”。但最后父亲帮助新军抬炮上蛇山，给黎元洪剪辫子。赵裁缝也偷偷为革命党缝制国旗。这些底层普通百姓，从关注革命到参与革命，最终也成为推动首义成功的重要力量。在“文革”之后，曾被不断拆解的“革命启蒙情节”，在《民的1911》这些作品中又重新出现：虚拟人物经由革命党启蒙，逐渐成长为革命骨干。个人与历史之间一种正向的影响关系被再度建立起来。

在建构革命党人的形象时，这三部作品也表现出了与新历史小说不同的叙事策略。新历史小说往往有意打破英雄的神话，瓦解战争的合法性和正义性。《故乡天下黄花》中，作为历史爱好者的“我”通过各种考察获得了间接经验，又被叙事者抛掷到各个历史时空中，直接见证了历史的荒谬。如在一次宴席上，曹的情人沈给大家跳了一支舞，“没想到沈在一曲终了，就要下场之时，回眸笑了一笑。沈一笑，就把延津几十万民众推到深渊和水深火热之中去了”[27]。刘震云小说中英雄形象的崩坏，既是基于“文革”经验而对历史进行的深刻拷问，也与转型期以来精英文化的失落有关。而《铁血首义路》等作品对英雄形象的重建则展现了创作主体对历史本体和革命英雄的重新肯定和精神渴求。如望见蓉自己所说“唯恐贫弱的文字难以复活英雄们光芒四射声色壮丽的经典人生，无力再现那段叱诧风云震撼寰宇的峥嵘历程”[28]。这样的崇敬之情渗透到人物形象上，便令革命党人个个英武有加，自带荣光。如蔡济民——“新兵中即刻站出一个人来，荷枪实弹，目光冷峻，英气勃勃，好不威严”[29]。如蒋翊武——“酒席正中上首，一青年军人正襟危坐。只见他浓眉大眼阔嘴，面如重枣，神清气朗”[30]。又如孙武——“此人短发，豹目。白长袍裹着虎背熊腰，炯炯发亮的眼睛警惕着六路八方”[31]。居正亦然——“容貌轩昂，丰姿俊爽。一身藏青长袍。寸发覆顶。干净利落”[32]。

值得注意的是，方方等作家的革命叙事并没有回到新历史主义之前的宏大历史叙事之中去，而是容纳和吸收了新历史主义小说所实践过的一些叙事经验和思想成果。其一，保留了观察历史的民间视角，透过生活史去描绘革命史。《民的 1911》《铁血首义路》《武汉首义家》均以小人物为主人公，以小人物不断靠近革命的思想和行为位移作为主线情节。《铁血首义路》塑造了胭脂红这个柔弱而伟大的娼妓形象，以她串联起了几个主人公的情感和革命生活。《武汉首义家》聚焦于平民百姓因武昌起义而产生的日常生活变革。武昌起义后，剃头匠张二与琴琴姑娘敢于冲破"娃娃亲"的束缚而自由恋爱；教书先生敢于冲破封建礼教的藩篱先后与寡妇花萍易和学生小玉相恋；金穗不仅设计新式服装还参加放足会，上女子学堂；洪山恩提出"姑娘伢也要读书"等等。应该看到的是，以史料为支撑的历史"凡俗化"书写，也是一种深度的"非虚构"精神。

其二，保留了英雄身上的瑕疵，还建构了一些亦正亦邪的"非常态英雄"形象。《铁血首义路》中，蒋翊武和孙武之间的派系芥蒂被描写得细致入微。如孙武和曹新义（此时已入日知会）来到文学社：

> 蒋翊武见两人贸然闯入，颇为不悦，但立即堆上一副笑脸："我给大家介绍一下。这位是共进会的会长孙武先生。这位是日知会著名党人曹新义先生。二位虽是不速之客，却送酒上门。我们也来者不拒，表示欢迎！"说完，将酒泼于地面。酒在青石板上芳香四溢。一时场上哑然。蒋翊武笑道："这是我们湖南人的规矩。新年第一杯酒该敬地神。感谢他赐我们五谷丰登。一滴酒，万颗粮啊！"
>
> ……却听砰然一声脆响。原来孙武冷不防，将酒杯朝地上砸去。……"嘿嘿。这是咱湖北人的规矩。祝各位岁岁（碎碎）平安！"众人皆尴尬失语。[33]

望见蓉并没有因为对历史的崇敬，而将革命党塑造成完美的模样。这显然也是出于对历史的尊重。虚拟主人公曹新生也曾对革命事业产生过动摇。在革命团体之间的利益纷争中，他感到孤独和失望，以至于"打消着他对革命者素有的尊崇"[34]。在《民的 1911》和《武汉首义家》中，也将革命党人作为凡人而非神来塑造。《铁血首义路》还建造了刘银根这样一个亦正亦邪的主要人物。他欺软怕硬、仗势欺人、痞气十足。他对革命的理解简单粗暴——"什么狗鸡巴革命，谁惹老子不高兴，老子就革谁的命"[35]。但他也义薄云天，替熊秉坤挨洋人的鞭子，为革命筹款而牺牲了性命。这样一个风风火火、大大咧咧的莽汉形象，被作者编排得最多的却是感情戏码。他尽力解救深陷苦海的胭脂红，情之深重令人动容。胭脂红为救他又陷自己于水深火热之中。这样铁汉柔情、雅俗糅合、辗转跌宕的"革命+恋爱"的故事，正是望见蓉对武汉地标"胭脂巷"之历史和传奇的一场浪漫想象。不难看出，方方等作家的武昌起义叙事，并不纯粹停留于"还原历史"，还有一种"建构历史"的时代自信。

结　语

武昌起义的"非虚构性"书写，体现了作家们对革命历史叙事的系统反思。新世纪以来，新历史主义小说一方面沉潜到更深层次的历史哲学中去，另一方面与网络文学结合将历史的虚无主义演绎得更为淋漓尽致。历史在文学中的面貌变得既深不可测又模糊不清。历史本体与当代大众之间的距离也愈加遥远。革命历史的"真实性"面临着新的记忆危机。在这种情况下，方方、望见蓉、牛维佳通过"非虚构"写作来探索革命历史叙事的出路，其意义尤为重大。其一，他们对于口述历史、田野调查等非虚构写作经验的借鉴，丰富了文学的创作途径。其二，他们对于客体历史的尊重，对于历史小说认知功能的重新确立，有利于重建更为合理的叙事伦理。其三，他们在"非虚构"和"虚构"两者之间的平衡探索，融合了传统历史小说和新历史小说的叙事经验。综而言之，他们的"非虚构"写作既建构了一个完整立体的武昌起义形象，又开拓了一个行之有效的革命历史叙事方向。

[本文系国家社科基金青年项目"百年文学中的辛亥革命叙事研究"（16CZW047）阶段性成果。]

注释：

①冯骥才：《非虚构写作与非虚构文学》，《当代文坛》2019年第2期。

②洪治纲：《论非虚构写作》，《文学评论》2016年第3期。

③刘浏：《论中国非虚构文学的命名及其流变》，《当代文坛》2019年第2期。

④范昕：《作家方方：时间之下，风景深处》，《文汇报》2011年8月6日。

⑤冯骥才：《非虚构写作与非虚构文学》，《当代文坛》2019年第2期。

⑥望见蓉：《铁血首义路》，人民出版社2011年版，第353页。

⑦望见蓉：《铁血首义路》，人民出版社2011年版，第355页。

⑧望见蓉：《铁血首义路》，人民出版社2011年版，第4页。

⑨望见蓉：《铁血首义路》，人民出版社2011年版，第32页。

⑩田汉：《〈黄花岗〉序》，《田汉全集》第16卷，花山文艺出版社2000年版，第285页。

⑪牛维佳：《谈谈〈武汉首义家〉及历史小说的创作》，《创作论坛》2012年第5期。

⑫牛维佳：《武汉首义家》，长江文艺出版社2011年版，第1页。

⑬中国人民政治协商会议湖北暨武汉市委员会等：《武昌起义档案资料选编》下卷，湖北人民出版社1981年版，第632页。

⑭贺觉非、冯天瑜：《辛亥武昌首义史》，武汉大学出版社2006年版，第246页。

⑮伊塔洛·卡尔维诺著，黄灿然译：《新千年文学备忘录》，译林出版社2015年版，第2页。

⑯刘阳：《叙事逻辑研究》，华东师范大学出版社2017年版，第117页。

⑰望见蓉：《铁血首义路》，人民出版社2011年版，第354页。

⑱望见蓉：《铁血首义路》，人民出版社2011年版，第274页。

⑲望见蓉：《铁血首义路》，人民出版社2011年版，第247页。

⑳刘阳：《叙事逻辑研究》，华东师范大学出版社2017年版，第128页。

㉑海登·怀特著，董立河译：《话语的转义——文化批评文集》，大象出版社2011年版，第119页。

㉒牛维佳：《武汉首义家》，长江文艺出版社2011年版，第54页。

㉓牛维佳：《武汉首义家》，长江文艺出版社2011年版，第118页。

㉔牛维佳：《武汉首义家》，长江文艺出版社2011年版，第265页。

㉕刘阳：《叙事逻辑研究》，华东师范大学出版社2017年版，第101页。

㉖张文东：《"非虚构"写作：新的文学可能性?》，《文艺争鸣》2011年第2期。

㉗刘震云：《温故流传》，江苏文艺出版社1996年版，第35页。

㉘望见蓉：《铁血首义路》，人民出版社2011年版，第356页。

㉙望见蓉：《铁血首义路》，人民出版社2011年版，第236页。

㉚望见蓉：《铁血首义路》，人民出版社2011年版，第239~240页。

㉛望见蓉：《铁血首义路》，人民出版社2011年版，第245页。

㉜望见蓉：《铁血首义路》，人民出版社2011年版，第263页。

㉝望见蓉：《铁血首义路》，人民出版社2011年版，第242~243页。

㉞望见蓉：《铁血首义路》，人民出版社2011年版，第215页。

㉟望见蓉：《铁血首义路》，人民出版社2011年版，第251页。

［作者单位：湘潭大学文学与新闻学院］

南园词话·续《南园词话》

□ 蔡世平

南园词话

一

词是什么？词，是古人创造的既能通天入地，又能探幽访秘的“神器”。词的神奇性在于，能以最精短的语言实现人性的深度表达，又能以最快的速度抵达人类遥远的精神故乡。那里有父亲的微笑，母亲的叮咛。

二

词是一个生命体。它能呈现给读者一种生命状态。

三

词在鱼背上雀毛边。当然，词人也会在人类生活和自然社会的骨头缝里找到词。

目光和思绪常常打量的地方，词意总是星星点点地亮着。

四

同样，词，还在词人心里养着。一句不经意的话或者一件微不足道的事，触动了词人，词随心动，心与词飞，于是，词句就自然而然吐了出来。

五

写词就是写人。作品的人性深度，也就是作品的艺术高度。

六

词的品貌是风雅，如翩翩少年，美须长者。风雅不是装出来的。风雅得有底子，麻袋上绣花，不成。风雅是树，土是根基。风雅是云，天是背景。风雅是花，春是母腹。

七

词笔要深入生活的细部，也要深入灵魂的细部。越细越深刻，越细越丰富，越细表现力越强。

当然，细不是芝麻绿豆，婆婆妈妈。细是血的颜色、心的温度。

八

民间和土地的智慧永远值得珍视。依我看，写词就如乡民拔萝卜，要拔出萝卜带出泥才叫好。读者看到词上的“泥土”和“小须毛”，自然感到亲切和温暖。

九

词是汉语言文字的特殊产物。语言是一条河流，流动才显出生息。

当代人的词应通过当代人的语言组合、安排，出现新的意义和可能。让读者大吃一惊：话还可以这么说，词还可以这么写。

十

狗要叫，词语要跳。狗叫起来，行人就警惕了；词语跳起来，读者就不打瞌睡了。

十一

写词不能太理性，太讲道理。有时候要要点小性子，扯点蛮绊筋，不去跟它讲道理。创作的“蛮不讲理”，可能就是艺术的“蛮有道理”。

十二

词是生命的舞蹈。它的路径是峰回路转，柳暗花明的。总是眉间心上，欲说还休，时时拨弄一颗颗柔软的心灵。

词的明亮与幽微，词的豪雄与婉约，常常表现为"妙处难与君说"。

十三

"婉约"与"豪放"，是学问家为了研究和教学的方便人为分出来的，于创作并无多少实际意义。婉约也好，豪放也好，写出人的真性情就好。

战场上拼杀是英雄，柳阴下低语是本色。这是可以发生在同一个人身上的事情。艺术就是要完整地表现这个人，表现这个人"英雄本色"。

十四

不要拘泥于一枝一叶，一字一句。有时候大而化之地看问题，往往能够抓住要害。

写词就是写一个人的心态，写一个时代的状态。当然它又必然地落脚于春的尾翼或是秋的梢头。

十五

词人应是时代的文化精英。词人的创作，是一种精神劳动，更是一种精英劳动。这是上天赋予文化精英本质上的文化自觉。有无精英意识的文化自觉，是区分词人高下的重要标尺。

所谓词人，就是那种能够反映时代喜怒哀乐，传达时代心灵呼吸的精神站立起来的人。

十六

诗经是长出来的。宋词是养出来的。清词是仿出来的。当代词是放出来的。

十七

当代词是到了放鸟出笼，放虎归山的时候了。当代词如果还封闭在宋词、清词里，自我陶醉，自我欣赏，路只会越走越窄，直至成为非物质文化遗产。

开放的眼光，开放的胸襟，开放的笔墨，是当代词应有的姿态。搔首弄姿，只是时姑扮俏；高视阔步，才会走向未来。

十八

当代词居住在一个豪华的房间里，风来八方，是因为窗开四面。一扇开向传统，一扇开向未来；一扇开向东方，一扇开向西方。只要展翅，就能飞翔。问题是今天的许多词人自我束缚，打不开翅膀。

要我说，生活在今天的词人真是有幸了。方便之门为你敞开。

十九

也许，信念比写词本身更重要。要相信古人只是把词写好了，但却没有把词写绝了。生命没有终结，词就不会终结。所以，今天我写词。

二十

民间有语：行不改名、坐不改姓。老百姓从来也没有把天安门说成"天门"、苏东坡说成"苏坡"。可是我们今天的许多词人动不动把鸭绿江写成"鸭江"，岳阳城写成"岳城"。看来恢复旧体词的当代声誉，首先得在词界恢复"鸭绿江""岳阳城"的名誉。

二十一

语言的感觉多么重要。一首词就那么几十百把字，语感不行就基本上不行了。

语感就是语言的快感。这种语言单个看不一定精彩，甚至平常。但是组合起来就有效果，有味道了。

语感就是语言的气息，流贯、畅通。呼吸它，会有色彩、声音、气味，以及毛茸茸、热乎乎的感觉向你靠过来。

二十二

写词就是写你心中的灵光一闪，写你和恋人的一见钟情，写你行走中的一次精神奇遇。

抓住生命的瞬间感受，或者说让生命的瞬间姿势呈现出一种耀眼的词的形态吧。这多么快乐。

二十三

把目光收回来，再收回来。收到内心深处的某一次震颤，哪怕是极细微的一次震颤。这种震颤一般发生在心灵远征后的“归来”或者又一次“出发”。就在这种“归来”与“出发”的那一个个生命瞬间，词，一次又一次被启动，绣口一吐，便半个宋朝。

二十四

体会发现，再长的词也要在第五个字时出现词味。如果一首词写到第五个字还没有感觉，那么就要考虑拜拜了。

二十五

巧句易学，常句难求。常句看似平常，实不平常。艺术的至境就在一个“常”字。

二十六

写词不是要越写越聪明，而是要越写越愚钝。由愚钝入聪明易，由聪明入愚钝难。

愚钝方有大气象，大境界。大襟怀者，大抱负者，是那种看起来有那么一点愚钝样的人。

二十七

同样，词不是要越写越熟练，而是要越写越生疏。郑板桥说“画到生时是熟时”，我要加上一句“熟里求生也要知”。

作词太熟练，太有经验，就会“唯经验是从”，落入一个又一个自己编织的笼子里，才华都被经验给绑架了。这就像谈恋爱，最好的恋爱其实是没有恋爱经验的恋爱，感情的真纯和自然流露才是最好的。

二十八

写词是写想象中的可能，而不是写现实中的可能。

现实中的可能是人进去的，想象中的可能才是“神”（艺术家）进去的。

“白发三千丈”是诗，“白发长三尺”是真理。写词是写个人感受，而不是写普遍真理。

二十九

词在鱼背上雀毛边。谁能骑鱼背谁就有可能成词人。

三十

词人，重要的不是知道写什么，而是知道不写什么。知道写什么是入门，知道不写什么是入门后走了很远的路。知道写什么是逞能，知道不写什么是清醒。知道写什么是聪明，知道不写什么才是厉害。

三十一

当代词有两种技法：一种是自己创造的；一种是书本得来的。书本得来易，自己创造难。管他呢！词道无术。由着性子写吧，这才是最重要的。

三十二

我喜欢这样两句话：一句是清澈见底，而又深不可测；一句是天风浩荡，古意苍茫。前一句是轻灵，后一句是厚重；前一句是婉约，后一句是豪放。

三十三

词人，是那种把世界放在心中的人。世界就是他生活的村庄和桑园。他进进去去，大大咧咧。有时候指鹿为马，有时候命草成花。裁云剪月，呼风唤雨，全不看别人的脸色。

三十四

词人手中的那一支笔应是一根魔杖，既可以化池为海，也可以缩龙成寸。于大千世界中，能观音听色，方入妙境。

三十五

泥土养育万物，当然也养育了词。在我看来，凡是不能落地生根的东西，是不能拿来栽培词意的。不信你试试。

词是灵物，她喜欢干净的青山绿水。

三十六

那个坐在《古诗源》源头的很土的老头儿，可以经常回过头去打量一下子。他老人家还活着。那一首随口说出来的叫《击壤歌》的歌子，对今天的词人来说仍然是一种浸润。

三十七

不要把词看得那么神圣或是伟大，对我来说，词只是一种乡愁。是归乡路上的一个浅笑，抑或一声叹息。

2010年6月28日 南园

2012年5月28日 修订

续《南园词话》

一

词是什么？词是词人心灵牧场上放养的一只野狐精。她身轻步巧，时隐时现，若隐若现，总是在词人想象的边缘地带徘徊、溜达。有意思的是，当你犯困时，她的目光会幽幽地射过来，把你点醒。

作词如搏兔，要在不离不弃之后，有意无意之间出手。

二

词是心灵的贵族。词人作词时第一件事是要把堆满杂物的心清空了、洗净了，如此方能开门迎客。

心空不是无物，而是物能在词人心里任意流转、腾挪，翻云覆雨，化夏成春。

心空，才能放得进天地，生长出葱茏。

心空了，词才会舒展；心干净了，词才会干净。

三

做人要单纯，作词也要单纯。人复杂了没人缘，词复杂了没词缘。

四

汉字和人一样具有神性。不能认识人之神性的人写不好词，不能认识汉字神性的人同样写不好词。

词，是人神共舞的敦煌"飞天"，亦是人神合欢的婴孩再世。

五

汉字是一种自身会思考的文字。作词时，汉字会配合词人的思维，找上门来帮助你，推着或者拉着词人的想法前行。在你还没想明白之前，由于汉字的及时出现，一首词作就顺利完成了，往往出现意想不到的效果。

汉字对词人思维的主动刺激与帮助，是词创作最为激动人心处。

六

汉字在规定的范围内具有表达的无限可能性，是作品取之不尽、用之不竭的生命泉源。词人认识这一点，创作就有了信念的光照。

由此词人便能发现，汉字是针尖上的舞者，总能够化险为夷，化惊为喜，完成词的规定动作；总会感觉有一个更贴切、更准确、更黏心的字等着你去发现、去亲近。

古人的"二句三年得"，既是得"词"，也是得"道"。

"词道"隐藏在词人的信仰深处。今天的许多词作不是找不到好词，而是没有好好去找词。成功的创作在这里，失败的创作也在这里。

古人的成功，正是在于对汉字的虔诚和对创作信念的坚守。

七

词因"纯"而贵。"纯"为两种，除此无他。一种是语言和情感天然契合，脱口而出的"词"，是心灵未经污染的"天籁之音"，如《诗经》；一种是词心经"熔炉冶炼"提纯后的"词"，是饱经沧桑的"金石之声"，如"杜曲"。

因此，词人是那个心灵纯净如儿童的人；亦是那个词心通世，感知苍生冷暖的人。

八

词贵于"纯"，活于"气"。造情造景莫如造气、养气。有气则有氛围，有氛围则自生风景，自成境界。

九

人的美，有时是由"羞涩"表现出来的；词的美，有时亦是由"羞涩"表现出来的。因此，"羞涩"是衡量词的一个标准，虽然不是唯一标准。

大体说来，一个不能表现词之"羞涩"的词人，不可能成为一个可爱的词人，正如一个从来没有过“羞涩”的人，一定不是一个讨人喜欢的人。

十

能够自由驰骋的是“词心”，不能够自由驰骋的是“词语”。这是词人写作的一对基本矛盾。虽然从理论上讲“词语”（词的语言形态）是无限的，但是，上帝分配给词人的“词语”是极其有限的，尤其不会在短时间内让你把相近题材的“词语”肆意挥霍。

那么放一放吧。少写，可能也是一种写作策略。

要知道对一个词人来说，读者不是记住你的“多”，而是记住你的“好”。

十一

人的可爱之处是常常表现自己“很能”，但往往忽略了表现自己“不能”也是一种重要能力。如果今天的词人明白这个道理，那么就能抑制许多“非词”的产生，也就能够赢得词的当代声誉。

十二

汉字是野生的。野生的汉字生机勃勃。

但当进入文明书写后，汉字就变得文质彬彬了。今天的不少词人一个劲地在汉文化里寻找填充词的汉字，结果是词虽然文质彬彬了，但词的生气与野气却失去了，这很是让词遗憾、气短的一件事情。

词人啊，能不能踩着泥土路去青葱的原野采摘一些粘有晨露与寒霜的字词呢？去民间土屋子里收集一些被烟熏火烤过的句子呢？那里会有回报你的惊喜啊。

十三

人有七情六欲，词也喜柴米油盐。不住人的房子再好看也不是好房子；没有人味的词，语言再华丽也不是好词。

十四

词味如何来？答曰：一要词人心血熬出来，二要民间烟火熏出来。

真词人自是泥土地里的一株植物，落地便能生根，逢春便能发芽。因此不要把自己看高贵了，不要以为写日常生活、居家小事就降低了词人身段，其实日常生活才是适宜词生长的肥沃土壤。

佛说“花叶中有如来”。我说“米缸里有神在”。

十五

世界以两种方式存在，一种是看得见的，一种是看不见的。看得见的存在真实踏实，是人居家过日子的屋子；看不见的存在空灵逸远，是神飞翔驰骋的疆域。

词人合天地万物于一心，是人亦是神，因此既要在看得见的存在用功，也要在看不到的地方发力。

十六

词，是开在悬崖边的花朵，是汉语言文字的巅峰体验。要问汉语言文字美得如何，那么就去写词吧，它会让你美得颤栗，甚至窒息。

写作就是高原跋涉，抑或绝壁攀爬。毛泽东也说了：“无限风光在险峰。”

十七

好的词是“天衣无缝”的。

一般来说堪称“极品”“神品”的词，是上天早就安排了的，只不过是上帝拿着词人的手搬动几个汉字而已。这种劳动既简单又不费力气，且有一种晕晕乎乎的幸福感与成就感。

一般来说人力是有限的，神力才是无边的。词人的高明之处，就是借力，借神之力，让神参与到创作中来。

十八

词人，请不要轻易打发你的一次“心血来潮”，也不要轻易放过任何一种蛛丝马迹的可能性发现。要知道这正是生产好词的前兆，词的目光此时正盯着你，期待与你对视、交流。词人，你微笑着向她靠近吗？

十九

词是与天地人心打交道的一种艺术方式，能于平常中写出不平常，或于不平常中道出平常，自是一等作手。

因此，词可以是一种从容闲话，说些城南旧事，讲些乡里时闻；词，也可以是精心策划的一场邂逅，一次地火天光的人生奇遇，一场撕心裂肺的灵魂风暴。

二十

词人的视域，宜“面”不宜“线”。“面”是整体的，“线”是单向度的。“面”是大地之面，亦是大众之面。大地大众之面，宽厚仁慈，是为“词面”。

词人的视角应是全方位的，向前也向后，向上也向下。“向后”是为“向前”准备条件。“向上”，仰望苍穹，作千秋万代之思；“向下”，注视大地，观众生夏雨冬霜之态。

因此，词人是那种能从开放的花朵里读出草木疼痛的人，也是那种能从今夜的月色里读出明日阳光的人。

二十一

要警惕“现代化”磨硬词人的心。柔软，是当代词特别需要培养、呵护的一种状态、一种气质。

当代词不是写于当代的词，而是消化了现代化的词。

一方面我们看到，人可以改变生产条件；但另一方面我们也要知道，人虽然很能，但对于无以穷尽的宇宙时空而言，怎么着都是小打小闹。人无法根本改变自然。大自然仍然超越人而存在着。把眼睛放大里看，放远里看，我们居住的星球，其实没有太大的变化。我们要改变的，只是观察世界的那一双眼睛和感知世界的那一颗心灵。

发现自然、贴近自然、回归自然，从自然中吸取爱的源泉和生命的力量，任何时候都是词创作必需的。

二十二

好词在力不在貌。在貌，取媚于一时；在力，作用于一世，甚至百世。

二十三

技法与心法，是为词之“基本法”。

技法是公家的，前人早就准备着，大家都在使用着；心法是自己的，平时体悟积攒的，用时破空而来的。

词艺存乎词人一心。心法通，万法通。打开“心门”，方有“心法”。技法当随心法转。

二十四

人间有一个至高的道德律，也有一个至高的艺术律，是乃天地之大法存矣。

有道是心微法亦精，心雄法亦大。是真词人，词皆由“我”，立规立法。

二十五

作词有技，但不可炫技。“八仙过海，各显其能”的最终结果是，河是过去了，海却未能过。

伟大的作品不是竞技出来的，《诗经》不是，《离骚》不是，《史记》不是，《红楼梦》不是。

二十六

技法是池塘蛙嚷，心法是大海龙吟；技法是笼中捉鸟，心法是野地擒狼。

心是词的天空，词是心的羽翼。词随心动，心与词飞，坐对彩云归。

二十七

当代词法，还有这三条：

一条是在古人的作品里寻找今人的东西。

一条是在今天的作品里寻找永恒的东西。

再一条是在西方人的思维里寻找东方人需要的东西。

二十八

作词如参禅，也要经三“看”。一看“看词是词”；二看“看词不是词”；三看“看词还是词”。

但常有一些“词”，初看是词，复看不是词，再看完全不是词。何故？皆因词人写时热，看时也发热。

热时看是词，冷时看是词，这词才是词。不冷不热时看词，往往只见平仄不见“词”。对于刚刚完成的词作，给它冲个凉水澡，降降温是必要的。

二十九

世界上有完全真实的人，但却没有完全真实的写作，也没有完全真实的艺术。

所有的写作，其实都是作家记忆中的写作；所有的作品，也都是作家记忆中的作品。因为“转瞬即逝”，是事物的基本形态。再好的记忆也是“有误”的记忆。记忆总会受记忆者的心灵支配，记忆总会模糊事实的本相，但这恰恰是记忆存在的理由与价值。

三十

记忆的要害与意义在于，它通过模糊事实真相，扩张艺术家的想象空间与写作空间，搭建起艺术家的宽广舞台。

词人明白这个道理，才有可能处理好作品与社会的关系，现实与历史的关系，今天与明天的关系。唯其这样，词作才会受到今天青睐，或可被明天记住。

三十一

词人的创作是在现实与未来的“边缘线上”作业，是“今天”举行的一个进入“历史”，迎接“未来”，向现实连说“拜拜”的告别仪式。

写作分进行时与完成时，进行时是创作过程，完成时是成品，一经发表就成为“商品”。

作品的完成是“现实生活”的一次“瞬间定格”，它记录的是词人的“此时此地”“此情此景”，是词人笔下的生活真实与时代真实。

从这个意义上说，作品是“无改”的，也是“不能改”的，当然创作进行时的修改不在此例。

人出生什么样就是什么样。最好的美容其实是不美容。别以为修修补补，词就完美了，这恰恰暴露了作者的不自信、低能与平庸。

三十二

王国维先生概括词的特质为“要眇宜修”，今天的通俗说法是，一个会打扮的年轻漂亮女人。可不可以有另外的一种表述？比如下面的一字、五字、九字句式：

一字：人。

五字：人。男人。女人。

九字：人。男人。女人。英雄。美人。

小词通大道。词道亦人道。男人女人是词的基本生存态，英雄美人是词的高贵典雅态。

三十三

词是忧伤者的歌。忧伤，虽然不是衡量好词的唯一标准，但也是重要标准。

忧伤不是病症。忧伤是一种美德，一种品质；更是一种情怀，一种内聚于心的力量。忧伤的人往往道德感强，责任心也强。

忧伤的词人皆有一颗济世的词心。忧伤的人能感知生命世界的疼痛，忧伤是因为自己无力解决与消除这种疼痛的心灵状态。

一般说来，忧伤不会让自己的眼泪流出来，但能使人感觉眼里的泪水。有的时候，欢乐与笑容，更能让人觉到忧伤。

一般说来，词有了忧伤，读者会读一遍，还会读一遍。亦如流泪的美人，会止不住看她，再看她。

一般说来，小词人忧己，大词人忧时、忧世。

三十四

学问家为了解读词的需要，常常编织出诸如“边塞词”“爱情词”“乡村词”“城市词”“打工词”“学人词”等等精致笼子。于学问家可能是一等的学问，于创作者却是诱人的陷阱，是三等猎人的战术。

别以为缩小了包围圈，就能捕捉到猎物。殊不知螳螂捕蝉，黄雀在后，此时的词人正被一个更大的“圈”包围了。

更大的“圈”其实是看不见圈的“圈”。如果一定要给这个圈赋形，那么大千世界是，社会人生是，宇宙苍穹是。

三十五

词人不可以自设罗网，更不可以自投罗网。无边界写作才是最好的写作。无边界写作不是无选择写作，而是词人化天地万物的写作。

想想吧，大词人无一不是无边界写作，苏东坡是，李清照是，辛弃疾是，李煜是。

三十六

所谓词人，就是那种能够到空中捉鸟，去海里抓鱼的人。

2018 年 5 月

2019 年 8 月修订　南园

［作者单位：中国当代诗词研究所］

诗词古典与现代的两面突围

——以蔡世平《南园词》为例

□ 向小文

一

有人说蔡世平的词平铺直叙，一览无余，散文化倾向严重，过于口语化。也有人认为读蔡世平的词令人口颊生香，新鲜活脱，入口即消，建立起了一种新的文学审美范式，堪称当代词的活化石，给当代词的写作提供了一种新思路，焕发出了词新的生命力。

从以往的文学经验来看，当一种新的文学审美颠覆着旧的文学感官，一种新的文学风格的出现，批评和赞赏从来都不会缺席，它们天生是一把无形的双刃剑。因为一件新事物的出现，从认知到接受都需要一个过程。就像北宋巨星苏轼以一种全新的词风登上词坛时，最初也不是那么能顺理成章地得到认可。这可从他的门生陈师道所评“虽极天下，要非本色”可以看出，同样后来的大词人李清照也斥东坡词是“句读不葺之诗尔，又往往不协音律”。因此，关于对蔡世平《南园词》的质疑和批评，不可否认，这是一种合理现象的存在。他的词需要时间和实践的磨合，需要一种新的审美的熔铸和汰洗，慢慢走近人们的视野。

蔡世平作为第一个吃螃蟹的人，用近乎白话文的现代词语和句子，掺杂着散文的表达方式，融合了新诗新奇、跳跃的表现手法，为当代词的写作探索了一种新的写作模式。可以说，他的这种表达方式，一定程度上颠覆了词的写作传统，虽受到保守派的质疑甚至酷评，却也赢得了更多年轻人的喜爱。

如果回过头来看，进行客观审视，可以发现这两种对待蔡世平诗词不同声音的存在，反映出了一个尖锐而又不可忽视的现实，那就是诗词的古典化和现代化的两种心灵审美的交锋和冲突。对于进行过系统化古典诗词熏陶的人来说，诗词的典雅高古成了他们衡量诗词艺术的一种追求，而对于更多的一直接受白话文语境教育的群体，语言的清新自然，语义的新奇爽口，则成了必然的选择。

其实，这是当代诗词的普遍困惑，也是我们今天必须勇敢面对和需要解决的事实。从继承来看，诗词的古典化是基础，它有不同于其他文体的基本特征，但从反映现实的需要出发，诗词又必须反映现实，连接当下。只有现代性才能让其脱胎换骨，绵延于文化的涓涓长流。二者缺一不可，不是矛盾和冲突，重要的是要找到它们之间共同的连接点。这需要一个度，需要我们去探索和实践，也需要耐心和时间，而不是相互辱骂和攻击。对待蔡世平《南园词》不同声音的出现，只不过是二者临近阈值的爆发点和导火线而已，绝不是偶然。它也给我们当代诗词的发展，当代诗词的古典和现代突围，提供了探索的天然蓝本和契机。

二

那么，蔡世平的《南园词》又是如何从古典和现代的两面中突围出来，从而形成独树一帜的蔡词风格？它对我们当代诗词写作有什么启示和借鉴？这首先需要对蔡世平《南园词》的写作背景进行一个大概的梳理。

蔡世平出生在一个山清水秀、民风淳朴的湖南小山村，高中毕业作为回乡知青，最早的职业是一名小学教师。也许是从小不甘于平凡的韧劲决定了他不平凡的人生，教师没做多久就随着西去的列车去追求自己的军人梦想。在“铁打的军营”大环境的不断磨炼中，他的文学天赋和才华得到了充分的施展。靠着真功夫、真笔墨的文字，他在部队中为自己打下了一片天地，先是从普通文职做起，然后一步步提干，进而连跳三级提拔为军区宣传部处长。在部队的大部分时间里，他不但善于新闻报道式的公文，还写就了散文集《大漠兵谣》《蔡世平散文》，诗集《回忆战争》。这种多重文体的创作经验，为他以后的词写作积累了丰富的基础和前提条件。

部队转业后，他用词重新点燃了文学生命，洞观词之精髓和奥妙——“词的神奇性在于，能以最精短的语言实现人性的深度表达，又能以最快的速度抵达人类遥远的精神故乡”，坚守如他自己所言“遵循这一创作理念与精神向度，并且让它呈现出毋庸置疑的当代性和艺术性”创作理念，重新构筑了属于自己的文学精神家园。所以，他这种经过文学思考后的填词，具有前瞻性的高度与视角，决定了蔡词出手就卓尔不凡，给人印象深刻。

他的《南园词》第一首《汉宫春·南园》：

搭个山棚，引硕藤束束，跃跃攀爬。移栽野果，而今又蹿新芽。锄他几遍，就知道，地结金瓜。乡里汉，城中久住，亲昵还是泥巴。

难得南园泥土，静喧嚣日月，日月生花。花花草草，枝枝叶叶婀娜。还将好景，画图新，又饰窗纱。犹听得，风生水上，争春要数虫蛙。

它可以说完全是一首属于现代化风格的词，形式和外壳是古典的，但风貌和内容却有了鲜明的时代气息。词的语言，用的就是日常交流用的口语，显得朴素，清新自然。尤其是“乡里汉，城中久住，亲昵还是泥巴”句，写出了一种深刻的生命体验，反映出了城市文明的进步和农耕意识的一种矛盾心态。在读来爽口，调侃之处令人忍俊不禁的同时，不得不引起人的深思。整首词充满了生活的气息，一块小小的南园菜园子，在蔡世平文学之笔中，读来如此有诗意，弥漫着生机。

而《贺新郎·说剑》：

闲睡黄泥地。两千年，埋名荒草，又逢知己，细数铜斑斑几点，应是美人红泪。似闻她，莫邪声息。多少吴王成旧土，只青山，活活长流水。流不断，春秋意。

石光铁火铜风起。便造了，河山筋骨，男儿血气。从此文心悬剑胆，山也横成铁笛。怎辜负，吴戈楚戟？不向愁肠吟病句，铸新篇，还得青铜味。拈剑影，词心里。

则读出了另外一种味道。红泪、剑胆、铁笛一些常用古典词汇的注入，使诗歌意境显得典雅醇厚，比较符合古典诗词文学的审美标准。同时，如果仔细琢磨“活活长流水”和“便造了，河山筋骨，男儿血气”两句，则觉得此种表达不太合乎传统古典诗词写法。但是，“活活”“造了”词语的运用和搭配，给人造成熟悉中的陌生之感，形成了一种新的语言张力，呈现了一种新的艺术效果。

通过这两首词的分析和比较，说明了蔡词既能兼顾古典诗词之要求，同时又能游刃有余地出于其中，脱乎其里，写出了符合现代人审美的艺术追求，力图为诗词的古典和现代找到共生通径。这种写法的开拓和摸索，为我们当代人的诗词怎么去写，无疑打开了一扇艺术之门。不过，蔡词这种脱俗的写法，不是一般人所能承受和担当的。这需要词人深厚的古典文学素养和功底，同时又最好有别的文学样式的营养来汲取和支配，更需要开拓的勇气和视野。这无疑在蔡世平身上最能找到这种缩影的存在，也是我首先对《南园词》写作背景进行初步梳理的原因。

三

从《南园词》的内容来看，其词基本取材日常生活，充满现代气息。他的笔触有时是充满戏剧性的，幽默风趣的，有时却又流露出了淡淡的忧伤，浅浅的哀愁。词里有父亲的微笑、母亲的叮咛，还有对故乡的眷念，以及远离家园的伤痛。所有的这一切，在词人的笔下总是那么地新鲜和充满温度，我手写我口，随手拈来，词随心走。蔡词用当代语境下的一次次创作体验，把浓厚的现代气息注入古典化的诗词中，激活和点燃了词的生命力，为词在当代的延续提供了借鉴。这也正是《南园词》生命之所在，价值之所在。

如他在《江城子·兰苑纪事》写的是行走在做客乡村路上的一次心灵感受。词上阕“犬声单。鸟声弯。

笑说乡婆,山色拌湖鲜。先煮村烟三二缕,来宴我,客饥餐”言鸟声可弯,山色可拌湖鲜,煮村烟来宴请远方客人,写出了令人新奇、耳目一新的感觉,具有明显的现代诗歌跳跃和新鲜的意境,空灵而飘动。词下阕“逮个童真,依样做姑仙。还与闲云嬉戏那,鱼背上,雀毛边”说把词写在鱼背上和雀毛边,则道出了词人对词的一种完美追求,力求独树一帜,透露出词人在填词道路上华丽蜕变的艰辛。这是需要对词的深刻理解才能写出的文字,自然也成了蔡词一次永恒的经典。

同样如他在《朝中措·地娘吐气》:

> 且将汗水湿泥巴,岁月便开花。闻得地娘吐气,知她几日生娃。
>
> 一园红豆,二丛白果,三架黄瓜。梦里那多蓝雨,醒来虫嚷妈妈。

笔调细腻形象,把地娘吐气写得生动美妙,充满了生活的情趣。《浣溪沙·梦回锡福围八章》中句“进了桃家进杏家。家家柴火煮烟霞。鲜鱼甜酒老姜茶”写民间风俗,高度凝练概括,烟火气息浓厚,具有强烈的时代气息和味道。

其实,从人类文明和历史发展的角度来看,工业文明代替了发展了几千年的个体自然经济,商品化和市场化重铸了文学的潮流和趋势。经济的高度发展,科技的日新月异,城市化建设程度的提高,人类的价值理想和道德观念有了深层次的苏醒,文学的观念也发生了必然的变化。文学的现代化进程已经提上了新的议程,更何况是这种曾经在“五四”文化运动中一举被打倒和令人深恶痛绝的文学方式,如果我们的古典诗词不及时登上时代的列车,只会随着历史的进程而结束自己的生命。蔡世平曾经说过:“要相信古人把词写好了,但没有把词写绝了。”这绝不绝的问题,关键取决于我们的诗词后人是否还纠结于古人的长袍、旧马褂,是否有新的时代情感和思想的流露,从而丰富和创造出符合时代的美感特征。

无可否认的是,正如前面所说,蔡词具有强烈的现代气息,但绝不能简单理解为他写了当代生活而已。决定性的因素还是在于创作者的主体意识和眼光是否具有现代性;反之,用陈旧的观念来写当代生活,仍然是陈旧的;同理,用当代意识观照历史生活,也仍然是新鲜的。如蔡词《贺新郎·题龙窖山古瑶胞家园》《金缕曲·岳州窑歌记》《沁园春·定窑赋》等历史题材的开拓,都赋予了作者新的历史情感,用现代人的理性思维来挖掘历史,从而上升了词的高度,活化了历史。如果单纯地就事论事,而没有新的眼光去审视,新的情感去对待,是很难写出历史和现实的高度的。

所以,我们的诗词不能一味地计较于是否适合古典的框子,要向蔡词学习敢于用当代的语境来进行诗词创作,反映当代人的生活,反映当代人的思想情感,创造出符合当代人的审美特质来,进而丰富诗词的表现力,为诗词的进一步发展赢得更广阔的路子。

四

蔡世平在《南园词话》中说:“当代人的词应该通过当代人的语言组合、安排,出现新的意义和可能。让读者大吃一惊,话还可以这么说,词还可以这么写。”在《文艺报》专版中说:“词在天地间活跃,在人心里养着。但是他一定得依附一个具体事物,才能形象化……而这种语言又必须是今天的、现代人的,这样的词才能被当代人接受。”《南园词》让我们读到了新鲜活泼的时代语言,但它追求的艺术效果是属于古典的,常常营造出一个个新的意境和氛围来,这也是蔡词的高明之处。

自从我们的写作以白话文代替文言文后,我们的白话文开始一统天下,但诗词的写作由于有自己的一套固定语言体系,语言的白话化为诗词的古典化留下了一定的难度。但这并不等于,用白话文就不能写出好的诗词作品。毕竟语言是有一定继承性的,我们的白话文继承了大部分的文言文字。就像我们读唐朝的诗,我们都能读懂,其文字的意义与我们现在的汉语体系基本上是一致的。既然唐朝创作了这么多我们大部分人能看得懂的诗词,我们当代人又何尝不能了?所以我们必须走出一个误区,不要误以为,写作古典诗词就必须用已经过时和死掉了的文言文。用白话文进行写作,同样能写出精品力作来,《南园词》的出现无疑给了我们一个准确的答案。

读《南园词》是一种轻松快乐的阅读,对我们没有丝毫的语言障碍,它的摇曳多姿、幽默风趣,往往给人柳暗花明又一村的感觉，给人以启迪和思索，给人以回味和思索。也正如蔡世平自己所说，“狗要叫，词语要跳。狗叫起来，行人就警惕了；词语跳起来，读者就不打瞌睡了”。可见蔡世平对语言过硬的要求和把握功夫，以及拿捏到位的分寸。

如“看她天上俏，病了有谁怜?”(《临江仙·咏月》)，月亮当病态来写，亘古少见。

“我有银钱千百串，又呼徒，快把茅台买。买来个，春澎湃”(《贺新郎·酒徒》)，写酒徒之形态，大胆想象，最后一句来个春潮澎湃，令人想象不已，拍案叫绝。

“东风未肯嫁梅花，长安不落燕山雪”(《踏莎行·春帖》)写的是一封未曾寄出的春帖，含蓄中流露出一种淡淡的痛，对长眠于故乡黄土地里的母亲的思念悠长而缠绵。

而“老了方明白，土是养心肥”(《水调歌头·童话》)则是经过对人生特定的感悟，凝结成的生命体验，给人哲理的感悟。

“晓梦微红，鸡鸣不已，由她啄破秋皮”(《凤凰台上忆吹箫·秋天》)把秋天比作带有生命的皮，新颖感十足。

“老太到湖边，背货清凉卖。掏得酒钱来。且与湖光买。”(《生查子·湖边》)看似能买湖光，实则是发出了无奈的冷酸的笑，写出了一族老年人生的贫穷与辛酸。

“连到心头都是痛，点点滴滴”(《浪淘沙·熟土难离》)写的是词人远离家乡北上来京城履新的一种确切心灵感受，细致而传神。

五

蔡世平作为散文和小说、新诗的多面手，在文学上有着自己独立的追求和独特的审美价值。我多次曾和他交流过，觉得他对美和艺术是有着自己的独立思考的。他喜欢学习，更善于学习，虽然天生有着低学历土壤的缺陷，但这并不妨碍他在文学上的天然超强的感悟和创作能力，他把这方面的天赋也发挥到了极致。他每得心应手地痴于一种文学样式，并没有把文学作为一种消遣，一种娱乐，而是作为一种终生的文学追求目标，对文学有着深深的思考和追问。从某种意义上来说，他已经突破了单纯的文人命运的自我式的封闭写作状态，而是对人类命运和文学命运的前途有了思考，对文学的出路做了一些前瞻性和姿态性的探索。

说到诗词的写作方法的突破，如果后人还是单纯计较于诗词缘情而绮美的写作思路，那么，过多的个人情感的流露，难免让人疲乏，缺乏时代的生机。同时由于20世纪80年代以来，西方哲学和美学、文学思想涌入中国，给现代化的中国文学创作思想提供了学习的机会和借鉴。蔡词在这方面受到了一定的影响，也曾经做了一定层次和深度的尝试。如意识流手法的运用；碎片式的文学处理手段，深度的心里细节描写；巧妙的结构用于重大事件的描写，深化了主题，避免了口号化和政治化；一定程度的词的叙事化打破了词的抒情审美本质要求，这些都给人眼前一亮，不能不说是一种新的尝试。如《生查子·江上耍云人》：

> 江上是谁人？捉着闲云耍。一会捏花猪，一会成白马。
>
> 云在水中流，流到江湾下。化作梦边梅，饰你西窗画。

它是词人借鉴了西方文学表现手法的一首词，明显地不同于传统诗词的写法。光从词的标题上看就有点云里雾里的味道，如果不从词的下阕来进行理解和阅读，完全看不出这是一首描写爱情的词作。词的上阕用了发问的方式道出故事的主人公在江上无所事事，看着流动的闲云飘来飘去，捉摸不定。但此词非要说主人公在把玩闲云，颠倒了正常人的理解，但按照西方荒诞、变形的手法来进行阐释，又似乎在情理之中。同时词人把花猪和白马这种以前文言文认为比较粗俗的词语，试图营造出新的文学意象。这是一种尝试，但我个人认为，如果从古典的蕴藉和味道来审视的话，这些粗俗的词语一定程度上削弱了文学的美的效果。

词的下阕则完全是借用云来叙说和表达内心的一种情感，也是飘忽不定，过于模糊和朦胧。当然主体的隐藏能使词显得含蓄，容易留下给人玩味的空间，但也容易造成过于虚泛，不便于读者把握词中的情感指向和真切内涵。它有朦胧诗的表现手法在里面，尤其是词的下阕，如果你仔细阅读卞之琳《断章》“你站在桥上看风景，看风景人在楼上看你。明月装饰了你的窗子，你装饰了别人的梦”，然后进行分析比较，是不是可以找到藕断丝连的联系和存在了？

这种探索词的写法是富有前卫性的，曾经就有人评价这首词用古典的形式美，兼以寻常的口语、丰富的意蕴，体现出了现代艺术的特征。但这种特征是否能得到当下的肯定和认可，这需要时间的检验。至少放在目前有一定的难度。

另外一首《生查子・空山鸟语》：

空山鸟语时，人若山中鸟。才嚼白云香，又啄黄花小。

鸟语别山时，人与山俱老。细听此山音，夜夜相思调。

这首词则写出了当代人的一种生命体验、真实性情。借助空山鸟语这种特定的语境，想到了人如山中鸟，通过鸟来写人，写对生命的一种体验。空旷的山野中，是一个寂静的世界，而鸟语在这里游荡。当鸟语消失，却只有人和山老去，让人无限热爱又无限悲凉，让人有些恍惚又有些许惆怅。这种感悟是一种无法用具体的语言来道尽和三言两语来描绘的，也许只有用一颗静静的心去聆听和诉说。这或许是在当今喧嚣浮躁的物欲世界，对人的身体困局、精神焦虑的一种反应。这也正是前几年我们文学界在普遍寻找的一种自我价值的存在和失落的现代艺术的追求。因为随着世界的越来越现代化，人与人之间的陌生化和隔膜化，更多的精神焦虑成了社会的关注点和焦点。这首词的出发点或许如此，它具有鲜明的现代艺术的特征，在诗词上这种创作是比较少见的。

反观《浣溪沙・长白山浪漫》：

挽得云绸捆细腰。男儿也作美人娇。且随松鼠过溪桥。

须发渐成芝子绿，衫衣已化凤凰毛。山猴争说遇山妖。

《卖花声・夜雪》：

多谢冻云天。故事新编。长安夜雪正绵绵。休说春宵无气力，只让人闲。

遥对一灯燃。不是梅颜。那山那水那条船。那日寒江飞白羽，野渡红棉。

这些词则相对过于含蓄，往往采用碎片式的物象，然后加以组合，让人难以看到抒情的主题意图，也难以找到鲜明的感情流露。也许词作者希望读者自己去理解和揣摩。这些都是明显地吸取了现代艺术的一些表现手法或者手段。

另外在现代化表现手法的运用上，值得关注的是蔡词改变了词善于抒情的表达方式。按照常规的理解，词相对短小，适合抒情，但在叙事上，由于结构的短小，天生是不足的，很难产生很好的艺术效果。但蔡词在这方面有意进行了探索，往往写得幽默横趣，生机盎然，充满了生活的味道，拓展了词的表达功能和效果。

这方面的词作品如《定风波・城市童谣》：

乡下爷爷宠小娇。呼来弯月作舟摇。灯火湖南杨柳岸。来看。老家村戏闹声高。

快桨撕开银世界。无奈。夜生楼影水生毛。总是烟波人不到。真恼。前头断了外婆桥。

六

总的来说，蔡词试图用新的写作理念，在继承传统的基础上，保持古典诗词的内在要求的经典风格和审美，掺和着现代艺术的表现手法，如现代生活中的常见词汇，西方文学的一些表现手法的植入，力求反映当代人的思想情感和现实生活。可以说，他的出发点就是一切从当代出发，力图创造出新的审美价值和属于当代人的古典诗词。

这是诗词创造出新生命力的一种新探索，但道路又是艰难而曲折的。尤其在整体文学不景气的情况下，处于边缘化的诗词要想成功，尤显艰难。诚然，我们的文学包括我们的诗词一直处于两难困境中。它既要写出历史感，又不能不忽视我们现实的存在；既要提高文学的品格，又不能丧失生活的实感；既要保持文学本体的独立和审美特性的独立，又不能不肩负起文学的社会使命；既要保持既有的文学写作特性，又不能不忍痛割爱去发展新的手法。蔡世平作为文学事业的追求者，蔡词的文学审美也一度引起了诗词阵营的分化，争议声不断。鲜花和掌声不断，攻击和批评也屡见不鲜。

就某种意义上来说，文学家的事业是悲壮的，一方面需要他永远企图与时间抗衡、搏斗，把时间永远定格在获得成功和荣誉的那一刻，让他的作品在时间的颠簸和流失中永远保持鲜活如初的魅力。但美好往往是属于少数人的，只有极少数的人能享有这一刻，绝大多数的文学家和文学现象，都逐渐被历史的长河所湮灭和消解。就像勃兰克斯在谈到法国浪漫派时，无比感慨地写道："文学事业的情况是：几百个参加竞争的人们，只有两三名达到了目的，其余的人都精疲力尽地沿途倒下了。"事实上，从历史的眼光来看，作为单个人的文学家的情况如此，某个历史时期的文学流派又何尝不是如此？创作潮流和审美风尚往往都有一个时代的标准，一个个兴起，一个个衰落，此起彼伏。

蔡词是幸运的，在时代的审美中逐渐得到了更多人的认可，逐渐显示出理性的光芒和智慧。尤其可贵的是，蔡词在思想内容、表现手法、现代性追求方面，一直在不断地探索，一直在进行的路上，而不是在完成和停滞的状态。诚如王兆鹏所言，"蔡世平的词创作'正处在现在进行时'，而不是'完成时态'，在今后行进探索的途中，还有不少需要完善的地方"。在今后的万里长征中，蔡词在诗词的现代和古典上不断地探索和调整，这将为我们当代的古典诗词创作中，诗词的古典和现代的两面突围中找到一条适合诗词发展的当代之路。

［作者单位：《诗词百家》杂志］

论现代诗词的经典性

——以李遇春主编“现代中国诗词经典”套书为例

□胥 倩

关于“现代”这一概念，我们一般将1917年俄国十月革命作为现代史的开端，这是无产阶级革命取得胜利的时代，是无产阶级和帝国主义对抗的时代，是血、汗、泪交织的时代，所谓时势造英雄，这个时代产生了许多伟人和伟大的作品。中国文学史上的“现代”自1919年“五四”运动始，李遇春先生的“现代中国诗词经典”套书虽以“现代”为题，但书中的许多诗人和词人都是自晚清步入民国，可见李遇春先生在编选时并不局限于“现代”这一概念，而是尽可能多地收集优秀诗词人的作品。书中收录了200多位诗人、词人的作品，其中有很多诗人和词人都接受了新思想、新文学的熏陶，他们在充斥着“新”的环境中创作出这些优秀的旧体诗篇，足以看出旧体诗词顽强的生命力，旧体诗词不仅在新文化运动之后仍然存在，同时也在艰难的向前发展着，绽放出了比新诗更加耀眼的光芒。

“现代中国诗词经典”套书的编选不仅代表着学者们对旧体诗词的重视，同时也代表着新文学家创作的旧体诗词中也有经典的作品。关于“经典性”，李遇春先生在“编选前言”中进行了简要的解释，他认为既然是文学经典就得具备以下几个特性：典范性、生产性、阐释性和历时性，也只有具备这些特性的作者和作品才会被选录。

一、二十世纪诗词的“新”与“旧”之争

自文学革命以来，陈独秀提出了“三大主义”，胡适提倡以白话文取代文言文之后，传统的诗词便被冠上了“旧体诗词”的名号，与平易近人的白话“新诗”相对立。新文学家为了建设新文学，便排斥攻击“旧体诗词”，试图以此提高“新诗”的地位。虽然遭到了打压和排斥，但民国以来“旧体诗词”的数量颇多，并且在质量上也属上乘，产生了许多具有极高思想和艺术价值的佳作。尽管在新文学运动之后的历史舞台上一直是“新诗”活跃在人们的视野中，但现今的研究和事实表明，“新诗”并没有完全战胜“旧诗”，旧体诗词一直顽强地生存着，并在新的时代条件下经过许多作者的改造呈现出新的时代特点。旧体诗词创作可分为民国时期和新中国成立后两个大的阶段，而每个时期的旧体诗词创作都有不同的特点，因此这两大阶段又可以分割为几个小阶段。

（一）民国时期

由于民国至新中国成立前，中国局势危急，且处于不断变化之中，旧体诗词的命运也是一波三折，因此，将抗日战争作为分界线，旧体诗词的创作分为了“五四”运动至抗日战争和抗日战争至解放战争结束两个时期。“五四”到抗战前夕，这个时期新文学兴起，并且发展势头迅猛，国外的新思想、新文学形式传入中国，而危急的国家形势使得知识分子急切地寻找出路，旧的传统文化、习俗、观念成了他们攻击的对象，作为传统文学代表的诗词被冠上“旧”的前缀，被挤出了正统文学的范围之外，新文学、“新诗”成为知识分子争相讨论和创作的焦点。即使在不受重视的环境下，旧体诗词仍然在缓慢地发展，许多新文学家尽管公开宣称旧文学是糟粕，应该摒弃，却仍在创作旧体诗词，有的新文学家的旧体诗词成就甚至远高于新诗的创作。旧体诗词看似退出了文学舞台，但实际上文学家们的创作从未中断，以下史实可证明：(1)以吴宓主编的《学衡》杂志为首的一批学者，为捍卫旧体诗传统，与新诗阵营

的文学家们展开了持久的学术对峙。(2)以康有为、梁启超为代表的“诗界革命派”在进入民国之后继续创作了大量的旧体诗词。(3)以王国维、黄侃、黄节、陈寅恪等为代表的知名学者在民国时期也创作了很多出色的旧体诗词作品。(4)以鲁迅、陈独秀、郁达夫、胡适为代表的新文学家在民国时期也创作了大量旧体诗词,利用旧体诗词宣传新思想,对其内容和形式都加以创新,取得了一定的成就。(5)以毛泽东、李大钊为代表的共产党人也创作了许多旧体诗词,毛泽东在这一时期创作的诗词达到了他诗词创作生涯的第一座高峰,留下了很多脍炙人口的篇章。

抗日战争至解放战争时期,国家战乱频繁,旧体诗词在这样的时代环境中融入了新的内容,作家赋予其新的时代特性才使其富有如此的生机,以下史实可证明:抗日战争期间,民族处于生死存亡的关键时刻,民族情绪高涨,文学家们建立了统一战线,各种文体和文学之间的壁垒消失,新诗和旧体诗词齐头并进,抗战诗词是这一时期旧体诗词的主要形式,文学家们利用旧体诗词声讨腐朽的领导者和残忍的入侵者,将旧体诗词的创作推向高潮。毛泽东、朱德、叶剑英、董必武等共产党领导人在这一时期的旧体诗词创作也取得了一定的成绩。

抗日战争和解放战争时期的旧体诗词创作是民国以来达到的一座高峰,不仅数量很多,也取得了很高的成就,新诗的创作与旧体诗词不分伯仲,可以说是当时自由的文学创作氛围所致。

(二)新中国成立后

由于“文革”的冲击,1966年至1976年间的所有文学活动都被中断了,因此新中国成立后的旧体诗词创作被明显地分割为1949年至1966年和1980年至今两个阶段。1949年至1966年,百花齐放、百家争鸣,各种学科、各种文体自由发展,文学的政治色彩浓厚,很多作品都在歌颂新时代、新的国家政策。由于国家政策的允许和毛泽东主席对传统诗词的重视,旧体诗词的创作再一次达到了一个高潮,这也是当代旧体诗词创作的一个高峰,以下史实可证明:(1)1957年《诗刊》创刊号发表了毛泽东创作的旧体诗词十九首和毛泽东致臧克家等人的信,掀起了旧体诗词创作的高潮。同时,毛泽东大量创作旧体诗词,以及他作品的广泛传播,给文学家们起到了很好的引领作用。(2)民国时期的新文学家们在新中国成立后宽松的政策和自由的氛围下,继续从事旧体诗词写作,如老舍、沈从文等作家。一部分人以“新台阁体”创作为主,歌颂新政府、新时代;一部分由于“整风”运动被打为“右派分子”,不得不转向了“地下写作”,如聂绀弩;而大部分人的写作由“新台阁体”转向了“文革”后的地下写作,将自己在“文革”中的遭遇写入了作品中,具有重大的历史意义。

80年代之后,尽管旧体诗词在“文革”中受到了重创,但旧体诗词的创作数量却只增不减,随着经济和社会的快速发展,各种诗词刊物和社团不断出现,著名的有岳麓诗社、江西诗社、钱塘诗社等等。尽管80年代后的旧体诗词创作呈现出欣欣向荣的面貌,但这一时期的创作却存在着几个不容忽视的缺陷。首先,跨世纪的老一辈的文学家们在政策重新放开之后重新拿起笔杆,继续创作,但是由于他们已经身处晚年,诗词的创作能力已经大不如前,因此很难再达到以前的高度。其次,新时代的青年文学家们由于缺乏深厚的古典文学功底,即使有满腔的创作热情,也难以创作出思想性和艺术性兼备的佳作。尽管80年代后的旧体诗词存在这些缺陷,但仅凭这些缺陷来否认旧体诗词在文学史上的重要地位是不可取的。

虽然新诗与旧体诗词处于对立的两面,但从二者的发展来看,不是只有否定一方,另一方才能得到生存,这两者是相互促进、相互支持的,新诗诞生不久,若没有值得学习、借鉴的例子,只会走入绝境,难以成功,新诗可以吸取旧体诗词中的精华,借以完善自身的缺陷。旧体诗词在内忧外患的时代氛围中,不应只是诗人自怜自怨的工具,更不应晦涩难懂,让人不知所云,而是应该融入新的时代内涵才能为更多的人接受。

二、从入选重点作者及作品看现代诗词的“经典性”

笔者将结合李遇春先生的“现代中国诗词经典”套书以及中山大学中文系编选的《现代十家旧体诗精萃》和《现代十家词精萃》,选择在旧体诗词创作上有巨大成就和产生重要影响的重点作者,从他们的创作历程和作品入手,分析他们诗词的艺术特点和蕴含的情感,以证明旧体诗词的经典性。以下是这两套书分别选录的二十位重点诗人和词人的对照表。

表 1　重点诗人对照表

《现代中国诗词经典·诗卷》		《现代十家旧体诗精萃》	
诗人	选录篇数	诗人	选录篇数
陈独秀	14	陈独秀	10
聂绀弩	12	聂绀弩	10
辛笛	12	钱锺书	10
鲁迅	11	鲁迅	10
王统照	11	郁达夫	10
吕碧城	11	柳亚子	10
汪辟疆	11	溥儒	10
陈寅恪	10	陈寅恪	10
黄节	10	黄节	10
叶圣陶	10	苏曼殊	10

表 2　重点词人对照表

《现代中国诗词经典·词卷》		《现代十家词精萃》	
词人	选录篇数	词人	选录篇数
陈洵	10	陈洵	10
夏承焘	10	夏承焘	10
章士钊	10	王国维	10
胡适	10	吕碧城	10
沈祖棻	10	黄侃	10
姚茫父	10	杨圻	10
唐圭璋	10	詹安泰	10
卢前	10	丁宁	10
缪钺	10	沈祖棻	10
吴世昌	10	饶宗颐	10

在入选的重点诗人中，陈独秀、聂绀弩、鲁迅、陈寅恪和黄节是两种选本共同的重点作者，《现代中国诗词经典·诗卷》中，陈独秀的诗选录了十四篇之多，陈独秀的思想中既有传统文化的根基，又有新时代文化的深刻影响，新旧文化的交织使他的诗作呈现出独特的境界。鲁迅先生是我们众所周知的文学家，他创作了多篇近代文学史上的经典作品，但鲜少有人知道鲁迅先生也写作了大量的旧体诗。在旧体诗的写作中，鲁迅通过大量运用典故，突破了诗体的表达局限，使诗歌也能像杂文那样陈述叙事，论辩说理，这是他的旧体诗杂文化倾向的表现。鲁迅的诗“或清俊疏朗如晋代的嵇康，或古峭幽深如唐代的李贺，或秾丽晦涩如唐代的李商隐，但总体而言，诗中深厚沉郁的情感则是师出屈原”[①]。鲁迅虽不专攻旧体诗，数量也并不多，但其旧体诗创作对后来的聂绀弩、冯雪峰等作家产生了巨大的影响。在入选的重点词人中，只有陈洵和夏承焘是两种选本共同的重点作者，陈洵的词曾被朱孝臧盛赞为“火传梦窗”，早年之时学吴文英，中年之后又学周邦彦，集多家之大成。夏承焘被誉为“一代词宗”，他的词学辛弃疾，学姜夔，并能兼得二者之长，豪放与清俊疏雅结合。

夏承焘尽管是在暮年之时才开始旧体诗词的创作，但同样取得了很高的成就。受到鲁迅的影响，聂绀弩以杂文入诗，将各种新名词、新事物都融入诗中，敢于创新，扩大了诗歌的表现范围，他将自己在“文革”期间的遭遇如实地写入诗中，但是诗中却难以见到消极的情绪，相反，这些诗透露出了希望和对国家光明未来的憧憬。陈寅恪学识深厚，吴宓称他是“全中国最博学的人”，陈寅恪的诗寄托深远，用典生僻，鲜为人知，因此读起来有些晦涩难懂，可见其学识功力深厚。黄节的诗与陈洵的词并称“黄诗陈词”，可见他诗歌的成就，他的诗既有唐诗的才气，又有宋诗的风骨，被称为“唐面宋骨”。

这些重点作者身处国家陷于内忧外患的动荡时代，这样的时代背景赋予了他们独特的情感，不仅要拯救自己的命运，还要帮助那些处于困境中的同胞，唤醒他们自救和反抗的意识。这些作者不仅是优秀的文学家，也是优秀的诗人和词人，他们有着深厚的文学功底，不仅继承了中国辉煌悠久的诗歌传统，同时在继承了前代诗人作诗的形式、格律和方法的基础上，又揉进了新时代的情感，在艺术上进行了创新，使得这些诗词成为历史的记录者，不但启发了当时的国人，更为现在的我们留下了丰富的文化遗产，当代写作旧体诗词的作者应该如何继承并运用中国的诗歌传统，可以从这些前辈的作品中找到一些方法。

每位作者的诗词风格都不不尽相同，他们的诗词都有前代优秀诗人的影子，但又都有属于自己的风格和特点。沈祖棻、吕碧城、丁宁是可相提并论的三位女词人，沈祖棻是近代可以与李清照相媲美的女词人，她的词既有宋词豪放派的恢弘雄放，也不失婉约派的细腻温婉，又能克服婉约词题材狭窄的缺点。沈祖棻用比兴寄托的手法创作了大量现实题材的词作，在词作中寄托自己的对历史和现实的思考，对国民党的抨击与讽刺，和对黑暗现实的不满与抗议，她的作品中饱含了爱国主义情怀。她的词，学晏几道，学周邦彦，汲取了众多古代优秀词人的长处，并且能自成一家，形成自己独特的词风，以平淡的言语写感人真情。丁宁的人生经历曲折坎坷，她的词作之中常有身世飘零之感，风格清峻凛冽，凄咽空灵，也是悲惨身世和动乱的时代使然。吕碧城才华横溢，在年轻时曾周游外国，她将国外的风景、见闻融入词作中，她的词慷慨豪放，却又不失婉约之美，这便是她作品的独特之处。

这些作者在旧体诗词的创作上都开辟了新境界，为后继的诗词人的创作提供了很好的范本。优秀的作者很多，难以一一列举并分析，因此本文只选择两位加以分析，而选择的标准，既要求作者的情感深厚真挚，又要求作品的艺术技巧高超。综合两套书入选的重点作者和选录的作品数量，笔者选择了陈独秀和夏承焘作为分析对象，通过对这两位作者作品的解析来谈谈旧体诗词的经典性。

三、以重点作者为例
分析现代诗词的“经典性”

（一）诗卷：以陈独秀为例

陈独秀，文学革命的推动者，提出了“三推倒三建设”的“文学革命论”，新文化运动的发起人之一。按照“文学革命论”，陈独秀对于传统诗词应该是极力抵制的，但就他本人的文化素养和创作实践来看，他对传统诗词却可以说是情有独钟、爱不释手的。陈独秀作为清末秀才，通晓文字训诂，对古典诗词有很深的修养、很高的造诣，又因为他即使宣传新文化，提倡用白话文取代文言文的同时也坚持写作旧体诗词，从未抛弃，并且对传统古典诗词能够取其精华、去其糟粕，秉持着既批判又继承的态度，所以他的诗作中才会佳作甚多。陈独秀的例子也印证了不是所有的新文学家宣扬新文学就完全摒弃了旧文学，大部分在当时大肆批判旧体诗词的新文学家可能是为了顺应改革的时代潮流，他们从未放弃对传统文学的继承与改造。

陈独秀将诗歌作为武器，将自己的经历、情感和对国家命运的关心与担忧记录在诗中，从诗中我们可以看到他的赤诚之心，对国民党政府和贪官污吏的指责和嘲讽，他将诗歌作为宣传革命活动的重要形式，尖锐地揭露了当时黑暗的社会和当政政府的腐败。“陈独秀精通赋诗之道，凡古近各体，都有诗作，还偶有散曲，他于中国传统诗歌，均能广采众长，法古不泥，转益多师，厚积薄发，有所创新，形成了自己的独特诗风。”[②] 李遇春老师在《现代中国诗词经典·诗卷》对陈独秀诗作的评价是“其诗沉雄瑰奇，豪放不羁”[③]。陈独秀的诗风受到了传统诗词内容和形式的重要影响，他善于吸收传统诗词中的精华，结合时代特征来开拓诗词的新意境，这是陈独秀旧体诗的一个重要特征。《现代中国诗词经典·诗卷》中选录了陈独秀的诗作十四篇，是选录篇数最多的一位诗人，他将人生经历和经受的磨难化入诗中，使他的诗作瑰丽奔逸，独具一格，选其中两三首进行赏析，便能了解一二，如：

夜雨狂歌答沈二

黑云压地地裂口，飞龙倒海势蚴蟉。
喝日退避雷师吼，两脚踏破九州九。
九州囂隘聚群丑，灵琐高扃立玉狗。
烛龙老死夜深黝，伯强拍手满地走。
竹斑未泯帝骨朽，来此浮山去已久。
雪峰东奔朝峋嵝，江上狂夫碎白首。
笔底寒潮撼星斗，感君意气进君酒。
滴血写诗报良友，天雨金粟泣鬼母。
黑风吹海绝地纽，羿与康回笑握手。[④]

此诗作于1915年，题目中的沈二是陈独秀的好友沈尹默，1915年正处于第一次世界大战期间，袁世凯在日本政府的逼迫下签订了丧权辱国的“二十一条”，同时酝酿称帝，陈独秀有感于时局，在孤愤之中写下此诗，寄予好友。前四句中的“黑云”“飞龙”“蚴蟉”“雷师”等意象气势宏伟，黑云压地，飞龙翻江倒海，主人公发出雷师般的怒吼，就连太阳也要胆怯而退，这几句话指当时的中国时局动乱，民不聊生，陈独秀希望中国能发生变革，救中国于亡国之际。第五至第十句，写出了中国的实况，将贪官污吏和卖国贼比作“群丑”“天狗”，可见作者对这些人的深恶痛绝，九州大地处于一片黑暗之中，战争如瘟疫一般蔓延，人民死伤无数，难以看到光明的未来，舜帝的尸骨早已腐朽，体制也不复存在，但二妃留下的泪痕仍然留在竹子上，遗憾无穷，这几句写出了陈独秀对时局的痛心疾首，渴望能尽快建立新制。最后四句中，透露出了希望，鬼母哭泣落下倾盆大雨，但作者却觉得这雨像金色的花朵一样美丽，狂风呼啸，地纽断绝，后羿与康回都敢于对不满的现实做出改变，他们看到发生的这些变化，笑着握了手，这四句话表达的是天地崩塌、世界发生了翻天覆地的变化，象征着旧时代已经过去，新时代的到来。

这首诗瑰丽奇诡、词微意隐，借疾风骤雨的意象，抒发了诗人的革命志向和壮志豪情。“这首诗单双句都押韵，一韵到底，节奏感极强，音律激越铿锵，如骤风猛雨，摧枯拉朽”[5]，并且用的多是黑云、雪峰、大江、黑风等气势宏大却又布满阴森的景象和飞龙、烛龙、后羿和康等具有神话性质的意象，实际上是对当时黑暗社会的比喻，“喝日退避雷师吼，两脚踏破九州九”，诗人想象自己“喝日退避”，“踏破九州”，表现出他豪放不羁、藐视一切的气概，与陈独秀内心的豪情壮志相呼应。

《金粉泪》五十六首是陈独秀被关押在南京老虎桥监狱期间写就。抗战期间，国民党政府采取不抵抗政策，大肆屠杀共产党人，将国家领土拱手送人，陈独秀即使在狱中也心系国家和人民，但被困在狱中无计可施，只得写下这组诗发泄心中愤慨，在诗中表达了对日本侵略者的痛恨和国民党的斥责。“《金粉泪》命题的意旨，是因为南京旧时为‘六朝金粉’的繁华之都，故以‘金粉’代南京，而今是国民党政府的首府。国民党的达官贵人们不顾国家民族的存亡，在六朝金粉之中，歌舞升平、纸醉金迷，在他们暴虐统治下的全国人民，却水深火热，血泪和流。”[6]这组诗包括以下几个主题：愤怒谴责日本侵略者的强盗行径，嘲讽时事，揭露国民党采取不抵抗妥协政策，背叛国民革命，实行反动统治；作者担忧国家命运，渴望为挽救民族危亡贡献自己的微薄之力；对国家的未来仍然充满希望。这些诗可以作为二三十年代的诗史，每一首诗都是有感于时事而发，匠心独运，代表着陈独秀对民族的热爱，对现实的无情揭露和清醒的认识。

金粉泪（第一首）

放弃燕云战马豪，胡儿醉梦倚天骄。
此身犹未成衰骨，梦里寒霜夜渡辽。[7]

金粉泪（第五十六首）

自来亡国多妖孽，一世兴衰照眼明。
幸有艰难能炼骨，依然白发老书生。[8]

第一首诗中，前两句借后晋石敬瑭割让燕云十六州给契丹，匈奴自认为是天之骄子的史实，怒斥国民党政府对日本采取的怀柔绥靖政策，后两句表达了自己的壮志雄心，只要身心尚在，就立志要为国尽忠，保家卫国，但此时作者身在牢狱之中，空有一颗报国之心，只能在梦中走上战场，与日寇厮杀。

最后一首诗，将那些卖国贼比作“妖孽”，可见作者对他们的愤怒与嘲讽。虽然几经磨难，但作者没有颓唐，坚持自己的赤子之心，革命风骨犹存，将满腔的悲愤化为战斗的力量，依然是“白发老书生”，有着刚直不阿、威武不屈的革命风度。陈独秀以诗言志，一个“骨”字，起了画龙点睛的作用，表达了作者忧虑民族存亡，把坐牢和不幸的遭遇看作是对自己作为一个革命者的筋骨气节的磨炼，表现了陈独秀坚定的革命信心和不屈的意志。

陈独秀的一生都在追求民主、追求革命，从《金粉泪》中可以看出他虽身陷囹圄，历经磨难，却没有消极悲观，反而革命意志更加坚定。在这些诗中，陈独秀没有一句是感伤自己个人的牢狱之苦、身世之悲，而是毫不避讳地揭露国民党的腐朽，斥骂国民党的不抵抗政策、特务统治、白色恐怖以至于民不聊生等种种滔天罪行，时刻关心国家安危和人民的命运。

《金粉泪》组诗描绘出国民党政府卖国求和、专制暴政的时代背景，尖锐地指出国民政府腐朽的政权性质和终将灭亡的命运，陈独秀在诗中表现了他对于时局的看法，和即使身处险境却从容应对的气度。《金粉泪》中的每一首诗都是缘事而发，代表了作者对这一事件的深刻思考和见解。在我国现代旧体诗坛上，陈独秀的这些诗作是民国史事的真实写照和见证，可以作为诗人关注民生国运的时事政治诗的典范之作，具有永恒的历史价值和巨大的艺术价值，值得后人学习和效法，这便是其“经典性”。

（二）词卷：以夏承焘为例

夏承焘，被誉为“一代词宗”，在词学研究上取得了惊人的成果，他的《唐宋词人年谱》和《唐宋词丛论》是现代词学的奠基之作，同时在词体、词律、词史、词籍的校勘和注解方面也取得了巨大成就。夏承焘写词，善于学习古人写作之法，汲取古人和先贤的成果，但是他并不拘泥于某一种形式或某一位诗人，没有门户习气，他重视探寻作品的表现形式和内容，具有独立探索和思考的精神，所以才能够独具一格，形成自家的面目。“先生之词清雅处近白石，然而无其空疏，奇旷处不输稼轩，然而无其粗豪，其词以白石融托稼轩，极为高明。”这便是对夏承焘词作风格的最好概括。

《现代中国诗词经典·词卷》选入了夏承焘的词作十首，他的词在抒发内心的情感时，常常兼备婉约、豪放两派的词风，他写豪放词能催人奋进，不追求文字上的激昂，不流于狂躁，而是有节制地直抒胸臆，如《清平乐》：“吟鞭西指，满眼兴亡事。一派商声笳外起，阵阵关河兵气。　马头十丈尘沙，江南无数风花。塞雁得无离恨，年年队队天涯。”[9]写婉约词情感绵长深远，引发读者共鸣，如《卜算子》之一的“双燕不归来，帘幕春无主。眼底阑干几折红，便是蓬山路。　绿遍满堤芜，目断春归处。片片浮云似薄愁，只向天涯去”[10]，将作者的浓浓愁思直接展现给了读者。与《现代中国诗词经典·词卷》相较，《现代十家词精萃》中选的词更加突出地表现了作者在所处时代下的境遇和情感，并且每首词都有详细的背景介绍，因此在本书中选择两首词进行赏析：

贺新郎

戊寅避寇瞿溪，居停为余治舍而覆燕巢，入晚群羽哀鸣，恻然赋此。

瀚海飘流惯，甚年年，低回故宇，伴人长叹。一夜空梁惊尘起，玉砌雕栏都换。绕危幕、欲飞还恋。何处蓬蒿双栖稳，更爰居钟鼓何心羡。风雨急，泪如霰。

谢邻旧侣重相见。应念我、江湖赁庑，十年游倦。石出水清归无日，莫唱艳歌相饯。几兄弟、他乡异县。安得驾鹅衔君到，恨凋残、毛羽排风短。依树鹊，共魂断。[11]

此词作于1938年，小序中交代由于日军已经入侵浙江，夏承焘不得已搬迁至瞿溪，寄居之家的主人在为他整理住所时，打掉了燕巢，傍晚之时，回来的燕子看到自己的巢被毁了，绕梁徘徊，哀鸣不已，作者有感于此情此景，再联想到自身的遭遇，作了此词。上阕以燕子为主人公，实则是将自己比作燕子，抒发心中的愁绪，燕子随着季节的变化迁徙，年年都往返于南北之间，而在回来之后发现自己的巢穴被毁，无处可依，绕着空空的房梁，想要离开却又恋恋不舍。“惊尘”和“玉砌雕栏都换”都代表着发生了巨大的变化，燕子的巢是如此，而作者自身更是如此，国家混乱，自己被迫离乡背井，流落他乡，也写出了作者对故乡的思念，后面两句写燕子所求的并不多，只要有蓬蒿筑巢，有个可以栖息的地方就足矣，但是风狂雨急，愿望难以实现，只得泪如雨下。

下阕由燕子转向作者自身进行描写，十年倦游他乡，有家不得归，家中兄弟几人都流落至他乡难以相见，而回乡的日子遥遥无期，由此可见作者的思念亲人、身世寂寞之情。词的最后两句“依树鹊，共魂断”，出自曹操的《短歌行》：“月明星稀，乌鹊南飞，绕树三匝，何枝可依？”作者借这一典故反问：国家动乱之时，又能在哪里找到归处呢？写出了作者心中的忧虑和无奈。

洞仙歌

龙泉夜读《中州集》，念靖康、建炎间北方故老，当有抱首阳之节者，遗山不录生存，遂不传一字，感近事作此。

扶风歌断，数孤亭野史。千载幽并几奇士。任琼华艮岳，自换斜晖，都不管、栗里山中甲子。

宝岩清梦了，一老闲闲，来领英游阅朝市。回首乱山鹃，啼过青城，还艳说、洛阳花事。可知有、江南老龟堂，正盼风招鳞，为君横涕。[12]

此词写于1944年，从小序中可以看出，夏承焘在读《中州集》时，猜想在靖康之变和南宋建立之后，北方有一些旧朝遗老忠于旧国，不愿效忠二主，于是以死明志，但元好问编定的《中州集》中并没有收录这些节士的诗词。夏承焘有感于抗日战争期间沦陷区内忠贞爱国的志士为守节捐躯而写了这首词。

上阕中，借刘琨的《扶风歌》说世道衰微，“孤亭野史”指金亡之后，元好问修筑“野史亭”，搜集金代史实，而夏承焘此时致力于钻研词学，因此“孤亭野史”既可以指元好问，也可以指作者自己。“幽并”借指豪侠之气，夏承焘推想在尚豪侠的北方沦陷区中，定有不少人不愿向日寇屈服，以死殉国。后四句写陶渊明隐居，外面的世界早已天翻地覆，但这一切却没有影响到陶渊明，尽管晋早已亡国，但他仍然认为自己是晋朝人，不署南朝宋的年号，以此明志。下阕接上阕写隐居，大隐隐于市，赵秉文约一众俊游胜侣，游于朝市之中，但战火摧残后的山林之中，杜鹃啼叫，似在哭诉国破家亡。谁又知道陆游想要召集才智出众之人，共同抵抗外敌，保家卫国，这也是在暗示想要打败日寇，需要集结整个民族的力量。这首词的情感幽愤沉郁，可以看出作者的爱国之心和对那些殉国守节之士的赞颂。

夏承焘的词作真实地展示了社会历史风云变幻的现实，内容丰富，风格多样，凝结着他对于国家、民族命运的担忧，对前路充满希望和信心的情感，将国事与家事融合在一起写，不仅在风格上跌宕变化，同时表现出作者极深的家国情怀，展现出丰富的情感世界。夏承焘的一些词将平淡的书写生活和境界高远的思虑相结合，导致意境上的明显变化，呈现出他独特的风格。

细读夏承焘的诗可以看出，他对于古代的文化和历史了解得极其详细，文化涵养极为深厚，词作的遣词造句和古人的词并无二致，读起来沉郁顿挫，富有韵味。而他在作词时熟于化用典故和前人的诗词，将其裁剪，化入自己的情感，便又能达到崭新的境界，而关于为什么夏承焘的词有这些特点，主要是因为他广泛学习古人的诗词创作，他的词渊源极深，从词的境界、词的风格和艺术特点来看，属典型的文人词。他的词有一种平淡、闲适、从容的境界，其山水词，受到了陶、谢一派的影响，他的豪放词受到了苏、辛的影响，因此沉雄豪迈却又不失细腻。

夏承焘是词学研究的大家，而他的词学理论必定会影响到他的创作。夏承焘对于唐宋词学，受常州词派的影响讲究“尊体”，他吸收了常州词派的这一思想，同时当时的社会背景使他深刻意识到，词的作用不能只是用来诉说愁苦，无病呻吟，而是应该承担起相应的责任，记载历史事实，唤醒人们的意识，对残忍的敌人和冷漠的政府进行口诛笔伐。而对于作词他却主张转益多师，学别家长处，融为自己一体。也就是在动荡的二三十年代，夏承焘的词艺达到炉火纯青的境地，他将家国之事、时事之忧和山水风光结合在一起，这也可以说是夏承焘在山水词的表现方式上达到的一种新境界。常州词派对于作词讲究比兴寄托，尽管自古以来众多诗人和词人都将比兴寄托看作一种优良传统，但他对常州词派比兴寄托的学说却有自己的思考，《天风阁学词日记》中记述道：“……又谓谭复堂评蒋鹿潭词赋高于比兴，作词寄托深晦者，皆比兴之弊。近托季思阅予词，谓亦有此病。”[13]夏承焘不仅继承了传统诗词的艺术特点，而且结合时代语境，创立了新的词风。

“夏承焘的词所创造的审美价值，既充分地体现了古代近体诗的艺术规范，是对古人风格的很好的继承，同时也融进了现代人的审美趣味，具有现代文学的时代风格，对当今的诗体创作有很高的借鉴价值。”[14]夏承焘被称为“一代词宗”，这也就直接表明他词作的重要性和经典性。

四、结语

近年来，国内掀起了一股“国学热”，我们都在提倡传统文化，央视的《中国诗词大会》更使古诗再次出现在全国人民的视线中，学术界对旧体诗词的研究也空前火热，这更要求我们学会甄别经典作品和低俗作品，古诗和旧体诗词的再次活跃固然是件幸事，但只有具有崇高思想内容的佳作才能对社会产生积极作用。学术界对旧体诗词的研究也不应只是为了追逐热点而一拥而上，不管是对旧体诗词还是新诗都应站在客观角度评价，新诗有其优点，旧体诗词有其缺点，辩证看待才能得出正确的结论。

现代旧体诗词作者很多，本文选择重点作者进行分析，是借此说明旧体诗词在中国从未绝迹，尽管在新文化运动时期受到了巨大的冲击，但因其有着深厚的历史根基，并且经作者与现代历史现实的结合，正视人们对文学的需求，而能够继续在文学舞台上缓慢地向前发展。大部分主张新文学的文学家们私下仍然坚持写作旧体诗词，并且对其进行了创新，胡适就是很好的代表，新文学家的旧体诗词创作更加自由地挥洒性灵、不拘格套，更能体现旧体诗词的现代性。之所以说旧体诗词具有经典性，在于它不同于以往诗人只将其作为抒发自己内心不满的私人作品，而是以旧体承载新事，承担了揭露现实的责任，发广大民众的心声，同时能经得住时间和历史的检验。

注释：

①中山大学中文系主编，林岗、姚达总编注：《现代十家旧体诗精萃》，花城出版社2011年版，第54页。

②朱承安：《雅洁豪放 胎息亦厚——陈独秀诗作管窥》，《广西青年干部学院学报》2004年第5期。

③李遇春：《现代中国诗词经典·诗卷》，华中师范大学出版社2014年版，第49页。

④李遇春：《现代中国诗词经典·诗卷》，华中师范大学出版社2014年版，第49页。

⑤宣奉华：《"身处艰难气若虹"——〈陈独秀诗存〉探析》，《南京理工大学学报》2005年第4期。

⑥章秀琴：《陈独秀〈金粉泪〉诗中的政治思想》，《安庆师范学院学报》1994年第1期。

⑦李遇春：《现代中国诗词经典·诗卷》，华中师范大学出版社2014年版，第49页。

⑧李遇春：《现代中国诗词经典·诗卷》，华中师范大学出版社2014年版，第50页。

⑨李遇春：《现代中国诗词经典·词卷》，华中师范大学出版社2014年版，第176页。

⑩李遇春：《现代中国诗词经典·词卷》，华中师范大学出版社2014年版，第176页。

⑪中山大学文学系主编，姚达总编注：《现代十家词精萃》，花城出版社2011年版，第145~147页。

⑫中山大学文学系主编，姚达总编注：《现代十家词精萃》，花城出版社2011年版，第150页。

⑬朱惠国：《论夏承焘的词学思想及其渊源》，《中国韵文学刊》2012年第4期。

⑭钱志熙：《试从江郑重翻手，倘是风骚觌面时——论夏承焘先生的诗学宗尚与各体诗的创作成就》，《中国韵文学刊》2012年第4期。

［作者单位：西南科技大学文学与艺术学院］

旁逸斜出下的褶皱

——重读莫言《天堂蒜薹之歌》

□ 杨晓帆 等

时间：2019 年 1 月 19 日

地点：华中师范大学文学院现当代文学教研室

杨晓帆：知识生产式的文学批评很容易被模仿和重复。比如面对还在持续创作的 50 后、60 后作家及其作品时，许多研究常常从 20 世纪 90 年代以来形成的经典判断出发去评价，谈莫言一定要谈“民间”“魔幻现实主义”与“新历史”；贾平凹的“乡村挽歌”，王安忆的“上海书写”，余华的“先锋转向”等成为阐释框架建立的基点——这些研究当然也能关联起当代文学与文化观野的若干重大问题，但如何在细读中甄选作品，并从有创造性的作品中打开它与周遭世界、与个体心灵冲突共振间形成的层层皱褶呢？

这次要求大家在读完《天堂蒜薹之歌》后整理其版本变迁、小说本事、创作谈等“文本周边”，就是为了寻找新的参照和路径。1987 年，因山东省苍山县发生“蒜薹事件”，义愤填膺的莫言中断正在创作的《红高粱家族》，用三十五天时间完成了这部“为农民鸣不平的急就章”，初刊于 1988 年《十月》第一期。作为莫言的第一部长篇小说，它既不同于《透明的红萝卜》等“85 新潮”影响下的乡村记忆书写，又在结构艺术等方面彰显出莫言 80 年代中后期以来形成的美学风格与历史反思意识，对于理解其创作无疑具有路标性的意义。而初刊之后莫言又多次修改《天堂蒜薹之歌》，为探讨如何文学地处理尖锐的社会现实题材提供了可追踪考察的依据。

因为这些周边信息的复原，我们才会意识到，作家创作当时或此后的种种价值观念如何参与塑造了文本，不断被覆盖的过去文本的痕迹又如何呈现出当时历史语境中未曾说出却已然存在的丰富性。暂且放下我们先入为主的关于莫言的知识，把这部小说看作是一个实践中的文本，我们才会意识到它的“未完成性”，并由此去领会作家主体在艺术探寻中不断生成的历程。

一、从版本修改说起

邢可欣：目前对《天堂蒜薹之歌》的版本研究比较有限，孙东洋发表于 2019 年第 1 期《文学教育》的《〈天堂蒜薹之歌〉版本研究》，对五个版本作了粗略比对，信息基本准确，但分析总结还很笼统。为方便接下来的讨论，我还是再梳理一下《天堂蒜薹之歌》的版本情况：发表于 1988 年第 1 期《十月》的“初刊本”；1988 年 4 月作家出版社的“初版本”；1993 年北京师范大学出版社的《愤怒的蒜薹》，简称为“修改本”；2005 年南海出版社的“再改本”；2009 年上海文艺出版社出版的“全新本”。小说的面貌从 2005 年的“再改本”之后基本定型，之前的四个版本以“初刊本”到“初版本”的变动最大。

在初刊本中，虽然包含“蒜薹事件”与高马、金菊的爱情悲剧两条线索，但从行文比重上看大致是一主一辅。“蒜薹事件”是小说的绝对中心——高马、金菊的爱情悲剧以三家换亲始，本可以通过高马卖蒜薹赚钱赔偿方家获得较圆满的结局，却因为“蒜薹事件”爆发而走向不可挽回的悲剧——两条线索合二为一，再加入四叔车祸身亡无处申冤的支线，共同为最终的血泪控诉与反讽做情绪的积累。在这样的故事结构中，以“蒜薹事件”揭露讽刺官僚主义，人物也更多是为情节与主题服务。

而之后的版本在情节和人物设置上都更为丰富。增加的部分主要集中在：四叔一家对金菊、高马婚事的阻挠，金菊、高马在黄麻地野合；高羊对自己早年生活的回忆；对高羊与四婶狱中其他犯人的描写；高马听王老头讲民间故事；瞎子张扣在天堂蒜薹事件中的表现与张扣、高马、四婶等人的结局等几个方面。经过莫言十余年的再版修改，“蒜薹事件”由叙述中心偏移为勾连人物、推动情节、营造气氛、助力高潮的“功能型事件”，小说主题也经由人物情节的扩充得以深化，《天堂蒜薹之歌》由此才实现了“去现实”处理的艺术化，成为一件日臻完美的作品。

我想就两例新增加的人物、情节稍作分析：相比《十月》版，之后的版本在第八章金菊、高马私奔至车站的情节中加入了一个乞丐向青年军官乞讨的部分。车站的青年军官面对乞丐卖弄洋烟，颇显倨傲，却在乞丐“您岳父一定是个大干部，大干部女婿也一定会当大干部。大干部有钱，送礼的也多”的恭维之后“沉思了片刻”。联想第十四章浇玉米地的青年、十九章法庭发言的青年军官（浇地青年称自己“是当兵的，最一般的人物”，但作者给予他的烟盒一个特写，“鲜艳的烟盒在灯光下像朵花儿”，又以高羊之口凸显出差异与优越，“这辈子他也没抽过这么高级的烟”），小说似在“特权”阶层与更弱势群体之间预留出一个暧昧模糊的中间地带。联系作品中退伍军人高马遭遇不平的经历与当时作为军人却对四叔车祸无能为力的作家莫言，这样的塑造耐人寻味。另外，之后的版本在第十六章、十八章高羊的监狱经历里加入了一个死囚形象，死囚的生平经历、入狱原因不详，但他申冤呐喊：“我不服气……要是俺该枪毙，李书记的儿子早该枪毙一百次了！”（“初版本”中仅有“我不服气！”一句，后来的添加更突显了“特权”阶层的问题），可以推测出与高羊、高马、四婶等人虽非同案，但同样是遭受了不平之冤。这样的设置将群体性的“蒜薹事件”呈现到了具体人物的个体命运上。人物立起来，事件才隐为背景。

周书阳：除了人物情节的补充外，从初刊本到初版本，《天堂蒜薹之歌》的一个显著变化还在于环境描写的“扩容”。大段的自然物态、地域风光和社会景观穿插于叙事中，延宕了情节进程，调节了阅读节奏，造成了一种“间离”效果。这固然反映了长篇小说创作中环境描写在体量方面承载的功能，却更能见出作家艺术地建构故事的匠心。在《天堂蒜薹之歌》中，莫言通过开放感官、综合运用气味与色彩等手段，以不无诗意的笔调渲染了优美的乡村风光。而自然天地的丰富又恰恰反衬出人为世界的匮乏。两类景观的转换看似是作家不经意的点缀，但根据空间批评理论的基本观点，景观不仅仅是人物活动的场景或“容器”，更被视为一个社会价值观念和意识形态的象征系统，一个蕴含着社会、历史、文化诸因素的空间建构体。提取《天堂蒜薹之歌》中的重要空间，可以串联出一条索解作者写作意图的线索。

首先是麦场、紫穗槐树树丛和黄麻地。这几处场所见证了高马和金菊这一对苦命鸳鸯的爱情发展历程。由试探到定情，再到结合，空间的扩大与情感的深入互为表里，尤其是黄麻地“野合”一段的描写，集聚了生命的热量，张扬了人性的激情，接续了莫言“红高粱”的精神气质。

其次，作为小说收束部分的重要场景，法庭审判同样值得注意。在庭审现场，审判长、公诉人、被告人、被害人、辩护人各自发声。控辩双方各自发声，审判方居中裁决，此时，以正义作为唯一尺度的法庭，便为平衡各方利益、呈现不同话语提供了一个相对公平的空间。

最后是旧库房。旧库房是瞎子张扣的住处，是流浪汉的居所，也是作者营构的一个藏污纳垢但又充满温情的民间世界。在张扣养伤的日子里，小偷、乞丐、算命先生等所谓“社会渣滓”悉心照料了他——这种社会底层小人物之间的连带感，变成了不畏强暴的力量，促使张扣不顾安危，继续高唱蒜薹之歌。

空间的典型性包含了不同身份特征的典型性。这与文本内容的价值维度基本保持一致。但这种景观的类型化、符号化倾向是否也透露出莫言小说叙事伦理中的某种偏执？如何使景观完全楔入叙事的深度，锻造出故事中能直逼心灵的悲剧精神，恐怕是我们需要进一步思索的问题。

谭　复：我想从1993年修改本莫言增写的第十七章，谈谈对这个小说的理解。尽管与初刊本、初版本一致，修改本也围绕两条线索展开叙述，但就在读者翘首以盼故事结局的时候，作者却“突兀”地离题，插入了一段由王老头与高马对话引出的两段民间故事。这一被添加的“旁逸斜出”显然是有意为之的。

从叙事学角度来看，在第十七章中，身陷囹圄展开回忆的高马是外叙述者，类似于民间智者形象的王老头则是内叙述者，以说书人的身份讲述了两个民间故事。在内叙事层面，故事时间发生在蒜薹事件前，王老头先讲述了一段桃色故事，又讲述了一段张九五天命不凡的传奇故事，传达出以王老头为代表的乡土民间所信奉的“男女之事，人之常情”“面有煞气，血光之灾”“人各有命，各安本分”“女人误事”等价值观念。随后，高马在与王老头的对话中，先是对“男女之事，人之常情”做出回应，略带心虚地解释自己与金菊是出于相爱而非肉欲，接着对面相说更是直接否定，最后对宿命论也是持不置可否的态度。

但在外叙事层面，高马对这一场景的回忆叙述中伴随了此时的心理活动，这就构成了他与民间传统观念的第二次对话。“高马翻了翻身，想，王老头的话都应了验。”可以看到，在经历了蒜薹风波和人生幻灭后，高马的精神世界正在向乡土传统一侧屈服。高马本来是具有农民和退伍军人的二重性的，他险些成功地跨越阶层（借团长小姨子上位），军旅生活让他不像普通农民那样安于天命，而是信奉个人奋斗、法理正义等现代价值。但现在他也开始更像王老头、高羊这些农民那样去看待自己的命运了。对比而言，初刊本没有第十七章，高马在梦想幻灭之后便直接在法庭上愤然控诉的结局走向就难免显得扁平。而修改本中这一章的“旁逸斜出”则更加贴合高马的心理逻辑，写出了人物内心从坚定到犹疑复而弥坚的纠葛历程和价值观念上的复杂性。

将视点再拉远一些，书中类似于第十七章里两个民间故事的“闲笔”其实比比皆是，比如张扣唱词中的桃色故事、共产党人传奇、四叔口中的兄弟故事等等。这些民间故事除了功能性地塑造人物、铺垫情节外，还构成了与显文本相对的潜文本。《天堂蒜薹之歌》是作者带着强烈的“为民请愿”意图根据新闻事件改编而成的小说，由此文本在传达对官僚主义的猛烈批判时也可能陷入官民对立的偏隘。可贵之处在于，莫言没有停留在道义层面去拥护“民”，在版本修订中不断增补的这些民间故事构成了文化观念层面的民间世界，蕴藉了侠义智慧的精华与包藏落后保守的糟粕都并存其中，与张扣、高马、方家父子、高羊等性格各异的“民”形成呼应，展现了民间世界自身的丰富性。如果说小说将“官”决绝地放在审判席上，那么这些“旁逸斜出”的民间故事恰恰体现了潜文本中莫言对“民”的暧昧态度。情感上的服膺与批判性的审视并行不悖，这才使得文本的意义空间得以无限扩大。

二、具体感性的“民间”

杨晓帆：在版本修改方面大家其实都谈到一个隐含的问题，基于时事速写而成的小说容易受制于对官僚主义的单一批判，因此作家需要通过结构设置、人物形象塑造，增补细节、闲笔、环境描写等来不断充实文本的层次。

王昊严：由于《天堂蒜薹之歌》是通过“民间”与“官方”话语的二元对立来突出两者间爆发的冲突，加上作者主要是以高羊、高马等普通民众的视角来叙写整个故事，所以读者不可避免地会更多注意到小说中当地政府一方所暴露出的巨大问题。但作者又没有将一众农民描写成扁平的“正面角色”，在他们与政府打交道的过程中，反倒间接显露出了中国几千年文化积淀所裹挟的诸多陈旧观念。这主要包括了等级观、婚恋观、天命观等几个方面，且它们之间并非各自独立，而是相辅相成，共同扎根于我们的文化土壤之中。

等级观与天命观最为突出地表现在了高羊的身上，但书中几乎所有角色都有着不同程度的表现。高羊说：“老天爷造人的时候用了几种材料，高级的为官为相……”当四叔出车祸后，老大要去政府时的第一反应是“这是去见官，体面点好”。人们把“王书记”与“皇上”“县政府”与“传说中的皇宫”相提并论，仿佛所有人都还活在古老的封建时代。但我们同时也应当看到，小说中的这些人物又不是单纯的所谓“顺民”形象。高羊被抓时，作者特意描写了他的心理变化：当他听到张扣的唱词时，“妄想喊句口号”，可是一看到国徽，就“又羞又愧”。此外，高羊被迫卷入到县政府的打砸事件之后，“在惶惶不安中，体验到一种快感”。这一系列的行为不能简单地解释为“受压迫后的反抗”。实际上，这才是许多农民最为真实而又矛盾的一面。这其中自然有着前文所述的观念沿袭的惯性使然，但也与现代以来“群”与“个”关系的认识理解有关。

另一个值得关注的人物是高马。高马似乎代表了与高羊相反的另一种立场，他具有一种反抗意识。但即使是这样一个人，也依然有着我所说的那些传统观念的影子。他与金菊的恋爱看似是在突破传统封建婚姻对于年轻人自由恋爱的禁锢，但实际不然。金菊曾直截了当地对高马说："你要是有个妹妹多好，把她嫁给俺哥，换我给你做老婆。"可见突破这一层观念并非他们的主观意图，相反，如果观念于他们有利，无所谓"反抗"不"反抗"。高马也是如此，在被警察抓捕之时，他的想法是利用自己在东北当官的战友，让他写封信"求求情，赦免我的罪"。看似具有反抗精神的人实则却逃不出固有观念的怪圈，又形成了另一层讽刺。

张　倩：我觉得《天堂蒜薹之歌》难能可贵之处就在于，莫言是为农民写作，但小说并没有因为要给农民鸣不平就对农民"一边倒"。除了还原苍山县蒜薹事件，为农民伸张正义，揭露官僚主义作风等等思想主题，其实最令我动容和激发我思考的是这部小说中莫言笔下鲜活、真实、丰满的农民形象，以及作家面对社会现实在将其纳入文学考量时如何探索出路的问题。

除了王昊严提到的高马形象，我觉得小说中极具讽刺意味的还有金菊一家人的关系。四叔活着的时候，全家人的利益统一是为老大娶媳妇，于是四人的矛头集中对准金菊，这时候老大老二是与四叔四婶紧紧团结在一起的，金菊像是被排斥在外。而四叔死后，尤其是讨要公道未果之后，老大老二的丑恶本性在分家时展露无遗。分家这一行为本身是一个家庭内部的私事，而在这里，需要村主任这一角色作为主持人物以确保分得"公平公正"，分家形式也是采取抓阄。在分蒜薹时，村主任说把四婶的蒜薹跟老大分在一起好让老大顺带着一起卖掉，如果说瘸腿老大的不情愿还情有可原，那么老二的那句"老大不管，我更不管！"简直让人鄙夷，但这还仅仅是个开始。老大还惦记着四叔的一件新棉袄，老二则当仁不让地拿出菜刀便将棉袄剁成两半，"分个利索，谁也别欠谁"。金菊此时戏剧性地拿出四叔的一双破鞋，一只丢给老大，一只丢给老二，这一系列令人发笑的行为举动背后蕴藏着的是人性的阴暗面和生命的悲剧。

莫言用三十五天写出了心中郁积日久的激情，虽说是义愤填膺的叙述但却不乏一个优秀作家的理性思考。在杨助理员眼里，农民四叔的一条命比不上县里的紧急治安会议，乡政府再小也是一级政府，指头缝里漏漏就够农民后半辈子过的了，农民和官员本质上就是不一样的，他们的结局与出路也必然分道扬镳。高马在乡政府大院那一声源自灵魂地拷问："人活着难道仅仅为了钱吗？"更像是莫言对现实中他四叔事件以及四叔儿子们行迹的发问。小说结尾"几乎总是准确的小道消息"也是当下值得作家、批评家和读者持续思考的底层大众的出路问题。

杨晓帆：的确，我们今天即使从伦理价值上来赞誉《天堂蒜薹之歌》，也不能只从抽象道德层面谈莫言对底层、民间的悲悯。正是因为有理性的审视、直面现实的冷静作为底子，这种悲悯才不仅仅是情感宣泄。不过在这一点上，也能看到作家的局限。像大家谈到莫言对农民形象塑造、文化心理剖析得很到位，但在国民性批判的脉络上，这部小说并没有特别推进"反封建思想残余"这一基本认识；高羊的"文革"创伤和高马的参军经历固然为现实题材增添了历史反思的背景，但对中国革命遗产的全面认识还是受制于新历史主义的解构立场，未能对个体经验事实形成超越与反省。而反面人物也存在脸谱化的问题——一些干部的官僚主义思想行动来源在哪里？权力关系在官民之间、一个家庭内部的结构性重复是如何发生的？对这些问题进行分析与解答当然不是作家的任务，但如果具备总体性把握的能力与足够丰富、差异性的细节呈现，作家作品就可能借助于文学形象让我们"看见"现实。

三、纪实与虚构

曾笏煊：《天堂蒜薹之歌》的"本事"是1987年的苍山"蒜薹事件"。将这部小说与新闻报道等相关资料进行对比，会发现一些有趣的出入。

首先，在一些具体的数据上，小说对现实的或被报道的情况作了一定程度的夸大。根据《苍山县志》，1987年苍山蒜薹种植面积为9.3万亩，总产10834.5万斤（新闻报道等资料中的数据大多为面积9.2万亩，总产9000多万斤），可在莫言小说结尾的《群众日报》中，这两个数据却被调整为17.2万亩和9000万公斤。一些新闻报道明确指出，事件过后收审了38名少数不法分子，经审理逮捕9名，对其余29名则分别作了罚款、赔偿、教育释放处理，而小说中最终章之歌唱的却是“抓了群众一百零三”。对此，我们应当视其为一种“艺术真实”，抑或是莫言的有意为之？

其次，莫言小说中将事件叙述为农民们的切身利益得不到保障、备受欺压之后的愤怒之举，新闻报道中的“蒜薹事件”则往往被描述成“少数不法分子”利用群众的愤怒进行了打砸抢等不法活动，这种说法实际上将“少数不法分子”与群众、农民相区分，且在报道中更强调不法分子为了经济利益而争抢财物的行为。而小说的主人公高羊则像是“身不由己”地被卷入其中，在打砸过程中既有快感、又感到害怕，小说中也没有抢夺经济财产的相关情节。

再次，在追究事件原因时，新闻报道将“蒜薹事件”归因为县政府的市场经济运作经验不足和官员的官僚主义行为，并直截了当地批评了事件发生前后当地政府的乱收费、罚款、工作失职等具体情况。莫言对蒜薹市场销售的经济问题显然并不关心，而专注于挖掘官僚主义问题。比如，他写出了横行霸道的县供销社副主任王泰“因父而贵”（其父是贫农出身、曾担任生产队队长），这就将官僚主义置于革命、历史的长时间脉络之中，有更深刻的批判力度。小说的批判范围也不止于“蒜薹事件”本身，比如四叔之死事件，再比如同样面对包办婚姻的陋习，小说中民政助理的做法却与赵树理《小二黑结婚》中官员的作为形成鲜明对比。这些处理方式显示了莫言对于官僚主义与革命历史问题和农村血缘伦理之间复杂关系的看法。

最后，莫言对于法庭辩护这一事件高潮情节的处理也耐人寻味。如果说，现实中“蒜薹事件”的辩护人陈光武以律师的身份向苍山县政府提出批评是基于其职责与操守的话，那么小说中发难人“中国人民解放军炮兵学院马列主义教研室正营职教员”的身份无疑更具有可供阐释的空间。我们很容易想起莫言的解放军军旅生涯，他对于自家叔叔被官员撞死最终却不了了之一事也一直难以忘怀，那么这位义正辞严的年轻人身上是否有莫言自我的某种投射，抑或显示了创作者的补偿心理？并且，小说中的这位青年军官还是老革命的“第二代”，他的父亲曾在解放战争中立功，对党怀有深厚的感情，这回却参与了打砸县政府的恶性事件。莫言有意设置了这样的剧情以引人深思，使作品增强了一种反讽和质疑的力度。我竟不由得反向联想到了《组织部新来的青年人》中的刘世吾。总之，在本事考的基础上研究莫言，还有许多值得深入的问题。

张治达：在真正开始阅读这本书之前，无论通过什么方式，读者几乎确定无疑地会了解到，这本书是莫言根据真实事件的虚构。旧版序言（也就是新版后记）中莫言描述了这一事实，在新版书的封面上也有“蒜薹事件”的相关描述。而读者一旦稍稍了解了这个事件，它就会成为一个高悬的铁球挂在读者头上，时时刻刻地提醒着读者，人物们已经发生过的事情或者将要发生的事情。它会影响读者对于人物、情节的理解，甚至是阅读速度和心情。

所以明确从现实到虚构这一创作前提，就能格外理解莫言为何很称道《天堂蒜薹之歌》的结构了。他在《捍卫长篇小说的尊严》中说，“前几年我还说过结构就是政治，如果要理解结构就是政治，请看我的《酒国》和《天堂蒜薹之歌》”。《天堂蒜薹之歌》的结构确实经过巧妙设计，比如，张扣的唱词与正文叙述相结合；正文里叙述视角随时发生转变：全知视角和人物的第一视角回忆之间的转换，造成了人物的过去、现在、梦境、幻想的交融；许多章节结尾只引出一事，具体内容却等“下回分解”（如四叔被撞一事）的“说书结构”等等。

在某种程度上可以说，读者的阅读并不开始于高羊被抓、高马逃跑这一“蒜薹事件”发生之后的情节，而恰恰开始于“蒜薹事件”本身。这种结构正像说书人常用的伎俩，先抬出一个结果来，再“花开两朵，各表一枝”。两个人物线索的叙述时间起点不同，分别在“蒜薹事件”发生的一前一后，根据奇数偶数的规律交错进行，全书又分为前后两个部分，在第十章完成两条时间线的交叉后，再在第十九章法庭审判时实现最末几章的双线合一。搞清楚作者如何进行两条线索的叙述，对更好的理解文本至关重要。

梁坤锈：在初版本卷首，莫言杜撰了一段斯大林语录：“小说家总是想远离政治，小说却自己逼近了政治。小说家总是想关心‘人的命运’，却忘了关心自己的命运。这就是他们的悲剧所在。”对于身处1980年代文学“向内转”趋势中的莫言来说，《天堂蒜薹之歌》的写作是一次提醒，就像他后来与大江健三郎的对谈中所说：“我发现作家是不能脱离社会的，即使作家千方百计地想逃避现实对你的影响，但现实会过来找你。”当然，面对文学与社会现实的复杂缠绕，莫言也明白从现实到虚构的难度。他说：“我在写作《天堂蒜薹之歌》这类逼近社会现实的小说时，面对着的最大问题，其实不是我敢不敢对社会上的黑暗现象进行批评，而是这燃烧的激情和愤怒会让政治压倒文学，使这部小说变成一个社会事件的纪实报告。”小说家是社会中人，他自然有自己的立场和观点，但只有超阶级地站在人的立场去怜悯所有人，文学才能发端事件并超越事件，关心政治但大于政治。

所以，我觉得在这部小说中，莫言其实是小心翼翼地将自己置于一个边缘地带。比如作为一个现代说书人，莫言隐藏在文本背后，并借说书人瞎子张扣之口来讲故事。瞎子形象成为一种叙述策略，代作者履行职责。一方面，瞎子作为特殊的法外之人（瞎眼人有罪不重罚），可以自由地游走于乡间麦场和乡政府大院，于是打通了民间与政府的障碍，让读者和听众获得对事件的全方位了解而不至于被某一种表象或叙事话语所遮蔽。另一方面，瞎子的叙述作为在官方叙述和知识分子叙述之外的民间叙述，形成了小说叙述的“众声喧哗”，使读者在真真假假、虚虚实实中游走，从而实现了“作者讲述”的“逃逸”。瞎子在代表作者立场的同时，有效地避免了由于介入现实的激情而导致的“政治压倒文学”，机智地卸下了作家作为“人民群众代言人”的重担。而张扣之死又内涵了作者对作家身份的自省，无论是张扣还是莫言，小说内外的他们都无力救世。说书人的历史使命和文学使命被去魅，恰恰预示了现实主义传统的嬗变。

莫言曾直言，这类政治小说不是为了事件而事件，他并不满足于用文学的语言来讲述一个反腐故事，而是要从作品中来展现人的命运。文中惨死的四叔及其两个不肖的儿子都有其现实原型；而高马和金菊的悲剧又是在传统观念、经济压迫等压迫下千千万万乡村爱情悲剧的代表；狱警对四婶的折磨与高羊回忆“文革”期间其母遭受折磨呈现惊人的相似，高羊在监狱中被逼喝尿只不过是在土改以及“文革”期间的不堪经历的重演……通过高羊的回忆，作者又进一步将“苦难叙事”纳入历史的轨道，从历史的回退中更深层次地揭示出了人的悲剧性的生存状态。

当然，试图用小说来解决某一社会问题的想法，是非常天真幼稚的，但文学艺术永远不是唱赞歌的工具，文学艺术暴露黑暗，既揭示社会不公，也揭示人类心灵深处的阴暗。讲真话永远是一个作家宝贵的素质，这也是莫言的宝贵之处吧！在新的世纪里，但愿再也没有这样的事情刺激着莫言写出这样的故事。

杨晓帆：当代作家的“修改旧作”或“重写”现象是个很值得拓展的话题。今天我们用这种方式讨论《天堂蒜薹之歌》，也是为了视其所以、观其所由、察其所安，作家与他笔下的世界一次次相遇，我们也与文学世界中的莫言一次次相遇。

2005年版一个很大的变化是结尾。在摘录《群众日报》评述蒜薹事件的最后一章之前添加了一章，交代张扣、四婶、高马等人的结局。如果说初刊本里的张扣主要还是充当叙述者层面“说书人”的一个功能性角色，那么后来的版本修改中这个形象在乡村生活中的具体性变得更加完整了。特别是新增一章中张扣被杀之前小偷、乞丐“这些社会渣滓”们对他的关照，莫言是着意要写出下层与下层之间的相互依存。在现实的紧张感、乡土社会自身的种种弊病中，悲剧或许无从避免，张扣的诉说也终将被覆盖（如最后一章叙述的分裂与竞争——张扣的徒弟、官方定性的新闻报道、隐含叙述者等），但就好像斜街上的鬼魂，作为“缺席的在场”注定要代替每个不能言说之人发出声音。而只有鬼魂般的存在，才真正不受现实时空的约束——这恰恰也是文学虚构不同于新闻纪实参与我们生活世界的独有的力量。

［此次讨论课于2019年1月19日在华中师范大学文学院举行。参加讨论课的同学包括：华中师范大学文学院2018级硕士研究生谭复、张倩、周书阳，2015级本科生邢可欣（现于南京大学攻读硕士学位），2016级本科生曾筠煊（现于中山大学攻读硕士学位），2016级本科生梁坤锈（现于重庆大学攻读硕士学位），2016级本科生王昊严（现于多伦多大学攻读硕士学位），2017级本科生张治达（即将在华中师范大学攻读硕士学位）。］

［作者单位：华中师范大学文学院］